Mindf*ck

Inside Cambridge Analytica's
Plot to Break the World
by Christopher Wylie

マインドハッキング

あなたの感情を支配し行動を操るソーシャルメディア

クリストファー・ワイリー
牧野 洋 訳

新潮社

cover photo © Gabby Laurent
design by Shinchosha Book Design Division

勇気を出し、自立し、正しいことを
やるべきだと教えてくれたのは
私の両親ケビンとジョーンの２人である。
そんな２人に本書をささげたい。

マインドハッキング　目次

CONTENTS

マインドハッキング

軍隊の侵入は防げるが、思想の侵入は防げない
——ヴィクトル・ユゴー

第1章 事の始まり

GENESIS

アメリカ連邦議会議事堂の地下で

新品の靴を履いてきたから、一歩踏み出すたびに靴擦れしてかかとが痛む。胸に抱えたダークブルーのバインダーには、色付きラベルで仕分けした大切な文書を詰め込んである。今自分がどこにいて、どこに向かっているのかを考えると、恐れ入ってしまう。とりあえずわれわれ一行の足音にのみ集中して歩こう。ところが、係員からは「誰かに見られるかもしれないから、もう少し急ぎましょう」と急かされる。

制服を着た警備員の前を通り過ぎると、吹き抜けの空間に出た。その先の廊下を曲がって進み、係員が押し開けたドアを抜け、階段を急ぎ足で下りる。すると再び廊下だ。大理石の床、高い天井、星条旗を掲げた木製ドア――。さっきの廊下とうり二つである。

われわれ一行は7人で、歩くたびに足音が廊下全体に響き渡る。目的地まであと少しのところで捕まってしまった。ある下院議員が私を見つけ、手を振っている。「もう戻って来たのかい？」。記者会見場からは記者の一団が飛び出してきた。エレクトリックピンクの頭髪を目にして、すぐに私が誰なのか分かったようだ。

2人のカメラマンが私の前に現れて、後ろ向きに歩きながら撮影し始めた。ぶら下がり取材だ！「ワイリーさん、NBCテレビです！　質問いいですか？」「CNNテレビです！　何でここにいるのですか？」――。記者たちから矢継ぎ早に質問を浴びせられる。弁護士からは何もしゃべるなと指示されていたので、質問はすべて無視した。係員は記者たちに向かって「近づかないで」と注意し、私にはエレベーターへ向かうよう促した。われわれはエレベーターの中になだれ込み、ドアが閉まるのを待った。カメラマンはなおもシャッターを切っていた。

私はスーツ姿の男に囲まれてエレベーターの奥に押し込まれた。地下深くに向かって降りていく間、誰もが黙ったままだ。私は頭をフル回転させていた。事前に弁護士と打ち合わせした内容を思い出そうとしていたのだ。アメリカのどの法律に誰が違反したのか？　アメリカを訪問中の外国人である私にはどんな権利があり、どんな権利がないのか？　非難を浴びたときにどうやって落ち着いて反応するのか？　その後逮捕されたらどうなるのか？　何が待ち受けているか予想もできない。誰もがそうだったろう。

エレベーターが止まり、ドアが開いた。そこには何もない。いや、もう一つのドアがある。ドアには赤くて大きい看板が掛けられて、白抜きの文字で「一般人及びマスコミは立ち入り禁止」と書かれている。われわれは首都ワシントンにあるアメリカ連邦議会議事堂の地下3階に着いたのだ。

ドアを抜け、マルーン色のぜいたくなフラシ天のカーペットの上に足を踏み出した。すると、われわれが所持する携帯電話など電子機器類は警備員によって取り上げられ、机の後ろにある棚の中に置かれた。われわれにはそれぞれの棚にひも付いた番号札が手渡された。警備員は「これより先は紙と鉛筆しか持ち込めません」と言い、機密に該当するような情報をメモしないよう警告した。「そのようなメモは退出時に没収されます」

　警備員は２人で巨大な鋼鉄製ドアを開けた。そのうちの一人が付いてくるように合図している。われわれは１人ずつ中に入ると、蛍光灯で照らされた薄暗くて長い廊下に出た。こげ茶色のウッドパネルが貼られた壁に沿って、多数の星条旗が整然と立てられている。古い建物の匂いが充満している。ムッとしてかび臭くて、わずかに洗剤の香りが混じっている。

　警備員に連れられてわれわれは廊下を進み、左に曲がるとまたしてもドアに突き当たった。ドアの上には木製の国章。爪で矢をつかんだ巨大な白頭ワシが上からにらみ付けている。ここが目的地だ。下院情報特別委員会用の機密情報隔離施設（ＳＣＩＦ《スキッフ》）——。そう、機密情報に絡んだ議会証言が行われるときに使われる部屋である。

　中に入ると、蛍光灯が放つまぶしい光で目がくらんだ。目が慣れてくると、そこはまったく特徴のない部屋だった。ベージュ色の壁には何の飾りもなく、中央には会議机と椅子が置かれているだけ。ワシントン中にくまなく建てられた無機質な連邦ビルの中のどの部屋も同じなのだろう。そんなことよりもＳＣＩＦ内の静けさに驚いた。何重もの壁で防音対策が施され、盗聴の心配はない。防音だけでなく耐爆の面でも完璧らしい。セキュリティーは万全で、アメリカの機密保持には最適な場所だ。

　われわれが着席すると、委員会メンバーの議員が続々と入ってきた。議員秘書がせわしなく動き、テーブルの上に各議員用のタブ付きバインダーを置いた。私の正面に座ったのは民主党の大物でカリフォルニア州選出のアダム・シフ。彼の左隣にはテリ・スウェル、女性議員だ。エリック・スウォルウェルとホアキン・カストロの２人はテーブルの端っこに陣取った。私の両脇には弁護士とシャミール・サニが座った。サニは私の盟友であり、同じ内部告発者《ホイッスルブロワー》でもある。われわれは共和党議員が来るのを数分間待ったが、結局誰も来なかった。

議員から容赦ない質問を浴びせられる

２０１８年６月、私は議会証言のためワシントンを訪問した。テーマは軍事下請け業者であり、軍事心理戦（ＰＳＹＯＰＳ）を得意とするコンサルティング会社ケンブリッジ・アナリティカ（ＣＡ）だ。フェイスブックやロシア、ウィキリークス、トランプ選挙対策本部、ブレグジット国民投票が複雑に絡み合う世界で暗躍してきた。フェイスブックのデータを兵器として使い、何百万ものアメリカ人が敵対的な外国政府のプロパガンダにさらされる状況をつくり出した。私は元研究部長として同社の悪行を示す証拠を携えていた。

先陣を切って質問したのは元連邦検察官であるシフだ。いきなり本題に入り、鋭くて的確な質問を投げ掛けてきた。

「あなたはスティーブ・バノンと一緒に働いていましたか?」

「はい」

「ＣＡはロシアの諜報部員らしき人物と接触していたのですか?」

「はい」

「アメリカ大統領選挙でＣＡはフェイスブックのデータを使い、アメリカ人有権者の心理に訴えたと思いますか?」

「はい」

1時間がたち、そして2時間、3時間と経過した。私は自発的にここにやって来て、質問に答えている。リベラル派の同性愛者で24歳のカナダ人が、どのようにしてイギリスの軍事下請け業者に加わり、アメリカのオルタナ右翼向けに心理戦用兵器を開発する羽目になったのか。説明しなければならないことは山ほどあった。

大学卒業後の最初の職場は、ロンドンに本拠を置くＳＣＬグループだった。クライアントであるイギリス国防省と北大西洋条約機構（ＮＡＴＯ）軍に情報作戦面で協力するコンサルティング会社だ。西側陣営がオンライン上で勢力を増す過激派グループに手を焼くなか、同社は過激派を特定して抑え込むための新たなツールを開発するプロジェクトを受注した。そこで私を責任者に指名し、データサイエンティストのチームを発足させたのである。

ＳＣＬでの仕事は非常に魅力的でやりがいがあり、刺激的だった。同社はデータやアルゴリズム、オンラインナラティブ（語り）を駆使して、過激主義の台頭を阻止し、英米を中心とした西側同盟諸国のサイバー防御体制を再構築しようとしていた。しかし２０１４年に入って事態が急展開した。億万長者が現れてわれわれのプロジェクトを丸ごと買い取り、「アメリカ版過激派運動」の展開に乗り出したのである。それまで誰も耳にしたことがなかったＣＡがここで表舞台に登場し、心理プロファイリングを兵器化して世界をひっくり返すことに成功するのだ。

兵器が間違った相手に渡る状況は軍事用語で「ブローバック」と呼ばれる。まさにホワイトハウスでブローバックが起き、爆弾が点火されたのだ。社会に対してとんでもない被害をもたらすのは火を見るよりも明らかであり、私としては見過ごすわけにはいかなかった。だから内部告発を決意した。すべてを当局へ通報するとともに、マスコミを通じて世間に向かって警鐘を鳴らした。

委員の前で証言しているとき、私は前日の大西洋横断便による時差ボケから完全に回復していなかった。容赦ない質問を浴びせられ、次第に混乱していった。複雑怪奇なＣＡの業務内容を細かく説明すると、議員団を困惑顔にさせるばかりだった。そこでバインダーを取り出して机の上に置き、議員団側へどんと押し出した。さあ、どうぞご自由に読んでください！　もうここまで来てしまったのだから、すべてをさらけ出してもいいじゃないか、と思った。

　証言中に休憩はない。背後のドアは閉められたまま。ここは地下空間で窓は一つもなく、空気がよどんでいる。正面に座る議員団を直視する以外、目のやり場もない。そんななか、議員団は自分たちの国に一体何が起きたのか、必死で理解しようとしている。

歴史的なデータ犯罪捜査始まる

　ＳＣＩＦ内で行った議会証言の３カ月前、２０１８年３月17日のこと。英ガーディアン紙、米ニューヨーク・タイムズ紙、英公共テレビ「チャンネル４」の３メディアは１年に及ぶ共同取材の成果を一斉に特報した。起点は私の内部告発だ。私はＣＡとフェイスブックの内部で起きていたことについて真実を暴こうと決意し、マスコミの協力を得たのである。

　これによって歴史的なデータ犯罪捜査が始まった。史上最大のスケールだ。イギリス側では国家犯罪対策庁（ＮＣＡ）、ＭＩ５（諜報機関）、情報コミッショナー事務局（ＩＣＯ）、選挙委員会、ロンドン警視庁、アメリカ側では連邦捜査局（ＦＢＩ）、司法省、証券取引委員会（ＳＥＣ）、連邦取引委員会（ＦＴＣ）が捜査に加わった。

　第一報が放たれる数週間前、アメリカでは特別検察官ロバート・モラーによる捜査が大詰めを迎えていた。この年の２月、アメリカ大統領選挙への介入で共謀したとして、モラーはロシア市民13人とロシア企業３社の起訴に踏み切っていた。１週間後にはトランプ陣営の選対本部長を務めたポール・

マナフォートと側近のリック・ゲイツの2人を追起訴。一方、3月16日には司法長官ジェフ・セッションズがＦＢＩ副長官のアンドリュー・マケイブを解雇した。マケイブは年金受給資格を得られるまであと24時間ちょっとであったのに、である。

　誰もがトランプ陣営とロシアの間で何が起きたのかを知りたがっていた。しかし、点と点を結んで全体像を描ける人は皆無だった。そんな状況で私は証拠を提出した。これによって、ドナルド・トランプやフェイスブック、ロシア諜報機関、国際ハッカー集団、イギリスの欧州連合（ＥＵ）離脱（ブレグジット）がＣＡとつながった。得体の知れない外資系下請け業者でしかないＣＡが非合法活動に走って、トランプ陣営とブレグジット陣営に勝利をもたらす構図が浮き上がったのだ。

　無数の電子メール、内部メモ、請求書、銀行取引明細、プロジェクト文書――。私が用意した証拠を点検すれば、トランプとブレグジットの両陣営が同じ戦略を取り、同じテクノロジーを使い、同じ人的ネットワークに依拠していたのは明白だ。しかも、背後ですべてを操っていたのはロシアの勢力だったのである。

　第一報が出てから2日後、イギリス議会の下院は緊張した雰囲気に包まれ、異例の行動に出た。与党の主要大臣と野党の最高幹部が一致団結し、フェイスブックを糾弾したのだ。ガーディアンなど3メディアが明らかにしたのは、フェイスブックのプラットフォームが悪用され、敵対的なプロパガンダを展開するマシンと化していたということだ。結果として外部勢力が選挙に介入し、西側民主主義を危機に陥れた。

　続報はブレグジットに焦点を合わせ、国民投票の正当性に疑問符を付けた。私が捜査当局へ提出した証拠書類によれば、ブレグジット陣営は国民投票に向けてＣＡの秘密子会社にカネを払い、フェイスブックとグーグル上で偽情報を拡散させた。イギリス選挙委員会の基準に照らし合わせれば、間違いなく違法行為であり、最終的にはイギリス史上最大かつ最悪の選挙法違反の一つとなった。

　ブレグジット陣営の脱法行為を示す証拠が公になると、イギリス首相公邸があるダウニング街10番地は蜂の巣をつついたような騒ぎになった。国民投票期間中にブレグジット陣営がロシア大使館と直接接触していた事実が判明し、証拠書類がＮＣＡとＭＩ５へ送られた。1週間後、フェイスブックは18%の株安に見舞われ、総額８００億ドルの株式時価総額を失った。アメリカ企業が1日で失った時価総額としては史上最大だった。

2週間ぶっ続けでテレビ出演

　２０１８年3月27日、私はイギリス議会へ呼ばれて生中継の公聴会で証言した（このあと数カ月間、あちこちで引っ張りだこになり、公の場で語ることに何のためらいも感じなくなった）。ＣＡによるハッカー集団の利用、フェイスブックの情報漏洩に絡んだ賄賂、ロシアの諜報活動――。話題は多岐にわたった。公聴会を受けてアメリカ側では捜査当局（ＦＢＩ、司法省、ＳＥＣ、ＦＴＣ）が一斉に調査に乗り出した一方で、上下両院の各種委員会（下院情報特別委員会、下院司法委員会、上院情報特別委員会、上院司法委員会）が「話を聞きたい」と私に接触してきた。数週間以内にEUのほか世界20カ国以上がフェイスブックなどソーシャルメディアやフェイクニュースに対する調査を開始した。

　私は全世界に向けて自分の物語を語っていた。そのうち、テレビ画面が自分自身の姿を映し出す鏡であるかのような錯覚を抱くようになった。無理もない。２週間ぶっ続けでテレビに出ずっぱりで、カオス状態だったのだ。ロンドン時間の早朝6時からヨーロッパ各国のテレビ番組に出演したのに続いて、アメリカのテレビ番組に舞台を移して深夜までインタビューに対応することもあった。どこに行ってもマスコミに追い掛け回され、そのうち脅しも受けるようになった。身の危険を感じ、公のイベントに出る際にはボディーガードを雇うようにした。大勢の記者がクリニックに押し寄せ、患者をおびえさせるので、一時的に閉院せざるを得なくなった。私は何カ月にもわたって目が回るほど翻弄され、お手上げ状態になった。でも分かっていた。警鐘を鳴らし続けなければならない。それができるのは自分だけなのだ。

どのようにして大衆のアイデンティティーと行動が商品化され、データ業界に大きな利益をもたらすようになったのか——これがＣＡの物語である。情報の流れを支配する企業は「世界最強企業」と呼んでもいい。秘密裏に構築したアルゴリズムを武器として使い、今まで誰も想像できなかったようなやり方で、世界中の人々の思考に影響を与えているのだ。

関心のあるテーマは人によってさまざまだ。銃規制や移民があり、言論の自由や宗教の自由がある。でも、テーマが何であっても「知覚危機の震源地」シリコンバレーから逃れられない。私がＣＡ時代の仕事で明らかにしたのはシリコンバレー流イノベーションの暗部だ。ＣＡ、オルタナ右翼、ロシアの３勢力それぞれがイノベーションを起こし、世界に衝撃を与えた。では、３勢力のイノベーションを世の中に解き放ったのは誰なのか。フェイスブックである。そう、あなたが飲み会への誘いや赤ちゃんの写真をシェアするために使っているソーシャルメディアのことである。

12歳で車椅子生活

私がもし違う体に生まれていたら、テクノロジーに関心を持たなかったかもしれないし、ＣＡへの就職も考えなかったかもしれない。子ども時代、コンピューター以外にやることがあまりなかったのだ。

生まれ育ったのは海と森と農場に囲まれたバンクーバー島。カナダ西部ブリティッシュコロンビア州の太平洋沖に浮かぶ島である。両親は開業医で、私は長男。2人の妹ジェイミーとローレンがいた。11歳の時、足がどんどん硬直していき、ほかの子どもと同じように走れなくなった。歩き方も変になり、いじめに遭うようになった。病院で診てもらうと、二つの奇病を患っていることが判明した。症状には極度の神経障害痛や筋衰弱、視力低下、聴力低下が含まれた。12歳になるころには車椅子生活を強いられた。ちょうど思春期を迎えようとしていたというのに、である。以後の学校生活ではずっと車椅子と一緒だった。

車椅子で生活していると、普通とは違うように扱われるものだ。時に人間というよりも物のように見られている気分になる。仕方がないのかもしれない。周囲の関心は、私がどうやって移動しているのかという一点に集中しがちだからだ。車椅子に乗っていれば、建物に入るときには常に特別な方法を見いださなければならない。どの入口なら入れるだろうか？　階段を避けながら目的地に到達できるだろうか？　普通の人ならば想像もしないようなことを考えなければならないのだ。

学校でコンピューター室を発見すると「これこそが自分の居場所だ」と思うようになった。コンピューター室に居る限りはもはや疎外感を味わわずに済んだ。ここから一歩外に出ればクラスメートにいじめられるか、恩着せがましい職員の相手をする羽目になるか、そのどちらかであった。教師は教室内で「クリスと仲良くしましょう」と呼び掛けていたが、義務感で生徒を指導しているにすぎなかった。私にとっては無視される以上にうっとうしかった。コンピューター室が自分の居場所になるのも当然の成り行きだった。

13歳になると自分でウェブページを作成するようになった。最初のウェブサイトは、ドジなクルーゾー警部に追い回されるピンク・パンサーの動画で、Flash《フラッシュ》形式のアニメーションだった。間もなくして、プログラミング言語JavaScript《ジャバスクリプト》で書かれたゲーム「三目並べ（○×ゲーム）」のビデオを目にした。すごいと思った。３×３の升目に○と×を並べていくゲームは至ってシンプルに見えるのに、背後にあるロジックを考えると実はそうでもない。コンピューターに適当に升目を選ばせると、ゲームが退屈になってしまう。面白くするためには一定のルールに従ってコンピューターを誘導しなければならない。例えば、「×の隣の升目に×を書き込め。ただし○がすでに並べられている縦線と横線は回避しろ」と指示する。では、対角線上に並べられた×は？　どのように説明したらいいのか。

　結局、私は数百行に上るスパゲティコード（制作したプログラマー以外には解読困難なコード）を書き、「三目並べ」を完成させた。自分の創造物と最初にゲームをプレーしたときの感覚を今でも思い出せる。私が升目に○を書き込むと、それに反応して自分の創造物が別の升目に×を書き込むのだ。まるで自分が魔法使いにでもなったかのような気分になれた。プログラミングの練習をすればするほど、自分の魔力を強くできるのだ。

　コンピューター室の外に出ると、魔力を封じられてしまった。学校は生徒に対して「障害者ができないこと」と「障害者がやってはいけないこと」を教えていたし、「障害者が決してなれない人物」を理想像として示していた。15歳になるときに両親は心配して、私が居場所を見いだせるような学校への転校を勧めてくれた。そこで２００５年の夏、全寮制のインターナショナルスクール「ピアソンカレッジ」に転入した。ブリティッシュコロンビア州の州都ビクトリアにある同校は、元首相レスター・Ｂ・ピアソンの名前を冠している。ピアソンは１９５０年代のスエズ動乱に際して世界初の国連平和維持軍を考案したとして、ノーベル平和賞を受賞した政治家だ。

　ピアソンはエキサイティングだった。世界中から大勢の生徒が集まり、多様性に富んでいたからだ。私は生まれて初めて授業に真面目に出るようになったし、やはり生まれて初めてクラスメートの話を聞くようになった。例えば、ルワンダ虐殺の生き残りと友達になれた。ある晩に学生寮で彼の話に熱心に耳を傾けた。彼は子どものころに虐殺によって家族を失い、一人でウガンダの難民キャンプまで歩いたそうだ。衝撃的だった。

授業をサボってタウンホールミーティングに

本当の転機はその後に訪れた。学生食堂で夕食を終えると、パレスチナ人とアラブ人の生徒がイスラエル人の生徒と向き合い、祖国の未来について白熱した議論をしている光景を目にした。世界ではこんな大変なことが起きているというのに、これまでほとんど何も知らなかったことを痛感した。これをきっかけに一気に政治に興味を持つようになった。

新学期が始まると授業をサボって、地元政治家とのタウンホールミーティングに顔を出すようになった。学校内ではめったにしゃべらなかったのに、タウンホールミーティングでは自分の意見を表明することにためらいを感じなかった。授業とタウンホールミーティングは全然違う。前者は受動的だ。私は教室の後ろに座り、「こうやって考えなさい」「これを勉強しなさい」などと指導する教師に従うだけ。カリキュラムが事前に用意され、教育指導方法が決められているのだから仕方がない。後者は正反対だった。確かに政治家は教師と同様に壇上に立っている。でも、主役は聴衆であり、聴衆が政治家に対して「われわれはこう考える」と伝えるのである。これが信じられないほど面白かった。なので、地元政治家が「タウンホールミーティングを開催します」と発表すれば、私は必ず参加した。参加したら質問するだけでなく自分の考えを語った。

自分自身の「声」を発見すると、解放された気分になった。自分が誰であるのか知りたいという点では、普通のティーンエージャーと変わらなかったのだ。だが、ゲイであり車椅子で生活しているとなると、普通よりも高いハードルを越えなければならない。多くのタウンホールミーティングに参加して分かったことがある。これまでの人生で経験してきたことの大部分は、単なる「個人的問題」ではなく「政治的問題」でもあるということだ。

私が直面する試練も、私が送っている人生も、さらには私の存在そのものも政治的なのだ！ となれば自分自身が政治的になるほかない。運良く元ソフトウエアエンジニアのジェフ・シルベスターが声を掛けてくれた。カナダ議会議員のアドバイザーを務めており、タウンホールミーティングに欠かさず参加して発言する青年――私のこと――に興味を抱いたのだ。結局、テクノロジーに明るい人材を探していたカナダ自由党（ＬＰＣ）に私を紹介してくれた。私はすぐに正式に雇われ、夏の終わりから首都オタワのカナダ議会に通ってＬＰＣの政治アシスタントとして働き始めた。

２００７年の夏、私はモントリオールでハッカーのたまり場に足しげく通い、フランス系カナダ人のテクノアナーキストと交わるようになった。たまり場は工場跡地であり、床はコンクリートで壁はベニヤ板だった。部屋の中はアップルⅡやコモドール64などレトロなテクノロジー製品で飾られていた。そのころには治療の効果もあり、私は車椅子なしで歩けるようになっていた（体の状態は改善に向かっていたとはいえ、内部告発に伴う激務に耐えられるほどではなかった。ＣＡの暗部を暴く第一報が放たれる直前のことだ。私は発作を起こし、サウスロンドンの歩道で意識不明になって倒れ込んだ。ユニバーシティカレッジ病院へ運ばれ、腕に静脈注射を打たれる激痛で目覚めた）。どんな格好をしていても、あるいはどんなに奇妙な歩き方をしていても、誰からも変に思われなかった。ハッカーはテクノロジーへの情熱を仲間と共有し、手助けしたいだけだったのだ。

どんなシステムも絶対的ではない、難攻不落の存在はない、乗り越えられない障害はない――。私はハッカー集団と一時期を共に過ごしたことで、確固とした信念を持つようになった。自分の見方を変えれば、どんなシステムにも欠陥や脆弱性を見いだせると、ハッカー哲学は教えてくれた。コンピユーターやネットワークはもちろん、たとえ社会そのものであっても。私は車椅子に座るゲイの若者として、人生の早い段階で権力のシステムを理解するようになった。そしてハッカー集団に加わったことでもう一つ学んだ。あらゆるシステムには弱点があり、いずれ食い物にされるのである。

新風吹き込むオバマ陣営に魅了される

私がカナダ議会で働き始めて間もないころ、LPCはカナダの南側——アメリカ——で起きている新たなイノベーションに関心を寄せた。フェイスブックが大衆の間で流行し、ツイッターが勢いに乗り始めるなど、ソーシャルメディアが勃興しつつあったのだ。ただし、選挙戦でどのようにソーシャルメディアを使ったらいいのかについては、誰も明確な考えを持っていなかった。そうしたなか、大統領選挙で人気急上昇中だった民主党候補バラク・オバマがソーシャルメディアの活用にアクセルを踏んだのだ。

候補者の多くがインターネットの活用に戸惑うばかりで、有効な戦略を打ち出せないでいるなか、オバマ陣営はウェブサイト「My.BarackObama.com」を立ち上げて草の根革命を起こし始めた。ヒラリー・クリントンをはじめ他候補もウェブサイトを持っていたものの、従来型の選挙広告に特化していた。対照的にオバマ陣営のウェブサイトは草の根団体向けのプラットフォームとして機能し、投票推進運動を盛り上げていた。オバマはイリノイ州選出の上院議員として1期目であり、他候補よりもずっと若くてテクノロジーに明るかった。ウェブサイトをテコに草の根レベルで熱狂を呼び起こし、リーダーとしてうってつけの人物に見えた。

私は自分の限界を思い知らされながら成長期を過ごした。それだけに、単純なメッセージ「イエス・ウィー・キャン！（やればできる！）」に込められた挑戦的楽観主義にすぐに魅了されてしまった。

オバマ陣営は政治の世界に新風を吹き込んでいたのだ。そんなとき——私は18歳になっていた——LPCのアメリカ調査団に加わり、オバマ陣営の選挙戦略を見極める役割を担った。オバマ陣営から斬新な戦略を学び取り、カナダでの選挙に生かすのだ。

　アメリカでは当初、ニューハンプシャー州など早期に予備選が行われる州を訪ねた。有権者に話し掛け、アメリカの文化を間近で見ようとした。楽しかったし、多くの発見もあった。同じ北米に属しながらアメリカ人とカナダ人がこれほど異なる感性を持ち合わせているとは、夢想だにしていなかった。例えば、「国民皆保険に反対」と主張するアメリカ人に出会い、非常に驚いた。カナダでは国民皆保険にほぼ毎月お世話になっていただけに、なぜなのかにわかには理解できなかった。もっとも、多くの有権者に会ううちに同じような話を１００回も聞かされ、最後には大して驚かなくなった。

　あちこちうろついて人々に話し掛けるのは楽しくて仕方がなかった。それだけに、「そろそろデータ班に加わってもらおうか」と言われたときにはあまり喜べなかった。でも、オバマ陣営のターゲティング責任者ケン・ストラスマを紹介され、すぐに考えを改めた。

　オバマ陣営の戦略でとりわけ魅力的なのはブランディングだ。ユーチューブのような新メディアの利用もうまい。これは本当にカッコ良かった。ユーチューブは誕生して間もなかったから、オバマが登場するまで誰もビジュアルに訴える戦略を採用していなかった。これこそアメリカで見たかったものだ。ところがケンから「ビデオは忘れろ」と言われた。ケンによれば、ビジュアルだけではオバマ陣営のテクノロジー戦略の核心に迫れない。ではどうすればいいのか。大前提としてあるのは、何をテーマにして誰に話し掛けなければならないのかを正確に見極めることだという。

選挙運動にＡＩ利用

言い換えると、オバマ陣営の核心にあるのはデータなのだ。ストラスマのチームが生み出した最大の成果はデータ分析モデルの構築である。このモデルを使えば、オバマ陣営はデータから意味を読み取って現実の広報戦略へ適用できる。つまり人工知能（ＡＩ）を導入していたのだ。ちょっと待ってくれ……選挙運動用のＡＩ？　有権者に関する情報を貪欲に取り込み、ターゲティングの基準を教えてくれるロボットの誕生？　ＳＦの話ではないか？　だが、現実に起きていた話だ。モデルが取り込んだ情報はオバマ陣営の上層部に届き、そこでどんなメッセージを使ってどんなブランディングを展開するのかが決まったのである。

データ処理のインフラはどうしていたのか。オバマ陣営が利用していたのは、ボストン出身の愉快な同性愛カップル――マーク・サリバンとジム・セントジョージ――が運営するコンピューターネットワーク「有権者活性化《ボーター・アクティベーション》ネットワーク（ＶＡＮ）」だった。２００８年の大統領選挙が終わるころには、民主党全国委員会が保有する有権者データは04年の大統領選挙時の10倍に達していた。ひとえにＶＡＮのおかげである。民主党は膨大な有権者情報を蓄積したデータベースに加えて、データを分類して活用するツールを備えていた。そのため、民主党候補に投票してくれそうな有権者を投票所へ向かわせるうえで決定的に有利になったのである。

私は知れば知るほどオバマ陣営のデータ戦略に魅せられていった。あまりにも知りたいことが多く、マークとジムの2人を質問攻めにしなければならなかった。幸いにも2人は、若いカナダ人がアメリカにやって来てデータと政治について知りたがるのを面白いと思ったようで、快く対応してくれた。ケン、マーク、ジムの3人に出会うまでは、選挙運動で数学やＡＩを使う状況を思い浮かべたこともなかった。実のところ、オバマ陣営の選対本部でコンピューターの前に並ぶ人々を最初に見たとき、「選挙に勝つために重要なのはメッセージと情熱であって、コンピューターと数字ではないはずだ」と思ったものだ。実際は違った。過去の大統領候補と比べてオバマが決定的に異なっていたのは、数字――それに予測アルゴリズム――を活用していた点だ。

オバマ陣営が効果的にアルゴリズムを利用してメッセージを発しているのを見て、私も自分でアルゴリズムを書きたいと思って勉強を始めた。自力で数値解析ソフト「ＭＡＴＬＡＢ」や予測分析ソフト「ＳＰＳＳ」などの利用法を学び、データいじりに没頭するようになった。教科書には頼らなかった。統計を学ぶための古典的データセット「ＩＲＩＳ（アヤメ）」を使い、試行錯誤の独学から始めた。花びらの長さや色などさまざまなデータを操って、花の品種を予測するのだ。たちまちはまってしまった。

基本を理解し終わると、分析対象を花びらから人間へ切り替えた。ＶＡＮは人間に関する情報の宝庫である。年齢、ジェンダー、所得、人種、持ち家の有無はもちろんのこと、雑誌の定期購読や航空会社のマイレージポイントまで分かる。正しいデータを入力すれば、当該人物が民主党と共和党のどちらに投票するのかを予測し、当該人物にとって最も重要そうなテーマを特定できる。そのうえで、当該人物の意見に影響を与えるための効果的なメッセージを考案することも可能になる。

データの活用によって、まったく新しい方法で選挙を理解できるようになる、と私は思った。データはオバマ陣営の選挙運動に力を与え、世の中を良くできる。疎外感を抱いている人々にメッセージを送り、投票所へ行くよう促せる。私は知れば知るほど「データは政治の救世主になる」との確信を深めた。そのうち一刻も早くカナダに戻って本部に出向き、次期アメリカ大統領から学んだ新たな知見を共有したいと思うようになった。

11月になってオバマは大統領選挙で共和党候補のジョン・マケインを破り、地滑り的勝利を収めた。それから2カ月後、オバマ陣営の友人からもらった大統領就任式への招待状を手にしてワシントンへ飛び、民主党支持者が結集するディナーパーティーに出席した（パーティー会場の受付ではちょっとしたトラブルに巻き込まれた。21歳未満であると告げると、うろたえたスタッフに制止されたのだ。会場内にはアルコール飲料が提供されるオープンバーがあるのが理由だった）。パーティーは信じられないほど楽しかった。ミュージシャンのジェニファー・ロペスやマーク・アンソニーとおしゃべりできたし、オバマ大統領夫妻の初ダンスも拝めた。リーダーにふさわしい人物がデータを活用して、近代的選挙戦に臨んだら何が起きるのか――。新しい時代の幕開けだ。祝杯を挙げないわけにはいかない。

プライベート空間で政治メッセージ

懸念材料もあった。オバマ陣営は特定の有権者に対して特定のメッセージを直接届けるマイクロターゲティングで成功した。マイクロターゲティングを全面展開すると、政治的メッセージを世の中に向かって広く発信するのではなく、プライベート空間に閉じ込める格好になる。プライベート空間で発せられる政治的メッセージという点では、古くからアメリカの選挙運動で使われてきたダイレクトメールも同じである。とはいえ、データを駆使したマイクロターゲティングは次元が違う。数千万人の有権者がいれば、数千万種類の政治的メッセージを作って送れる。個々の有権者はそれぞれの属性に合ったメッセージを受け取るわけだ。メッセージの内容は有権者によって千差万別であり、あなたが受け取るメッセージは隣人が受け取るメッセージと似ても似つかないかもしれない。だからといってどちらかが得するわけでもない。

選挙運動がプライベート空間で行われるとどうなるだろうか。政治家は公の場から姿を消し、監視されにくくなる。アメリカ民主主義の土台であるタウンホールミーティングは徐々に表舞台から退き、オンライン上を流れるデジタル広告に取って代わられる。監視がなくなれば、政治的メッセージはもはや政治的メッセージのように作られる必要もなくなる。オバマ陣営がお手本を示したように、ソーシャルメディアはまったく新しい環境を生み出した。われわれは友人から送られてくるメッセージを読むのと同じ感覚で、ソーシャルメディア経由の政治的メッセージを読む。送り主の正体や意図に気付かないままに、である。

ソーシャルメディア上で流れる選挙運動のメッセージは、ニュースサイトや大学、公的機関などからのメッセージと似てくるだろう。ソーシャルメディアの影響力が増すと、有権者は選挙広告に全幅の信頼を寄せてしまってもおかしくない。ここに問題が潜んでいる。ソーシャルメディアの中にあるプライベート広告ネットワークには、誤りを指摘してくれる第三者が存在しない。つまり、有権者はうそをつかれても簡単には気付けないのだ。

オバマ政権誕生の数年前から、シリコンバレーで新たなビジネスモデルが出現しつつあった。テクノロジー企業が蓄積する膨大なデータが利益を生み出し始めたのだ。このビジネスモデルの根幹にあるのが情報の非対称性だ。コンピューターはわれわれの行動について熟知しているというのに、われわれはコンピューターが何をしているのかほとんど何も知らない。

テクノロジー企業は情報サービスを提供し、見返りとしてより多くの情報——つまりデータ——を求めている。データの価値はますます高まっている。フェイスブックを見てみよう。1億7千万人に上るアメリカ人ユーザーから1人当たり平均で30ドルの利益を得ている。収集したデータを駆使して消費者行動に影響を与え、大きな利益を生み出しているのだ。われわれはテクノロジー企業の情報サービスをタダで利用しているわけではなく、自分自身の個人データを対価として払っている。

データが蓄積されるほど利益が増える。だから当然の成り行きとして、ユーザーにシェアを促す仕組みが導入された。フェイスブックなどのプラットフォーマーはカジノのまねをして、「無限スクロール」のようなイノベーションを起こしたり、脳内報酬系に作用する中毒性のある機能を導入したりした。グーグルの「Ｇメール」のようなサービスは、われわれのメールのやり取りをくまなく探り回るようになった。昔ながらの郵便配達人であったなら刑務所送りになるのは間違いない。われわれのスマートフォンにはＧＰＳ（全地球測位システム）装置が組み込まれた。ＧＰＳ装置といえば、かつては罪人の足首に着けられたアンクレットと相場が決まっていた。さらには、現在普及している無数のアプリには、昔ならばおそらく「盗聴」と見なされた機能が標準で組み込まれている。

　そんななか、われわれは何のためらいもなく、日常的に自分の個人情報をシェアするようになった。一つにはキャッチーな言葉に踊らされているからだろう。事実上の監視ネットワークとして運営されるソーシャルメディアは「コミュニティー」、ソーシャルメディア参加者は営利目的で利用される側だというのに「ユーザー」、中毒性の高い機能は「ユーザーエクスペリエンス」あるいは「エンゲージメント」と呼ばれる。一方で「パンくずリスト（ユーザーがウェブサイト内のどの位置にいるのかを示すリスト）」や「排気データ（デジタル活動の副産物として生まれるデータの痕跡）」によって、われわれのアイデンティティーがプロファイリングされている。

「素早く行動して破壊せよ」に踊らされる

　過去数千年を振り返ると、人間社会はもっぱら天然資源を採掘して商品へ転換するビジネスモデルに依拠してきた。綿から糸を紡いで織物にする、鉱石を製錬して鉄鋼にする、森を伐採して木材にする――。ところが、インターネットの登場によってまったく新しいビジネスモデルが生まれた。われわれ

われわれ自身——行動パターン、関心事、アイデンティティー——を商品へ転換するビジネスモデルだ。データと産業が合体した複合体の原材料は、われわれ自身なのである。

新時代の政治的ポテンシャルをいち早く見抜いた一人がスティーブ・バノンだ。知名度はいまひとつでありながらも、ニュースサイト「ブライトバート・ニュース」の編集長を務めていた。愛国主義者アンドリュー・ブライトバートの信条に従ってアメリカ文化の再構築を目指す同サイトを率い、「文化戦争」を自分の使命と考えていた。ただし——彼との初面会時に私は直接確認したのだが——自分たちが文化戦争遂行のための有効な兵器を備えていないということも理解していた。軍事指揮官が「砲撃力」と「空域制圧」に注力するように、「文化力」と「情報制圧」に注力する必要性を認識していた。新時代の戦場で人心をつかむためのデータ兵器庫を求めていたと言ってもいい。

新設のＣＡこそデータ兵器庫に相当した。同社は軍事心理戦のテクニックに磨きをかけることで、バノン流オルタナ右翼の反乱活動を大成功に導いた。文化戦争で犠牲になったのはターゲットにされたアメリカ人有権者だ。知らぬうちに惑わされ、操られ、だまされた。事実の代わりに「代替的事実」や「仮想現実」を見せられ、真実の代わりに「ポスト真実」を見せられたのである。

ＣＡは最初の実験場所としてアフリカと南国諸島を選んだ。まずは選挙戦に介入してオンライン上で偽情報やフェイクニュースを大量に流すとともに、住民を対象に大規模なプロファイリングを実行。ロシアの諜報部員と協力関係を築く一方でハッカー集団を雇い入れ、対立陣営の電子メールアカウントにも侵入した。西側メディアの関心が及ばないような外国を舞台にして文化戦争のテクニックに磨きをかけたわけだ。

アフリカで部族対立をあおるのに成功すると、ＣＡは次にアメリカに目を向けた。すると、「ＭＡＧＡ！（アメリカを再び偉大に！《メイク・アメリカ・グレート・アゲイン》）」や「壁を建設しろ！」といった叫び声がこだまするなど、どこからともなく「アメリカ版部族対立」が起き始めた。大統領選挙では突如として政策論議は影を潜め、「本物のニュース」と「フェイクニュース」をめぐる奇妙な議論が幅を利かせるようになった。「心理戦版大量破壊兵器」が史上初めて大規模に使われた後遺症にアメリカは今も苦しんでいる。

ＣＡ創業メンバーの一人として、私は責任を感じている。これまで犯してきた過ちを正さなければならないという強い義務感を持っている。不覚にも、多くのテクノロジー業界関係者と同様に、フェイスブックのモットー「素早く行動して破壊せよ（ムーブ・ファスト・アンド・ブレーク・シングス）」に踊らされてしまった。これほど深く後悔したことは自分の人生では一度もなかった。素早く行動して強大な力を築き上げ、そして破壊したのである。何を破壊していたのかについて気付いたときには、すでに手遅れだった。

「FBIに逮捕されるかも」と懸念

話を２０１８年の初夏に戻そう。連邦議会議事堂の地下に設けられた機密情報隔離施設――ＳＣＩＦ――へ向かう途中、私は自分自身の身に起きていることが信じられず、茫然としていた。あまりにも多くの関係者を怒らせてしまったようなのだ。まずは与党・共和党。すでに独自調査を始め、私をおとしめる材料を探し回っていた。次にフェイスブック。ＰＲ会社と契約し、私を含めて批判勢力を中傷するのに忙しかった。そればかりか同社の法律顧問団は根拠を示さないまま私をサイバー犯罪者扱いし、ＦＢＩへ通報すると脅しをかけてきた。

そんななか、司法省はまったく頼りにならなかった。長年の法解釈を公然と無視するトランプ政権の影響下に置かれていたからだ。私の弁護団は懸念を強め、「クリス、あなたは最後にはＦＢＩに逮捕されるかもしれません」と真顔で言った。安全策としてヨーロッパへの一時避難を提案する弁護士もいた。

安全上と法律上の理由から、私はワシントンでの議会証言を直接引用できない。はっきり言えるのは、ＳＣＩＦの中へ足を踏み入れたとき、私は二つの大型バインダー――それぞれ数百ページ――を手にしていたということ。

一つ目は、ＣＡが行った広範囲なデータ収集活動を示す電子メールやメモ、文書で構成されていた。これを読めば、同社がハッカー集団をリクルートしたり、ロシア諜報機関とパイプを持つ人物を雇ったり、賄賂や恐喝、偽情報拡散によって世界各地の選挙運動に介入したりしたことが分かる。ここには、法律顧問団がスティーブ・バノンに対して「われわれは外国代理人登録法（ＦＡＲＡ）に違反しているかもしれない」と警告した秘密メモのほか、ＣＡがどのようにフェイスブックを食い物にしていたかを示す一連の文書も含まれていた（ＣＡは８７００万人以上に上るフェイスブックユーザーのデータを不正に入手し、アフリカ系アメリカ人有権者を抑圧しようとした）。

二つ目は、一つ目以上に機密に触れる内容だった。この年の初めに私がＣＡのロンドン事務所からこっそり入手した数百ページの資料――電子メール、財務文書、音声データ起こし、テキストメッセージ――が入っていたからだ。これらはアメリカの諜報機関が探し求めていた資料であり、在英ロシア大使館がトランプとブレグジットの両陣営との間に築いた密接な関係を示していた。もっと詳しく言えば、イギリスのオルタナ右翼指導者がトランプ陣営関係者との会合前後にロシア大使館を訪ねていただけでなく、少なくとも3人がロシア鉱山株への投資に絡んだ儲け話――潜在価値数百万ドル――を持ち掛けられていた証拠も含んでいた。

ここで明らかになっていたのは、極めて早い段階でロシア政府は英米のオルタナ右翼ネットワークを特定したうえで内部協力者を育成し、ドナルド・トランプへの橋渡し役として利用していたということだ。オルタナ右翼の台頭、ブレグジット国民投票の可決、トランプ大統領の誕生――。16年の主要イベントは裏ですべてつながっていたのである。

２００時間以上の証言、１万ページ以上の文書

ＳＣＩＦ内で４時間が過ぎて、５時間になろうとしていた。そのころには私はフェイスブックの役割と過失について詳細に語り始めていた。

「ＣＡが入手・利用していたデータは、ロシア側スパイとみられる人物の手に渡ったのですか？」

「はい」

「ロシア政府は２０１６年にロンドンに秘密の活動拠点を置き、大統領選挙とブレグジット国民投票に影響を与えようとしていたのですか？」

「はい」

「ＣＡとウィキリークスは連絡を取り合っていましたか？」

「はい」

ここまで話をして、委員会メンバーの目の中にようやく光明を見いだせた。ぼんやりとではあるものの、何が起きていたのかをやっと理解してもらえたようなのだ。フェイスブックはもはや単なる企業ではなく、アメリカ人の人心を操るためのマシンである、と私は指摘した。最高経営責任者（ＣＥＯ）のマーク・ザッカーバーグはデータ金庫のドアを広く開け、ＣＡやロシアに自由に使わせたのだ。フェイスブックは独占企業であるから独禁法の規制対象になる。しかし独占企業として規制されるだけでは不十分だ。あまりにも強大な力を得たことで安全保障上の脅威になっているし、民主主義を危機に陥れる恐れもある。

さまざまな国家組織——司法、諜報、議会、警察——に囲まれて難しいダンスを踊らされているうちに、私は累計で２００時間以上の宣誓証言を行い、少なくとも1万ページに及ぶ文書を提出した。ワシントンやブリュッセルをはじめ世界各地へ飛んで指導者に会い、ＣＡの悪行はもちろんのこと、ソーシャルメディアが選挙運動にもたらす脅威を説いて回った。

それでも問題山積のままである。私がどんなに長時間の証言を行ってどんなに大量の文書を提供したところで、関係者——警察、議会、規制当局、メディア——の誰もがどうしたらいいのか分からず戸惑うばかりだった。理由ははっきりしている。まず、物理的な場所ではなくオンライン上で起きた犯罪であるから、警察はどこの管轄なのかでもめてしまうのだ。次に、ソフトウエアとアルゴリズムに絡んだ事件であるため、多くの人が混乱してさじを投げてしまう。こんなこともあった。捜査官の一人から呼び出されて尋問されたときのことだ。テクノロジー犯罪の専門家を相手にしていたはずなのに、極めて基本的なコンピューターサイエンスの概念を教えてあげなければならなかった。分かりやすく説明するために紙の上に図表を走り書きすると、没収されてしまった。「厳密に言えば証拠押収に当たるのでは」と指摘したら、「アンチョコみたいなものですよ。何を捜査しているのかを知るうえで必要なんです」と冗談を言われた。ＬＯＬ（大爆笑）。なんておかしなやつらだ。

われわれは社会的存在であり、政府や警察、学校、規制当局などの公共機関に信頼を置いている。だから、どの公共機関も秘密の専門家チームを抱えており、困った人がいればすぐに助っ人を派遣してくれると思いがちだ。助っ人はプランAが失敗すればプランBを用意してくれるし、プランBが失敗すればプランCを用意してくれる。いつもそばにいて面倒を見てくれる。だが現実は違う。そんな助っ人は存在しない。だから助っ人の登場を待ってはいけない。いつまでたっても誰もやって来ないのだ。

第2章 失敗の教訓

LESSONS IN FAILURE

カナダからイギリスへ

私とケンブリッジ・アナリティカ（ＣＡ）の物語は、２０１０年夏――内部告発の8年前――のイギリス移住時に始まった。そのころまでにカナダ政界で数年の経験を積んでいた私は、政治と縁を切りたいという思いから、故郷のカナダを離れてイギリスへ渡った。皮肉なのは当初の思いとは裏腹に、イギリス移住が政治と縁を深める結果を招いたことだった。

ロンドンに降り立ったときは新しいスタートへの期待で胸が膨らんだ。新居に決めたのはテムズ川南岸にあるアパートで、近代美術館テート・モダン――老築化した巨大なバンクサイド発電所の中にある――のすぐそばにあった。オタワで数年働いて21歳になった私は、大西洋を横断して英ロンドン・スクール・オブ・エコノミクス（ＬＳＥ）で法律を学ぶ計画を立てた。政治とはもう関わらない。

政党に対して義理立てする必要もない。誰かと一緒にいるところを見られても平気だし、自分が話す内容をあれこれ気にしなくてもいい。誰かに聞き耳を立てられても構わない。これからはいろいろな人と出会い、これまでとは違う人生を見つけるのだ。

ロンドン到着直後はまだ夏だった。荷解きを終えて真っ先にやったのは、ハイドパークへ繰り出して日光浴や観光、デートを楽しむ人たちと交わることだった。続いてロンドンという街を目いっぱい堪能した。金曜と土曜の夜は若者でにぎわうショーディッチとダルストンの両地区を満喫し、日曜日はロンドン最古の食材マーケットであるバラマーケットで過ごした。ここの屋外スペースは素晴らしい。商人や観光客、屋台であふれ返り、騒々しくて生き生きとしている。私は同世代の若者と親しくなり、生まれて初めて「自分は若い」と実感できた。

しかし、ロンドン到着から数日後――まだ時差ボケで時々ぼんやりしていた――に電話がかかってきて、政治と縁を切るのは容易ではないと悟った。電話をかけてきたのは、イギリスの自由民主党《リベラルデモクラット》（通称リブデム）党首のオフィスだった。

４カ月前、イギリスではニック・クレッグという男が副首相に就任していた。欧州議会選挙で当選した１９９９年から順調に出世し、２００７年にはリブデム党首の座を射止めた。当時のリブデムはイギリス政界では急進派の第３党の立場にあった。同性婚を最初に容認した政党であるとともに、イラク戦争に反対し核兵器全廃を主張する唯一の政党でもあった。労働党が10年以上にわたって掲げた「第三の道」路線に新味がなくなったことから、２０１０年の総選挙では「クレッグマニア」旋風を巻き起こして健闘した。

実際、クレッグは世論調査でウィンストン・チャーチルと同じくらいに高く評価され、アメリカの新大統領バラク・オバマに対抗できる存在と持ち上げられた。総選挙後にはデービッド・キャメロン率いる保守党と連立政権を組み、初の政権入りを果たした。そんななか、リブデムはリベラル派ネットワークを通じて私の存在――カナダとアメリカの政治を調査したデータ専門家――を知り、接触してきたのである。

「女王陛下の政府」を担う政党本部に呼ばれる

約束の時間ちょうどに私はリブデム本部（ＬＤＨＱ）に到着した。当時のＬＤＨＱはウェストミンスター地区のカウリー街4番地に置かれ、ウェストミンスター宮殿から数ブロックしか離れていなかった。ＬＤＨＱが入居していた建物は、改修を終えた新ジョージアン様式の邸宅だ。深紅の美しいれんが造りが特徴で、屋根の両側には大型の石造煙突が見える。狭くて曲がりくねった道路に比べると不釣り合いに大きかったので、私は迷うことなくたどり着けた。

リブデムは「女王陛下の政府（イギリス政府）」を担う与党の一角として邸宅に入居していた。だから、ロンドン警視庁の武装ガードマンが邸宅前の通りを行き来していた。私はベルを鳴らして開錠してもらった。重い木製ドアを押し開けて受付まで歩いて行くと、インターンに迎えられた。「これから私が会議室まで案内します」。邸宅内は封建領主を彷彿とさせるシャンデリアやオーク材の羽目板、暖炉で装飾を施されており、色あせたとはいえ大英帝国時代の栄光を漂わせていた。不思議と、偉大な歴史を誇る政党にはふさわしい場所に見えた。

カウリー街4番地（邸宅の通称）内部の様子は、カナダとアメリカで私が見たどんな建物にも似ていなかった。政党スタッフはお互いにぶつからないように気を付けながら、狭くてキーキーときしむ廊下をせわしく歩いていた。これでよく仕事ができるものだ、と私は感心した。古い寝室は仕事机でごった返し、サーバーにつながるケーブル類は壁やドア枠にテープで貼り付けられていた。改修済みクローゼットの中では、明らかに睡眠時無呼吸症候群を患った男性が大きないびきをかいていたが、誰も気にしていない様子だった。ここは政権党の本部というよりも卒業生が使うクラブハウスに近いな、と感じた。私は大きな階段――手すりに美しい彫刻が施されている――を上り、会議室の中へ案内された。大きさから考えて昔はダイニングルームとして使われていたに違いない。数分後、政党スタッフの一団が入ってきた。義務的なイギリス流世間話を終えると、スタッフの一人が言った。「有権者活性化ネットワーク（VAN）について教えてくれませんか」

08年のアメリカ大統領選挙でオバマが勝利すると、「アメリカ流選挙運動」に世界中の政党が興味を持ち始めた。この運動は全国的なターゲティングデータベースと大規模なデジタル作戦を用いており、発展段階の新手法「マイクロターゲティング」を基盤にしていた。ここで使われるのは、大量の有権者データを取り込んで細かくカテゴリー化する機械学習アルゴリズムだ。これによって、どの有権者を説得して、どの有権者を投票所へ向かわせるべきなのか、最適なターゲットを予測するのである。リブデムはイギリスの政治システムにこの新手法を適用できるのかどうかに確信を持てず、私に助言を求めてきたのである。

それにしてもなぜリブデムはカナダ自由党（LPC）のプロジェクトに興味を持ったのだろうか。LPCは選挙戦で勝つために、オバマ陣営と同様の有権者ターゲティング戦略を使った。言い換えると、アメリカ国外でアメリカ流選挙運動を大規模に行うパイオニアになったのだ。イギリスと同様に、カナダは「ウェストミンスターモデル」と呼ばれる小選挙区制度を採用し、多様な政党を抱えている。もともと両国の選挙制度が似ているのだから、カナダ版テクノロジーを使えば、すでにローカライゼーション（現地化）作業の半分を終えたも同然になる、とリブデムはにらんだのだ。

ミーティングの終わりごろになると、政党スタッフはあっけにとられた様子を見せていた。私の話を聞いて最新テクノロジーの潜在力に驚かされたようだった。カウリー街４番地を後にした私は、ＬＳＥへ戻って法解釈論講義の後半に滑り込んだ。今度こそ政治とはもう関わることはないだろう、と思いながら。

Tシャツとスウェットパンツ姿でプレゼン

ところが、である。翌日になって再びリブデムから連絡が来た。大学の講義に参加している途中だったので、最初のうちは電話を無視していた。５度目の電話がかかってきたときに「何か緊急事態なのだろうか」と不安になり、教室の外に出て電話を取った。「きょうの午後に幹部ミーティングがあります。マイクロターゲティングについて即席のプレゼンをしてくれませんか」。講義が終わると、教科書を詰め込んだリュックを抱えてＬＳＥのキャンパスからカウリー街４番地まで歩いていった。突然の依頼だったから着替える時間がなかった。結局、ステューシーのプリントＴシャツと迷彩柄のスウェットパンツのままで、イギリス副首相を支える幹部スタッフが待つ会議室へ向かった。

会議室は前日と同じだったが、前日と違って中はすし詰め状態で騒々しかった。私は何の説明もないまま、すぐに壇上に立たされた。「こんな格好ですみません」と一言謝ると、直ちに即興のプレゼンを始めた。「弱小政党としての弱みを克服するためには、マイクロターゲティングを積極活用すべきです」。話をしているうちに熱が入り、止まらなくなってしまった。ＬＰＣを辞めてからマイクロターゲティングの話をするのは初めてだったから、なおさらだった。

「私はオバマ陣営の選挙運動を目撃しました」

「たくさんの有権者が初めて投票したのです。驚くべきことです」

「集会にいたアフリカ系アメリカ人は希望にあふれていました。これも驚くべきことです」

「これは単なるデータの話ではありません。政治を諦めた人たちにどうやってメッセージを届けたらいいのか、という話なのです」

「そうした人たちを見つけ出し、投票所へ向かわせる方法はあります」

「何よりも重要なのは、テクノロジーの潜在力を認識することです。リブデムは今では連立政権の一角です。イギリス政治の土台である古い階級システムを一新したいのであれば、テクノロジーをうまく使うべきです」

数週間後、私はリブデムから仕事の依頼を受けた。イギリス向けに有権者ターゲティングシステムを構築してくれないか、というのだ。とはいっても21歳の未熟者だ。ＬＳＥの学位取得プログラムに入り、ロンドン生活にもようやくなじみ始めたばかり。再び政治の世界に足を踏み入れてふらふらしていいものなのか、にわかには判断しかねた。確かにチャンスではあった。同じテクノロジー、同じソフトウエア、同じプロジェクトで、カナダで始めたことをやり遂げられるかもしれなかった。カウリー街４番地で見たものにも後押しされた。邸内にあるオフィスの一つに入ったとき、古くて少し角が曲がった黄色いカードが何気なく壁に掛けられているのに気付いた。そこにはリブデムの政党綱領が抜粋されていた。「何人《なんぴと》も貧困、無知、慣習に束縛されてはならない」

返事は決まった。「いいですよ」

オバマ陣営を支えた「見えざるマシン」

２００８年のアメリカ大統領選挙が終わった後に、私はオタワへ戻ってオバマ陣営のテクノロジー戦略をテーマに報告書を書いた。ＬＰＣの反応はいまひとつだった。誰もが華やかなブランディングや派手なグラフィックデザイン、バイラル（ウイルスのように拡散する）な動画などを期待していたからだ。報告書はリレーショナル（関係）データベースや機械学習アルゴリズムに焦点を合わせ、これらがソフトウエアと集金システムを通じて、どのように相互につながっているのかを説明していた。そのうえで「データベースに投資するべき」と提言したのだ。

これを読んだＬＰＣのスタッフは「この男はどこかおかしいのではないか」と思ったようだ。私に求められていたのはセクシーな提言であり、データベースではなかった。オバマを選挙運動のお手本としていたＬＰＣにとっては、見栄えが何よりも大切であり、見栄えを良くするための土台はどうでもよかったのである。

大半の選挙運動は大きく二つの要素で成り立っている。一つは投票であり、もう一つは説得である。前者は「ＧＯＴＶ《ゲット・アウト・ザ・ボート》」とも呼ばれる動員活動であり、支持者でありながらも必ずしも投票しない有権者がターゲットにされる。後者は「ＧＯＴＶ」とは反対に、投票するが支持者ではない有権者がターゲットにされる。「投票する可能性が著しく低い有権者」あるいは「支持者になる可能性が著しく低い有権者」はどうなるのか？　関わる意味がないのでターゲットから外される。では、投票する可能性が高いうえに支持者になる可能性も高い有権者は？　このような有権者は「基礎票」にカテゴリー化され、やはりターゲットから外される（ボランティアや寄付集めのターゲットにされる可能性はある）。要するに、ターゲットにすべき有権者の絞り込みが勝敗を決するのである。

１９９０年代のアメリカの選挙運動では、一般に州など地方自治体から提供されるデータを使って、有権者をターゲティングしていた。そこには支持政党（支持政党がある場合）や投票歴（どの選挙で一票を投じたのか）といった情報が含まれていた。しかしこのやり方には限界がある。まず、すべての州が有権者データを提供しているわけではない。次に、有権者は支持政党を変えるよりも頻繁に政治的意識を変える。さらには、このような情報だけでは有権者が抱える問題が何なのかまったく見えてこない。

だからこそマイクロターゲティングが必要なのだ。住宅ローンや定期購読、自家用車などの個人商取引データを追加的データセットとすることで、個々の有権者の属性をよりはっきりと浮き彫りにできる。世論調査や統計技術と組み合わせれば、全有権者の情報を詳細に記録することも夢ではない。これまでよりも格段に正確な情報を使ってターゲティングできるようになる。

この分野でオバマ選対本部はパイオニアであり、アメリカの選挙運動を変貌させるうえで大きな役割を果たした。ここは重要なポイントである。選挙運動はいわば「組織化されたカオス」であり、テレビ画面上に流れる演説や集会などのイメージとはまったく異なる。ボランティアの運動員が戸別訪問を通じて何百万人もの有権者に接触したり、ダイレクトメールが全国各地の有権者宅にくまなく届いたりする。これが選挙運動の実態だ。もちろん、美しく練られた演説や目を引くブランディングなどと比べれば、全然セクシーではない。それでも近代的な大統領選挙の土台となる「見えざるマシン」なのだ。有権者の多くが選挙運動の表の顔に注目しているなかで、選対本部の戦略担当者は「見えざるマシン」の設置・拡大に余念がないのである。

結局、野党第1党のカナダ議会本部——私の職場だった——内で、われわれは選挙区民と一般市民の情報を基にしたデータベースを試験的に立ち上げてみることにした。議会版ＶＡＮとしてＬＰＣに見せれば、有効性に気付いてもらえるだろうと考えたのだ。データベース構築は高コストであり、ＬＰＣは新たな支出に後ろ向きだった。だが、われわれは野党第1党の議会予算に余裕があることに気付いた。

厳密にはこの予算の出所は公的資金であり、公的資金で構築したデータベースを選挙運動目的で使うことはできない。それでもわれわれはあまり心配していなかった。データベースは野党第1党に接触してきた選挙区民と一般市民の情報で構成される。選挙区民は呼び方は違うが有権者のことだ。だからＬＰＣが一銭も支出しなくても、ＬＰＣのための有権者データベースの構築は可能なのである。

予想通り、ＬＰＣはデータベースを見せられて興味を持ち始めた。そこでわれわれはマーク・サリバンとジム・セントジョージ――ＶＡＮを運営するアメリカ人同性愛カップル――に声を掛け、ＶＡＮの国際展開を打診してみた。２人はこれまでアメリカ国外で大きなプロジェクトを手掛けたことはなかったのに、二つ返事でＯＫしてくれた。２人の協力を得たことで、われわれはカナダ版ＶＡＮを半年で構築できた。英語とフランス語の２カ国語対応になっていたので、ＬＰＣは余計に喜んでくれた。ただし一つ問題があった。カナダ版ＶＡＮに入れるデータがなかったのだ。

コンピューターモデルは世界の行方を予測できる魔法のマシンではない。十分な量のデータを蓄積して初めて予測が可能になる。データがなければ、モデル化もターゲティングも不可能だ。レーシングカーを買ったのにガソリンをケチるようなものだ。たとえ非常に高度なメカニズムを備えていても、スタートさえできない。となると次のステップはＶＡＮ用のデータ入手だ。

カナダ政界の「一匹狼」に頼る

もちろん容易ではない。まず、カネがかかる。次に、今回は選挙運動が目的だから、法令に従って議会ではなく党がカネを払わなければならない。間もなくして、変化を嫌うＬＰＣの揺り戻しを受けるようになった。そこで私は下院議員キース・マーティン――私を最初に政治の世界に引き入れた人物――に頼った。高校生の身分でありながら初めてインターンを経験できたのは彼のおかげだったし、後にカナダ議会で初めて本物の仕事に就けたのも彼のおかげだった。

マーティンはカナダ政界でよく「マベリック（一匹狼）」と呼ばれ、自分のスタッフも一匹狼で固めていた。私にとっては申し分のない人物だった。救急医として経験を積み、キャリア初期にはアフリカの紛争地帯で地雷被害や栄養失調などの治療に奔走した。政界入り前は本当にカッコ良く、信じられないような日々を送っていた。議員オフィス内の壁に掛けられた写真を見れば一目瞭然だ。カーキ色のオーバーシャツ姿でヒョウと一緒に座り、まるでハリウッド映画の主人公インディ・ジョーンズのようだ。救急医としては一刻を争って救命活動に従事したのだが、政治家としては時間を浪費しなければ生き残れない。かつて議会の杓子定規なやり方に怒り心頭に発し、審議の真っただ中に金めっきの鎚矛《メイス》を手にしたこともある（このメイスは中世イギリスから受け継がれ、現在はカナダ議会下院の廊下に置かれている）。

２００９年、私がやろうとしているプロジェクトを理解できるＬＰＣ関係者は一握りだけだった。その中の一人がマーティンのシニアアドバイザーであり、元ソフトウエアエンジニアのジェフ・シルベスターだ。カナダ議会時代の私にとって最も頼りになるメンターであった。データを駆使したターゲティングプロジェクトにＬＰＣがゴーサインを出さなくても、われわれはやらなければならない、と私は訴えた。そのためにはカネが必要だった。マーティンの承諾を得たうえで、ジェフは資金調達面で私に協力してくれることになった。ＬＰＣの全国本部には伝えずに、である。

われわれは非公式にイベントを開催し、寄付金集めに乗り出した。21世紀にもＬＰＣが競争力を保ちたいならば、ＶＡＮのようなターゲティングプロジェクトを進めなければならない、とアピールした。すべて秘密裏に事を進め、イベントに集まった支援者に対してはその場で寄付を要請した。幸いにも、われわれの活動に無関心なＬＰＣからの横やりは入らなかった。結局、短期間で数十万カナダドルの資金を集めることに成功。これだけあれば十分だった。ＬＰＣ全国本部のやり方に不満を持っていたブリティッシュコロンビア支部は、われわれのプロジェクトに参加して実験台になると約束してくれた。

実は、これが本当に機能するのか分からなかった。まず第1に、2大政党制（民主党、共和党）のアメリカに対してカナダには五つの政党（ＬＰＣ、保守党、新民主党、緑の党、ケベック連合）がある。となると、将来予測はもはや2次元ではなくなり、多次元になる。これだけ選択肢が多いと、さまざまなスイング有権者（選挙のたびに支持政党や候補者を変える「揺れ動く」有権者）が出現し、投票日にどんな行動を取るのか予測しにくい。第2に、ヨーロッパと同様、カナダの消費者データ市場はアメリカと比べて未成熟だ。アメリカでは標準的なデータセットの多くが存在しないし、存在しても利用可能な形で整理されていない。第3に、他国では政党の資金調達額や支出額に厳しい上限が課せられている。このような理由から、「そもそもアメリカ国外でマイクロターゲティングはできないのではないか」という懸念も出てきた。それでも私はやってみたかった。

「ケベック婦人団」からの介入

私はケン・ストラスマに連絡を入れ、「カナダでマイクロターゲティングをやりたいので、協力してもらえませんか」と打診してみた。ストラスマは08年にオバマ陣営のターゲティングチームを率い、実際にコンピューターシステムを構築した実績を持っていた。幸いにもわれわれの依頼を受け入れてくれた。一方で、ＬＰＣのブリティッシュコロンビア支部はかつての世論調査や戸別訪問データをつなぎ合わせるなどして、有用なデータセットを提供してくれた。5政党制のカナダではシステムの複雑化は必至と予想されるなかで、ストラスマは作業に着手した。

多くの選挙運動と同様に、ＬＰＣは「支持政党を決めていない態度未定有権者」のリストを作成して運動員による戸別訪問を展開する。実験のため、われわれはブリティッシュコロンビア州全域からボランティアを集め、二つのグループに分けた。第1のグループにはマイクロターゲティングに基づいた新・戸別訪問先リストを渡し、第2のグループには従来型の旧・戸別訪問先リストを渡した。戸別訪問のデータ集計が進むと、ブリティッシュコロンビア支部スタッフの間で安堵感が広がった。いわゆる「コンバージョン率」で比べると、新リストが旧リストよりも高い数字をたたき出したのだ（この場合のコンバージョン率とは、戸別訪問を受けて態度未定からＬＰＣ支持を表明した有権者の割合）。とてもエキサイティングな結果だ。オバマがアメリカで成し遂げたことは、異なる政治システムを持つ他国でも実現可能だと証明したのだ！

ところが、オタワのＬＰＣ全国本部はわれわれのプロジェクトに気付くと、全国展開構想に反対した。オバマ流選挙運動を取り入れたいと言っていたにもかかわらず、具体的なやり方を示された途端に尻込みしてしまったのだ。

そもそも私が政治に関心を抱いたのは、政治こそ世界に変化を起こす確実な手段に思えたからだ。実際に1年以上も無茶をして頑張ってきたのに、何の意味もなかったということなのか。

介入もあった。ＬＰＣ全国本部事務局の中で騒々しく群れている「ケベック婦人団」からだ。婦人団はずっと昔からＬＰＣに人生をささげており、政治が自分にどんな影響を及ぼすのか熟知している。あるとき、オタワ川の向かいにあるフランス語地区ガティノーでのランチに私を誘い出した。婦人団の一人はたばこに火を付けると、ごわごわしたフランス語なまりで言った。

「よく聞きなさい。私たちのようになってはダメ」

これまで精いっぱいＬＰＣに奉仕してきたというのに、その見返りは「太くなったウエスト」と「数回の離婚」だけだという。

「若いのだからどこかでやり直しなさい。ここに長居したら、はまって出られなくなるから」

話を聞かされているうちに私は納得した。婦人団は正しいのだ！　まだ21歳だったというのに、まるでミッドライフクライシス（中年の危機）から逃れようとしているかのようだった。

結局、ＬＳＥの法学部に入学することにした。ロンドンはオタワから十分に遠い。大西洋を挟んで５３００キロ離れ、時差も５時間ある。

後になって気付いたのだが、ＬＰＣ執行部は利益相反問題を抱えていたのではないか。党幹部や友人が経営する企業に広告やコンサルティング、印刷関係の仕事の多くを発注していたのだ。データ中心の新戦略を始めると、党の「友人と家族」が仕事を失うと懸念したのではないか。私がオタワを離れて１年後の11年、ＬＰＣは総選挙で惨敗した。勝利を収めたカナダ保守党はアメリカ共和党からアドバイザーを呼び入れ、高度なデータシステムの構築に投資していた。ＬＰＣは史上初めて２強の一角から滑り落ち、第３党へ転落した。下院議席数はたったの34議席となり、歴史的な大敗となった。

リブデムは「ビラのカルト集団」

ロンドンのリブデムで職を得た当初、私はＬＳＥの授業の合間を縫って週数時間働くだけだった。それでもリブデムの実態を見抜くのにそれほど時間はかからなかった。オバマ選対本部やＬＰＣと比べると、リブデムは政党としての体を成していなかったのだ。ＬＤＨＱ（リブデム本部）内は政治マシンの心臓部というよりも、古臭い骨董品店のように見えた。働くスタッフもパッとしなかった。大半がスーツとサンダル姿のひげ面男で、大昔のホイッグ党――リブデムの前身――の栄光についておしゃべりするのに忙しく、選挙運動の活性化には真剣に取り組めないようだった。

私はとりあえず現状を知りたかったので、「データシステムを見せてください」と要請した。そうしたら「選挙代理人記録システム」を見せられた。「へー、すごいですね。でも、ちょっと古くないですか。１９８０年代に作られたシステムのように見えますが……」。宣伝用のデモ映像を見たかったのに、大昔のビデオゲーム「ＰＯＮＧ《ポン》」を見せられた――そんな気分になった。実際、「システムの一部はベトナム戦争時代に作られました」という説明を聞かされた。

リブデム内のどんなシステムを見てもＶＡＮに勝るシステムは存在しなかったのだ。結局、リブデムはＶＡＮと契約し、データシステムの構築を決めた。次に必要なのはデータ、つまりフェラーリを走らせるためのガソリンだ。まさにここでカナダでのプロジェクトはつまずいたのだ。不幸なことにイギリスでも事はスムーズに進まなかった。有権者名簿は地方議会が管理しているため、全国規模の有権者名簿は存在しなかった。となると、われわれはイギリス全国各地の地方議会――数にして数百――に接触し、独自に名簿を集めなければならない。

もちろん一筋縄ではいかなかった。例えばこんな具合だ。英南西部ウェストサマセット地区のアグネス、１０５歳。おそらく女性の参政権が初めて実現したころから地元の有権者名簿を管理している。電話で「有権者名簿のデジタルデータをお持ちですか？」と尋ねると、「デジタル⁉ すべて紙です。ずっと昔からそうしてきました」。これではらちが明かないので、地元の町役場を訪問した。幸いにもそこで製本された有権者名簿を見ることができた――。

アグネスは一例であり、地方ごとに対応はさまざまだった。データ提供を認めてくれる場合もあれば、拒否される場合もあった。提供の方法もまちまちで、電子形式であったりＰＤＦファイルであったり。紙の山をどっさり渡されたときには、われわれは手作業ですべてをスキャンしなければならなかった。電子メールで届くエクセルファイルの大半にはパスワードが掛かっていなかった。そもそも地方の有権者データを盗もうと考える人なんていないのだろうか。

イギリスの選挙制度は１８５０年代から変わっていない。リブデムで仕事を始めてすぐに分かったのだが、リブデムの選挙戦略も同じだ。第2次世界大戦以降、リブデムと前身の旧自由党はずっと衰退の道を歩んできた（自由党は1988年に発展的に解消して現在のリブデムに至る）。党執行部はどうやって選挙に勝てばいいのか分からなくなり、救いようのないほどにビラまきにこだわっていた。「フォーカス」と呼ばれるビラは通常、道路の穴やごみの収集などの地元問題を取り上げ、苦言を呈するだけ。それでもリブデムにとっては地元紙に党のメッセージを滑り込ませるのと同じで「賢いやり方」だった。まるでソ連共産党機関紙プラウダの1ドルショップ版のようだ。

もっとも「フォーカス」には問題があった。誰にも読まれていなかったのだ。リブデムが想定していたのは、通販カタログや政党ビラをぺらぺらとめくりながら週末を過ごす有権者だ。リブデムのスタッフは社会情勢にどれだけ疎いのだろうか。有権者は普通の人々であり、普通の人生を送っているのだ。週末に政党ビラを熱心に読むほど特異な存在ではない。リブデムは主要3党の中では3番手だが、動員できるボランティアの人数では他党を寄せ付けなかった。とにかくビラまきに全エネルギーを注いでいた。晴雨にかかわらず軍隊のように大勢のボランティアを動員して有権者の自宅を訪ね、ドアにビラを突っ込んでいくのだ。何しろビラに何を書き込むのか決めるよりも前に、ビラを何枚刷るのか決めているのだから。

ハッカーの世界で見られる「ブルートフォース（総当たり攻撃）」に例えると分かりやすい。暗証番号であれば、正解をヒットするまでに考えうる全パターンを片っ端から入力していくやり方だ。ここに戦略はない。リブデムのやり方も同じだ。ビラ作成に多額の資金を投じ、ターゲットを定めないまま物量作戦でいく。上位中産階級向けプロパガンダをワードアートで仕上げ、スパムメールよろしく全面展開するのだ。ブルートフォースは粗野なハッキング手法であり、時に成功することはあるものの、滑稽なほど非効率だ。選挙戦で勝ちたいならばもっと効果的な手法を見つけるべきである。

そこで私はブルートフォースに代わる戦略を示そうと思い、プレゼンした。ところが逆にレクチャーされてしまった。テーマは「リブデムの勝ち方」であり、事例は伝説的な「１９９０年のイーストボーン補欠選挙」だ。88年に自由党と社会民主党が合併してリブデムが誕生してから、リブデム候補が初めて勝利した下院議員選挙であり、快挙だった。もちろん大量のビラがばらまかれた。イーストボーン補欠選挙に疑問を投げ掛けるのはご法度だった。新興宗教は信者に一致団結を求める。リブデムも同じだ。「ビラのカルト集団」なのである。

有権者のビジュアル化に向けて全国取材旅行

補欠選挙は通常の選挙ではない。下院議員が１人死亡すれば、その欠員を補充するために行われる、という選挙だ。どういう訳か、リブデムは補欠選挙に取り付かれている。補欠選挙に勝つたびに「リブデムはここで勝利した！」とのぼりを立て、あたかもイギリス全土を制覇したかのように振る舞う。私は試しに90年以降の下院総選挙と補欠選挙の結果をすべて調べてみた。すると、リブデムが大幅に負け越していることが判明した。私は執行部を前にはっきりと指摘した。

「皆さんがやってきたことは何の役にも立っていません。勝利をもたらすどころか敗北をもたらしているだけです。データはここにあります。これは事実です」

　リブデム幹部の一部は耳を傾けてくれたが、大半は腹を立てただけだった。彼らは狭い内輪の世界でリブデム信者を率いる「選挙戦の教祖」であり、突然現れた新参者にあれこれ指図されるのはまっぴら、ということらしい。これは悪い前兆だった。

　そんななか、私は有権者データ――エクスペリアンのようなデータ専門業者から入手――を使っていろいろと実験を始めた。まずは、カナダでの経験を踏まえて、数種類のサンドボックスモデル（限られた領域のみでプログラムが作動するセキュリティーモデル）を走らせてみた。すると奇妙な現象に悩まされた。どんなモデルを設計してみても、リブデムの有権者行動をきちんと予測できなかったのだ。保守党や労働党では何の問題もなかった。木が生い茂る田舎町に住む伊達男は？　保守党。マンチェスター公営団地の住人は？　労働党。ところが、リブデムとなるとどっちつかずの変わり者で、特定の型に決してはまらない。労働党っぽい人もいれば、保守党っぽい人もいる。

　うーん、何か見落としていないだろうか。ひょっとしたら潜在変数があるのではないか。社会科学の世界では、結果に影響を与えているにもかかわらず、観測もできないし計測もできない変数のことを潜在変数と呼ぶ。視界から外れてふわふわ浮いている「隠れ構成概念」ともいえる（構成概念とは人間行動を理解するために研究者が人為的につくった概念）。では、ここにある「隠れ構成概念」は何なのだろうか。

　そもそも問題なのは、私がリブデム支持者の典型像をビジュアル化できていないということだった。保守党支持者はビジュアル化できる。分かりやすく一般化すれば、おしゃれ、金持ち、人気ドラマ『ダウントン・アビー』好き、そうでなければ反移民の労働者階級。労働党支持者ならば、イギリス北部出身、労働組合メンバー、公営団地住人、そうでなければ公務員。では、リブデム支持者はどんな人なのか。ここで答えを出せないならば、勝利への道は見えてこない。

　そこで２０１１年の晩春、私はイギリスのあちこちへ出掛けてみることにした。数カ月にわたって、午前中はＬＳＥの講義に顔を出し、午後一番で電車に飛び乗ってスカンソープやウェストブロムウィッチ、ストウ・オン・ザ・ウォルドといった地域——楽しい地名ばかり——へ行った。訪問地で有権者にインタビューしたり、フォーカスグループ（調査のための一定の条件を満たす人たちのグループ）に議論してもらったりするのだ。前例にとらわれず、自分独自のやり方で。

事前に周到な質問項目を用意せず、気の向くままに会話を進めた。そうすれば、これまでの人生や現在の関心事について、ざっくばらんに話を聞き出せるからだ。即席の世論調査をやる手もあったかもしれないが、ここには厄介な問題が一つあった。私は自分自身の経験に影響を受けており、特定の色に染まっている。質問者になれば、当然ながら「私が重要と思うこと」を聞く。これでは誘導尋問する格好になり、バイアスが掛かってしまう。回答を得られたとしても、質問が誘導尋問になっていたら無意味である。

私はニューキャッスルの公営団地に住む老人の人生を知らないし、ブレッチリーで子ども3人を育てるシングルマザーの人生も想像できない。彼らには私の質問に誘導されずに「私に知ってほしいこと」を語ってもらいたい。彼ら自身の人生について自分の言葉で自分の思うがままに、である。訪問地ではリブデム支部と世論調査機関の協力を仰ぎ、インタビューすべき有権者をランダムに選んでもらった。

小さな村のフォーカスグループを訪ねたときにはよく面食らった。住所がないのだ。どこに行けばいいのか尋ねると、「私たちは丘の上のコテージに集まります。パブの横を歩いてラッパスイセン畑を抜けてください。しばらくすると見つかりますよ」などと言われる。コテージには、ランダムに集められた村民がいて、地元のバーテンダーのクリーブや農場経営者のヒリンガム卿がぶらぶら歩いている。

フォーカスグループ取材では、私は聞き手に徹してメモを取った。ブリティッシュコロンビア時代に愛してやまなかったタウンホールミーティングを思い出した。一方で地元のパブに繰り出し、いろんな人とおしゃべりすることもあった。イギリス人は気まぐれで言葉遣いが微妙だけれども、おしゃべりの相手としては楽しい。

リブデムは私の実験に大して興味を示さなかったため、イギリス取材旅行は基本的に一人旅だった。それでもリブデム支持者のランダムな実像をだんだんとつかんでいった。リブデム支持者は型にはまらず、実に多様な人生を送っている。ノーフォーク州で働くタータンチェック帽子姿の農民、ロンドン・ショーディッチ地区が大好きな芸術家気取りのヒップスター（流行に敏感で個性的な若者）、ウェールズの岬町マンブルズか古い教区「スランフィハンゲル・イ・クレイダン」に住む老婦人、ロンドン・ソーホー地区のゲイ、12年間髪の毛をとかしたことがないケンブリッジ大学教授――。本当に風変わりで多岐にわたる集団だ。

それぞれの違いが際立っているように見えるとはいえ、一つだけ共通項がある。労働党支持者は「私は労働党」と言い、保守党支持者は「私はトーリー党（保守党のこと）」と言うのに対し、リブデム支持者は決して「私はリブデム」とは言わず、「私はリブデムに投票します」と言うのだ。一見するとちょっとした違いにすぎないけれども、重要な意味合いがある。

弱小政党の合併によってリブデムが誕生したのは１９８８年のこと。現在のリブデム支持者の多くはもともと保守党か労働党のどちらかを支持していたはずであり、どこかのタイミングで古い政党から新しいリブデムへ鞍替えしたのだ。彼らにとってリブデムへの鞍替えは能動的な行動であって、アイデンティティーではないのである。

ロンドンの大親友マーク・ゲトルソン

私のロンドン行きは、あっという間に私の大親友になったマーク・ゲトルソン抜きには語れない。ゲトルソンに最初に会った場所は、よりによってテキサスだった。２００７年にＬＰＣで働き始めて間もないころ、私は「アメリカで人脈づくりをしてくれ」と言われて、テキサス州ダラスのホテルで開かれた民主党イベントに参加した。数百人が集まる巨大なダンスホール内をうろつき、無数のステットソン帽に見とれていると、はっきりしたイギリス英語で「あなたはアメリカ人じゃないですね」と背後から話し掛けられた。振り返ると、目いっぱいめかし込んだ男がチェシャ猫のようにニヤニヤと笑っているではないか。フォレストグリーンのズボンをはき、花柄のリバティプリントシャツを着ている。一方で、私は２０００年代半ばの流行の最先端を行き、脱色したプラチナブロンドヘアで決めていた。無数の蛾が集まる大会に2匹の蝶が舞い降りたかのように、われわれはお互いに引き付けられた。

　ゲトルソンは、ロンドンのポートベロー通りに店を構えるユダヤ系古美術商一族の息子だ。おしゃれでエキセントリック。愉快なゲイのように振る舞い、まるで俳優のスティーブン・フライのようにしゃべる。それでありながら、18世紀ロンドンのサロンに登場するようなイギリス紳士にもなれるし、信じ難いほど博学だ。例えば、会話の中で１９９０年代前半のヒップホップと19世紀後半の普仏戦争を無理なく関連付けてしまうのだ。

　この晩、私はゲトルソンと意気投合した。それから2年間にわたり、英米で開かれるさまざまな政治集会で彼と顔を合わせることになるのだった。イギリスへ移住後、すぐに一緒に行動するようになり、古い教会の地下室をアパート代わりに使うこともあった。地下室とはいっても彼の手によって素晴らしい空間へ改修されていた。風変わりなアンティークのミニチュアやアートが所狭しと置かれ、カオス状態なのだが、それはそれでいい具合になっていたのだ。私が部屋の中を眺めていると、彼は言った。「クリス、僕はミニマリズム（最小限主義）はやらないんだ。マキシマリスト（最大限主義者）だから」

　私はロンドン生活を謳歌し、瞬く間に大勢の友人ができた。ＬＳＥで法学を勉強し、議会で働いていたというのに、仲良くなったのはそれと無関係の人たちばかりだった。クラブ好きの若者、ダンサー、ドラァッグクイーン、型破りなクリエイター、セントラル・セント・マーチンズ（ＣＳＭ）在籍の美大生――。ＣＳＭといえば世界を代表する名門ファッション大学であり、アレキサンダー・マックイーンやジョン・ガリアーノ、ステラ・マッカートニーといった著名ファッションデザイナーが輩出している。

まったく違う世界にも楽々と溶け込めるという点ではゲトルソンは特異であり、それは私も同じだった。当時の彼は、クリントン夫妻と関係が深い民主党系世論調査会社ペン・ショーン&バーランドのロンドン事務所で働いていた。あるとき、昼間に私と一緒に下院宴会場テラス・パビリオンへ出向き、主要閣僚が勢ぞろいする堅苦しいレセプションに参加した。夜になって再び私と合流し、今度はメイクやグリッター、カツラで自己表現するクィア（性的マイノリティー）の世界に飛び込んだ。クラブシーン「シンク・ザ・ピンク」を舞台にドラァッグクイーンの群れに交じってヴォーグダンス（人気歌手マドンナのミュージックビデオで有名になったクラブダンス）を踊るのだ。このような離れ業ができるのは、私が知る限りは彼だけである。

ゲトルソンは磁石のように人を引き付け、私の友人全員から慕われていた。情熱的であると同時に穏やかであり、牧場でコリー犬が羊の面倒を見るようにパーティーでトゥインク（若くてスリムで少年のようなゲイ）の面倒を見るのである。例えば、午前4時、どんちゃん騒ぎの真っただ中にあるホームパーティーで、バービー人形やキャラクターの声をまねながら、ネビル・チェンバレン（第2次世界大戦勃発時のイギリス首相）による宥和政策がなぜ失敗したのかを解説する。すると、周りのトゥインク全員がうっとりしてしまうのだ。

ゲトルソンは私のデータプロジェクトを理解できる数少ない人間の一人だった。ある日の午後のことだ。私はリブデムの投票行動モデルを構築できずに苦労していたので、「ケンブリッジ大の教授を紹介してくれないか」と聞いてみた。すると、実験心理学専攻の大学院生で博士課程を終えようとしていたブレント・クリカードにつないでくれた。「この男なら適任の教授を知っているはずだ」

「パーソナリティー5因子モデル」で謎解き

ところが、クリカードは単なる連絡係をはるかに超えた存在だった。ゲトルソンと同様にしゃれっ気があり、ツイードジャケットを羽織り、きれいなペイズリー柄ポケットチーフを決して忘れないような男だ。アメリカ中西部の富裕な家庭で生まれたというのに、イギリス英語とアメリカ英語が心地よく混ざった「ミッドアトランティックアクセント」で話をする。まるで映画『カサブランカ』の登場人物を演じているようだ。イギリスへ移住する前はロサンゼルス・バレエ団所属のダンサーだった。

何度かお酒を飲みながら雑談をしていたら、クリカードは「投票行動の要因としてパーソナリティーをもっと重視したほうがいいんじゃないか」と指摘した。具体的には「パーソナリティー5因子モデル」の利用を提案してくれた。心理学で「ビッグファイブ」と呼ばれるパーソナリティー理論であり、五つの因子——知的好奇心、良識性、外向性、協調性、情緒不安定性——でパーソナリティーを測定する点に特徴がある。長期にわたる実験を経て、ビッグファイブは人の個性や性格を把握するうえで非常に有効であることが分かっている。「良識性で高スコアの人は学校でうまくやる可能性が高い」「情緒不安定性で高スコアの人はうつになりやすい」「アーティストやクリエイターは知的好奇心で高スコアを出しやすい」「知的好奇心のスコアが低く、良識性のスコアが高ければ共和党支持の傾向がある」——。こんな具合である。とても単純に見えるが、有権者の行動を予測するのにとても有用なツールになり得る。

実際、選挙戦では候補者や政策、政党を描写するフレーズの多くはパーソナリティーと符合している。民主党のオバマが好んで使ったフレーズは「チェンジ（変化）」「ホープ（希望）」「プログレス（前進）」。すなわち、新しいアイデアを受け入れる知的好奇心のプラットフォームだ。対照的に、共和党サイドが重きを置いたのは「安定」「独立」「伝統」。良識性のプラットフォームと言ってもいいだろう。

真夜中にアパートの中で読書に熱中していたら、ついに何かをつかめた。リブデムを理解するカギは心理学であり、デモグラフィック（人口統計学的属性）やジオグラフィック（地理学的属性）ではないんだ！　そこで試験的にモデルを走らせてみたところ、リブデムは労働党や保守党と比べて知的好奇心で高スコア、協調性で低スコアであることが判明した。言い換えると、リブデム支持者は私と似ている傾向があるということだ。開放的、好奇心旺盛、エキセントリック、頑固、そしてたまにとげとげしくなるのだ。だからこそ、まったく異なる人生を送る人々――例えばイーストロンドンのアーティスト、ケンブリッジ大の教授、ノーフォーク州の農民――がそれぞれの考えでリブデムを支持し、一体化するのである。

ビッグファイブはリブデムの謎を解き明かすことに成功した（そしてこれが結局、ケンブリッジ・アナリティカの土台となるアイデアを提供することにもなる）。私もビッグファイブのおかげで新たなレンズを通して人間を理解できるようになった。世論調査会社は女性や労働者、同性愛者など固定的な区分に従って有権者をカテゴリー化しがちだ。確かにこのような区分は有権者のアイデンティティーや人生を説明するうえで役に立つが、本当に「女性票」や「ヒスパニック票」が存在するだろうか。

ちょっと考えてみてほしい。街中からランダムに女性１００人を選んでみよう。みんな同じ人間だろうか？　アフリカ系アメリカ人１００人を選んだらみんな同じ？　皮膚の色が同じというだけでみんなクローン？　性器が女性器というだけでみんなクローン？　そんなことはあり得ない。それぞれが違う経験を持ち、違う苦労を重ね、違う夢を追い掛けている。

アイデンティティーやパーソナリティーのニュアンス（微妙な差異）を探究していくと、現状の問題点も浮き彫りにできる。政治家は世論調査ばかりしているのに、救い難いほど有権者のことを理解していない。理由は簡単で、政治家が頼る世論調査会社自体が、有権者のことを理解していないのだ。世論調査会社が提供するアイデンティティー情報は、極端に単純化されているか、さもなければ端《はな》から間違っている。

アイデンティティーは一面的ではなく多面的である。アイデンティティーを問われて「有権者」と答える人はほとんどいないだろう。税制に対する見解のみで自分のアイデンティティーを定義する人はもっといないだろう。誰かがスーパーへ買い物に行ったとしよう。店内のど真ん中で突然立ち止まり、買い物を中断し、電撃に打たれたかのように「私はスイングステート（投票結果が揺れ動く州）に住む都会育ちで大学出の白人女性だったんだ！」と自我に目覚めるだろうか。フォーカスグループを取材していると、「どうやって育ったのか」「今は何をしているのか」「家族はどうしているのか」「どんな音楽が好きなのか」「何にムカついているのか」「どんなパーソナリティーなのか」といった話を聞く。初デートのときに聞く話とあまり変わらない。お見合いデートをしているときに、世論調査票の標準的な質問しか許してもらえないとしたら、どんな結末を迎えるだろうか。そう、あなたが想像している通りだろう。

「悲観論者」「問題児」「個人プレー」と非難ごうごう

２０１１年暮れ、私は党首ニック・クレッグのチームに連絡を入れ、「リブデムは深刻な問題を抱えています」と伝えた。データを根拠に「リブデム支持者はイデオロギー的で、頑固で、妥協嫌い」としたうえで、「保守党と連立政権を組んだ結果、リブデムはリブデム支持者と正反対の存在になっています」と指摘。リブデムは妥協嫌いの支持者で成り立っているにもかかわらず、党の原則を曲げて妥協し、連立政権入りしたのである。このような妥協はリブデム支持者にしてみれば裏切り行為であり、党勢の衰退を招くのは必至だった。

私はイギリス議会内の委員会室――木製パネル張りの古い部屋――に出向き、リブデム幹部を前に中間報告する機会を与えられた。リブデム幹部は「最新テクノロジーでどんな発見があったのだろう」と期待していたに違いない。しかし、私のプレゼンが始まると笑顔は瞬く間に消え去った。プレゼン内容が悲観一色で、リブデムの党戦略がどのように間違っているのかを克明に説明していたからだ。スライドの一つはリブデムのデータ軽視を如実に示していた。労働党と保守党が個々の有権者データを毎年記録し、有権者全体について膨大なデータを蓄積しているというのに、リブデムが把握している有権者データは全体の2％にも満たなかったのだ。

あまりにも手厳しく、屈辱的な内容だったことから、ほとんどのリブデム幹部が中間報告を無視し、最終的には報告者である私も拒絶するようになった。私も完璧ではない。時に横柄になり、周囲の人を怒らせてしまう。例えて言えば、イギリス人がトーストに塗る発酵食品マーマイト（塩辛くて茶色い酵母エキス）と似ているのかもしれない。好き嫌いが大きく分かれるけれども、誰も無関心ではいられない。あるいは、こう思われていたのかもしれない。どこの馬の骨とも分からず、インターンのように見えるカナダ人が気取った顔でやって来て、「あなたたちがやっていることはすべて間違っています」と説教する――。だとしたら歓迎されないのも仕方がなかった。

例外的に歓迎してくれたリブデム幹部の一人は、院内幹事長のアリスター・カーマイケルである。

スコットランド西岸にあるインナーヘブリディーズ諸島最南端のアイラ島出身で、生粋のスコットランド人だ。学校時代はゲール語環境で育ち、スコットランド高地なまりで話す。若い時期にスコットランドで検察官として働いたため、由緒正しいエジンバラなまりでも話せる。気さくで人好きする性格が売り物だ。オフィスで私と会うときはいつも「一杯どう?」と言い、酒類を詰めた戸棚を開けてウイスキーを勧めてくれたものだ。しかし院内幹事長としては無慈悲な政治マシンに徹する。友好的な態度を見せていても、権力の構造をしっかりと理解しているのである。

院内幹事長ともなれば党内のすべてを見聞きできる立場にある。そんなわけで私はカーマイケルに頼り、袋小路から脱出する方法についてアドバイスを求めた。遠慮なく本音で話すのを信条にしているカーマイケルならば、私から本音をぶつけられても受け入れてくれるはずだし、実際にその通りだった。私に協力する格好で党内の説得工作に乗り出してくれたのだ。だが、風向きを変えることはできなかった。

とんでもなくフラストレーションがたまった。リブデムに対しては査読付き学術論文と共にデータを示したし、データの背後にある科学的根拠も説明した。にもかかわらず「悲観論者」「問題児」「個人プレー」と非難ごうごう。我慢の限界を超えたのは、リブデム党内の誰かが嫌がらせで私のスライドを外部へリークしたときだ。ジャーナリストが私の中間報告を好意的に取り上げ、リブデムに批判的な記事を書いたのだ。「リブデムは厄介なビラ問題を抱えている」「保守党と労働党はデータ収集・分析ではるかに先行」――。私は党内でますます悪い立場に置かれた。

それまでに私はデータプロジェクトに多大なエネルギーを投じてきた。有権者データを分析したのに加え、全国各地へ取材旅行して生身の有権者に会い、触れ合ってきた。もちろん当初は「選挙に勝つこと」を目的にしていた。ところが、大勢の有権者とつながるうちに、それだけではないと思うようになった。「人々がどんな生活を送っているのかを理解すること」を忘れてはならない。貧困、無知、慣習に束縛されているということはどういうことなのか、権力者に向かって繰り返し伝えていく——これが何よりも重要だと分かったのである。

２年後の14年、リブデムは統一地方選挙で大敗して３１０議席を失い、欧州議会選挙でも11議席のうち10議席を失った。とどめの一撃は15年の下院総選挙だ。リブデムは57議席のうち49議席を失い、すっかり骨抜きにされた。再選されたリブデム下院議員はたったの８人。つまり、リブデムの議員総会が開催されれば、全員がマツダのキャンプ用バン「ボンゴ」に無理なく収まってしまうということだ。

第3章

プラダでテロと戦う

WE FIGHT TERROR IN PRADA

SCL本社で面接に臨む

ロンドンのメイフェア地区は大英帝国時代を彷彿とさせる。とてつもない富と権力の象徴だ。古い通りを歩けば、建物の壁に埋め込まれている丸くて青いプレートがいくつも目に入る。かつての住人である著名脚本家や作家、政治家、建築家を記念したものだ。メイフェア東南の一角――ダウニング街10番地（首相官邸）からそれほど離れていない――には、周囲に古いジョージアン様式の長屋が立ち並ぶ公園セントジェームズスクエアがある。装飾用鉄柵に囲まれた公園の北端に行けば「チャタムハウス」で知られる王立国際問題研究所、東端に行けば国際石油資本のブリティッシュ・ペトロリアム（ＢＰ）本社に加えてノーフォークハウスだ。ノーフォークハウスは第２次世界大戦中、アメリカ陸軍大将ドワイト・Ｄ・アイゼンハワーと連合国遠征軍最高司令部（ＳＨＡＥＦ）の本部として使われた建物である。公園の周囲には、植民地時代の「東インドクラブ」や「陸軍・海軍クラブ」をはじめ格式の高い社交クラブが点在する。公園内の小庭園は手入れの行き届いた花壇や低木で飾られ、中央に置かれたウィリアム３世像が周囲の建物を眺めている。セントジェームズスクエアは、一大植民地を築いた大英帝国を生き生きとよみがえらせるモニュメントなのである。

ＢＰの南側――セントジェームズスクエアの東端――にあるのは、滑らかなグレーの砂岩で造られた１７７０年建築の数階建てビルだ。ベージュのれんがを使った外壁に、石造のイオニア式円柱で挟まれた入口。外には王立郵便局製の赤い郵便ポストが置かれている。２０１３年当時、ここにはＳＣＬグループの本社が入居していた。

もともとは「戦略的《ストラテジック》コミュニケーション研究所《ラボラトリーズ》」として知られたＳＣＬは１９９０年以降、創業者ナイジェル・オークスの下でいろいろと組織形態を変えながら存続してきた。イギリス政府から「シークレット（機密）」扱いの情報へのアクセス権を与えられ、多数の有力者――サッチャー政権時代の大臣経験者、元軍事司令官、大学教授、外国人政治家――を取締役会へ招き入れていた。もっぱら軍部をクライアントとして世界各地で軍事心理戦や「影響工作」を引き受けてきた。パキスタンでイスラム過激派のリクルート活動抑止に関わったほか、南スーダンで戦闘員の武装解除・動員解除、中南米で麻薬対策・人身売買対策プロジェクトを手掛けた。

私がＳＣＬについて最初に耳にしたのは２０１３年春、イギリス自由民主党（リブデム）の仕事を辞めて数カ月後のことだった。親しかったリブデム顧問の一人から連絡が入り、「ＳＣＬという会社が軍事絡みの行動科学プロジェクトをやっていて、新しいデータ人材を探している」と教えてくれたのだ。「データ」と聞いてすぐに私のことを思い浮かべたという。私は国防プロジェクトに関わろうなどと考えたことは一度もなかったが、カナダに続いてイギリスでも政党プロジェクトに失敗していたので、何か新しいことを始めたかった。

そういうわけで、私はＳＣＬ本社で面接を受けることにした。正面玄関を抜けてロビーに足を踏み入れると、きらびやかな光景が目に飛び込んできた。白と黒のチェック模様になった大理石の床、天井にはクリスタルガラス製のシャンデリア、クリーム色の壁の端には石膏による装飾――。オフィススペースも数百年前の姿をおおむね保っているようで、独特だった。大理石製の暖炉を中心に複数の部屋が配置され、床にはきつく織られた緑色のカーペット――赤白の丸いフリル付き――が敷かれていた。私は小さな部屋へ案内され、ＳＣＬ取締役会メンバーの一人であるアレクサンダー・ニックスを待つように言われた。

完璧なスーツを羽織ってニックス登場

異常に暑い部屋で、晩春になっているのにヒーターの温度設定を高くしたままなのではないかと思ったほどだ（後で知ったのだが、ＳＣＬは意図的に設定温度を高くし、面接前の入社希望者をもてあそんでいた）。サウナのような部屋の中で10分ほど待たされただろうか。ようやく一人の男が入ってきた。私が最初に気付いたのは、男が自分のイニシャル入りシャツの上に羽織っていた完璧な仕立てのスーツだ。高級紳士服店が集中するサヴィルロウ地区の職人による最高級品に違いない。男の目はサファイア色で、青白い肌の色と対照的だった。

アレクサンダー・ニックスという男はまさに見た目通りの男だった。イギリスの上流階級に生まれ、イートン校で教育を受けた。イートン校は王族の子どもを多数受け入れ、生徒には今も制服として燕尾服着用を義務付けている名門中の名門だ。イギリス貴族の多くは大げさでわざとらしいファッションを好むが、ニックスも例外ではなかった。正真正銘の貴族アクセントを使いこなし、黒縁の眼鏡を掛け、ストロベリーブロンドの毛先をあえて少しだけはねたままにしている。
ニックスは山積みになった書類や段ボール箱に目をやりながら「そこに座って」と言った。「最近終了したプロジェクトの残骸なんだ。近いうちにもっと大きなオフィスへ引っ越す」。そのうち、SCLが行う事業の表と裏をすべて語り始めた。途中で私が守秘義務契約書に署名したのを確認すると、事業の大半が「政府が表向きやれない軍事プロジェクトや諜報プロジェクト」であることを明らかにした。そして、額に入った写真――アフリカのどこかの国で勃発した抗議デモの写真――を指さし、「われわれの仕事は人心をつかむこと……分かるよね？　抗議デモは起きなければならないんだよ」と言った。

　私が「もっと詳細を知りたい」と言うと、彼はいくつか報告書を取り出して見せてくれた。そのうえで「ターゲットオーディエンス分析（TAA）」の説明を始めた（ターゲットオーディエンスとは、情報活動のターゲットとなる読者や視聴者、フォロワーなどのグループのこと）。「TAAは重要だよ。情報作戦の第一歩はオーディエンスの分析と分類だからね」

　私は報告書をパラパラとめくっていくうちに、使っている手法があまりにも原始的で、信じ難いと感じた。いつものように、正直に話すことに何のためらいもなかった。「これは駄目ですね。もっとうまくやれますよ」

　すぐに理解したのだが、ニックスは歯向かわれるとカッとなるのだ。生まれながらにして上から目線で物事を見てきたから、歯向かってくる相手には我慢ならないのだろう。このときも少し気色《けしき》ばんで、「この分野に関しては、われわれは世界最高のチームだ」と指摘した。

　もちろん私は引き下がらなかった。「分かっています。でも、もっとうまくターゲティングをやれるはずです。これを読むと、どうやら軍は飛行機からビラをばらまいているようですね。レーザー誘導ミサイルまで持っているのに、なぜビラを使ったプロパガンダなんてやっているのですか?」。就職を希望して面接試験を受けているという立場を考えれば、これはとんでもない反応といえるだろう。

ニックスはあっけにとられたようだ。表情から何を言いたいのかは想像できた。「話をするのは私だ。お前ではない」ということなのだろう。ここで会話は突如として終了し、私はそそくさと部屋を出た。とんでもなく時間を無駄にしてしまった、と自分の間抜けさを悔やみながら。

しかし実際には無駄ではなかった。後日ニックスから電話があり、「もっと話をしてくれないか」と打診された。SCLのどこが悪くて、どうすれば問題解決できるのか、より詳しく説明してほしいということだった。

アレキサンダー大王、チンギスハン、イワン雷帝……

SCLの事業領域である軍事心理戦は長い歴史を持つ。人類が戦争を始めた当初から心理戦も存在していたのだ。紀元前6世紀、アケメネス朝ペルシャ軍は盾に猫のイメージを描いてエジプト軍と戦った。猫の女神バステトを崇拝するエジプト軍は攻撃をためらうと考えたのだ。マケドニアのアレキサンダー大王は心理戦のプラス面に注目した。敵軍の都市を破壊して略奪するのではなく、自軍を残してギリシャ文化を普及させた。こうすることで敵国を同化させ、自分の帝国へ組み込もうとしたのだ。

中世にはティムールとチンギスハンが心理戦の武器として恐怖を駆使した。敵の首を切り落としてやりの先に突き立て、民衆に見せびらかした。ロシアのイワン雷帝も同じだ。モスクワの「赤の広場」に巨大なフライパンを設置して、大勢の敵を生きたまま焼いた。民衆を恐怖に陥れるためだ。第2次世界大戦中、イギリス軍はうその侵略を演出したり、ダミー戦車を使ったりして、敵を欺く技術を完成させた。極めつきは「ミンスミート（ひき肉）作戦」だ。兵士に見せ掛けた死体に偽の極秘文書を忍び込ませ、ドイツ軍に架空の軍事戦略を信じ込ませることに成功したのである。十分に練った情報戦略——そして偽情報戦略——は戦場で戦術的優位性を確立するうえで非常に効果的なのである。

情報兵器を考案するときに役立つのは、通常の兵器システムの基本的特徴だ。具体的にはペイロード（積載物）、デリバリー（運搬方法）、ターゲティング（目標捕捉）である。ミサイルであればペイロードは爆発物、デリバリーはロケット推進式機体、ターゲティングは人工衛星（あるいは熱追尾）となる。情報兵器も同じだ。ただし一つだけ決定的な違いがある。情報兵器による攻撃は「非キネティック」、つまりモノを破壊しないのだ。

情報戦では、ストーリーがペイロードになることが多い。ストーリーは敵の軍事司令官をだますためのうわさであったり、村を制圧するための文化的ナラティブ（語り）であったりする。モノを破壊するキネティック軍が爆弾製造のために化学分野に投資するように、非キネティック軍は最大の成果を生み出すナラティブの研究に力を入れる。

歴史的にアメリカは情報戦を軽視してきた。ミサイル、戦車、爆撃機、軍艦、銃器で相当な優位を築いてきたからだろう。情報戦を展開したこともあるとはいえ、時代遅れのビラまきの域を出ていなかった。朝鮮戦争ではアメリカ軍は北朝鮮に向けて拡声器でプロパガンダを流す一方で、空からビラをばらまいた。ベトナム戦争時には軍事心理戦の特別部隊を編制し、人心掌握に向けて同じようなプロパガンダ攻勢に出た。とはいえ、圧倒的な国防予算を与えられていたため、実態は「おもちゃ（銃器）を与えられたギャング集団」であることに変わりはなかった。軍事力の基本は物理的でキネティックだったのだ。

どんなに強力な戦車や地中貫通爆弾を持っていても、ウェブ上でウイルスのように広がるプロパガンダや急進主義を前にしては無力である。イスラム過激派組織「ＩＳＩＳ」はミサイルを発射するのに加えて、ナラティブも発射する。ロシアは軍備の老朽化を埋め合わせるために、ターゲットを決めて洗脳する「ハイブリッド手法」へ傾斜する。テロ集団はソーシャルメディア経由で新メンバーをどんどん集める（新メンバーは目的達成のために銃器と爆弾を使う）。いずれも従来とは違う戦い方だ。

　明らかな脅威であるというのに、西側主要国はどのように対応していいのか分からずに悪戦苦闘してきた。インターネットに向けてミサイルを発射するわけにはいかないからだ。伝統に反旗を翻し、権威を嫌うような若者を積極登用すれば、微妙なナラティブと最新テクノロジーを駆使して反撃できるかもしれない。ところが、アメリカ軍は伝統的に「上意下達の命令系統を好むストレート（異性愛者）の白人男性」を中心に成り立っており、そのような若者には反感しか抱いていない。

　テロや紛争という新しい現実に取り組むため、アメリカ軍の国防高等研究計画局（ＤＡＲＰＡ《ダーパ》）は時代にふさわしいプログラムを立ち上げてきた。例えば「ナラティブネットワーク」や「戦略的コミュニケーションにおけるソーシャルメディア」といったプログラム。ここで掲げられた目標は「アイデアやコンセプトを追跡し、文化的ナラティブやパターンを分析する」「安全保障の観点から計量的分析ツールを開発し、ナラティブが人間行動へ与える影響を研究する」などだ。もう一つの注目すべきプログラムは「人間・社会・文化・行動（ＨＳＣＢ）モデル化計画」で、「戦場向けに社会文化分析・予想のツールを開発する」を目標にしていた。

　要するに、アメリカ軍はこのようなプログラムをテコにして圧倒的な「情報の非対称性」を確立し、新たな脅威をはねのけようと考えた。ターゲットについて膨大なデータを蓄積して、情報戦で圧倒的な優位を築くのである。ここにこそニックスが探し求めていた「おいしいニッチ市場」があり、それがＳＣＬに新たなプロジェクトをもたらすのである。

「好きなことを自由にやっていい」は魅力的

ニックスは私に3カ月契約を提案してきた。好きなことを自由にやっていいという。「職務内容は特に決めなくていい。正直に言えば、職務記述書に何を書いたらいいのか分からないからね」。カナダ自由党（ＬＰＣ）とリブデムに随分と苦しめられてきただけに、「好きなことを自由にやっていい」は信じられないほど魅力的に思えた。うるさい上司もいない。２０１３年6月、ＳＣＬで働き始めた。たまにテレビのヒストリーチャンネル（歴史・エンターテインメント専用チャンネル）を一気見するのを除けば、大抵の人と同様に私は軍事戦略に興味を持ったことはなかった。相当に急な学習曲線を覚悟して、現在進行中のＳＣＬプロジェクトに追い付かなければならなかった。

ただし一つ問題があった。同僚は私の質問に何一つ答えてくれなかったのだ。私が質問すると、慌ててノートパソコンを閉じて「なんでそんなこと知る必要があるの？」と聞き返したり、「それについて話をしてもいいのかどうか担当者に確認しないと」と困惑したりするだけだった。あまりにも秘密主義が徹底していたことから、何をするにしてもどうしたらいいのかさっぱり分からなかった。ニックスに相談すると、あきれた表情で鍵を手渡された。鍵は彼のオフィス内に置かれているキャビネット用であり、キャビネットの中には古い報告書がどっさり入っていた。

報告書はＳＣＬがイギリス国防省やアメリカ連邦政府などの旧クライアントから受注したプロジェクトの記録だった。ＳＣＬは世界各地で活動していた。ＮＡＴＯ向けのプロジェクトでは、東ヨーロッパを舞台にしてロシアのプロパガンダに対抗する作戦を遂行した。中南米の軍部向けのプロジェクトでは、偽情報の拡散によって地元コカイン生産者の間に麻薬密売組織のボスへの反感を植え付けた。メキシコやケニアでの軍事心理戦を詳述している報告書もあった。ニックスが以前に言っていたように、公式には政府が自ら手掛けたくないプロジェクトが世の中にはたくさんある。そんなプロジェクトで重宝されるのが外部の下請け業者であり、対象地域に潜入するときには「市場調査会社」と名乗ったり、ダミー会社を使ったりする。

特に私の興味を引いた報告書の一つがパキスタン絡みのプロジェクトだ。ＳＣＬはイギリス国防省から依頼を受け、同国内のさまざまなグループをターゲットに情報作戦を展開していた。各地域のリーダーやインフルエンサーに関する情報を収集したうえで、ターゲットへの文化工作・動機付けなどを提案していた。ただし、具体的手法となると穴だらけだった。ＳＣＬの調査員が各地域で実施した世論調査を点検すると、利用した地図が不完全で回答率が低いことが分かった。あれこれ質問する新参者に対する警戒心が強く、回答を拒否する地元民が多かったようだ。結果として、最終的なデータは不完全であり（あるいはバイアスが掛かっており）、信頼性を欠いていた。にもかかわらず国防省はＳＣＬに多額の委託料を支払っていた。地元民を何人か調査員として雇うだけで、ＳＣＬ以上に良質の情報を得られたはずである。

プロパガンダを流布させるやり方にも問題があった。いくつかのプロジェクトで、イギリス軍はターゲットにした地域でビラをまいていたのだ。またしてもビラ作戦？　イギリス軍はリブデムと変わらないじゃないか！　全国津々浦々に携帯電話ネットワークが広がっているというのに、なぜなのか？　実際、ＳＣＬのプロジェクト対象になった国々は、たとえ紛争中であっても携帯電話ネットワークでつながっていた。固定電話網や地上波テレビを整備していないから、なおさら携帯電話の基地局整備を急いだのだ。こうしたことを西側主要国が理解していないと知り、私はびっくりした。

空からビラをまくだけなら、手の込んだ心理分析は完全に無駄になる。このことをニックスに理解してほしかった。だから私ははっきりと進言した。「これまで以上に正確なデータの収集に集中して、アルゴリズムを構築するべきです。そのうえで特定のグループをターゲットにし、ビラまきやラジオ以外のさまざまなメディアを使うのはどうですか。ＳＣＬのプロジェクトは格段に効果的になりますよ」。ニックスは物思いに沈んだ表情で私の話を聞いていた。両手の指先を尖塔形に合わせて、自分の口へひっきりなしに当てながら。

英米軍は人心掌握術を心得ていないということも徐々に分かってきた。地域住民の文化や慣習に関する情報は人心掌握に不可欠なのに、組織の中で共有されておらず、下請け業者主導のプロジェクトの中にとどまっているだけだった。このような情報は基本的な軍事目標が決まってからでないと、軍の戦略家の手元に届かない。要するに、軍事要員や装備と比べれば重要度は著しく低い。ここは変える必要があった。

髪の毛を紫色に染めて学校退学

アメリカにＤＡＲＰＡがあるならば、イギリスには国防科学技術研究所（ＤＳＴＬ）がある。ＤＡＲＰＡとＤＳＴＬはソーシャルネットワーク戦略とデジタル戦略の研究を主導する立場にある。私はＤＡＲＰＡとＤＳＴＬのことを考えているうちに「ファッションからヒントを得られるかもしれない」とふと思った。ファッションは思いも寄らなかった領域だったけれども、私にとってはなじみ深い領域であった。一見すると過激主義と無関係でも、よく考えれば共通項が浮かび上がる。社会が過激主義化すると、ファッションも過激化するのだ。毛沢東主義者、ナチ党員、ＫＫＫ（クー・クラックス・クラン）団員、イスラム聖戦士――。何やら似ていないか。そう、見た目である。

過激主義者は「自分はどのように見えるのか」と「それについて社会はどう感じるのか」からスタートする。文字通り制服を作ることもある。オリーブ色のチュニックと赤い星付きの帽子（赤軍）、赤い腕章（ナチス）、白い円錐型フード（ＫＫＫ）、ポロシャツとたいまつ（白人至上主義）、ＭＡＧＡ帽子（トランプ支持者）――。これらの制服はアイデンティティーの一部になり、結果として思考形態が「これが私の信じるもの」から「これが私というもの」へと転換するのだ。過激主義者は美学にこだわる。なぜなら社会の美的価値観を変えることを主要目的にしているからだ。具体的な政策というよりも地域・文化の「ルック＆フィール（総合的な印象）」に重きを置いていることが多いのだ。

私は16歳のある日、自分の髪の毛をマルベリー色が少し入った紫色に染めた。人目を引くからという以外に特に理由はなかったし、紫色の髪の毛も気に入った。すぐに校則違反だとして校長室に呼び出された。それでもうろたえたり、びくついたりせず、むしろ完全に落ち着いていた。「普通の色に戻しなさい」と言われたが、きっぱりと断った。身体障害者用設備以外の問題で私が校長と会話したのは初めてのことだった。校長は納得せず、「髪染め問題」をめぐる対立は私が学校を去るまでずっと続いた。

車椅子生活を送っていたとき、私は「フィット（適合・調和・一致）」のことばかり考えていた。ドアにフィットして通り抜けられるか、クラスメートとフィットして溶け込めるか、自分にフィットする衣服を見つけられるか――。コンピューターと同様にファッションも情熱の対象になった。理由はいろいろあった。

理由の中には「社会の一員になりたい」という思いもあったが、「他人に見られたい」という思いもあった。というのも、車椅子に座っていると、自分が透明人間になったような気分になるからだ。私の目線にあったのは、クラスメートが着る衣服のボタン、切れ目、折り目、出っ張り、しわ。髪の毛を紫色に染めたら、クラスメートは私という存在に気付いてくれた。にもかかわらず校長は「普通の色に戻しなさい」と言い、透明人間に戻るよう命令したのである。ここで私は理解した。見た目は人間を可視化し、大きな力を与える、ということを。

リブデムのために「パーソナリティー5因子モデル（ビッグファイブ）」を使っていたころ、私は「構成概念」としてパーソナリティーを見るようになった。政治もファッションも、他人との関係の中で自分自身をどう見ているのかという微妙な構成概念に基づいている。その意味では両者とも同じ土台の上にあるはずなのだ。

パーソナリティーを見る窓としてファッションは理想的である。われわれの誰もが日常的に「何を着るか（あるいは何を着ないか）」という選択をしている。ありきたりであろうと極端に誇張していようと、自分の体を飾るという点では、どんな文化圏で生まれ育っても、みんな同じだ。例外なく何を着るのか気に掛けている。グレーのTシャツとジーンズしか着ないミネソタ州在住のストレート中年男はどうだろうか。ファッションには興味がないと思っているだろうが、試しに日本のキモノかアフリカのダシキを勧めてみるといい。本当はどうなのかすぐに分かる。

ＬＳＥで指導教員と最後に会ったときのことは、今でも鮮明に覚えている。彼は「次はどうするつもりなの？」と私に尋ねた。想像するに「政治の世界で引き続きやっていきます」あるいは「一流の法律事務所に応募してみます」という反応を期待していたに違いなかった。

「ファッションスクールに行くつもりです」と私は言った。

「……」

彼は眉をひそめた。明らかに落胆した様子で、無意識に首を横に振りながら、「ファッションって、衣服とかの？　本当に衣服の研究をしたいの？」。

私にとって政治とファッションは根源的な部分で共通している。どちらも周期的に変遷する文化とアイデンティティーと捉えることが可能なのだ。同じ現象を違うやり方で明示しているともいえる。

ここにこそ、ケンブリッジ・アナリティカ（CA）でわれわれがつくり上げるものの核心があった。

自分を変えたい人にとって最高のモントリオール

自分の人生の中でファッションは常に重要な位置を占めてきたと思う。ファッションがあったからこそ、自分自身に自信を持てたのではないだろうか。

学校をやめてモントリオールへ引っ越したころ、徐々に車椅子生活から脱しつつあった。それでもなお、自分は「魅力的ではない」「望まれていない」という意識を心のどこかで引きずっていた。

ある週末に近所を散歩中に何気なく古本屋へ立ち寄ったら、古雑誌コーナーに置かれていたストリートファッション誌『デイズド＆コンフューズド』――9年前の1998年に発行された号でぼろぼろの状態――が目に入った。表紙には「FASHION ABLE《ファッション・エイブル》?」という見出しとともに、義足を着けたモデルがポーズを取っていた。著名ファッションデザイナーのアレキサンダー・マックイーンが編集に参画した号であり、ページをめくると中には「通常とは違うけれども美しいボディー」の写真がいくつも使われていた。ここに出てくる写真を参考にして、私はいろいろな衣服を試し、積極的に外出するようになった。

自分を変えたいと思う人にとってモントリオールは最高の街であるから、なおさらだった。ドラァッグバー（ドラァッグクイーンらが集まるナイトクラブ）に引き寄せられ、賞賛すべきさまざまな衣装に出合えた。グラマラスでぜいたくでありながら、美しさや体形、ジェンダーについての従来型価値観をからかったり、ひっくり返したりする衣装に魅了された。ドラァッグ（ゲイ文化の一種）に接したことで自分自身が生まれ変わったように感じた。当たり前と思っている社会規範を否定するだけでなく、笑い飛ばすのだ。こうすることで、自然とあるがままの自分になれるのである。

ロンドン生活では当初、友人の大半はセントラル・セント・マーチンズ（ＣＳＭ）でファッションを専攻する学生だった。ＣＳＭはロンドン芸術大学（ＵＡＬ）を構成するカレッジの一つであり、有名なファッションスクールだ。私はＬＳＥからＵＡＬへ転入し、最終的にキャロリン・メイアー博士の指導下で研究することになった。彼女は認知心理学と機械学習を専門にしており、典型的なファッション学者ではない。だが、典型的なファッション学生ではない私にとってはぴったりだった。

ＵＡＬでは、私はこれまでとは違う分野――ニューラルネットワーク（脳神経回路を模した数理モデル）やコンピュータービジョン（人間の視覚と同じ機能を備えるコンピューターモデル）、オートエンコーダー（ニューラルネットワークを利用した機械学習法の一つ）――でファッション〝モデル〟を研究したかった。これを聞いたメイアーがＵＡＬの大学院研究委員会を説得してくれて、デザインではなく機械学習を研究分野にすることで、博士課程に入れた。このころはＳＣＬでも職を得たばかりだったから、ファッション〝モデル〟とサイバー戦争の間を行ったり来たりする羽目になった。

私は文化トレンドの研究にできるだけ専念したいと思った。そこでニックスに「ＳＣＬではフルタイムで働きたくありません。どうしてもと言うのであれば、条件をのんでください。ＳＣＬのプロジェクトと並行して博士課程の研究をきちんと進めたいのです」と伝えた。彼はＯＫしてくれた。そればかりか授業料を肩代わりしてくれるという。天の恵みに思えた。外国人ということで大学院の授業料は最高レートになっていたのだ。

文化と過激主義はお互いに補完し合える領域だ。過激主義のダイナミクスを解読するには、文化を理解しなければならない。過激派が掲げるイデオロギーを分析するよりもよっぽど役に立つ。

ＳＣＬでは、われわれはイスラム過激派が制作した無数のプロパガンダビデオを見た。ニュースとして世の中に伝わる暴力に加えて、彼らの美学を強調するコンテンツも豊富にあることに気付いた。

ビデオの中にはイカした車や音楽はもちろん、英雄の理想像に似た勇ましいルックスの人物が登場する。テレビのリアリティー番組さながらのビデオもあった。イスラム過激派は自分たちの後進性を覆い隠し、自分たちのイデオロギーをどうにかして近代的・未来的に見せ掛けようとしていた。20世紀前半のイタリアでファシズムが前衛芸術運動「未来派」と結び付いたように、である。ビデオが映し出していたのは、暴力とヘイト（憎悪）に走るグロテスクなカルト集団の姿だ。だが、同じビデオから彼らの文化も垣間見えた。独善的で現実離れした文化であり、ほとんどキッチュ（低俗・悪質なもの）と変わらない。テロ集団にもポップカルチャーがあるというわけだ。

情報兵器はカスタム仕様

2013年9月ごろの自分の気持ちをはっきり覚えている。これほどクールな仕事がほかにあるだろうか――。当時は「文化」の仕事をしていたけれども、誰かのブランディング戦略を推進するためではなく、われわれの民主主義を守るために働いていたのだ。

軍部が使う専門用語はさまざまだった。「モデル化されたインフルエンス属性」「協調行動で観察されたターゲットプロファイル」などだ。しかし、ファッション用語に置き換えれば単に「トレンド」となる。みんなと同じように服を着る、みんなと同じようにハッシュタグを付ける、みんなと同じように音楽を聴く、みんなと同じようにコンサートに行く――。要するに、文化を特徴付けているのは「人々が共に行動する」ということなのだ。

そして、私には確信があったのだが、このようなトレンドはデータによって見極めることが可能だ。われわれはオンラインでの観察やプロファイリングによって、「アダプション（採用）ライフサイクル」「アーリーアダプター（初期採用層）」「普及率」「最大普及率」などの予測を行いたかった。

SCL入りしてから最初の数週間、私は伝統的な情報作戦のデジタル化・近代化について調査を始めた。これこそSCL最大の関心事項だったからだ。NATO軍の多くが情報戦の面で深刻な問題を抱えていたことから、インターネット広告のテクノロジーとプロパガンダを融合する方法を見つければ、大きなプロジェクト――そして大きな利益――になると予想された。われわれは優先事項をリストアップした。まず、クリックストリーム（ウェブサイトへの訪問者が残した履歴情報）経由で新たな情報源を見つける。次に、プロファイリングと機械学習を通じてナラティブのターゲティングを改善する。

情報を兵器化する場合、どうしても厄介な問題に直面する。銃器や爆弾などの従来型兵器は人殺しが目的だから、単純だ。ターゲットが誰であろうとどこに住んでいようと関係ない。特性は万国共通である。対照的に、情報兵器はさまざまな属性――言語、文化、地域、歴史、人口構成など――に従ってカスタマイズされなければならない。大規模な「パースペクティサイド（「視点」を意味するパースペクティブと「殺虫剤」を意味するペスティサイドの合成語）」用の非キネティック兵器を開発するならば、大衆を動機付けしているものは何であるのかを深いレベルで理解することが求められる。

暴動は本来的に非対称的だ。少数の人間が大きなインパクトを起こせるからだ。だから、第三者が紛争国内部で反政府活動を起こしたいのであれば、触媒となり得る人間をターゲットにして、そこに資源を集中投下すればいい。これを効率的に行うには、まずはプロファイリングをきちんと実施しなければならない。そのうえで、ターゲットにすべき人間――新しい考え方を柔軟に受け入れる傾向が強く、ソーシャルネットワークと深くつながっているタイプ――を見いだし、反政府活動を促す対抗《カウンター》ナラティブを流すのである。

最も効果的なパースペクティサイドを行うには、「自己」という概念に突然変異を起こさせる必要がある。パースペクティサイドを担う洗脳者は、ターゲットの自己を盗み出し、別の自己（洗脳者にとって好都合の自己）と置き換える。通常は敵勢力のナラティブを抑え込む一方で、対抗ナラティブを拡散させ、ターゲットを取り囲む情報空間を支配する。多くの場合、心理学で言う「心理的レジリエンス要因」という防壁を数カ月かけて段階的に取り壊す（レジリエンスとは回復力や抵抗力、耐久力のこと）。ターゲットの中に非現実的な知覚や認識を生み出して混乱させ、「自己効力感《セルフエフィカシー》」にダメージを与えるのだ。ターゲットは次第に、些細なイベント（あるいはでっち上げのイベント）に過剰反応して大惨事だと思い込むようになる。

　対抗ナラティブは従来の意味や目的を取り除き、混乱をもたらしたり無意味なイベントをつくり出したりする。同時に、ターゲットの中に不信感を植え付けることで、ターゲットと近い仲間とのコミュニケーションを遮断する。自分が組織内で不当に扱われていると思うようになったら？　自分の周りで起きるイベントが無意味・無目的に見えるようになったら？　これまで自分が属していたグループや体制に対して忠誠を誓うのがますます難しくなる。最後には失敗を受け入れたり、リスクを取ったり、命令に従うのも嫌になるだろう。

ターゲットは神経症型と自己陶酔型

　もっとも、士気を弱めるだけでは不十分だ。ネガティブな感情に火を付けるとともに、思考プロセスに影響を与えることで、「一時の衝動に駆られた行動」「常軌を逸した行動」「強迫観念に取り付かれた行動」などを引き起こす――これが最終目標なのだ。これによってターゲットは変貌する。生産性を下げたりリスクを避けたりする「受動的抵抗」から、命令に背いたり反乱を起こしたりする「破壊的行動」へ進むのである。この方法はすでに南アフリカで実施済みだ。われわれの情報作戦が功を奏して、麻薬組織の中で不和が生じ、情報リークが起きたり、メンバーが離脱したり、サプライチェーンが打撃を受けたりした。

ターゲットとして最もふさわしいのは、神経症型か自己陶酔型の人間だ。強い心理的レジリエンスを備えておらず、ストレスをもたらすようなナラティブに対して弱いからだ。神経症型は、不安や衝動に駆られやすく、冷静な思考よりも直感に依存する傾向がある。そのためいわゆる「妄想様観念（妄想ほど強くないものの、自分が苦しめられたり迫害されたりしているのではないかという疑念のこと）」を抱きがちだ。自己陶酔型は、嫉妬深く、権利意識に敏感だ。その結果、躊躇なく規則に違反したり、支配層に反発したりする。

要するに、神経症型と自己陶酔型はハラスメントや迫害、不当な扱いに対して過剰な疑念を抱く傾向が強いということだ。国家や組織の転覆を図る際には格好の「ローハンギングフルーツ（思い通りになるターゲット）」と見なしてもいいのではないだろうか。事実、ＣＡはローハンギングフルーツを触媒として使い、アメリカ国内でオルタナ右翼の反乱を起こすのだった。

ここではっきりさせておきたいことがある。これまで説明してきた情報作戦は心理カウンセリングとはまったく異なる。治療ではなく心理攻撃の一種なのだ。軍事的な文脈では、ターゲットの代理人やインフォームドコンセント（同意）のことは気にしなくていい。ターゲットは敵なのだから。敵であれば軍にとっての選択は二つ。一つは、ドローンを送り込んで敵を焼き払ってしまうこと。もう一つは、敵の部隊に干渉して内乱を引き起こしたり、弱みをさらけ出させたりすること。軍事司令官や諜報部員にとって心理的干渉は「ライトタッチ手法」といえるだろう。

ソーシャルメディアの登場をきっかけに、軍部や諜報機関は突如として世界中の人間――警備員、事務職員、ガールフレンド、犯罪組織のボス――の思考や日常生活に直接アクセスできるようになった。彼らがソーシャルメディア経由で集めるデータは詳細な個人情報の痕跡だ。昔ならば、人手に頼って何カ月もかけて注意深く観察するなど、相当な労力を投入しなければ入手できなかったデータである。ターゲットにしてみれば、自分に関するドシエ（調査票）を作成してもらっているようなものだ。このドシエを持って精神分析医を訪ねれば、診察を早く終えてもらえるだろう。

一方で、ソーシャルメディアの普及に伴って、心理プロファイリングを自動化する機械学習アルゴリズムの研究が盛んになった。このようなアルゴリズムを使えば、諜報機関は自動的に情報拡散のネットワークを広げ、昔ながらのビラまきに匹敵するスケールに到達できる。異なるのは、ビラまきと違ってターゲットを絞り込んで正確にメッセージを送れるということだ。２０１１年、ＤＡＲＰＡは「ソーシャルメディア上の情報消費・拡散」を研究目的として新たなプロジェクトを開始した。主に①ソーシャルメディア利用者の心理プロファイリング、②反政府メッセージの拡散過程、③オンライン空間でのごまかし――を研究テーマに掲げ、フェイスブック、ヤフー、ＩＢＭ各社のエンジニアもプロジェクトに誘い入れた。同時期に、ロシアと中国の両国政府も同様のソーシャルメディア研究プロジェクトを始めている。

目標はデータ分析会社のパランティア

私がＳＣＬに初出社した日のことである。ニックスは「パランティアという会社を知っているか？」と聞いてきた。数カ月前、ＳＣＬでのインターンを終えようとしていたソフィー・シュミット――億万長者の元グーグル会長エリック・シュミットの娘で、幅広い人脈を持っている――の計らいで、パランティアの幹部に引き合わせてもらったようだった。

パランティアは、シリコンバレーの著名ベンチャーキャピタリストであるピーター・ティール――

フェイスブックの独立取締役でもある――らによって設立されたデータマイニング（ビッグデータ解析）会社だ。ベンチャーキャピタルから多額の出資を受け、アメリカの中央情報局（ＣＩＡ）や国家安全保障局（ＮＳＡ）、イギリスの政府通信本部（ＧＣＨＱ）向けに情報作戦プロジェクトを手掛けていた。ちなみに、ＮＳＡは国家安全保障上の目的でシギント（通信や電子信号などの傍受で得た情報）を分析する情報機関であり、ＧＣＨＱはＮＳＡのイギリス版だ。ニックスはパランティアに夢中になっており、パランティアと同じようなプロジェクトをＳＣＬで立ち上げたいと考えていた。

ＳＣＬ入りしてから最初の数カ月間、私はいろいろな国で行われているパイロットプロジェクトに参加した。これらのプロジェクトに一緒に参加した同僚は、マーク・ゲトルソンに紹介してもらったケンブリッジ大学在籍の心理学者ブレント・クリカード以外にもう一人いた。クリカードの友人であるタダス・ジュシカスだ。

私がジュシカスに最初に出会った場所は、ロンドンにある王立自動車クラブ（ＲＡＣ）本部だった。バーやスカッシュコート、ビリヤード台を備えた民間会員制クラブであり、上流階級にとっての親睦と商談のスペースでもある。自動車の運転が大金持ちの娯楽であった１８９７年に設立され、今もぜいたくで優雅な雰囲気を保っている。私が列柱廊のクラブハウスのロビーに入ったとき、真っ赤な年代物レーシングカーの横に立つ彼の姿が目に入った。鼈甲《べっこう》縁サングラス、見事な仕立てのヘリングボーンジャケット、こぎれいなポケットチーフ――。少しやり過ぎだけれども、気に入った。

ジュシカスと一緒に奥へ行き、バーでカクテル「ブルバーディエ」を2杯飲み、バルコニーに出てシガーを吸った。彼はリトアニアの田舎町で生まれ育ち、子どものころに騒音を立てて街中を走るソ連製戦車の一団を見たことがあるという。話を聞いていて間違いなく聡明だと分かった。

一緒にバルコニーに座り、シガーをくゆらせ、ＡＩ（人工知能）とデータパイプラインについて議論していたら、ジュシカスが小型かばんを開いて、図表を取り出した。クリカードからプロジェクトの概要を聞き、オンラインプロファイリングデータの「摂取・浄化・処理・展開」方法を示したデータパイプラインを図表化していたのだ。ケンブリッジ大博士課程での研究——体長1ミリの線虫「C・エレガンス」の行動をモデル化して予測する研究——を生かしたという。「ただ線虫を人間に置き換えただけなんだ」

ジュシカスは広範囲にわたるデータパイプライン計画を提案した。①自動データ収集ソフトを開発する、②「アルゴリズム式インピュテーション（欠測値補完）」の利用によって異なるデータソースを一本化し、一個人について一つの統合アイデンティティーを確立する、③「深層学習ニューラルネットワーク」を使い、個人が望む行動を予測する——などだ。行動に影響を与えるナラティブについては、心理学者チームの力を借りなければならないという。

ジュシカスのデータパイプラインは目指すべきターゲティングシステムの概要を示すスケッチとしては十分だった。私がとりわけ気に入ったのは、彼がカラーペンでプロジェクトの旅路をきれいに色分けし、まるでロンドンの地下鉄路線図のように描いていた点だ。説明を聞き、私は「彼こそ最適任者だ！」と確信した。

というわけで、クリカード、ジュシカス、私の3人は事実上のチームになった。その後、私の呼び掛けに応じてマーク・ゲトルソンもチームに加わった。知らぬ間に、私はとんでもないチーム——非の打ちどころがないほどおしゃれで、信じられないほど賢く、驚くほど気まぐれのメンバーばかり——の一員になったわけだ。そして首謀者のニックスがいた。いつもニタニタしている無情なセールスマン。われわれが話す内容については何一つ理解できないけれども、「こいつはカネを払ってくれそうだ」と思う相手に出会えば猛烈にアタックする。オフィス内では絶対権力者として振る舞い、お高くとまってセクハラまがいのジョークを飛ばす。

　ＳＣＬ内の雰囲気は「何でもあり」という表現がぴったりだった。われわれのプロジェクトが始まって数カ月後、こんなことがあった。私はオフィス内では通常、Ｔシャツとパーカー姿で仕事をしていた。ある日の午後、「ロンドン・ファッション・ウィーク」のイベント後にいつもと違う姿で出社した。トップスは鮮やかなワインレッドのプラダ製ジャケット、ボトムスはジャケットにマッチしたハイウエストパンツ、靴は頭蓋骨とバラがタトゥーフラッシュ式でプリントしてあるクリーム色のドクターマーチン――。ニックスは私を見て言った。「クリス、一体何のまねだ⁉」

　私の代わりにクリカードが答えた。「われわれはプラダでテロと戦っているんですよ」

大実験「マイノリティ・リポート・プロジェクト」

　ジュシカスが思い描くターゲティングシステムを構築するために、われわれはデータを入手しなければならなかった。データの入手は本来なら容易なものではないが、一部の発展途上国では歴史上の偶然が重なって不可能ではなかった。一般に発展途上国では、行政の腐敗に加えて植民地時代の怠慢もあり、伝統的通信インフラの整備が大きく後れている。ところが、一部の最貧国はいわゆる「リープフロッグ（かえる跳び）」をしている。普通なら数世代に及ぶ進化を一気に飛び越えて、最先端の携帯電話ネットワークを築いているのである。

　代表例はケニアだ。現地の法律や慣習に邪魔されて、国民の一部は銀行口座の開設にも苦労していた。そのため、利用者が現金を払って「携帯電話クレジット」を取得し、一種のデジタル通貨として売買するシステムが出来上がった。実のところ――われわれの調査によって明らかになったのだが――貧しい国々ではケニアと同様に国民は銀行に不信感を抱いていた。経済危機やハイパーインフレ、銀行倒産を経験したからにほかならない。結果としてケニアと同じような「携帯電話クレジット」システムの利用に走った。要するに、貧しい国々は携帯電話ネットワークへの投資を最優先しなければならなかったのである。

携帯電話ネットワークで多くの都市が結ばれた結果、予期せぬことが起きた。第三者が国民の一人一人を追跡し、プロファイリングし、連絡を取ることが可能になったのだ。これにいち早く気付いたのが、ＩＳＩＳやＡＱＡＰ（アラビア半島のアルカイダ）、ボコ・ハラムといったイスラム過激派ネットワークだ。彼らは住民をマインドコントロールして支配地を拡大する手段を手に入れたのである。これで戦争の常識がひっくり返った。

次にわれわれが求めたのがケーススタディーだった。ジュシカスのターゲティングシステムを国家レベルにまでスケールアップできると示せば、クライアント――特に軍関連――に対してわれわれの能力をアピールできると考えた。そうしたなか、最適な候補が浮かび上がった。人口１３０万人のトリニダード・トバゴだ。カリブ海に浮かぶ島国で、多様性に富んでいる。民族構成を見るとアフリカ系とインド系が多く、少しばかり白人もいる。つまり国内に文化的緊張や対立が生まれやすい。われわれが国家レベルで大規模に実験を行ううえで、同国は理想的な研究ラボになると思われた。

「データを使って犯罪に走りそうなトリニダード人を見つけ出したい」「それが可能なら、いつどのように犯罪が起きるのか予測したい」――。これがトリニダード国家安全保障省の要望だった。ＳＣＬは過去にカリブ海のさまざまな小国で事業展開し、実績を積んでいた。地元政治家の権力掌握を陰で支援する見返りに、政府プロジェクトの発注を受けて投資を回収する、というビジネスモデルで儲けてきたのだ。

ＳＣＬ内ではこのプロジェクトはフィリップ・Ｋ・ディックのＳＦ小説にちなんで「マイノリテ

ィ・リポート・プロジェクト」と呼ばれた。スティーブン・スピルバーグ監督によって映画化された同小説は、未来の犯罪予防局が犯罪発生前に犯人を逮捕する世界を描いており、まさにトリニダードプロジェクトの名称にぴったりだった。ところが、トリニダード政府が真に望んでいたのは単なる犯罪予防ではなかった。人間行動を予測するツールを作り、それを選挙で使うことだった。彼らは「将来犯罪者になる国民」よりも「将来支援者になる国民」に興味を持っていたのだ。

われわれは膨大なデータを入手できると読んでいた。というのも、トリニダード政府内の有力者が世論調査のデータへのアクセスを認めてくれたからだ。しかも普通のデータではない。一切編集されていない生のデータであり、個人の匿名性も取り除かれていた。発展途上国ではプライバシーはもっぱら金持ちの特権だ。トリニダード政府は正面から法に違反し、全国民のプライバシーを一挙に剝奪したのだ。

このようなデータが「マイノリティ・リポート・プロジェクト」に大いに役立つのは間違いなかったが、先進国ではまず入手不可能なデータである。となると、文化や国家を超えて適用可能なツール——つまり先進国へも適用可能なツール——を開発する必要が出てくる。ＳＣＬは「インターネットを利用して関連データを集めればいい」と考え、調査員を派遣してカリブ海の地元通信会社に協力を求めた。ソーシャルメディア上を流れるデータにリアルタイムでアクセスできる「ファイアホース」を使いたい——。驚くべきことに、返事はイエスだった。

ＳＣＬは下請け業者と連携して「ファイアホース」に侵入し、ＩＰアドレスを盗んだ。後は座って観察するだけ。国民の一人一人がまさにこの瞬間にネット上で何を閲覧しているのか、手に取るように分かるのだ。予想通りと言うべきか、多くはポルノだった。地元文化に近い「トリニダードポルノ」をはじめ、想像できる限りあらゆる種類のポルノだった。ある日の夕方のことは今でもよく覚えている。コンピューターの前に座って画面を眺めていると、誰かがプランティン（調理用バナナ）レシピとポルノビデオの間を行ったり来たりしていた。その様子を横からのぞき込んでニックスは笑っていた。不愉快なほど薄っぺらで、ほとんど子どもじみた表情をしていた。ＩＰアドレスを確認すると、グーグルマップで衛星写真を表示し、その誰かがどこに住んでいるのかを自分の目で実際に見ようとした。

他人をからかい、食い物にすることに大きな喜びを見いだしているのは明らかだった。これこそニックス（あるいは仲間内で使われるニックネーム「パーティー」）の本当の姿だ。多くのオールドイートニアン（イートン校ＯＢ）と同様に、冷やかしや悪ふざけ、エンタメはお手のものなのだ。

トリニダード・トバゴで正真正銘のスパイ活動

だからなのか、ニックスはＳＣＬ取締役会から「サイドビジネス」を任されていた。サイドビジネスとは、アフリカやカリブ海、南アジアの小さな国々――世界から忘れ去られたような国々――の選挙戦への介入だ。実のところ、小国の大臣クラスが相手となるとニックスは本領を発揮した。大英帝国時代の帝都の輝きが残るロンドンに小国の政治家を招き、完璧なイギリス紳士を演じる。王族や首相が集まる格式高いクラブ、完全招待制パーティーへの招待、お望みとあれば優雅で開放的な女性のエスコート――。

かつて大英帝国を構成した国々の政治リーダーの間には、植民地時代への郷愁や宗主国を失った不安な気持ちがある。それを食い物にしていたのがニックスだ。おもてなしで彼らの信頼を得ると、大臣とビジネスマンをつないで取引を成立させたものだ。大臣が名声と女性を求めたのに対し、ビジネスマンは政治腐敗につけ込んで金儲けしたかったし、秘密裏に海外へ渡航したかった。ニックスにしてみれば、国家権力は最高に価値ある商品だった。誰も知らないような小さな島国であっても、特別に価値あるものを二つ用意できるからだ。パスポートと税金免除である。

ニックスは数千万ポンドに上る財産を相続していたから、その気になれば一生働かなくてもよかった。慈善活動に身を投じる手もあったし、信託財産に頼って引退生活を謳歌する手もあった。それなのにあえてＳＣＬを選んだ。権力に酔ってしまい、自分でもどうしようもなかったに違いない。20世紀後半に生まれて大英帝国の植民地支配者になり損ねたから、代わりにＳＣＬを舞台にして植民地支配者を演じたかったのだろう。実際、社内ミーティング中に「白人を演じなければならない」と口にしたほか、同僚宛ての電子メールの中で黒人政治家をばかにしたこともある。カリブ海の島国バルバドスの政治家に言及して「彼らはニガー（黒人に対する蔑称）にすぎない」と書いたのだ。

トリニダード政府の庇護の下に、われわれは正真正銘のスパイ活動に従事していた。遠くて小さな島国の住民がネット上で何を見ているのかを観察するのは奇妙で、非現実的だった。生身の人間の私生活をのぞき見していたというのに、まるでビデオゲームをやっているような感覚だった。今になって振り返ってみても、トリニダードプロジェクトは夢だったように思えてしまう。

しかし、われわれは実際にやってしまったのだ。トリニダードプロジェクトに関わったことで、私は人生で初めて「とんでもなく非倫理的な状況」に引き込まれた。正直に言って、その事実自体をどうしても認めたくなかった。ライブストリームで個人の私生活をのぞき見しているとき、餌食となっている島民――自分の行動が地球の裏側にいる邪悪な観衆を喜ばせているということにまったく気付いていない――を心の中でイメージ化するのを拒否した。いわば「デジタル植民地時代」の洗礼を受けたのである。

われわれは優れたテクノロジーと非倫理的なやり方で、予告もせずに征服地に入り込む。植民地時代の帝国軍と同じだ。しかし一つだけ違いがある。昔と違ってわれわれは完全にインビジブル（不可視）なのである。

過激主義とはそうであってほしいと思うもの

ＳＣＬで働き始めて数カ月たち、はっきりしたことがある。ニックスは職業倫理観を持ち合わせていないということだ。ついでに言えば、個人的な道徳心も欠いている。とにかくプロジェクトを勝ち取るためには喜んで何でもするように見えた。オフィス内をうろつきながら直近の〝戦利品〟をよく自慢していたものだ。しかも、すべて性的な文脈で語るのである。交渉が進展すると「愛撫し合うようになった」「指を入れるようになった」などと言い、契約締結となると「やっとセックスできる！」と叫ぶのだった。

エジプトの首都カイロで起きた流血事件「ラバ大虐殺」直後の２０１３年８月、エジプト政府の代表団がロンドンに到着し、われわれとのミーティングに臨んだ。当時はソーシャルメディアやインスタントメッセージングの普及が大衆の間で進み、抗議デモの動員などで大きな役割を果たすようになり始めていた。ここにエジプト政府がいち早く着目し、彼らの表現を借りれば「政治的過激派」の抑え込みを狙ってＳＣＬの協力を仰いだのである。

具体的には、エジプト政府は過激派組織内部に大混乱を引き起こすシナリオを描いていた。例えば、モバイルアプリのインスタントメッセンジャーを使って根も葉もないうわさを拡散させたり、サクラを使って群衆の怒りを刺激したり、組織メンバーを逮捕したりするのである。

こうなってくると、私は倫理的にエジプトプロジェクトに抵抗を感じざるを得なかった。そもそもＳＣＬがこんなプロジェクトを受注するとは想定もしていなかった。ここで非常に難しい問題に直面した。エジプト政府は過激派対策を標榜していたものの、過激派の意味合いは非常に主観的だ。われわれはパキスタンのような国でイスラム過激派グループを混乱に陥れる一方で、エジプトでは強権的イスラム政権に肩入れし専制政治の復活を支援していた。でもニックスは気にしていなかった。ビジネスはビジネスと割り切り、契約成立となれば万事ＯＫと考えていた。

そもそも過激派の実体は何なのか。客観的な評価を下せるのか。私はもちろんのこと、ＳＣＬの中で増え続ける心理学者とデータサイエンティストのチームも頭を悩ませるばかりだった。過激主義者とは誰か？　過激主義とは正確には何であり、どのようにモデル化できるのか？　主観的定義はどうにでもなる。エジプト政府には明らかに主観的定義があったし、われわれにも別の主観的定義があった。しかし、過激主義を定量化して未来を予測したいのであれば、客観的に定義しなければならない。われわれは学術用語も駆使しながら議論を重ねたが、厳しい現実を受け入れるしかなかった。過激主義とは、誰かがそうであってほしいと思うものであれば何でもいいのである。結局、ＳＣＬはエジプト政府のプロジェクトを引き受けなかった。だから、私は自分の疑問を脇に追いやって、これまで通りに働き続けた。

このころから私はオフィスの中でニックスを避け始めた。会えば不快な気持ちにさせられるからだ。ほかのみんなも同じだった。彼が自分のイメージに合うように私を〝再教育〟しようとしていたことは分かっていたが、しょせん無理な話だった。そもそも生まれ育った環境が違い過ぎた。仮に彼の横柄さや紳士気取りが気にならなかったとしても、自分が由緒あるオールドイートニアンを演じることは決してなかっただろう。衣服や話し方についてひっきりなしに〝指導〟され、うんざりしていた。たまに共通の楽しみである良質のウイスキーを一緒に飲むことはあったが、基本的には距離を置いていた。

私は「世の中のためになる」プロジェクトには熱心に取り組んだ。例えば、中東の軍部が親しみを込めて「ＹＵＭ（若い未婚男性）」と呼ぶプロジェクトだ。若い未婚男性を対象にイスラム過激思想を取り除くのを目的にしていた。ニックスは明らかに悪者であるけれども、ＳＣＬ内にはいい人もいっぱいいるのだから、当面は目立たないようにしながら仕事を続けよう——そう自分を納得させた。

プロジェクトを手伝ったら馬をプレゼント

２０１３年秋、ＳＣＬがアフリカで新規案件を受注できそうだということで、私はクライアントとのミーティングへの参加を打診された。「これは政治プロジェクトだ。今度の選挙が始まる前に有権者をターゲットにすることになる」。対象となる国については詳しくなかったものの、携帯電話ネットワークや公開情報から必要なデータを入手できると考え、「いいですよ」と返事した。ミーティングの日にロンドンの高級レストランに現れたクライアントは、当該国の保健大臣だった。

ミーティングは当初、クライアントが要望を伝えて、われわれがサービスを説明するという形で通常通りに進んだ。私が驚いたのは、プロジェクトの資金が話題になったときだ。ＳＣＬの提案はこうだった。

「保健省ではすでに予算数百万ドルで別のプロジェクトが進行中ですね。そこに下請け業者としてＳＣＬを加えてもらえないでしょうか。そうすればわれわれは保健省の予算の一部を使って今度のプロジェクトを開始できます」

保健大臣は提案を気に入ったようだ。後日、同省スタッフはわれわれに電子メールを送り、データ収集について補足説明してくれた。

「保健省は大規模な世論調査を実施してデータを集めます。『保健調査』として実施しますが、選挙戦前の準備と位置付けて『政治調査』も加えてあります。『政治調査』についてはすでに承諾を得ており、投票行動と政権支持に関する質問を入れました」

言うまでもなく、保健省の予算は税金であり、税金を使って選挙運動するのは違法である。私はミーティング中には何も異議を挟まなかったが、後でニックスに警告した。「これは法的に問題がありますよ」

だが、ニックスは平然と言った。「この連中と仕事をしていて法的に問題なしなんてあり得ない。何せアフリカなんだから」

ニックスは他人を言い込めるのがとてもうまかった。時に説得力に欠けることもあったとはいえ、私もよく餌食になった。ある時、「腹を割って話をしよう」と誘われ、新オフィスの屋上に一緒に上がった。そこからは有名ブランド通り「ニューボンドストリート」を見下ろせた。

「プロジェクトを手伝ってくれたら、馬をプレゼントする」とニックスは言った。彼はどうやらたくさんの馬を保有しているようだった。

「馬は欲しくありません」

「そう。だったらポニーはどう？」

ニックスと話をしていると、自分がどのように感じるべきなのか分からなくなったものだ。彼の発言に腹を立てたこともあったし、自分のばか正直さに恥ずかしさを覚えたこともあった。

私の予想に反して、アフリカのプロジェクトは計画通りにスタートした（ＳＣＬは下請け業者になるための提案書を作成して保健省へ提出し、承認を得た）。それから何カ月にもわたり、保健省のプロジェクトの進行に合わせてＳＣＬにカネが落ちた。本来ならば保健省の保健プログラムに使われるべき数百万ドルの税金だというのに、保健大臣の選挙運動費とＳＣＬへの支払いに回ったのである。ちなみに

ＳＣＬへの支払いは当該国の在英大使館が担当した（具体的には、国境での検査や税関での申告が不要になる外交特権「外交封印袋」を使った）。私は「倫理的にも法的にも一線を越えている」と判断し、早い段階でこのプロジェクトから身を引いた。

　ＳＣＬのプロジェクトに深く関われば関わるほど、企業文化に染まってまともな判断ができなくなっていく気がした。時間がたつにつれ、ＳＣＬの腐敗と非道を目にしても無感覚になるのだ。ＳＣＬ内ではみんなは新たな発見にエキサイトしていた。だが、「新しい研究領域」という名を借りて、一体どこまで突き進んでいいのだろうか。誰かが「もうたくさんだ」と宣言するタイミングがどこかで訪れるのだろうか。私には分からなかった。というか、正直なところあまり考えたくなかった。そんなとき、ニックスから電子メールが届いた。「アメリカからスティーブがやって来る。会ってほしい」

第4章 アメリカからやって来たスティーブ

STEVE FROM AMERICA

「スティーブ」が待つバーシティホテルへ

「ケンブリッジ駅に到着しました！」。車掌のアナウンスに驚いて飛び起きた。どうやらうたた寝していたようだ。２０１３年10月。この日は朝5時に起きて、朝6時40分発の電車に間に合うようにロンドンのキングスクロス駅へ向かったのだ。ニックスが5ポンドをケチって早朝便を予約したせいだ。急いで飛び出したため、横に座っていた老婦人にぶつかってしまった。イギリス人がみんなそうするように、彼女はハンドバッグをしっかりつかみ、私をにらみ付けていた。私は電車から飛び降りながら、後ろを振り返って謝ろうとしたが、つまずいて転んでしまった。「足元にご注意ください！」とアナウンスが聞こえたが、もう手遅れだった。

立ち上がり、すぐに財布がないことに気付いた。ゆっくりと出発しつつある電車を見て、茫然とした。何てヘマをしてしまったんだ！　現金もクレジットカードも手元にない。仕方なくニックスに電話を入れた。

「前払いのタクシーを呼んでもらえますか？」

「歩けばいい。不注意だったのがいけない」

　議論するエネルギーを持ち合わせていなかったし、ニックスが不機嫌なのもよく分かった。仕方なく歩くことにした。霧雨が降る早朝、駅を後にした。ケンブリッジの街中はようやく目覚めつつあった。

　約束の時間まで数時間あったため、周囲をぶらぶら歩くことにした。最初は一面に芝生が広がるパーカーズピース公園。樹木に囲まれた教会の尖塔を背景にして、学生アスリートが朝練にいそしんでいた。次は曲がりくねった中世式石畳の通り。そこには小さなショップが立ち並んでいるほか、イギリスで2番目に古いケンブリッジ大学――１２０９年創立――が高くそびえていた。最後はケム川近くのトンプソンズ通りを歩き、ようやく目的地にたどり着いた。小さいけれども明らかに高級な「バーシティホテル」である。

　軍事下請け業者の仕事をしていたことから、私はさまざまな変わり者に会ってきた。大半は正体さえ明かしてくれないから、相手のことを知らないままミーティングに臨むことも多かった。前日のことだ。ニックスはやや興奮しながらオフィスに姿を現し、すぐさま話し掛けてきた。私の机に両手を置いて、こちらをのぞき込むようにしながら言った。

「あしたケンブリッジに行って会ってほしい男がいる。私には彼の話はちょっと理解しかねるのだけれども、君なら大丈夫だろう」

「その男は誰ですか？」

「詳細は後でメールするよ」

実際のメールは詳細どころか、何のヒントも与えてくれなかった。「アメリカから来るスティーブに会ってくれ。データを持参するように」。これだけだった。

ホテルのロビーで1時間待っていても、誰も現れなかった。そこでニックスにテキストメッセージを送り、「スティーブの電話番号を教えてください」と伝えた。テキストメッセージは「既読」になったものの、返事はなかった。さらに15分経過した。ようやくしわがれ声の男が現れ、私を見た。

「君か？」と男は尋ねた。

「そうです。私です」

私はこの日、ＳＣＬの典型的クライアントである政府高官か諜報部員を思い浮かべながらバーシティホテルに到着した。実際に私が目にしたのは、だらしない身なりの男だった。何しろ、襟付きシャツを2枚重ね着していたのだ。あたかも古いシャツを脱ぎ忘れて新しいシャツを着たかのように。大西洋横断の長旅に揺られたというのに、シャワーを浴びていなかったのだろうか。無精ひげは剃られておらず、髪の毛はべとべと。白目には真っ赤な斑点があり、顔の酒焼けとマッチしていた。全体として見ると、男は中古車セールスマンと狂人を足して二で割ったようなところか。疲れているようにも見えたし、眠たそうにも見えた。きっと時差ボケのせいだろうと私は思った。

エレベーターは古典的なイギリス式だった。２人でぎりぎりのスペースしかないから、男に触れないように頑張らなければならなかった。私はこの日、紺一色のドリスヴァンノッテンのズボンをはき、その色にマッチするオーバーシャツを着ていた。きっとマオスーツ（近代中国式チュニック）のように見えていたはずだ。

「君は想像していたイメージとは違うね」と男は冗談半分に言った。「うん、見た目がちょっとあれだね」

スイートルームで4時間ぶっ続けで話し込む

スティーブ・バノンは最上階のスイートルームに泊まっていた。アクセントを加えた壁紙を除けば、室内の装飾は「ミニマリスト」「モダニスト」で統一され、窓から見渡せる中世都市の全景と絶妙なコントラストを醸し出していた。ところで彼の手荷物はどこにあるのだろう？　不思議に思ったが気にしても仕方がなかった。ここでにわかに不安になった。ちょっと待てよ、高級スイートルームの一室の中で得体の知れない中年男と2人きりじゃないか！　部屋の奥にはキングサイズのベッド、横のテーブル上にはハンドローションの小瓶……。何ということだ、ニックスは私をはめたのか！

　私は自分のバッグをつかんだ。中にノートパソコンが入っているから、これで殴れば倒せるかもしれない。その瞬間、バノンがベッド横の大型ソファまで歩いて「どうぞ、ここに座って」と手招きしているのが見えた。ホッとした。彼は椅子をつかんで自分の近くに寄せているではないか。続いて「水でも飲む？」と言いながら、椅子に腰を下ろした。するとウエストラインがたるんであふれ出てきた。

　バノンは早速質問を始めた。「ニックスから聞いたのだけれども、君は文化の変化について研究をしているそうだね。詳しく話してくれないかな？」

「文化トレンドの定量化のためにコンピューターを使っています。過激主義のリスクが高い地域を選んで、未来を予測するんです。文化の運命をのぞき見しようとしている、とでも言いましょうか」

　ここで私は数十年に及ぶコンピューター理論・社会理論の進化について解説しておこうと思い、話し始めた。だが、バノンはあきれた表情になった。

「いやいや、やめてくれ。君が実際に何をしているのか説明してくれるだけでいい」

その後、われわれは4時間もぶっ続けで話し込んだ。話題は政治以外にも多岐にわたった。ファッション・文化、ミシェル・フーコー、ジュディス・バトラー（第3波フェミニズムの論客）、「フラクチャードセルフ（ばらばらの自己）」状態――。表面上、バノンは「中年・ストレート・白人」とカテゴリー化できるありきたりの男だ。だが、いわゆる「ウォークネス（２０１０年代に登場した新語で、社会正義に積極的に取り組むことを意味する）」と呼んでもいい資質を備えているように見えた。まったく予想もしていなかった。本当のところ、話を聞いているうちに「なんかカッコいいかも」と思ったほどだ。

文化の定量化をめぐって意見交換しているとき、私は持参したデータの一部を見せることにした。ノートパソコンを取り出してデータ可視化ツール「タブロー」を起動し、画面上にトリニダード・トバゴの地図を表示した。ボタンをクリックすると、ネオンイエローに輝く点が地図上のあちこちに現れ始めた。

「さて、これらの地図上の点はすべて実際の人間です」と私は説明した。「デモグラフィック（人口統計学的属性）データが見えますか？　ジェンダー、年齢、民族……」

もう一度クリックした。すると、さらに違う色の点が現れ始めた。「今度はオンライン上の足跡を加えました。インターネットの閲覧履歴のようなものですね」

さらにもう一度クリックした。「これは世論調査の記録です……次はソーシャルメディアのプロフィールを見てみましょう」

私が新たなデータを次々に表示していくと、バノンは引き込まれるように画面にくぎ付けになった。地図は光でどんどん明るくなり、点の群れはどんどん広がっていった。最後のクリックが終わると、多様な色が地図を埋め尽くし、まぶしいほどだった。ここでバノンは質問した。

「一体誰がカネを払っているんだ？」

「それは言えません」と私は答えた。その代わり、国防高等研究計画局（ＤＡＲＰＡ）の資金で進む類似プログラム――研究対象はソーシャルメディアネットワーク――の概要を説明し始めた。バノンは再び口を開いた。

「同じことがアメリカでもできるだろうか？」

「できないことはない、と思います」

「ブライトバート・ドクトリン」を受け継いだバノン

スティーブ・バノンは１９５０年代前半のバージニア州で、アイルランド系カトリック教徒の家庭に生まれた。労働者階級の親の下で育ち、カトリック系ミリタリースクールを経て都市開発専攻でバージニア工科大学を卒業。卒業後は海軍に入隊して水上戦闘士官を務め、続いてアメリカ本国に戻ってペンタゴンの海軍作戦本部（ＣＮＯ）勤務になった（ＣＮＯでの仕事は海軍力についての報告書作成）。80年代に入って大学に戻り、83年にジョージタウン大学で国家安全保障問題の修士号、85年にハーバード大学ビジネススクールで経営学修士（ＭＢＡ）を取得している。

それ以降はさまざまなキャリアを歩んでいる。投資銀行ゴールドマン・サックス勤務を経てハリウッドへ転身し、エグゼクティブプロデューサーや監督、脚本家として合計30本以上の映画――そのうちの一つはロナルド・レーガン元大統領のドキュメンタリー――を製作している。２００５年には香港のオンラインゲーム会社インターネット・ゲーミング・エンターテインメント（ＩＧＥ）に加わり、その1年後には総額6千万ドルの新規出資を取りまとめた（半分の3千万ドルは元雇用主のゴールドマンが拠出した)。その後IGEを「アフィニティ・メディア・ホールディングス」へ社名変更し、ニュースサイト「ブライトバート・ニュース」に参画する12年まで経営トップを務めた。同じ12年には非営利シンクタンク「政府説明責任研究所(GAI)」を設立して、元国務長官ヒラリー・クリントンを批判する『クリントン・キャッシュ』の出版を手掛けた(同書の著者はブライトバートの遊軍編集者ピーター・シュヴァイツァー)。

05年、右派の論客アンドリュー・ブライトバートはニュースアグリゲーションサイト「ブライトバート・ドット・コム(breitbart.com)」をスタートした。2年後には独自コンテンツを加えて「ブライトバート・ニュース」へ衣替えした。同サイトには彼の個人的哲学が強く反映されており、「ブライトバート・ドクトリン」とも呼ばれている。政治は文化から流れてくるのだから、進歩派の奔流をせき止めるためには、保守派はまず文化に立ち向かわなければならない——これがブライトバート・ドクトリンの核心だ。すなわち、ブライトバート・ニュースは単なるメディアプラットフォームではなく、アメリカ文化を逆流させるツールなのである。

アンドリュー・ブライトバートが12年に突然死去したとき、バノンは後任として編集主幹に就任し、ブライトバート・ドクトリンを受け継いだ(大富豪のマーサー一族をバノンに紹介したのはアンドリューだった)。ホテルで私と初対面したときはブライトバート・ニュースの執行役会長としてケンブリッジを訪れていた。新設したロンドン支局のスタッフを採用しようとして、若くて将来有望な保守派を探していた。後のブレグジット国民投票で裏付けられたように、イギリスはアメリカ人にとって重要な文化的先導役であるから、ロンドン支局を強化しなければならない、と考えていた。実際、後になって私に向かって「イギリスで勝てばアメリカは落ちるんだ」と指摘するのだった。ハリウッドの世界にどっぷり漬かったことで「イギリス神話」を信じ込み、イギリスは高学歴で理性的で一流の人々の国、というイメージを持っていたようだ。

ただ、バノンは一つ問題を抱えていた。華々しく創刊したというのに、ブライトバート・ニュースは非自発的禁欲主義者《インボランタリーセリベート》を意味する「インセル」の世界にとどまっていたのだ。インセルの中心は、若くてストレートで女性にモテない白人の男性だ。彼らによる文化戦争の代表例といえば、「ゲーマーゲート事件」がある。複数の女性がゲーム業界内にはびこる女性蔑視主義に反発して立ち上がったところ、インセルから総攻撃を受けた。しつこく追い回されたり、個人情報をさらされたり、「殺す」と脅されたりした。インセルは「進歩派がフェミニズム思想をゲーム業界に押し付けようとしている」と主張し、大々的な運動を展開したのである。

ゲーマーゲート事件はブライトバート・ニュースとは無関係だったものの、バノンはそこからヒントを得た。疎外されて怒りをため込んだインセルは、いとも簡単に動員できる。「俺たちの世界が脅かされている」と思わせるだけでいいのだ。バノンの考えでは、欲情した童貞の女性蔑視はすさまじく、それを活用しない手はなかった。インターネットの奥深くまで行けば、虚無的な怒りのマグマがたまり、「ベータの反乱（群れを率いるボス「アルファメール」に敵対心を抱く「ベータメール」による反乱のこと）」が話題になっていることが分かる。もっとも、インセル軍団に頼るだけでは不十分だった。バノンは新たな手法を必要としていた。

ブラックタイが標準の高級会員制クラブをキャンセル

ケンブリッジ・アナリティカ（ＣＡ）物語の中に、歴史を変えることになる不思議な一コマがある。飛行機の中で交わされた世間話だ。

私がバノンと初対面するよりも数カ月前のことだ。共和党コンサルタントのマーク・ブロックとりンダ・ハンセンは機中で偶然、元軍高官——選挙戦でサイバー兵器を使う企業の下請けとして働いた経験の持ち主——と隣り合わせになった。ブロックがうたた寝するなか、ハンセンは彼とおしゃべりを始め、ＳＣＬの情報戦争プロジェクトについていろいろ聞いた。飛行機が着陸すると、ブロックに向かって言った。「アレクサンダー・ニックスに会う必要がある」

　ブロックは共和党内の非主流派グループと太いパイプを築いていた。共和党候補として12年の大統領選挙に出馬宣言した実業家ハーマン・ケインの選対本部長を務めたことがあったからだ。知人のバノンがＳＣＬに興味を持つだろうと思い、彼をニックスに紹介した。そのような経緯から、後にアメリカを舞台にして大規模な洗脳作戦を展開することになる男が、ホテルのスイートで私と会うことになったのだ。

　私がバーシティホテルのロビーに入ったころ、ニックスはすでにニューヨークでバノンと何度も会っていた。ただし、バノンに対してＳＣＬのプロジェクトを説明しようとすると、いつもつまずくのだった。われわれがどんな仕事をしているのかをちゃんと理解できていなかったからだ。そもそも「研究内容の細部」よりも「研究者の家系図」に好奇心をそそられるタイプであり、バノンと馬が合うはずがなかった。

　ＳＣＬ内では、ニックスは取締役会の意向で「あまり重要でないクライアント」を任されていた。ＳＣＬの大株主だった父親が07年に死去すると、ＳＣＬの仕事にますます熱を入れるようになった。マンチェスター大学で美術史を専攻し、平均的な成績で卒業していたが、アートギャラリーや図書館には目を向けず、金持ちの友人・家族が手掛けるビジネスに興味を持っていた。

　バノンはニックスにとってやりにくい相手だった。発展途上国——多くは大英帝国の旧植民地——からやって来る大臣やビジネスマンとはまったく異なったからだ。南国で第2のパスポートを取得する必要性を感じていなかったし、ロンドンで植民地時代のコスプレ衣装を探してもいなかった。さらには、ニックスのイギリス紳士風発音も高級ブランドスーツもどうでもいいと思っていた。バノンの関心事は「中身」だけだった。これではニックスはお手上げだった。彼が最も得意としていたのは、肌もあらわなウクライナ人女性とオールドイートニアン流のおしゃべりで大臣をもてなすことだったのだから。

ニックスの当初の考えでは、バノンと私の会合場所は壮大な石造りの建物が立ち並ぶロンドン・ペルメル通りになるはずだった。ここはバッキンガム宮殿から北へ２ブロック離れており、トラファルガー広場で始まって、16世紀には王族の居住地だったセントジェームズ宮殿で終わる。イギリスで最も格式が高く、ブラックタイが標準とされる会員制社交クラブが集中する地区でもある。ニックスはこのようなクラブに足しげく通い、アルコールを飲みながら同じ金持ち仲間と交友を深めていた。だからこそバノンをもてなす場所としてカールトンクラブを選んだのだ。夕食用の個室を予約したうえで、メニューから給仕まで細部をきっちり決めて完璧にしておこうとした。ところが不幸にも土壇場になって拒絶され、キャンセルしなければならなかった。

ニックスは代替案を考えた。誰もが心のどこかに満たされない自己を抱えている。「アメリカからやって来たスティーブ」はイギリスの古い大学街をぶらぶらしながら、新しい自分を探し求めている。ふと鏡を見て気付かされる。そこにいるのは哲学者ではないか――。「偉大な思想家になりたい」という彼の夢をかなえる手助けをすれば、好印象を与えることができる！　そう思ってニックスは「アカデミックな香り」を持つ私に白羽の矢を立てたのだ。

「最も外向的なイタリア人は誰か」を見極める

バノンは今では有名だが、13年の秋時点では違った。私は「アメリカからやって来たスティーブ」という以外はほとんど何も知らなかった。それでもバーシティホテルではすぐに同類だと気付いた。われわれは最終的には政治でつながるわけだが、お互いに文化に情熱を傾けていた（私はファッション、彼は映画）。トレンド分析にも興味を持ち、「社会規範の多くは美的感覚へ要約できる」という意見で一致した。さらには、テクノロジー業界やオンライン空間で何が起きているのかを同じように理解し、ゲーム、ミーム（人から人へコピーされて拡散していく文化的な情報）、ＭＭＯＲＰＧ（「ワールドオブウォークラフト」のような多人数同時参加型オンラインゲーム）についても語り合った。驚いたことに、彼は「pwned《ポウンド》」というネットスラングまで使った（敵を支配したりボコボコにしたりするときにゲーマーが使う表現）。

変わり者には変わり者にしか分からない興味対象がある。バノンと私はすべての興味対象でつながったのである。私はホテルで彼と話し込むうちにすっかり打ち解けている自分に気付いた。勝利のためには手段を選ばない「ポリティカルハッカー」ではなく、何でも自由に語り合えるオタク仲間と一緒にいるのではないか、と思えた。

「文化を変えたいんだ」とバノンは言った。

「では、どのように文化を定義しますか？」と私は聞いた。

「……」

「定義できなければ、計測できません。計測できなければ、変えているかどうかも知ることができません」

ここで私は理論を語る代わりに、文化的ステレオタイプを用いて、極端に単純化した事例を示した。イタリア人は他国人よりも情熱的・外向的といわれている（私の個人的体験――イタリア人とデートしたことがある――を踏まえれば、この評価には多少なりとも真実が含まれている）。もちろん全イタリア人が騒々しくて情熱にあふれているわけではない。けれども、イタリアを訪ねれば外向的な国民が多いことに気付き、ドイツやシンガポールとはずいぶん違うと思うはずだ。これが「標準」と考えられているものだ。外向性や騒々しさを示す正規分布曲線の平均値に相当する。ひょっとしたらイタリアは他国よりも平均値が高いかもしれないということだ。

　文化を表現するとき、われわれはパーソナリティーに関連する語彙を使う。一つの民族であろうと複数の民族であろうと関係ない。例えば、「広く捉えればイタリア文化は他国の文化以上に社交的である」と表現するわけだ。ところが、個人レベルになるとステレオタイプな表現を使えなくなる。個人はそれぞれ異なるからだ。

　個人データを使って個人の属性を計測・推論できるならば――そして同じ属性を使って文化を表現できるならば――われわれは文化を大雑把に計測して定量化し、その分布曲線を描けるはずだ。そのためにはソーシャルメディアやクリックストリームに加えてデータ業者にも頼って個人データを入手し、個々の消費者やユーザーの行動パターンを把握しなければならない。そうすれば「最も外向的なイタリア人は誰なのか」も見極められる。

　イタリア文化の外向性を少しだけ低くしたいなら？　実在するイタリア人――外向性の度合いに従ってリストアップされている――の中からターゲットを定め、時間をかけて外向性を削り取っていく。「文化を変える＝正規分布曲線の平均値を上げたり下げたりする」とも解釈できる。要するに、データを使うことで、文化をばらばらにして個人レベルへ落とし込んだうえで、個人に影響を与えて、社会を動かせるようになるのだ。

バノンはおしゃべりだが、個人的に興味のあるテーマの話を聞くときには静かになり、礼儀正しくもなる。一方で、必ず現実世界への応用に話を戻そうとする。

現実の世界で選挙運動がどう変わるのか理解したいのなら、公衆衛生問題を考えると分かりやすい。伝染病が発生すれば、まずは一番感染しやすい赤ちゃんと老人にワクチンを打って免疫を与える。続いて看護師、医師、教員、バス運転手となる。たとえ彼らが倒れなくても、病原菌を社会全体に広くまき散らす恐れがあるからだ。同じような戦略を取って文化を変えることも可能だ。過激主義への抵抗力を高めたいならば、三つのステップを踏む。第1に、情報兵器――個別にカスタマイズしたメッセージ――に〝感染〟しやすいグループを見つけ出す。第2に、伝染性ナラティブに影響されやすい特性を明らかにする。第3に、ワクチンとして対抗ナラティブを流布させる。理屈のうえでは逆の戦略――社会に過激主義を吹き込む戦略――も可能だが、私にとっては関心外だった。

「認知バイアス」を特定して悪用する

ハッキングの最終目標は、システムの弱点を見いだして悪用することだ。軍事心理戦において、弱点とは「思考の不備」である。人の心をハッキングしたいならば、まずは「認知バイアス」を特定して利用しなければならない。通りを歩いていて見知らぬ女性に話し掛け、「幸せですか？」と聞いたら、おそらく高い確率で「イエス」と返答されるだろう。では、同じ女性に2段階で質問したらどうなるだろうか。まずは「過去数年で体重が増えましたか？」あるいは「高校の同窓生であなたよりも成功している人はいますか？」と聞いたうえで、「幸せですか？」と聞くのである。今度は「イエス」という答えは得られないかもしれない。彼女の置かれた状況も過去もまったく変わっていないのに、である。ただし、彼女が自分の人生について抱く感覚は変わっている。一つ目の質問に無意識のうちに影響されているからである。

ここで何が明らかになったのかというと、質問が変われば彼女の判断や行動も変わるということだ。一つ目の質問をすることで、われわれは彼女の心にバイアスを掛けたのである。結局のところ、彼女は幸せなのか、それとも幸せではないのか？　最初にどんな質問をされるか次第で答えは変わる。心理学用語で「プライミング効果」と呼ばれている。情報兵器の本質はここにある。これこそはと思う情報を前面に出し、人の感覚・思想・行動に影響を与えるのである。

両親がテレビドラマ『スタートレック』に出てくるバルカン人でもない限り、この世に完璧に合理的な思考ができる人はいない。われわれ全員が認知バイアスから抜け出せない。だから周囲の情報を主観的に解釈して真実を直視しないなど、日常的に思考上の誤りを犯している。ここではっきり言っておきたいのは、先入観や思い込みで物事を見るのは人間としては完全に正常だということだ。しかも日常生活で起きるバイアスの多くは無害である。

認知バイアスは偶然の産物ではない。人間に生来的に組み込まれた「エラー」であり、「非合理的思考」という形態で一定のパターンをつくり出している。実のところ、心理学の世界では数千件に上る認知バイアスが確認されている。一部のバイアスはあまりにも日常的・直感的であることから、われわれは「自分が非合理的である」と認識することさえできないでいる。

エイモス・トベルスキーとダニエル・カーネマンという2人の心理学者が手掛けた研究が興味深い。実験参加者に対して極めてシンプルな質問を投げ掛けた。「英語のテキストからアトランダムに一つ単語を選んだと仮定してください。それは『k』で始まる単語ですか？　それとも左から3番目の文字が『k』の単語ですか？」。大半は前者と答えた。つまり、「kitchen」「kite」「kilometer」など

「k」で始まる単語を選びそうだというのだ。だが、真実は後者だった。2倍の確率で、左から3番目の文字が「k」の単語――「ask」「like」「make」「joke」「take」など――を選ぶはずなのだ（「k」のほか「l」「n」「r」「v」でも同様の実験が行われた）。

なぜこうなるかというと、われわれは最初の文字に従ってアルファベット順に単語を並べるよう教えられているからだ。最初の文字で単語を思い浮かべることに慣れてしまっているのである。取り出しやすい記憶情報に頼ると、現実よりも頻度や確率を高く見積もってしまい、真実とかけ離れているということに気付かない。このような認知バイアスは、心理学用語で「利用可能性ヒューリスティック」と呼ばれる。一例を挙げよう。残忍な殺人事件を扱うニュース番組を好んで見る視聴者は「社会にはかつてないほど暴力がはびこっている」と思い込みがちだ。実際には過去四半世紀にわたって世界の殺人事件発生率が低下し続けているのに、である。

政治もファッションも同じ文化的活動

これらのテーマについて私は自分の経験――最初に政治、続いてファッション、さらに情報戦争――に基づいてずっと考えを巡らせてきた。例えば政治的な過激主義。ファッションと比較できる文化的活動といえないだろうか。文化情報がネットワークの結び目を経由してどのように拡散するのか、という部分にどちらとも深く関係しているのではないか。

イスラム過激主義の台頭とクロックス（アメリカの有名サンダルブランド）サンダルの人気という現象は、いずれも「情報の流れ」の産物と見なせる。ＳＣＬの過激派対策プロジェクトを始めたときのことだ。私はファッショントレンドの予測に着目した。ここで使用するコンセプトや手法――アダプション（採用）ライフサイクル、普及率、ネットワーク同類性など――を応用すれば、人々がどのように文化情報を自分のものとして内在化し、外に向かって拡散させていくのかを予測できるのではないかと考えた。狂気のカルト集団入りと好きな衣装選びは一見すると無関係なのだが、同じ文脈でくくることができる。

バノンはすぐにすべてを理解し、私と同様に「政治とファッションは本質的に同じ現象の産物だと信じている」と言い切った。諜報活動を大局的かつ奥深い視点で捉えていたに違いなかった（私が知る限りでは、このような人物はアメリカ政界ではほかに見当たらなかった）。だからこそ影響力を持っていたのかもしれない。一方で、「インターセクショナル（交差性）フェミニズム」や「アイデンティティーの流動性」にも関心を寄せ、いろいろ読んでいた。このようなアイデアを受け入れていたからではなく、むしろ覆したかったからだ。そのために大衆が何に引き寄せられているのかを見極めて、情報兵器化しようとしていた。

その日にはまだ気付かなかったのだが、バノンは文化戦争を始めたかったのだ。文化戦争のためには兵器庫を用意しなければならず、兵器庫をいっぱいにするためには情報兵器の専門家に手伝ってもらわなければならない。

バノンと私は明らかに波長が合った。初対面だというのにあまりにも話が弾み、まるでいちゃついているかのようだった――いや、それはおぞまし過ぎる。少なくとも知的には相性が良かった。私はミーティング後に高揚感を覚えたし、理解者に出会えたという満足感も得られた。バノンについては初対面で分別のある男と感じたし、好印象も抱いた。新しいアイデアがもたらす可能性に魅せられているのだろうとも思った。驚いたことに、彼は文化人であると同時にＩＴ（情報技術）オタクだった。それに加えてリバタリアン（自由至上主義者）の片鱗も見せていたが、あいにく政治についてはあまり話さなかった。

帰途に就き、ふと思い出した。財布だ！　ニックスに電話した。
「ミーティングはうまくいきました。ところで、新しいチケットを買わなければならないのですが……」
「クリス、今はちょっと忙しい。自分でどうにかしてくれ」

一風変わった億万長者ロバート・マーサーによる出資話

バノンは単にアカデミックな観点からわれわれの仕事に関心を寄せていたのではない。ＳＣＬをテコにして自分の野望を実現しようとたくらんでいた。そこでニックスに会ったとき、右派の資金支援者候補としてロバート・マーサーの名前を挙げた。ＳＣＬに出資してもらえるかもしれないと考えたのだ。

マーサーは一風変わった億万長者だ。１９７０年代初めにコンピューターサイエンスの博士号を取得してＩＢＭに入社。そこで巨大組織の歯車として20年以上働いた。93年にヘッジファンド「ルネサンス・テクノロジーズ」に加わり、データサイエンスとアルゴリズムを活用してとんでもない巨富を築いた。時に汚い手も使って激しく売り買いするような策士とは全然違った。基本的には非常に内向的なエンジニアであり、自分のコンピューターサイエンス技術を応用して投資収益を上げることに喜びを見いだしていた。

政治的にはマーサーは保守派だった。何年にもわたって保守派陣営に対して百万ドル単位で寄付してきた。同時に、娘のレベッカを責任者として政治献金団体「マーサー財団」も設立（当時39歳のレベッカは、もともとアカデミックな研究の支援に力を入れていたが、政治色の強い非営利団体にも寄付するようになっていた）。影響力が増すにつれ、共和党大口支援者のコーク兄弟やシェルドン・アデルソンと並び称されるようになった。

マーサーがＳＣＬに出資するかもしれないと聞いて、ニックスは舞い上がった。経歴を見れば無理もないことだ。ルネサンス時代、マーサーは非伝統的なやり方を取り入れて金融業界に「ディスラプション（創造的破壊）」を引き起こした。採用に際して金融専門家には目もくれず、独自のアルゴリズムを築くために物理学者や数学者、科学者をこぞって雇い入れたのだ。その結果、ヘッジファンド業界トップクラスの運用成績をたたき出すことに成功した。

私の見立てでは、マーサーはＳＣＬを舞台にして、より野心的で儲かるディスラプションを引き起こそうとしていた。全国民をプロファイリングすることで、「人工社会のプロトタイプ」第1号をつくるのである。国民それぞれのパーソナリティーや行動様式をデジタル化してプロファイルを作成し、コンピューターの中で人工社会をシミュレーションするということだ。

人工社会の中に人工スパイ――本物の人間のスパイと同じ属性を備えている――を送り込み、経済や文化に干渉できたら？　史上最強の「マーケットインテリジェンス（市場データの収集・分析）」ツールの完成だ。ここに定量化した文化信号を加えれば、「文化金融」とでも呼べるような新領域に到達するのも夢ではなくなる。もしうまくやれれば、社会全体の未来――一つではなく複数の異なる未来――をシミュレーションできる、とわれわれは思った。もう個別銘柄の空売りはやめて、経済全体の未来を考えればいいのだ！　後になって分かったのだが、マーサーは経済全体よりも壮大なビジョンを描いていた。

バージニア州でアメリカ人を対象に初の実験

そのことを知らないわれわれは、ＳＣＬという器の中でできることに集中した。何度か議論を重ねてバノンは決断した。バージニア州で「概念実証（ＰｏＣ）」のための実験を行おうというのだ。バージニアはアメリカの縮図だ。少しだけアメリカ北部で、少しだけアメリカ南部。山脈もあるし海岸線もある。多数の軍関係者が住むミリタリータウン、首都ワシントンに住む富裕層のベッドタウン、田舎に広がる農場、富裕層と貧困層が混在する地域、黒人と白人が混在する地域――さまざまな横顔を持つ。アメリカ人を対象に行う初の実験としては最適に思えた。

　カナダ自由党（ＬＰＣ）とイギリス自由民主党（リブデム）での経験を踏まえ、私は第1段階として定性的調査――バージニア州の住民に会ってオープンエンド（自由回答）型の会話をする――を提案した。われわれのチームはみんな外国人であり、バージニアについては何の予備知識も持ち合わせていなかったので、当然のことだった（実は、私にとってバージニアはガーナと同じくらいに〝外国〟だった）。というわけで、まずはバージニアへ取材旅行に出掛けて住民の世界観と問題意識を探らなければならなかった。

　われわれは当初、特に質問を用意しないで有権者との会話を始めた。相手が自ら思うがままに語ってくれるのを待ち、誘導尋問にならないように心掛けた。住民がどんなテーマに関心を持ち、どのように問題を解決しようとしているのかを大まかにつかむのだ。それを踏まえて具体的な質問を用意し、定量的調査の段階へ進む。政治と文化は複合的に絡み合っているため、「政治抜きでの文化研究」も「文化抜きでの政治研究」も無理だと考えた。

　バージニアへの取材旅行は、州知事選挙直前の２０１３年10月だった。私はマーク・ゲトルソン、ブレント・クリカードらと一緒にバージニアへ飛び立った。地元フォーカスグループで聞いた話によれば、知事選に出馬した共和党候補の元司法長官ケン・クチネリをめぐって懸念が広がっていた。彼は極右主義者であり、ゲイの権利剝奪や環境保護規制撤廃などを主張していた。知事選勝利のためにはキリスト教福音派――バージニアにおける共和党の大きな支持基盤――の票を固めなければならなかった。結局、あまりの強硬路線が裏目に出たようで、知事選では敗退した。

クチネリの目玉政策の一つは、オーラルセックスとアナルセックスを実質的に禁止する1950年州法「不道徳犯罪法」の復活だ。同法は2003年の連邦最高裁判決に照らし合わせ、13年の連邦控訴審判決で違法との判断を下されていた。選挙期間中、クチネリは「小児性愛を根絶するためには不道徳犯罪法は必要」と主張し、控訴審判決に異議を唱えていた。彼に関する資料を読んでいるうちに、私は一部のアフリカ諸国で出会ったイカれ政治家のことを思い出した。ゲイの不徳のことでいつも頭の中がいっぱいで、とても正気とは思えない政治家を何人も見てきたのだ。過激に走る変人はアメリカの白人中流階級も含めて世界中のどこにでもいるんだな、と思った。

われわれのフォーカスグループ参加者――特に元気いっぱいのストレート男性――はクチネリの主張に首をかしげるばかりだった。ゲイを非合法にするのはまだしも、生殖行為を目的としない性行為を全面禁止する？　何でクチネリはフェラチオにそれほど強硬に反対するんだ？　正直に言ってちょっと変じゃないか？　そもそもクチネリのことについてあれこれ考えたくない！　まあ、当然だろう。ほかの調査でも同じような話を聞いた。そこでわれわれは実験してみることにした。

一貫して非常識であれば受け入れる

「パーソナリティー5因子モデル」に従うと、保守派は二つの特性を備えている。「知的好奇心が低い」と「良識性が高い」である。極端に一般化すれば、共和党支持者は目新しいことを求めないし、新しい体験に興味を示さない（同性愛者であることを隠している場合は除く）。同時に、体制と秩序を好み、サプライズを嫌う。民主党支持者はどうか。「知的好奇心が高い」と「良識性が低い」だ。両党間にはこのような違いがあるため、政治討論となると個人の行動や責任論に議論が集中する。

では、バージニア州の共和党支持者がクチネリから離れた主因は何か。われわれの定性的調査によれば……彼のフェラチオへの執着である。計量心理学による測定で分かるのだが、共和党支持者は予測不可能な言動を好まない。このような観察に基づいてわれわれは有効な戦略を立て、クチネリに対する有権者の意識を変えることができるだろうか。

ここで出番となったのがゲトルソンだった。彼はアルファメール有権者（女性にモテてる勝ち組の男性有権者）とクチネリの難しい関係に興味を持ち、「メッセージはあまりいじらないで、変人という要素をうまく使ってみよう」と提案。クチネリは変人と思われて有権者から見放されたのだから、逆手に取って自ら変人であることを認めてしまえばいい、というのだ。そこでわれわれはシンプルな新メッセージで実験してみた。「あなたは私と意見を異にしているかもしれませんが、少なくとも私の立ち位置は理解してください」――。こうすれば、「予測不可能で無秩序の変人」から「予測可能で秩序ある変人」へ転換できるわけだ。

新メッセージは実質的に何も言っていないに等しく無意味である。ところが、われわれの実験――フォーカスグループ、オンラインパネルディスカッション、デジタル広告――ではほかの全メッセージを凌駕するほどの効果を発揮した。ここに大きな発見があった。候補者のメッセージをターゲット有権者の心理属性にぴったりと合わせてカスタマイズすれば、投票結果に影響を与えることが可能なのである。

共和党支持者の多くがパーソナリティーの面で同じ特性を持っている。だとしたら、同じ心理戦用デバイス――「あなたは私と意見を異にしているかもしれませんが、少なくとも私の立ち位置は理解してください」という新メッセージ――はほかの共和党支持者に対しても使えるかもしれなかった。

実際、クチネリについて判断しかねていた「良識性で高スコアの有権者」に対しては極めて有効だった。「クチネリはあなたの知っている悪魔です」と描きつつ、「彼の奇行は予測可能な奇行です」と指摘することで、クチネリ懐疑派の意見を変えることに成功したのである。

一貫して非常識である限り、とんでもなく非常識な候補者でも受け入れる——これが実験で判明した共和党支持者の特徴だ。極めて重要な発見であり、それ以降にＣＡが手掛けるすべてのことの土台になるのだった。最後には、「私がニューヨーク五番街のど真ん中で誰かを撃ったとしても票を失うことはない」と言い放つ共和党大統領候補者——ドナルド・トランプ——の誕生にもつながるのである。

個人情報を入手して州内有権者の属性を推定

実験を進めるうちに、われわれはバージニア州の住民について多くの個人情報を蓄積できた。難しいことではなかった。エクスペリアンやアクシオムといったデータ専門業者経由のほか、福音派教会の教会員リストや新聞・雑誌の購読者リストを持つニッチ業者からも情報を入手できたからだ。狩猟や釣り、銃保有のライセンス（許可証）保持者のリストを売っている州もある。このような住民データを売るとき、州の担当部局は使用目的について心配するだろうか？　そもそも質問するだろうか？　答えはノーである。われわれが詐欺集団か外国人スパイだったとしても、まったく気付かなかったに違いない。

エクスペリアンと聞いたら、多くの人が消費者の信用スコアを出す会社を思い浮かべるだろう。それは間違っていない。同社の原点は、金融上のさまざまな要因を考慮して信用スコアを計算するビジネスなのだ。データの入手ルートは多様である。航空会社や出版社、慈善財団、遊園地のほか、陸運局などの政府機関もある。個々の消費者について詳細なプロファイルを作ってマーケティングに利用すれば、新たな収益源にできる。

1990年代、政党の戦略担当者は選挙戦で使う個人情報の入手を始めた。どんな車を運転しているのか？　どんな慈善財団に寄付しているのか？　どんな雑誌を購読しているのか？　狩猟をやっているのか？　このような情報を得られれば、個々の有権者の姿をビジュアル化できる。民主党支持者であろうと共和党支持者であろうと、全員の「データ版スナップ写真」を撮れる。これを使ってターゲットにするべき有権者を絞り込み、選挙戦に臨めばいいのだ。

われわれは国勢調査データにもアクセスできた。プライバシー保護規制が緩い途上国と違い、アメリカでは個々の国民の生データは入手できない。しかし、郡（あるいは郡よりも小さい区域）のレベルまで細分化すれば、犯罪や肥満、さらに糖尿病や喘息などの病気のデータを得ることは可能だ。国勢調査の調査単位であるブロックは小さく、通常600～3千人で構成されている。となると、多様なルートから得た個人データを統合してモデル化すれば、ブロック内に住む個々の有権者の属性を推測できる。

糖尿病を例にしてもう少し具体的に考えてみよう。まず、個々の有権者の危険因子・保護因子をリストアップする（年齢、人種、住所、所得、健康食品への興味、レストランの好み、スポーツジムの会員歴、ダイエット食品の利用歴などで、こうした情報の大半はアメリカの消費者情報ファイルに含まれている）。続いて、リストアップしたデータをブロック全体の糖尿病に関する統計と突き合わせる。こうすることで、ブロック内に住む有権者それぞれについて糖尿病スコアを算出できる（糖尿病を患う可能性を測定できる）。言うまでもないが、国勢調査も消費者情報ファイルもそのようなデータを直接的には提供してくれない。

その後、ゲトルソンと私はチームを組んで、何時間もかけてさまざまな属性をアトランダムに組み合わせてみた。興味の対象は現実にはあり得そうもない奇妙な組み合わせだ。銃のライセンスを保有していながら、アメリカ自由人権協会に所属する住民はいるのか？　交響楽団の定期入場券を持っている一方で、全米ライフル協会（ＮＲＡ）の生涯会員になっている住民はいるのか？　ゲイの共和党支持者は実在するのか？

ある日のこと、ゲトルソンと私は突拍子もない組み合わせをひらめき、検証せずにはいられなくなった。ひらめいたのは「反・同性愛の教会に寄付」しながら「オーガニック食品店を愛用」している人物だ。われわれは消費者データセットを点検してみた。見つけた！　一握りとはいえ存在したのである。

ゲイ嫌いでオーガニック食品好きの女性に会いたい！

まるで神話の世界に生きているような生き物に会いたくて、私は居ても立ってもいられなくなった。好奇心に駆られただけでなく、データが本当に正確であるのかどうかを自分の目で確かめる必要性も感じた。われわれの興味を引いた住民の名前をリストアップし、コールセンターへ送った。コールセンターの担当者が住民に直接電話し、調査に協力する意思があるかどうかを確認するのである。１人の女性を除いて全員が協力を拒否した。協力者として名乗り出てくれた女性――私は会いたくて待っていられなくなった――はオーガニック食品で有名な高級スーパー「ホールフーズ」でショッピングし、ヨガのレッスンを受けている。それでありながら、同性愛に反対する教会の教会員で、右派の慈善財団への資金支援者でもある。あまりに奇妙な組み合わせだ。データが間違っているのか、それとももこの女性は全アメリカ人の中で最も興味深いキャラクターの一人なのか。

手元のデータに従って私はバージニア州フェアファックス郡の郊外へ行き、乱平面造りの質素な家の前に立った。一瞬ためらった。気まずくなったらどうしよう。でも、はるばるここまでやって来たのだから、引き返すわけにはいかない。ドアまで歩いてベルを押した。頭上でウインドチャイムが鳴るのが聞こえた。すると、突如としてドアが開き、元気いっぱいのブロンド女――髪の毛はくたびれている――が飛び付いてきた。「ヘーイ！！　どうぞ中に入って！」。ルルレモンのヨガパンツをはいている。データ通りだ。

彼女に招かれて、私はリビングルームに入った。お香の匂いが漂うなか、ブッダの像に加えて、象頭の神ガネーシャ（ヒンズー教）の像が目に入った。続いて、壁に十字架が掛けられているのに気付いた。ちょっとやり過ぎだ。

「自家製のコンブチャ（紅茶キノコ）いかがですか？」

「頂きます」

彼女は台所に入ると、大きな瓶を開けて中身――完熟して少し凝固した液体――をグラスの中に注いだ。

「これは本物のプロバイオティクスなんですよ」

「そうですね、分かります」と私は答えた。手渡されたグラスの中にぷかぷかと浮かぶ塊を見つめながら。

会話が始まった。彼女は「ニューエイジ（20世紀後半のアメリカ西海岸で出現した霊的思想で、日本では「精神世界」と呼ばれる）」にはまっているようだった。「前向きなエネルギーを整える」などとニューエイジ用語を好んで使ったからだ。ニューエイジの旗手ディーパック・チョプラに感化されたのだろう。実際、彼の著書が本棚に置かれていた。

しかし、倫理観が話題になった途端、キリスト教福音派の「地獄の責め苦」の話へ様変わりした。とりわけゲイに対して厳しく、「ストレートで地獄行きになる」と断じた（しゃれを言っているつもりはない）。ただし、ゲイに対して厳しいとはいっても、奇妙にもニューエイジ思想との「組み合わせ」で表現するのだった。「ゲイであると、自分の中のエネルギーの流れをブロックしてしまいます。とても罪深いことです」

結局、彼女は2時間にわたって私の前で福音を説いた。その間、私は座ったままでメモを取り続けた。われわれはまるで混乱状態のグループセラピーに参加しているかのようだった。

帰途に就くと、頭の中がいろいろなアイデアでいっぱいになった。何か重要なことを発見したような気がした。いったい全体、世論調査会社はこの女性をどのように分類するのだろうか。デモグラフィックの背後にあるニュアンスを理解しなければ駄目だと確信した。ここで霊長類学者のジェーン・グドールを思い出した。彼女の言葉がずっと頭の中の片隅にあったからだ。以前、あるレセプションで彼女に「なぜラボの中ではなく大自然の中で霊長類の研究をするのですか？」と尋ねたら、「簡単なこと。霊長類はラボの中で暮らしていないから」との答えが返ってきた。人間も同じ。真に人間を理解したいならば、「人間はデータセットの中で暮らしていない」という事実を常に頭に入れておかなければならない。

人はいったん何かに興味を持つと、驚くほど簡単に病みつきになってしまうものだ。われわれはイギリスの軍事下請け業者で、データサイエンティストと社会学者——大抵はゲイでリベラル——を多く雇い入れ、大きなアイデアを実現しようとしていた。そもそも、まったく分野が異なるヘッジファンド運用者やコンピューターサイエンティスト、ニッチな保守系ウェブサイト運営者が結集し、チームを組んだのはなぜなのだろうか？　このアイデアが驚異的なものだったからだ。

文化のように抽象的・流動的な領域を自由に研究する裁量を与えられ、社会学の分野で新たな境地を切り開けるかもしれなかった。社会をコンピューターの中に入れれば、すべてを定量化できる。貧困や民族紛争といった社会問題もコンピューターの中に入れて、それらを解決するためのシミュレーションができるのだ。ただし、バージニアの女性が自分の信仰の矛盾に気付いていなかったように、われわれも自分たちの仕事の矛盾に気付いていなかった。

第５章 ケンブリッジ・アナリティカ

CAMBRIDGE ANALYTICA

フォックスニュースは「怒りの部屋」

２０１３年秋にバージニア州の住民取材――自宅訪問やフォーカスグループ――をしているうちに、われわれは「バージニアは典型的なアメリカ社会の断面図である」との確信を得た。州北部のフェアファックスから州の中央を抜け、南東部のノーフォークとバージニアビーチまで訪ね、いろいろな地元の飲み屋やレストランに立ち寄った。どこも雰囲気が良かったし、食事もおいしかった。

実際のところ、人が食事やお酒を楽しみながら会話している様子を観察するだけで多くを学べるものだ。われわれにとってお気に入りの観察対象の一つがスイートティー（甘いアイスティー）だった。地元文化を理解するうえで重要だと分かったのだ。

19世紀後半の南北戦争時までアメリカは「メイソン・ディクソン線」を境界線として、北部の自由州と南部の奴隷州に分断されていた。南北戦争後に奴隷制は廃止され、境界線も意味を失った。ところが、バージニアには新たな境界線が生まれ、州全体が北部と南部に分断されている。どういうことかというと、アイスティーは北部のレストランでは甘くなく、南部のレストランでは甘いのである。「本当の南部はここから始まります」と地元住民は説明してくれた。「スイートティー線」のことだ。ただし、位置的にスイートティー線は旧メイソン・ディクソン線と同じではなく、州都リッチモンドよりも南側にあるという。

　取材旅行で個人的に一番楽しかったのは、調査に協力してくれた地元アメリカ人と一緒に過ごした時間だ。とはいっても、調査の一環なので私は会話に加わらず、ソファに座って横から観察するだけ。きょう一番の出来事、面白かったラジオ番組、勤務先の社内政治――。ありきたりの日常会話を聞いているだけで勉強になった。

　彼らが保守系ニュース専門局フォックスニュースを見て、怒りを爆発させる光景も印象的だった（私はフォックスニュースが存在しない国からやって来たので、なおさらそう感じたのかもしれない）。怒りのきっかけは何でも構わない。とにかくテレビのチャンネルをフォックスニュースに合わせ、どこかのエリートに侮辱されるのを待つのである。期待していると言ったほうが正確かもしれない。変なパフォーマンスである。

　こんな光景を見て、私は「レイジルーム（怒りの部屋）」を連想した。1週間のフラストレーションをためてレイジルームへ行き、部屋の中の物を壊しまくってストレスを発散させるのである。私の友人もフォックスニュースを目にすると同じように感じるようだ。今でもはっきり覚えているのは、イギリス自由民主党（リブデム）幹部のアリスター・カーマイケルだ。大声でしゃべる赤ら顔のフォックスニュース記者を見て「たたかれて赤くなったケツ」と表現した。

オバマケア（民主党のオバマ政権が導入した医療保険制度）も話題になった。あるカップルは医療保険コストの高さに不満であり、車の修理代を捻出するために処方薬をケチらなければならないという。このカップルがわれわれの調査に応じてくれたのは、１００ドルの協力費をもらえれば、来月の生活費をどうにかできるとの読みがあったからだ。医療保険コストが高くて生活が苦しいのはなぜなのか？　勤務先の健康保険制度が悪いから？　それとも自分の年収が低く抑えられているから？　いずれも違った。悪いのはオバマケアだという。理屈はこうだ。民主党がオバマケアを導入したのは、アメリカに入国してくる不法就労者を助けるためであり、彼らの多くはヒスパニック系で民主党支持者だ。オバマケアは民主党の政権維持を狙ったリベラル派の社会改造の一環であり、一般国民は医療保険コストの上昇という形でしわ寄せを受けている――。これを心の底から信じていた。

　バージニアでは、住民の多くは1時間もフォックスニュースを見れば――言い換えれば、フォックスニュース版レイジルームで1時間のセラピーを受ければ――気分良く一日を終えられるようだった。セラピーで憂さを晴らし、職場や家庭の問題を他人のせいにして清々する。要するに、自分の問題を外在化して、厳しい現実――例えば雇用主が社員の福利厚生に無関心であること――から目をそらすのである。毎日職場で顔を合わせる雇用主から不当に扱われていると認めるのはつらいけれども、顔の見えないオバマケアや不法就労者なら悪者と見なしても構わない、というロジックである。

　個人的にはフォックスニュースをこれほど熱心に見たのは初めてのことだった。フォックスニュースは視聴者のアイデンティティーを改変し、兵器として利用できるようにしているのではないか、と思わずにいられなかった。実際、大げさなナラティブを多用して視聴者の怒りを刺激しているのは間違いない。怒りに火を付けられると、人は情報を取捨選択して合理的に判断する能力を低下させてしまう。これが「感情ヒューリスティック」と呼ばれる認知バイアスである。感情に大きく影響されて論理的に考えられなくなり、「知的ショートカット」を選ぶ傾向のことだ。自分がカッとなったときのことを思い出すと分かりやすい。本当は思ってもいないこと――後で必ず後悔する――を口にしてしまうのではないだろうか。これは実質的に「感情ヒューリスティック」である。

「アイデンティティーへの攻撃」と反発する視聴者

フォックスニュースのファンは気晴らしを終えて一息つくと、「あなたたちは普通のアメリカ人です」と念を押される。知らぬうちにこのようなアイデンティティーを吹き込まれ、テレビで「私たち」という表現が多用されたり、司会者から友達のように語り掛けられたりしても、違和感を覚えなくなる。「あなたたちは本当に『普通のアメリカ人』だから、あなたたち――つまり『私たち』――がこのように考えるのも当然のことです！」と言われ、素直に納得するのである。

ここから生まれるのが「アイデンティティー中心ロジック」である。何かのコンテンツを目にしたとき、グループ全体のアイデンティティーが強くなるか（あるいは脅かされるか）どうかを基準にして意思決定してしまうバイアスのことだ。コンテンツ全体を客観的に評価しない。このような「アイデンティティー中心ロジック」があるからこそ、民主党支持者と共和党支持者が同じニュースを見ても違う結論に達してしまうのだ。

私の見立てでは、視聴者はフォックスニュースを見ているうちに一つのアイデンティティーを植え付けられ、テレビ討論会について「自分たちのアイデンティティーへの攻撃」などと反応するようになる（だからフォックスニュースは成功している）。ここから生まれるのが「心理的リアクタンス」だ。視聴者がテレビを見ていて、自分とは違う意見が示されると、「個人的な自由が脅かされる」と反発し、逆に従来の信条になおさら執着する。これが心理的リアクタンスだ。言い方を変えれば、民主党がフォックスニュースの餌に飛び付いて攻撃を強めるほど、保守派の視聴者はかたくなになって怒りを爆発させる。

ドナルド・トランプが人種差別発言をしたとして批判されたときのことを思い出してほしい。フォックスニュースの視聴者はトランプへの批判を見て、「トランプへの攻撃」ではなく「自分たちのアイデンティティーへの攻撃」として内在化した。これは油断のならない効果を生み出した。トランプ批判が起きるほど視聴者は意固地になるのだった。

この調査を進めていくうちに、私は「社会的・経済的に困窮している白人」を違うレンズで見るようになった。彼らが人種差別・外国人嫌いに傾斜している主因の一つは、明らかに「脅かされている」という感情だ。これまで述べてきたように、「脅かされている」という感情は、フォックスニュースのようなメディアがひっきりなしに流す「警告」によって増幅されている。

アメリカのケーブルテレビにも問題がある。ニュース専門局は時事問題をテーマにする政治討論会を放送している。そこでは有権者のラベリング（分類）を単純化し過ぎていて、ニュアンスを考慮していないのだ。白人票、ヒスパニック票、女性票、郊外票――。すべて一元的・画一的なグループとして捉えている。実際には、多くの有権者は固有のアイデンティティーを持っており、世論調査会社や政治アナリスト、コンサルタントが使うラベリングとは一致していない。結果として一部の有権者は疎外感を味わっている。

移動住宅用トレーラーに住んでいる白人男性を想像してみよう。テレビをつけて、「アメリカでは白人は特権階級」という主張を聞かされたら、きっと憤りを禁じ得ないはずだ。母屋ではなく離れで育ち、トイレの使用にも困った苦労人はどうだろうか。「トランスジェンダーにはトイレを自分で選ぶ権利を与えられるべきか」というテーマの討論会を見たら、あまり寛容的になれないだろう。州からの支援をどんどん減らされている下位中産階級の人はどうか。生活保護を受けている黒人を見て、「なるほど。それで、私への福祉はいったいどうなっているんだ？」と反応してもおかしくない。彼らの主張を弁護するわけではないが、多様な視点——たとえ不快であっても——が存在するということを忘れてはならない。そうしなければ有権者を本当に理解したとは言い難い。

バージニアプロジェクトに舞い上がるバノン

この社会的不協和の背景には何があるのだろうか。われわれは研究の早い段階で二つの分野に光を当てた。一つ目は、社会的アイデンティティーへの脅威が有権者の怒りをあおっているのかどうか。二つ目は、一つ目と関連している。一般的な「論理的誤謬」の一つに、勝者がいれば必ず敗者がいるというゼロサムゲームの考え方で世界を見てしまうということがある。グループＡが大きな注目を集めれば、その分だけグループＢは注目されなくなるというわけだ。いずれにせよ、マイノリティー（少数派）がクローズアップされると、既得権益グループは脅威を感じる。アイデンティティーを脅かされたり、既得権益を脅かされたりすると思い込むのだ。

このような脅威の意識が存在するならば、脅威を和らげてあげればいいのではないか、とわれわれは考えた。そこで実験を行った。まずは被験者を集めて「自分がスーパーヒーローだと想像してください。傷つけられたり殺されたりしない無敵の存在だと思ってください」と指示した。そのうえで、普段脅威と感じている集団——ゲイ、移民、他民族など——について質問してみた。すると、興味深いことに、脅威の度合いは明らかに下がったのである。自分が無敵の存在ならば、たとえ相手がゲイであっても恐れるに足りない、ということなのだろう。人種間の緊張を抑える方法を探している最中だったので、われわれは新たな発見に巡り合えて大喜びした。心の奥底にある特性に従って人間心理を操るにはどうしたらいいのか、実験を重ねるたびに知見を深めていた。

バージニアプロジェクトは大きな成果を出せた。第1に、「パーソナリティー特性」と「政治的結果」に明確な関係があることを明らかにした。第2に、メッセージをカスタマイズして計量心理学上のプロファイルと一致させれば、人間行動を予測するだけでなく人間行動に変化を起こせることを示した。小規模なパイロットプロジェクトでありながらも、われわれが使用したデータが比較的充実していたことがプラスに働いた。ただし、パーソナリティーとアイデンティティーが内包するあらゆるニュアンスを特定するとなると、手元のデータではまったく不十分だった。コンピューターの中で真の人工社会をつくり出すためには、完全なデータ——いや、正確にはそれ以上——の何かを探し出す必要があった。今すぐにではないけれども、近い将来に対処しなければならない問題だった。

バージニアプロジェクトの報告書作成には、通常ならば2カ月はかかる。ところが、ニックスはわれわれに1週間しか与えてくれなかった。懸かっているものの大きさを考えて、一刻も早く行動したかったのだろう。バノンから「マーサーは最大2千万ドル出資するかもしれない」と聞いていたようだ。ＳＣＬは年間予算７００万～1千万ドルであり、コンサルティング会社としてはニッチな存在だった。2千万ドルを一気に手にすれば、それまで想像もできなかったようなプロジェクトも可能になる。

われわれは昼夜を問わずに週末もつぶして働き続け、週明けの月曜日にはバノンに報告書を手渡せた。彼は直ちにポテンシャルを理解し、全面協力を表明した。実際、報告書を読んだ直後にＳＣＬのオフィスに電話を入れ、舞い上がりながら「君たち、これはすごいよ」と言った。以後、これが彼の口癖になるのだった。

さて、次は億万長者ロバート・マーサーの説得である。

マーサー父娘の前でプレゼン

数週間後、2013年11月下旬のある夕方のこと。ニックスから電話がかかってきた。「すぐに荷造りに取り掛かってくれ。あすニューヨークへ出張してもらう」。ニックス、タダス・ジュシカス、私の3人でロバート・マーサーと次女レベッカの前でプレゼンするのだという。

翌日、ニックスは朝一番の国際便でニューヨークへ飛び立った。しかし、どういう訳なのか、ジュシカスと私は朝一番の航空券を予約してもらえなかった。そのため、JFK空港に到着したのは午後4時だった。午後5時から市内でプレゼン開始の予定になっていたというのに……。

税関前の列に入って待っていると、電話が鳴った。ニックスからだ。「いったい全体、どこにいるんだ?」

「飛行機から降りたばかりなんです」

「もう遅れているんだよ」とニックスはきつい調子で言った。「大至急来てくれ」

「大至急と言われても、入国審査は無視できませんよ」

電話で言い合いをしていると、だんだんと周囲の目線を感じた。うるさかったのだろう。税関に着くと、「電話は駄目ですよ!」と職員から大声で注意されてしまった。

これで終わりではなかった。タクシーに乗ったとき、ホテルに着いたとき、部屋で着替えていると き——。ひっきりなしに電話がかかってきた。これこそ典型的なニックスの行動である。きちんと計画しないくせにすべて私のせいにする。私はいらいらして携帯電話をサイレントモードにし、ゆっくりと準備した。もちろん嫌がらせのためだ。タクシーをひろい、ジュシカスと一緒にマンハッタン・アッパーウエストサイド地区へ向かった。同地区のリバーサイド通りにそびえる高層タワーマンション「ヘリテージ・アット・トランプ・プレイス」に行き、マーサー父娘の前でプレゼンするのだ。
レベッカと夫シルヴァン・ミロシニコフ——フランス人金融業者——が保有する住居がプレゼン場所だ。もともとの６戸がリフォームされて１戸へ統合され、巨大な空間となっていた。ベッドルームだけで17部屋あり、ヘリテージの23～25階の大半を占有していた。展望は抜群で、ニューヨークの明りで照らされるハドソン川を見下ろせる。対照的にインテリアはいまひとつ。セラミックの小像やクッション、クリスマスツリーが無造作に置かれ、全体的に安っぽい。リビングルームのグランドピアノは壮大なのだが、その上は小間物と家族写真でごちゃごちゃだ。

　レベッカはなかなか面白い経歴の持ち主だ。スタンフォード大学で生物学と数学を学び、「オペレーションズリサーチ」と「エンジニアリング・エコノミック・システムズ」で修士号を取得。続いて、父ロバートを追い掛ける格好でヘッジファンド「ルネサンス・テクノロジーズ」に入社し、トレーディングの世界でキャリアをスタート。だが、子どものホームスクーリング（自宅学習）に専念するために退社し、06年には姉妹と共にマンハッタンのベーカリー店を買収した。要は、子どもとチョコレートクッキー中心の生活を送るようになったのだ。

　レベッカはとんでもなく活動的・行動的なオーラを発しており、まるで右派のチアリーダーのように見えた。膨大な資金を提供することで、共和党内で影響力を持っている。共和党内にいるシニカルな活動家と違い、共和党コンサルタントのマーク・ブロックの表現を借りれば「ＴＢ」である。ＴＢは「トゥルービリーバー（真の信者）」の略であり、保守派の復活を心底信じているということだ。

　リビングルームに入ると、レベッカとニックスが２人掛けソファに一緒に座り、にこやかにしゃべっている姿が目に入った。ニックスは本領発揮で、目いっぱい愛嬌を振りまいていた。ロバート、バノン、ブロックの３人に加えて、ブレグジット実現を唱えるイギリス独立党（ＵＫＩＰ）の関係者２

人もいた（ほかに弁護士か顧問とみられる一団も）。もちろんマーサー一族も勢ぞろいしていた。ロバートの妻ダイアナ、長女ジェニファー、それに数人の孫――。家族イベントのようだった。

ロバート・マーサーは自分の娘たちのアンチテーゼのような存在だ。娘たちが派手でおしゃべりであるのに対して、人の顔をめったに見ないでいつも聞き役に徹している。次女の自宅でディナーだというのに、まったく飾り気のないグレースーツを着ている。自分ではほとんど何も語らず、娘たちと取り巻きに任せきっている。威圧的で重苦しく、ほとんど黙っている。たまに口を開けても抑揚のないしゃべり方に終始している。しかも非常に技術的な質問をするだけだ（私への質問も具体的な数字を求めるものばかりだった）。

ヘッジファンド向けの「文化金融」

プレゼンの時間になった。ニックスは立ち上がり、ＳＣＬの歴史や軍関連プロジェクトについて短いスピーチをした。その中でマーサーとつながった経緯にも触れ、「通常は民間相手のプロジェクトは引き受けないのですが、今回はしつこく追い回されたので降参しました」と説明した。真っ赤なうそである。私は危うくあきれ顔を見せてしまうところだった。次に、ニックスは私を紹介したうえで、バージニアプロジェクトの概要説明に入った。しかし明らかに分厚い報告書を読んでおらず、プロジェクト全体の位置付けを誤っていたし、ありもしない話をでっち上げていた。マーサーならばニックスのたわ言を見破るのは簡単なはずだった。

そこで私は強引に割り込み、バージニアプロジェクトの概要説明を引き継いだ（ニックスは私をにらみ付け、レベッカの横に腰を下ろした）。マーサー父娘の関心を引くために、カラフルなエピソードも織り交ぜた。「コンブチャレディー」を取り上げ、「ヨガとオーガニック食品が大好きなキリスト教福音派の女性です」と説明したときのことだ。レベッカが歓喜の声を上げた。「まるで私そのもの！　私たちを理解してくれる人がようやく現れたのですね！」

私はアメリカ以外の国々――中東、北アフリカ、カリブ海――でのプロジェクトも説明した。トリニダード・トバゴのプロジェクトに絡んで、現実の社会をデジタル化してコンピューター内で再現する構想に触れると、バノンがしきりにうなずいているのが分かった。マーサーの関心を引くのにも成功した。彼はエンジニアだからこの部分に強い興味を抱いたのだろう。

ＳＣＬで仕事を始めた後、私は国防高等研究計画局（ＤＡＲＰＡ）の情報拡散研究プロジェクトを見て「別の名称を使って文化トレンドを予測しているだけではないか」と思った。ソーシャルメディア経由で集めたデータを基にしてアルゴリズムを走らせ、ユーザーのプロファイリングを行うのは第1段階にすぎない。いったんユーザーの行動属性を推測すれば、大規模なシミュレーションを実施できる。これでユーザー同士がどのようにコミュニケーションして相互作用しているのかを示せる。

ヒントになったのは、１９９０年代に社会学のニッチ分野で行われた実験「人工社会」だ（この実験では初歩的な「マルチエージェントシステム」によってコンピューター内で社会を育てる試みが行われた）。私は10代のころに読んだＳＦ作家アイザック・アシモフの名シリーズ『ファウンデーション』を今もよく覚えている。科学者が巨大なデータセットを駆使して「心理歴史学」という研究領域を生み出し、未来を予測するだけでなくコントロールするのである。

ＳＣＬ内では誰もが「何らかの新規事業が始まるのではないか」と思っていた。マーサーはヘッジファンドスタッフを巻き込んでＳＣＬを詳しく調べていたし、ニックスはカネ儲けにご執心だったからだ。大ざっぱに言えば、住民データを基に個々の個人プロファイルを作成し、コンピューターの中で人工社会を再現したら――まるでシミュレーションゲーム「シムズ」のようだが実在する人間のデータを使っている――われわれは現実の社会やマーケットで何が起きるのかをシミュレーションして、予測できるかもしれない。マーサーはここに狙いを定めていたようなのだ。本当に人工社会を構築できれば、世界でも例を見ないほど強力な「マーケットインテリジェンス（市場データの収集・分析）」ツールの完成も夢ではなくなる。われわれはヘッジファンド向けに「文化金融」と「文化トレンド予測」という新領域を開拓することになるのではないか……。

情報戦争のウーバー

「コンピューターエンジニア」から「ソーシャルエンジニア」へ転じたのがマーサーだ。となると、社会の「リファクタリング（ソースコード書き換え）」と人間の「オプティマイゼーション（最適化）」に興味を持つのも当然の成り行きだ。

　ここでマーサーの趣味を思い出した。鉄道模型である。社会模型を作ってもらえれば、鉄道模型と同じように完璧になるまでいろいろいじり回して楽しめる――このように彼はひらめいたのではないだろうか。実際その通りだった。人間行動・文化の本質的な側面を定量化することに成功すれば「情報戦争のウーバー」になれる、と最終的に結論したのである。ウーバー・テクノロジーズはたった一つのアプリを武器にして、１００年の歴史を持つタクシー業界を崩壊の瀬戸際に追い込んだ。彼の新規事業も同じことをやろうとしていた。ただし、壊すべき相手はタクシー業界ではなく民主主義だ。

　バノンは根本的に異なる目標を持っていた。そもそも伝統的な共和党支持者ではない。実際、「つまらない資本主義観の持ち主」としてミット・ロムニー――２０１２年の共和党大統領候補――一派を一蹴し、思想家アイン・ランドについては「人間をコモディティー（商品）のように見なしている」として毛嫌いしていた。「経済はより高度な目的を持つべきだ」との信念を持ち、自分自身のことを

「マルクス主義者」と評することもあった。ただし、マルクス主義を信奉しているというのではなく、マルクスが主張するように人間は高尚な目的を持つべきだと言いたかったのだ。ヒンズー教・仏教の重要な概念であるダルマ思想を信じていて、世界が秩序を維持し、人間が正しく調和を持って生きることに意味を見いだしている。だからなのか、自分のミッションは「アメリカの目的を見つけること」だと思っている。

　バノンにしてみれば、金融危機の発生や既存体制への不信感は大変革が起きようとしているシグナルであり、アメリカで革命を起こす時期がいよいよやって来たということを示していた。革命運動は半ば宗教であり、彼自身が救世主の役割を担うのだった。

　バノンはマーサーと同様に「大きな政府」に反対だが、理由を異にしている。バノンの世界観によれば、政府が強大になり過ぎて文化・伝統を乗っ取ってしまっている。最悪の事例が欧州連合（ＥＵ）だ。顔の見えない官僚機構が文化・伝統を押しのけて肥大化した結果、ヨーロッパは目的を見失い、単なる消費市場に成り下がった。ＥＵは極端であるが、彼にしてみれば西側諸国全体も基本は同じ。文化・伝統を捨て去り、無意味な消費至上主義と顔の見えない政府へ傾斜しているのだ。

　このような状況を見て、バノンは「これはまさしく文化戦争」と思ったようだ。文化戦争で優位に立つためには、未来をのぞき見すればいい！　ここでフェイスブックの「神の目線」に着目した。全ユーザーの情報を見る「神の目線」を手に入れれば、全アメリカ人にとってのダルマ思想も見つけ出せる、と考えたのだ。彼にとってわれわれの研究が宗教的な意味合いを持っていたとしても不思議ではない。

データマイニング会社パランティアが目標

ニックス、バノン、マーサーの３人がそろって夢中になっていたのがパランティアだ。ベンチャーキャピタリストのピーター・ティールが創業したデータマイニング会社であり、Ｊ・Ｒ・Ｒ・トールキンの小説『指輪物語』に出てくる水晶玉——神のように何でも見通せる——から社名を取っている。３人は新規出資をテコにしてＳＣＬ版パランティアを立ち上げたかったのだろう。マーサーのような投資家にとってそこにどんな可能性があるのか想像してみるといい。人が何を買うのか（あるいは買わないのか）を予測し、大儲けができるのだ。大暴落がやって来ると分かったら、社会のすべてを見通せる水晶玉を使う。一晩で数十億ドル稼ぐのも簡単だ。

　私がプレゼンを終えると、レベッカに招かれて全員がダイニングルームに入り、着席した。すると、厨房スタッフがフィレミニオンステーキの皿——おいしそうな付け合わせが載せてある——を持ってきた。レベッカは私が菜食主義者だと知っていたので、特別に別の料理を用意してくれた。グリルドチーズサンドイッチ……彼女は少なくとも配慮してくれた。私の皿からサンドイッチを一つ取って自分の口に運び、満足げな表情を見せた。「実はね、私が欲しかったからこれを頼んだの」

　レベッカは続けて言った。「あなたのような人が私たちにチャンスをくれて、とてもうれしい。あなたみたいな人がもっと必要だと思う」

「そうですか。でも、どういう意味で？」と私は何食わぬ顔で聞いた。本当は分かっていたのだけれども、彼女の口から直接聞いてみたかった。

「ゲイのこと。ちなみに私はゲイが大好きだからね」

ゲイが大好きだというのに、どうしてゲイ嫌いのグループを支援しているのだろう？　どんな頭の体操をしたら、つじつまを合わせることができるのだろう？　とはいっても、不思議でも何でもないのかもしれない。これまでも夕食の席で「動物が大好き」と言いながら、ステーキをおいしそうに食べる人をたくさん見てきたから。

レベッカはＬＧＢＴ（性的マイノリティー）コミュニティーで共和党支持者を増やしたいと考えていた。だからなのか、「あなたのジャケットはすてきね。今度一緒にショッピングに行きましょう」とも言った。どこか変だ。ニックスにうまいこと操られているのか。私は同情したくなったほどだ（しなかったけれども）。

夕食が終わると、ロバート・マーサーは解散を宣言した。ただし、ニックス、レベッカ、弁護士一団には残るよう指示。自己資産で１５００万～２千万ドルの出資を決めたのだ。「われわれは空想の世界ではなくて現実の世界でパランティアを作るんだ」とニックスは言った。「これを使えば、これから何が起きるのか見通せるようになる」

１本２千ドルのボルドーワインでどんちゃん騒ぎ

最大２千万ドルの出資を得て、ニックスは有頂天になっていた。ミーティングの後、ジュシカスと私を連れてミシュラン三ツ星レストラン「イレブン・マジソン・パーク」へ行った。アーチ形天井の店内で超豪華なディナーを食べるのだ。席に着くと、これ見よがしにワインリストをめくり、「シャトー・ラフィット・ロートシルト」を注文した。１本２千ドルのボルドーワインだ。

ニックスは大げさに手を振りながら「好きなものを何でも注文していいよ」と言った。うれしいサプライズだった。というのも、金持ちだというのにいつもケチであり、事務用品のような細かい経費にまで文句を言っていたからだ。スタッフの一人が蛍光ペンをまとめ買いしたときには「２本以上は不要だろう」と言い、経費請求を却下したこともある。しかしこの夜は別人だった。料理も数十品は注文したのではないか。まるでアーサー王の祝宴だ。あまりの豪華さに彼自身が酔いしれているようだった。

ウエイターが「シャトー・ラフィット・ロートシルト」を持ってきた。われわれのグラスがワインでいっぱいになったときだった。ガシャン！　ニックスだ。会話に夢中になって腕を振り回し、ワインボトルを床に落としてしまったのだ。数百ドル相当の赤い液体が床に飛び散った。ウエイターはニックスの腕をタオルで拭こうとしたが、それより前に早くも次の注文が入った。「もう1本同じやつを持ってきてくれ！」

私はあっけにとられてニックスの顔を見つめていたに違いない。彼がウインクしてこう言ったからだ。「2千万ドルあるんだよ。何か問題でも？」

その夜は完全などんちゃん騒ぎになった。どういう訳か、われわれのテーブルにタイトスカートの女性が2人現れた。ほかの客があぜんとしているなか、ニックスは言った。

「クリス、1人どう？」

女性は性的興味の対象外だと私は伝えなければならなかった。ヒントをもらわなければ、私が同性愛者であることを思い出せないのだろうか。

「そうか。なら、かわいい男の子がいい？」

どう反応していいのか分からなかった。それにはお構いなしに、ニックスは話し続けた。イートン校——男子校——時代を振り返りながら、上流階級の少年にとってどんな快楽があるのかを説明し始めた。すでに三ツ星レストランではあり得ない展開になっていたが、状況は悪化するばかりだった。

レストランとしては放っておくわけにいかなかった。とはいっても、数万ドルの飲食代を考えればわれわれを追い出すわけにもいかない。ジュシカスとニックスはアルコールが回り過ぎていて正常な判断ができない。私は座って周囲を観察しているだけ。そんななか、十数人のウエイターが突如として一斉に店内に散らばり、ほかのテーブルに座るディナー客にひそひそ声で話し掛けた。すると、われわれを除くディナー客全員がにわかに立ち上がり、別室へ移動した。ウエイターは食べ掛けのメインディッシュや飲み掛けのワインを速やかに運び出した。災いのもとであるわれわれを〝隔離〟しなければならなかったのだ。

今になってその夜を振り返ってみると、何やら予見めいたものがあったように思えてならない。カオス（混乱）とディスラプション（破壊）である。後日理解するのだが、これらはバノンのイデオロギーを支える中核部分でもある。ダルマ思想に従ってアメリカを再構築する触媒が彼の革命運動だ。その前段階として社会にカオスを引き起こす。そうすることで新秩序を築けるのだ。

バノンのイデオロギーは、「オルタナ右翼の旗手」メンシウス・モールドバグ抜きには語れない。モールドバグはコンピューター科学者であると同時に素人哲学者。長文のブログ記事を書いて、民主主義――さらには近代社会の秩序全般――を徹底的に攻撃する。「真実」について独自の見解を持っており、「運動を起こすツールとしては真実よりもナンセンスが効果的」と書いている。さらには「誰でもナンセンスを信じることは可能だ。ナンセンスは真実になり、真実は政治版の制服に相当する。いったん制服を手に入れれば軍隊も手に入る」とも指摘している。バノンばかりか、後のケンブリッジ・アナリティカ（ＣＡ）の立ち上げにも大きな影響を与えるのだった。

マーサーの出資金はＳＣＬの子会社の設立に使われ、バノンがＣＡと名付けた。ここから快楽主義に溺れた「クソったれショー」が始まる。マーサー父娘がこのショーを見たら、何と思うだろうか？想像に任せるしかない。では、スティーブ・バノンは？　大いに気に入ることだろう。

再びアメリカでパイロットプロジェクト

２０１４年春、三ツ星レストランでのどんちゃん騒ぎから数カ月後のことだ。夜10時に、われわれはテネシー州の田舎町で車を飛ばしていた。人けのない道路は真っ黒な森に囲まれている。車内はたばこの煙でホットボックス（密閉された空間でマリファナを吸うこと）化していた。チェーンスモーカーのマーク・ブロックが運転していたからだ。後部座席に座るゲトルソンと私は窓を開け、冷たい空気を取り込んだ。やっと頭と肺がすっきりした。

私は再びアメリカに来ていた。ＣＡ向けに新たなパイロットプロジェクトを立ち上げるためだ。案内役はブロック。バノンとＳＣＬの橋渡し役になった経緯があり、新プロジェクトの可能性にエキサイトしていた。コンサルタントであるから「モデルの構築」は無理だが、アメリカには誰よりも精通している。

「後ろにビールがあるけど、1本どう？」とブロックは言った。断る理由はなかった。アルコールが入り、自然と会話が流れ始めた。

私が出会ったオルタナ右翼勢力にはいろいろな人間がいる。だが、ブロックほど興味深い人間はそれほどいない。とんでもなくフレンドリーで笑顔が魅力的なアメリカ中西部人だ。それでありながらニクソン政権時代から経験を積んでいる共和党ベテランだ。

「歴代大統領の中で傑出した大統領の一人はニクソンなんだ。理由を説明してあげるよ」とブロックは突然言った。

「ＯＫ。説明してください」

「ネズミ（ラット）とやったから」

「ちょっと……何ですって？」

「民主党員（デモクラット）だよ。ニクソンは本当にたくさんの民主党員とやったんだ」と彼は笑った。「当時は何をやってもうまく逃げられたからね」

「へ～、そうなんですね」

「だから僕の会社は『ブロックＲ　Ｆ《ラットファック》』と呼ばれている」

ブロックは興味深い政治人生を歩んでいる。例えば、ウィスコンシン州選挙委員会の決定で選挙運動を禁じられたことがある。再選を目指す地元裁判官の選挙戦中に不透明な取引に従事したと認定されたためだ。その後、不正行為について肯定も否定もしないまま和解に応じ、自主的に1万5千ドルを支払っている。共和党大口支援者のコーク兄弟が設立した非営利〝社会福祉〟団体「繁栄のためのアメリカ人の会」の責任者を務めていたときには、右派団体で構成する広範なネットワークを構築した（このネットワークは一部で「ブロックトパス（Blocktopus）」と呼ばれた）。彼にとって政治はイデオロギーや政策ではない。それらはたわ言だと考えており、この点ではＴＢ――真の信者――であるレベッカ・マーサーと同じである。彼にとって政治とはゲリラ戦を意味し、ヒーローはチェ・ゲバラだ。

ハーマン・ケインの選対本部長時代も忘れてはならない。ケインが共和党候補として12年の大統領選挙に向けて出馬宣言すると、ブロックは選対本部長として選挙広告ビデオに登場した。ビデオの中では、紫色の唇を覆うように伸びる口ひげを見せながら――たばこの火で口ひげは少し焦げている――とりとめのない話を続けている。だが、単なる選挙広告では終わらない。

ビデオは途中からクライマックスに入る。ブロックは「ハーマン・ケインに任せれば、アメリカ合衆国は『団結《ユナイテッド》』を取り戻せます」とカメラに向かってアピールする。強調の意味を込めて頭を振りながら。するとカメラがクローズアップ。クリスタ・ブランチの曲『アイ・アム・アメリカ』が流れるなか、彼はカメラを見つめながら平然と1本のたばこを吸った。ショッキングだった。アメリカ連邦通信委員会は１９７１年にテレビ・ラジオでのたばこ広告を全面禁止しているのだ。彼にしてみれば、いわゆる「ポリティカルコレクトネス（政治的正しさ）」に対する挑戦だったのだろう。

ブロックは親しみやすい男で、一緒にいて楽しい。いつも気軽に「調子はどう？」と話し掛けてくる（ただし選挙戦では妥協しないということは伝わってきた）。会話を重ねるうちに、私には彼の本当の姿が徐々に見えてきたように思えた。オルタナ右翼を象徴するヘイト運動を実は信奉しておらず、反乱の美学を大事にしているだけではないのか。共和党内でニッチな大義を掲げ、「永遠の反乱分子」という役割を楽しんでいるだけではないのか。エスタブリッシュメントに挑戦するという意味で私は彼との一致点を見いだし、意気投合したのだった。

このようにしてＣＡの旅が始まった。ここで歴史的なプロジェクトが立ち上がり、ブレグジット国民投票の可決、ドナルド・トランプの勝利、プライバシーの死を先導し、アメリカ全体をホットボックス化するのである。

銃を取り出してテーブルに置くＮＲＡ活動家

14年になって、ＣＡが最初にアメリカに送り込んだ調査団は、フォーカスグループを目的にした社会学者と人類学者中心のチームだった。ここにアメリカ人が一人もいないのは意図的だった。アメリカ人は自国を特別視しがちであり、バイアスが掛かる。他国を調査するときと同じようにアメリカを調査するならば、アメリカ人を入れずに同じ専門用語と同じ社会学的手法を使う必要がある。このようにしてアメリカを調査するのはエキサイティングだった。私はアメリカ人ではない。だから、アメリカ文化について当たり前とされていた通説を新鮮な視点で再検証し、アメリカ人には見えなかったものを見いだせるかもしれない、と思った。

人類学となると、通常アメリカ人にとっては他国の話を意味した。部族、政治体制、急進主義、宗教的過激派、民族紛争、迷信、儀式――。すべてアメリカとは無関係で、遠い国の話となる。アメリカは「光り輝く丘の上の町」なのだ。これは元大統領ロナルド・レーガンが多用したフレーズであり、もともとは新約聖書の中の「山上の説教」からの引用である。

しかし、である。私はアメリカ調査団に加わり、新鮮な視点で生のアメリカを見た。終末論と大災厄を説くキリスト教福音派、ヘイト団体「ウエストボロ・バプティスト教会」で起きた抗議デモ、半自動小銃を手にしたビキニ姿の女性が登場する銃器展示会、「黒人のチンピラ」「福祉女王（不正な方法で生活保護を受けてぜいたくな暮らしをする性悪女のこと）」について語る白人――。こうした光景を目撃して、これまでの通説は誤りだと確信した。民族紛争や宗教的過激派、戦闘的反政府活動をはじめ、困難の真っただ中にあるのがアメリカなのだ。アメリカ人は「われわれは特別」と信じ込み、自ら描いたイメージに取り付かれているだけだ。現実にはアメリカは特別でも何でもなく、他国と同じだ。

アメリカには「ここは外国だ」と感じられる場所があちこちにある。マーサー一族がＳＣＬへの出資を決める少し前のことだ。ニックス、ジュシカス、私の3人は車に乗ってワシントン中心部から富裕な郊外を抜け、深い森に囲まれた田舎道に入った。道路標識が消えてから何マイルも走っているうちに、農場横の空き地に到着した。運転手は黙ったままで、携帯電話は圏外で使えない。まるでホラー映画のオープニングシーンのようだった。

われわれは農場内のファームハウスに入り、役員室の中へ案内された。窓は一つもなく、天井から複数の最新式スクリーンが吊り下げられていた。全米ライフル協会（ＮＲＡ）の活動家一団が入ってきた。軍隊のように規則正しく、それぞれが銃を取り出してテーブルの上に置いた。このような光景は私にとってはボスニア訪問以来のことだった（ボスニア人のほうがきちんとしており、棚の中に銃を入れていた）。これはマフィア映画のワンシーンなのか、それともアフガニスタン紛争地の軍人会議なのか。それでも私は何も言わなかった。彼らが銃をテーブルの上に置いたとき、「すみません。目の前にこんなにたくさんの銃を置かれると、ちょっと物騒で落ち着けないので、棚の中に入れてくれませんか？」と誰がお願いできるだろうか。

アメリカにも固有の神話がある。過激派グループの存在だ。ＳＣＬ時代、私は無数のプロパガンダビデオ——過激派のＩＳＩＳやアフリカ国内の好戦的グループ——を見て、嫌悪感を覚えた。だが、アメリカもあまり変わらない。イスラム過激派が銃を崇拝するのと同じようにＮＲＡ会員は銃を崇拝している。もしアメリカを本当に調査したいなら、発展途上国の民族紛争を調査するのと同じようにやらなければならない。つまり、アメリカの儀式や迷信、神話、人種対立に焦点を合わせるのである。

アメリカは「神経衰弱に陥りかけた国」

アメリカ調査団の中で最も生産的なのはゲトルソンだった。14年の春から夏にかけて、アメリカ全土を回る取材旅行に出てフル回転していた。まず、各地でフォーカスグループを招集し、住民と会話して理解を深めた。次に、報告書を作成してロンドン本社へ送った。最後に、ほかの調査団メンバーと一緒に理論を考え仮説を立て、定量モデルを使って検証した。非常に魅力的でウィットに富んだイギリス人であり、メンバー同士のコミュニケーションを深めるうえでも大いに活躍してくれた。

調査を始めてゲトルソンはすぐに「アメリカ人は日々の政治から切り離されている」ということを発見した。フォーカスグループ参加者は、特に促されもしないのに、マイナーと思えるような政治問題について延々と話し続けるのだ。例えば連邦議員の任期問題を取り上げて、「政治家は長い任期にあぐらをかいている。だから利権集団に操られてしまう。これが大問題」と強調した。ノースカロライナ州ではあるカップルが「ワシントンの腐敗を一掃する」という意味を込めて「ヘドロをかき出す」と言った。ゲトルソンはロンドン本社への報告書の中にヘドロ発言を忍び込ませた。CAは後日、ヘドロ発言が有権者の間で共感を呼ぶかどうかを調べるために、ターゲット有権者を集めたオンラインパネルを使い、多変量テストを実施するのだった。

フォーカスグループに関して、私はゲトルソンに一つ要望を出した。インターセクショナリティ（交差性）に配慮してほしい、と言ったのだ。通常の調査であれば同じカテゴリーに入れられてしまうけれども、政治的には異なる意見を持っている住民を見つけ出してほしい、ということである。

ゲトルソンはきちんと要望に応えてくれた。6週間の間にルイジアナ、ノースカロライナ、オレゴン、アーカンソー各州へ出張し――訪問先ではブロックに頼って運転やロジスティクスの助手を手配してもらっていた――インターセクショナリティに配慮してフォーカスグループを招集した。例えば、ヒスパニック系共和党支持者、ヒスパニック系民主党支持者、ヒスパニック系無党派、という内訳でフォーカスグループを構成するのである。ちなみに、バージニアプロジェクトと同様に、われわれは市場調査会社を利用してフォーカスグループ参加者を募った。

今回のプロジェクトでは驚くべき結果が出た。アメリカで長期間過ごしたアメリカ通にとっても、である。ゲトルソンの報告書――出張先から電子メールでロンドン本社へ送られたので文字通りフィールドレポート（現地報告）――が描いたアメリカは「神経衰弱に陥りかけた国」だったのである。

ルイジアナ州ニューオーリンズの事例を挙げよう。ヒスパニック系無党派で構成されたフォーカスグループが同じテーブルに座った。そのうちの一人は筋金入りの保守男性で、「僕は共和党員として登録していない。だって本物の保守だから。名前はラティーノ（ヒスパニック）系だけれども、頭のてっぺんから足のつま先までアメリカ人だ」と宣言した。

彼の向かい側にはイスラム教へ改宗したペルー女性が座り、ヒジャーブを着用していた。話題が銃規制になると、保守男性に向かって言った。「私のような恰好をした人間がＮＲＡのトップに就いたらどうなるかしらね。あなたもＮＲＡについての考えを改めるかも」

これに対して、保守男性は「関係ないね。また店に行って新しい銃を買うよ」と言い切った。しばらくしてペルー女性が礼拝のためテーブルを離れると、あきれた表情で付け加えた。「どうやって返答したらいいのか分かったもんじゃない。本当はヒジャーブ女のトップは嫌なんだよね。でも、礼拝しちゃ駄目だとは言えない」

ルイジアナ州でオバマ大統領への不平不満が続出

ルイジアナ出張でゲトルソンが目撃したのは、対立の火種は宗教と銃規制にとどまらないということだった。同州は人種の多様性で群を抜いているため、研究対象としてはもってこいだった。移民がテーマになって激論が巻き起こり、殴り合いにエスカレートしそうになったこともあった。

一例はロイドと名乗る男だ。強いケイジャンなまりで話をするため、ゲトルソンにとってはほとんど理解不能だった（ケイジャンとは、18世紀半ばにカナダ南東部の旧フランス植民地から追放され、ルイジアナ南部へ移住したフランス系アメリカ人のこと）。大声で感情をむき出しにして、地元の学校でフランス語教育が行われていないことに対して怒りをぶちまけた。「俺の孫娘はケイジャンの文化と伝統を学ぶ機会を奪われた！」

そこからヒスパニック系アメリカ人への攻撃が始まるのに15分とかからなかった。ロイドは「何でヒスパニックはアメリカで今もスペイン語を話しているんだ！」と叫んだ。ヒスパニック系アメリカ人がスペイン語を話すことをののしりながら、自分自身は理解不能なフランス語なまりでケイジャン文化の消失を嘆いていたのだ。ここにある矛盾に気付いたフォーカスグループ参加者は一人もいなかった。

　民族・人種をめぐっては不快な議論が巻き起こることが多かった。あるフォーカスグループではオバマ大統領に対する不平不満が続出した。そこでゲトルソンが一つ質問した。

「オバマ大統領に失望していない人はいますか？」

　沈黙が訪れた。しばらくすると、それまで極めて礼儀正しく振る舞っていた若者が口を開いた。

「失望はしていませんね」

「どういうこと？」

「だって彼は初の黒人大統領でしょう。はなから何も期待していませんでした」

　部屋の中では参加者の誰もが平然とし、顔色一つ変えなかった。議論がエスカレートして収拾がつかなくなるフォーカスグループとは違った。実は、激しいののしり合いが起きるフォーカスグループはそれほど多くなかった。大半の参加者は、たとえ意見の不一致があっても、冷静に振る舞って対立を避けようとしていた。

　例外の一つは、アーカンソー州フォートスミスで招集されたフォーカスグループだ。オバマの顔写真を見せられ、上品な身なりの女性は我慢ならない様子だった。「車から銃を取って来ようかな」

　それを聞いた若者は間髪入れずに言い返した。「何てことを言うんだ！　われわれの大統領ですよ。冗談もほどほどにしてほしい」

　ゲトルソンの見立てでは、この女性は自分のオバマ観が誰かに否定されるとはつゆほども思っていなかった。

リベラル派の牙城オレゴン州にも銃好きアメリカ人

アメリカ人の銃好きはあちこちで確認できた。リベラル派の牙城であるオレゴン州ポートランドであっても、である。例えば、タトゥーを入れた女性ヒップスターだ。進歩的なウィッシュリスト（願い事リスト）を説明している途中で小休止し、矛先をオバマ政権の銃規制に向けて言った。「私から銃を取り上げようとしている！」

こんなこともあった。オレゴンでフォーカスグループ用のランチを調達するために、ゲトルソンは助手に車の運転を頼み、サンドイッチ店「サブウェイ」へ連れて行ってもらった。現地に到着して仰天した。助手は大型拳銃を運転手席に置いたまま飛び出し、サンドイッチを取りに行ったのである。

後日、ゲトルソンは私に言った。「生まれて初めて実物の拳銃を見た。そして思った。もし車をロックしないままで外に出て、誰かに銃に盗まれたらどうなるか、とね。だとしたら銃はちゃんと片付けるべきじゃないかな。拳銃を収納する入れ物があるみたいだし。でも誤って発射してしまったら？　こんなことを考えながら、2分間ほど黙ったままで拳銃を見つめていたよ。まるで車の中に爆弾があるかのような気分だった」

われわれが話し掛けたオレゴン人の多くは、「大きな政府」と「大きな環境団体」に取り付かれていた。代表例はオレゴン州共和党会長のアート・ロビンソンだ。これまで何度か連邦下院議員選挙に出馬し、ことごとく敗退しているというのに、マーサー一族からなお支援を受けていた。ケイブジャンクションの深い森の中にある自宅で私の訪問を受けたとき、オルタナ右翼の基準でも、錯乱状態と呼べるほど不安定だった。

ロビンソンは生化学者であり、ノーベル化学賞受賞者のライナス・ポーリングと一緒に働いたことがある。研究以外の興味対象は二つだけ。一つはパイプオルガン、もう一つはおしっこだ。まずはパイプオルガン。世界中の教会や大聖堂を回る、廃棄処分済みの19世紀製パイプオルガンを譲り受ける、何時間もかけて解体して再び組み立てる――という具合である。

次はおしっこ。彼は病気の原因と長寿の秘密を解き明かそうとして、何千人もの人間から尿のサンプルを集めている。妻ローレリーが病に気付かず43歳で突然死して以来、健康と老化の問題にとらわれているのだった。自宅に自腹で「オレゴン科学医学研究所」を設立し、巨大な分光器を使って尿の化学成分を調べている。ここは動物でいっぱいだ。生きている動物もいれば、死んでいる動物もいる。ネコ、イヌ、ヒツジ、ウマがあちこちを歩き回っている。一方で、壁に掛けられているのはシマウマの皮、シカの頭、バッファローの頭。屋根の垂木はクモに乗っ取られ、巣が張られている。当然ながら、研究所――というか自宅――内は洗っていない動物の匂いが充満していた。そこに古い教会や大聖堂から救出され、新たに組み立てられたパイプオルガンも何台か置かれている。

ロビンソンは正気を失っていたのではないか。「気候変動はでっち上げ」「少量であれば電離放射線は健康にプラス」「ケムトレイル（飛行機から空中散布される化学物質）で全人口が毒されている」――。話を聞いても支離滅裂だった。数年後にトランプ大統領の科学技術担当補佐官として彼の名前が浮上したとき、私がどんな反応をしたのか想像してみてほしい。

迷路のように入り組んだ組織形態

億万長者には大きく二つのグループがある。一つは、どんなに蓄財しても決して満足できないグループ。もう一つは、いったん巨富を築いたら蓄財から世直しへ軸足を移すグループ。マーサーは後者に属する。私は当初気付かなかったのだが、ＣＡは新規事業としてスタートしたとはいえ、最初から金儲けを目的にしていなかった。本当の――そして唯一の――目的は共和党を解体してアメリカ文化を再構築することだった。ＣＡ誕生時、データの有効活用では民主党は共和党を寄せ付けないほど先を走っていた。すでに何年にもわたってＶＡＮ（有権者活性化ネットワーク）という中央データシステムを運営し、全国の民主党選対本部に開放していた。共和党側には何もなかった。だが、ＣＡ誕生で共和党は民主党に追い付くのである。

　マーサーの考えでは、選挙戦は社会工学問題であり、社会を正すにはシミュレーションを行う必要があった。まずは、コンピューター内で現実の社会を定量化して人工社会を生み出し、システムを最適化する。続いて、最適化した人工社会をコンピューターの外に持ち出して、現実の世界で複製する。こうすれば、彼の思いのままにアメリカを再構築できるというわけだ。

　マーサーが心の中で描くテクノロジーや文化構想はともかく、ＣＡへの出資は政治的には賢いやり方だった。というのも――私も当時説明を受けたのだが――彼は政治行動委員会（ＰＡＣ）ではなく民間事業を支援する格好になっていたからだ。そのためＣＡへの出資を政治献金として処理しなくて済んだ。いわば一石二鳥だった。ＣＡを使って選挙に干渉するにもかかわらず、選挙に絡んだ資金調達や使途を規制する選挙資金法の制約に縛られないのである。彼の大きな足跡は一般には見えないま、ということになる。

　ＣＡの組織形態は恐ろしいほど複雑怪奇になっていた。プロジェクト遂行中のスタッフも困惑し、誰のために何を目的にして働いているのか見当も付けられなくなった。ＳＣＬグループはイギリスにある親会社であり、新設のアメリカ子会社はケンブリッジ・アナリティカ――略してＣＡ――と呼ばれ、デラウェア州で法人登録される。１５００万ドルの出資でマーサーはＣＡ株の90％を取得し、Ｓ

ＣＬが残りの10％を握る。この結果、ＣＡはアメリカ企業としてアメリカ国内で事業展開する一方で、軍事プロジェクトを手掛けるＳＣＬはイギリス企業のままとなる。

もう少し詳しく説明しよう。第1に、ＳＣＬはマーサーの出資について――つまりＣＡについて――クライアントであるイギリス国防省などの政府機関へ報告しなくて済む。第2に、報告しないにもかかわらず、ＳＣＬはＣＡに対して知的財産権の全面利用を認める。子会社が親会社の重要資産を譲り受ける格好になるわけだ。第3に、ＳＣＬはＣＡと独占契約を結び、ＣＡの受注プロジェクトをすべて引き受ける。スタッフも提供してＣＡの代わりにプロジェクトを遂行する。第4に、ＳＣＬはスタッフに知的財産を自由に使ってもらえるようにするため、ＣＡから知的財産のライセンスバック（権利の差し戻し）をしてもらう。

この迷路のように入り組んだ組織形態について、ニックスは当初「レーダーに引っ掛からないようにするため」と説明していた。ヘッジファンド業界でマーサーは有名人であり、ライバル勢から鵜の目鷹の目で見られている。次の一手――高度なトレンド予測ツール開発――を見破られたら、重要なスタッフを他社に引き抜かれてしまうかもしれない、という不安があった。一方、バノンはブライトバート・ニュースのプロジェクトに集中したい意向を持ち、表面上はＣＡについて個人的な欲望を満足させるためのサイドビジネスと位置付けていた。もちろん本音は違った。マーサーもバノンも強力な兵器庫を手に入れて政治の世界に変革を起こそうと考えていた。

ただ、ＣＡが開発するツールがどれだけ効果的なのか、マーサーは最初から本当に理解していたのだろうか。投資家ならば、「頭が切れるクリエイティブ集団がすごいアイデアをひらめいた」と知れば、カネを出したくなるものだ。私の目には、彼は数あるスタートアップの一つに投資しているだけのようにも見えた。

ＣＡ本社は偽オフィス「ポチョムキンサイト」

ＣＡ物語の秘話を一つ紹介しよう。ＣＡのターゲットにされ、偽情報の餌食になった第1号は誰だったのか？　スティーブ・バノンだ。私との初対面のとき、彼はミーティング場所としてロンドン・ペルメル通りの民間会員制クラブを拒絶し、代わりに学園都市ケンブリッジを選んだ。ニックス流のおもてなし——格式高い社交クラブ、高価なワイン、太いシガー——は通用しないのだった。

　ニックスはひらめいた。バノンは自分自身を知的文化人だとイメージしているから、ゴシック建築のホールと広大な緑に彩られたケンブリッジにぴったりなのではないか——。すぐに行動を起こした。神話のシェイプシフター（妖怪）が餌食を引き寄せるために変身するかのように。

　ニックスはバノンに言った。「ＳＣＬはロンドンにオフィスを構えているけれども、基本的にはケンブリッジを拠点にしているんです。ケンブリッジ大学と協力関係を結んでいるので」。その場で思い付いたでまかせである。でも少しも気にしていない。「その場で好都合であれば何でも真実だ」と割り切っているのだ。以後、事あるごとに「ケンブリッジ事務所」に言及し、バノンに立ち寄るよう促すのだった。

「アレクサンダー、ケンブリッジ事務所なんて実在しませんよ」と私は抗議した。ニックスの狂気に我慢ならなくなったのだ。「そんなでたらめを言って大丈夫なんですか？」

「大丈夫だよ。だって実在するから。まだオープンしていないだけさ」と彼は平然と言ってのけた。

　バノンのイギリス出張を2日後に控えて、ニックスはロンドン本社のスタッフに対して指令を出した。家具やパソコンをレンタルして、ケンブリッジ市内に即席の偽オフィスを用意してくれ——。偽オフィスを本物の「ケンブリッジ事務所」に見せ掛けようと考えたのだ。バノンが到着する当日、スタッフに対して新たな指令を出した。「きょうはケンブリッジ事務所で働こう！」。というわけで、全員が手荷物をまとめ、「ケンブリッジ事務所」へ向かった。臨時社員――肌をあらわにしている若い女性も何人かいた――も雇われ、スタッフに加えられた。

すべてが滑稽だった。ゲトルソンと私はメッセージをやり取りしながら、「ポチョムキン村」関連サイトのリンク先をシェアした（ポチョムキン村とは、ロシアの女帝エカテリーナ2世が１７８７年にクリミア地方を訪問した際に、彼女に好印象を与えるために用意された偽の村のこと）。２人でニックスを徹底的にからかい、勝手に「ケンブリッジ事務所」を「ポチョムキンサイト」と名付けた。

私との初対面から2カ月後、バノンはポチョムキンサイトにやって来た。私の観察では、目を輝かせて明らかに新オフィスを気に入った様子だった。幸いにも、一部パソコンの電源コードが抜けたままになっていることに気付かなかったし、英語を話さない臨時雇いの女性スタッフがいることにも気付かなかった。

その後、バノンは訪英のたびにポチョムキンサイトを訪れた（バノン訪英のたびにニックスは本社スタッフに命じて偽オフィスを設置させていた）。フェイクであると最後まで気付かなかったようだ。

仮に気付いていたとしても気にしなかっただろう。自分のビジョンにぴったりだったからだ。だからこそ、マーサー一族の新事業立ち上げに際して社名が話題になったとき、自ら「ケンブリッジ・アナリティカ」を提案したのである。「ケンブリッジを本拠地にしているのだから、これでいいんじゃないか」。このようにしてＣＡのターゲット第1号は彼自身になった。

ポチョムキンサイトはＣＡの本質を見事に捉えている。本当かどうかに関係なく、人々が見たいと思うものを見せて、行動に影響を与えるのだ――。これがあまりにも効果的であるため、スティーブ・バノンのような男でさえもアレクサンダー・ニックスにだまされてしまったのだ。

第6章 トロイの木馬

TROJAN HORSES

ケンブリッジ大のコーガン博士を訪ねる

ロンドンからケンブリッジへ向かう電車の中で、ブレント・クリカードは私に言った。

「ＤＡＲＰＡ（国防高等研究計画局）が大学研究費の一部を出しているということを知っているよね。もしチームを拡大したいなら、ＤＡＲＰＡに当たってみるといいんじゃないかな」

クリカードはＳＣＬ所属の心理学者の一人であると同時に、ケンブリッジ大学心理学部に在籍する研究者でもある。私と同様にＳＣＬのプロジェクトの可能性にエキサイトしている。だからＳＣＬのチームを世界最高峰の心理学者につなごうと思ったのだ。

ケンブリッジ大心理学部はソーシャルメディアのデータを利用した心理プロファイリング研究のパイオニアであり、政府機関からも注目される存在になっていた。ケンブリッジ・アナリティカ（Ｃ

Ａ）が最終的に大きなプレゼンスを持てたのも、同大の研究成果に負うところが大きい。そもそもＣＡは同大にちなんで名付けられたのだ。

膨大なデータを使ってコンテンツを作り、ターゲットに向けて流布し、スケールアップして世論を操作する——これがＣＡのビジネスモデルだ。このビジネスモデルが機能するためには、ターゲット集団の心理プロファイルへのアクセスが不可欠だ。でなければ何事も始まらない。現実はどうだったのかというと、アクセスは驚くほど簡単だった。フェイスブックのユーザー情報管理がいい加減であったため、同社経由であれば必要なデータはいくらでも入手できた。いつから始まったのかといえば、ＣＡがアメリカ企業として誕生する前から——つまり私がＳＣＬで働き始めた直後から——である。

私は以前、クリカードに案内役になってもらい、ケンブリッジ大の計量心理学センターを見学したことがある。すでに彼の論文に加えて同僚の論文も読み、計量心理学に機械学習を取り込む手法に興味津々だった。目的は多少異なるけれども、リサーチクエスチョン（研究課題）という点では同センターとＳＣＬはほとんど同じではないか、と思ったものだ。

ソーシャルデータ（ソーシャルメディアのユーザーデータ）を使って個人の心理属性を推論する研究は、心理学の一流学術誌で発表されている。めぼしいところでは、『米国科学アカデミー紀要（ＰＮＡＳ）』『サイコロジカル・サイエンス』『パーソナリティー・社会心理学ジャーナル（ＪＰＳＰ）』などだ。これらを読めば結論は明らかである。「いいね！」、近況アップデート、グループ設定、フォロー、クリック——。これらはすべてソーシャルメディアユーザーの行動パターンを示しており、一つに統合されれば、ユーザーの心理プロファイルを作成するうえで重要な手掛かりになる。

２０１２年、フェイスブックはアメリカで特許出願している。「ソーシャルネットワーキングシステム上のコミュニケーションに基づくユーザーパーソナリティー特性の決定」という特許だ。出願書の説明によれば、同社が心理プロファイリングに関心を持っているのは、「推論されたパーソナリティー特性をユーザープロファイルに保存し、ターゲティングやランク付け、商品の種類選択などさまざまな用途に使うため」だ。ＤＡＲＰＡが軍事上の情報作戦向けの心理プロファイリングに興味を抱いているのに対して、フェイスブックはオンライン広告収入を増やすために心理プロファイリングを使いたいわけだ。

クリカードと私はキャンパス内のダウニング地区に向かって歩き、「心理学研究所」という小看板を掲げた建物に着いた。中にはムッとした空気が流れており、内部の装飾は少なくとも１９７０年代から一切手を加えられていないようだった。われわれは階段を上り、狭い廊下の一番奥にあるオフィスを目指した。そこでアレクサンダー・コーガン博士を紹介された。彼はケンブリッジ大所属であり、心理特性のコンピューターモデル化を専門にしているという。見た目はボーイッシュであり、服装の面でも立ち振る舞いの面でも同じように風変わりだった。大量の書類と香港時代の装飾品が無造作に置かれた部屋の中央に立ち、にたにた笑っていた。

コーガンは完璧なアメリカ英語——少しアクセントが誇張されている——を話した（私は彼の経歴について何も知らされていなかった）。ソ連崩壊前のモルダビアＳＳＲ（ソビエト社会主義共和国）に生まれ、子ども時代の一時期をモスクワで過ごしている。１９９１年のソ連崩壊後に家族と共にアメリカへ移住し、ＵＣバークレー（カリフォルニア大学バークレー校）で学んだ。香港で心理学の博士号を取得した後、ケンブリッジ大で教職を得ている。

クリカードの考えでは、ケンブリッジ大でコーガンが手掛けている研究はＳＣＬにとって非常に役に立つはずだった。だから私をケンブリッジ大でコーガンに引き合わせてくれたのだ。ただ、移り気なニックスに紹介するとなると工夫が必要だ。対応を誤ると、「ネクタイの趣味が悪い」とか「レストランが気に入らない」といった理由だけで見限られてしまう。少なくとも料理とワインは不可欠だ。そこでクリカードはロンドン・キングスクロス駅横の高級ホテル「グレートノーザンホテル」を集合場所に決め、同ホテルの上階にあるバーに予約を入れた。コーガンは日帰り出張でロンドンに来る予定だったので、全員でバーで落ち合うことになった。

共同プロジェクトにゴーサイン

ディナーの席でニックスがワインを飲み過ぎるのはよくあることだ。しかし、彼が他人の会話に酔うのは極めて珍しい（自分の会話に酔うことはよくあるけれども）。バーでの会話中にソーシャルメディアが話題になったときだ。

「フェイスブックはあなたのことを何でも知っていますよ。奥さん以上に」とコーガンは言った。

するとニックスはトランス状態から目覚め、いつもの見苦しさを取り戻した。

「妻が何でも知っているというのはちょっと問題ですよね。知らないのがベストということもある」と言い、ワインを口に含んだ。「そもそも、自分自身のことを思い出すために何でコンピューターが必要なんです？　それとも、私のことを詮索するために妻がコンピューターを必要としているとでも？」

「あなたには不要でしょうね」とコーガンは答えた。「でも広告主にとっては必要なんです」

コーガンがトイレのためにテーブルを離れると、ニックスはワインをあおりながらぶつぶつ言った。

「なかなか面白い。けれども、ケンブリッジの男とはとても思えない」

クリカードはあきれていた。重要な話をしているというのに、ニックスは上の空だったからだ。

「アレクサンダー、ちょっと待ってください。彼はケンブリッジ出身じゃないですよ。まったく……

ケンブリッジで教えているだけなんですから」

後日、ＳＣＬはコーガンの研究内容を調べた。それにニックスは満足したようで、コーガンとの共同プロジェクトにゴーサインを出した。ＳＣＬはちょうどマーサーからの出資を受け入れ、アメリカに子会社のＣＡを設立する準備に入っていた。コーガンはアメリカでの新プロジェクトで大きな戦力になると思われた。ただし、アメリカに先立ってカリブ海で実績を出さなければならなかった。

当時――２０１４年初め――コーガンは研究助成金を得て、ロシアのサンクトペテルブルク大学の研究チームと共同で、心理プロファイリングのプロジェクトを手掛けていた（このプロジェクトはロシア政府が資金支援していた）。同大研究チームが分析対象にしていたのは、ソーシャルメディア経由で個人データを大量に集め、オンラインコミュニティー上に対立や混乱をつくり出す「トローリング（荒らし）」の実態だった。研究の力点は「不適応」「反社会的」といった特性にあったので、ＳＣＬは「トリニダード・トバゴのプロジェクトにも適用できるかもしれない」と判断した。トリニダード国家安全保障省は「データを使って犯罪に走りそうなトリニダード人を見つけ出したい」として、予測モデルの構築を求めていたのだ。

ＳＣＬスタッフの一人は、コーガンに関してトリニダード国家安全保障省と国家安全保障会議にメールを送っている。「データ傍受による犯罪サイコグラフィック（心理学的属性）プロファイリング」と題し、「アレクサンダー・コーガンが手掛けるロシアのプロジェクトは興味深いです。それがトリニダード・トバゴでどのように適用できるのか――あるいはそもそも適用できるのかどうか――知りたいと思っています」と書いている。

結局、コーガンはトリニダードプロジェクトでＳＣＬに協力することで合意した。具体的には、「反社会的行動」もしくは「逸脱行動」と見なせる構成概念のモデル化についてアドバイスすることになった。見返りにデータを要求し、１３０万人に上るトリニダード人のデータセットへのアクセスをめぐってＳＣＬと交渉を始めた。彼の働きぶりを見て印象的だったのは、学者であるというのに素早く行動してさっさと仕事を片付けてしまうところだ。アカデミアには氷河のようなペースでしか動けない大学教授が多い。ちょっとナイーブだけれども正直でざっくばらん、新しいアイデアに胸を躍らせて知的野心に燃えている——これがコーガンだった。

　最初、私はコーガンととてもうまくやれた。われわれは共に新しい研究領域である「計算心理学」と「計算社会学」に大きな関心を持ち、行動シミュレーションの可能性について何時間でも議論できた。ＳＣＬが話題になると、コーガンは目を輝かせた。同時に、少し変わったところもあり、同僚から陰口をたたかれることもあった。でも、私はまったく気にしていなかった。というか、なおさら親近感を抱いた。私自身が陰口をたたかれる側にいたからだ。そもそも、変わり者でないとＳＣＬにはなかなかなじめない。

トリニダードからアメリカへ

　コーガンがトリニダードプロジェクトに参加した14年1月当時、われわれはバノンと組んでアメリカプロジェクトを試験的に立ち上げようとしていた。それまでの定性的研究に基づいて理論を検証したかったのだが、手元のデータでは心理プロファイリングをきちんと行えないと考えていた。消費者情報——航空会社のマイレージポイント、新聞・雑誌の定期購読、大型小売店でのショッピングなど——だけでは不十分であり、われわれが求める心理属性を予測できないのだった。

　無理もなかった。一例はウォルマートでのショッピングだ。これだけでは消費者がどういう人間であるのかを定義できない。デモグラフィック（人口統計学的属性）や経済的属性を推論することはできるのだが、パーソナリティーについてはまったく手掛かりを得られない（ウォルマートでは外向的な人も内向的な人もショッピングしている）。たとえアメリカ人の大半を網羅するデータセットであっても、われわれの要求基準を満たせない。個々の心理属性を捉えたデータセットでなければ意味がないのだ。ＳＣＬが他国で手掛けたプロジェクトがうまくいったのは、クリックストリームなどのソーシャルデータのほか、国勢調査で得られるようなデータが役に立ったからだ（このことについてはコーガンも気付いていた）。

　コーガンはトリニダードプロジェクトに取り掛かったものの、完全にアメリカプロジェクトに心を奪われていた。そこで私に「アメリカプロジェクトへ回してもらえないものか？」と聞いてきた。そうすればケンブリッジ大計量心理学センターのチームを巻き込んで、変数・データの穴を埋めて信頼性の高いモデルを構築できる、というのだ。

　コーガンはまた、「トレーニングセット」の中で何が欠けているのかを調べるため、われわれのデータセットへのアクセスを求めてきた。だが、トレーニングセットは本当の問題ではなかった。クリカードはコーガンに対し「すでに試験的モデルを作ったし、トレーニングセットも持っている」としたうえで、「でもスケールアップしたデータがない」と説明した。言い換えれば、「個人の心理属性予測に役立つ変数」と「大きな人口を網羅する変数」の双方を含んだデータセットが手に入らずに困っている、と伝えたのだ。実際、必要なデータセットが欠けていたせいで、アメリカプロジェクトは事実上ストップしていた。

　われわれの問題を理解すると、コーガンは「私の研究用にデータを使わせてもらえるという前提であれば、問題を解決できます」と言った。続けて「私をアメリカプロジェクトに加えてもらえないでしょうか。そうしたらケンブリッジ大に世界初の『計算社会心理学研究所』の設置も可能です」と提案してきた。
私はすぐに賛同した。心理学や人類学、社会学といった研究領域で大きな問題になっているのは、数値データの不足である。抽象的な文化や社会全体のダイナミクスを計測して定量化するのは極めて難しいからだ。解決策は、全人口の心理特性を捉えたビッグデータを使うことだ。コンピューターの中に全人口のクローンを放り込み、ダイナミクスを観察すればいい。社会研究の新領域へ進むためのカギを手に入れるようなものだ。このように魅力的な提案に対してどうしてノーと言えるだろうか？

友人データも収集するアプリ「マイパーソナリティー」

14年春、コーガンは計量心理学センターに所属する２人の研究者を紹介してくれた。デービッド・スティルウェル博士とミハル・コシンスキー博士だ。２人はフェイスブックから合法的に膨大なデータセットを入手し、ソーシャルメディア利用による心理プロファイリングの草分け的な存在になっていた。その原動力になったのが、スティルウェルが07年に開発したアプリ「マイパーソナリティー」だ。ユーザーはアプリを使うために自分のパーソナリティーについてアンケートに答える。そうすると性格診断結果をもらえる。一方、アプリ開発者はユーザーの心理プロファイルを保存し、研究用に利用する。

スティルウェルとコシンスキーが12年にフェイスブックについて初めて書いた論文は、アカデミアで瞬く間に大きな注目を集めていた。２人は私にいろいろ教えてくれた。フェイスブックから研究用に巨大なデータセットを入手しているほか、ＤＡＲＰＡから助成金を受けているという。だとすれば、軍事下請け業者――ＳＣＬのこと――の協力者としてぴったりではないか。会話中、スティルウェルはあまり反応しなかったのに対して、コシンスキーは明らかにエキサイトしていた。フェイスブックから入手したデータにとんでもない価値があると見抜いていたからだ。ただし、データの外部利用についてはスティルウェルから承諾を得なければならなかった。

「どうやってデータを手に入れたのですか？」と私は聞いた。

「アプリ経由で手に入れました」

フェイスブックは第三者による研究を大歓迎していた。ユーザーについて深く学べば学ぶほど、より多くの利益を生み出せると考えているからにほかならない。私はスティルウェルとコシンスキーの2人からデータ収集の経緯を聞かされ、同社がいかにユーザーデータの提供に前向きなのかを理解した。ユーザーのプライバシーに関しては同社の管理体制は驚くほど緩かったのだ。

驚いたのは、「マイパーソナリティー」がユーザーデータに加えて、フレンドリストに掲載される友人データも自動的に収集していた点だ。アプリによる友人データの収集についてユーザー本人の承諾は事実上不要になっていたのだ。フェイスブックの基準では「フェイスブックユーザーとして登録＝友人データの利用を承諾」と見なされていた。友人にしてみれば、自分の個人データが「マイパーソナリティー」に吸い上げられているとは想像もできないだろう。

平均的なフェイスブックユーザーは１５０～３００人の友人を持っている。私はバノンとマーサーを思い浮かべた。これを知ったら大喜びするに違いない！　ニックスはちょっと違う。バノンとマーサーが大喜びする姿を見て大喜びするだけだ。

私はにわかには信じられなかった。

「一つ確認させてください。例えば私がフェイスブックアプリを作成して、千人のユーザーを得たとしましょう。そしたら……15万人分のプロファイル（プロフィール）を得られるというわけですか？　本当に？　フェイスブックが認めてくれると？」

「そういうことですね」

つまり、２００万人が「マイパーソナリティー」をダウンロードしたら、３億人のプロファイルが手に入る計算になる（そこから友人の重複分を差し引く）。これは想像を絶するほど巨大なデータセットだ。それまでに私が扱った最大のデータセットは、トリニダードプロジェクトで得た１００万人分のプロファイルだ。それでも当時は巨大だと感じたが、今回は次元がまるで異なる。これほどのデータセットとなると、国家であれば当局から特別許可を得なければならない。さもなければ何カ月もかけてさまざまなルートからデータをかき集めなければならない。たとえ人口規模がけた違いに小さくても。

「でもアプリをダウンロードしてもらわなければならないですよね。どうやったのですか?」と私は尋ねた。

「われわれがカネを払うのです」

「いくら?」

「1ドル。2ドルのときもありました」

ここで思い出してほしい。SCLは最大で2千万ドルの軍資金を得ている。目の前にいる2人の心理学者によれば、われわれは何千万人に上るフェイスブックユーザーの個人データを入手できる。しかも……たったの１００万ドルで。もはや頭を悩ませる必要はなかった。

私はスティルウェルに「そちらでお持ちのフェイスブックデータで少し実験させてもらえますか?」と聞いてみた。トリニダードプロジェクトではフェイスブックデータと似たデータ――インターネット閲覧データ――を使い、結果を出せた。もしフェイスブックデータを使ってトリニダードプロジェクトと同様の結果を出せたら、ロバート・マーサーの夢をかなえることも不可能でなくなる。

いや、それ以上にクールだ。われわれはアカデミアで「計算心理学」という新領域を切り開き、パイオニアになれる。「行動シミュレーション」という社会科学の先頭を走っているのだから。私の心は高ぶるばかりだった。

フェイスブックに「生態学的妥当性」

フェイスブックは04年、当初は大学内の学生や友人を結ぶネットワークとして立ち上がった。数年後には世界最大のソーシャルネットワークに成長し、ほとんど誰もが写真をシェアしたり、近況をアップデートしたり、飲み会を招集したりしている。自分の両親さえも、である。友人の投稿に「いいね！」できるし、ブランドやトピックなどのページにも「いいね！」できる。「いいね！」することで、自分の人格をキュレーション（情報の分類や意味付け）し、好きなブランドや音楽バンド、有名人の最新情報をフォローできるようになる。フェイスブックにとっては、ユーザーによる「いいね！」やシェアは「コミュニティー」の基盤になるし、収益モデルの基盤にもなる。「ユーザーエクスペリエンス向上」を名目に、アプリ開発者向けＡＰＩ（アプリケーション・プログラミング・インターフェイス）の提供も始まった。これによってアプリ利用者は「ユーザーエクスペリエンス向上」の名の下に自分の個人データに加えて友人データまで収集されてしまうのだ。

　２０１０年代に入り、研究者は大きな変化が起きていることに気付いた。フェイスブックの利用が世界に広がったため、全人類が自分の個人データを1カ所で統合・整理するようになったのである。研究者の痕跡を差し引けば、フェイスブックは自宅と変わらない。そこには自然な人間行動を示すデータが詰まっている。あらゆるスクロール、あらゆる動き、あらゆる「いいね！」が記録される。ニュアンス、興味、嫌いなもの――。すべてそろっており、定量化できる。

これが何を意味するのか。フェイスブックに集まるデータは、研究者による質問――必然的にバイアスが掛かる――が介在しないという意味で、「生態学的妥当性」を得ているのだ。つまり、人類学や社会学の伝統的手法である定性的研究の利点を維持しつつ、定量的研究によって実現する「一般化可能性」の利点も取り込めるのである。社会・文化交流の多くがデジタルデータとして記録されるようになったからこそである。

　このようなデータを取得するのはこれまで至難の業だった。銀行や電話会社から全面協力を得ない限り、膨大な個人データへのアクセスは認められなかった。もちろん銀行も電話会社も規制に縛られており、協力してもらうことは不可能だ。その点、フェイスブックのようなソーシャルメディアは違う。けた違いに巨大な個人データを持っているというのに、事実上何の規制も掛けられていないのだ。

　ソーシャルメディアユーザーの多くはオンライン世界とＩＲＬ《イン・リアル・ライフ》（現実世界を意味するネットスラング）を区別している。しかし、ソーシャルメディアの利用によって生成されるデータはＩＲＬ由来だ。連続テレビドラマ最終回への感想を投稿するのも、土曜夜のディナー写真に「いいね！」するのも、すべてインターネットの外で起きている。フェイスブックのデータはＩＲＬデータなのである。そして、人々がスマートフォンやインターネット上で多くの時間を過ごせば過ごすほど、ＩＲＬデータが蓄積されていく。

　こうなると、研究者はもはや被験者に質問する必要もない。ソーシャルメディアユーザーが自然に生成するデータを活用し、その中から特定のパターンを識別するアルゴリズムを書くだけでいい。アルゴリズムが完成したら後は簡単。システムが自力でデータの中からパターン――人間には決して気付けないパターン――を見いだしてくれる。

　フェイスブックユーザーが自分自身についてキュレーションするデータは、一つの形式で１カ所に蓄積される。われわれは１００万に上るデータセットをつなげる必要もないし、データの穴を埋めるために複雑な計算をする必要もない。当該情報はすでに用意されている。誰もがリアルタイムで自伝を書き、フェイスブック上で公開しているのだ。人間の観察・研究のために一から新システムを立ち上げようとしているならば、フェイスブックを利用しない手はない。

実際、15年発表の研究論文——執筆者はヨウヨウ、コシンスキー、スティルウェルの３人——によれば、人間行動の予測という点では、フェイスブックの「いいね！」を利用するコンピューターモデルは圧倒的なパフォーマンスをたたき出す。Ａの行動を予測するとしよう。「いいね！」10個で、Ａの職場の同僚よりも正確に予測できる。１５０個で、Ａの家族よりも正確に予測できる。３００個で、Ａの配偶者よりも正確に予測できる。なぜこうなるのか？ 友人や同僚、配偶者、両親はＡの人生の一面しか見ていないからだ。そもそも、Ａは対友人、対同僚、対配偶者、対両親で異なる行動をしており、それぞれに対して違う印象を与えている。そのため、午前３時に合成麻薬ＭＤＭＡを２回打ってハイになっているＡを両親は想像できないし、上司がいるオフィス内で控えめに礼儀正しく振る舞うＡを友人は想像できない。

だが、フェイスブックはどうだろうか。Ａの対人関係全般をのぞき見している。スマホで何をしているのかをフォローしているし、インターネット上で何をクリックして何を買っているのかも追跡している。このようにしてデータを集めることで、Ａが本当はどんな人間であるのかを正確に把握している。友人や家族よりも。ある意味では、Ａの習慣についてＡ自身よりも熟知している。論文の著者3人は「パーソナリティー判定でコンピューターは人間を追い越した」としたうえで、「心理的評価やマーケティング、プライバシーの領域で、可能性が大きく広がると同時に問題も出てくる」と指摘している。

「社会科学に革命が起きる」

十分なフェイスブックデータにアクセスできれば、われわれはいよいよコンピューター内で社会をシミュレーションする段階へ進める。その意味合いはとてつもなく大きい。人種間の対立や貧富の格差などの問題を引き起こしたとき、その結末をシミュレーションできるのだ。シミュレーションを終えたら入力データを入れ替え、このような問題を軽減できるかどうかを調べることも可能だ。現実世界が直面する問題の解決策をコンピューターの中で具現化できる、と表現してもいい。いわば「社会ゲーム」とも呼べる画期的アプローチが現実になる。そのためにもコーガンが提案した「計算社会心理学研究所」を何としてでも実現したい、と私は思うようになった。

　胸を躍らせていたのはわれわれだけではなく、世界中の研究者が浮足立っていた。コーガンはハーバード大学でのミーティング後に私に電子メールを送り、「これはゲームチェンジャーであり、社会科学に革命が起きるようなものだ」と書いている。スティルウェルとコシンスキーも当初はエキサイトしているように見えた。そんな状況下で「ＣＡは２千万ドルの予算を持っている」という情報が出回った。出所はコーガンだ。研究仲間全員がそわそわし始めた。

　コシンスキーはコーガン宛ての電子メールの中で、「前払いで50万ドル。それにプラスして、フェイスブックデータの利用が生み出すロイヤリティー収入の50％も欲しい」と要求した。われわれはまだ実験を行っておらず、大規模な「社会ゲーム」が可能なのかどうか証明していないというのに、誰もが大金を期待し始めた。私はニックスに「すべて断れ」と命じられ、コシンスキーの要求をはねつけた。今度はコーガンがパニックに陥った。まだ始まってもいないプロジェクトが頓挫してしまう、と不安になったようだ。

翌日になってコーガンは私に連絡してきた。「スティルウェルとコシンスキーの協力を得られなくても大丈夫。自力で何とかできます」と言った。「当初の計画に戻りましょう。自分の研究用にも使わせてもらうという前提ですが、データ収集に協力します。その代わりCA側でコストを負担してほしい。フェイスブックから友人データ収集の許可を得ているアプリにアクセスできるし、実際にこれらのアプリを利用できます」

　私はすぐに不安になった。コーガンは陰に隠れてスティルウェルとコシンスキーのアプリ「マイパーソナリティー」を使おうとたくらんでいるのではないか、と思ったのだ。だが杞憂だった。コーガンは自分でアプリを開発するという。

　そこで私は「分かりました。では、証明してくれますか？　とりあえずたくさんのデータを見せてください」と提案してみた。アプリ開発とデータ収集費用として1万ドルを拠出するとも伝えた。「マイパーソナリティー」のデータを流用されては困るからだ。コーガンは同意した。自分の研究用にもデータを使わせてもらえる限りは、無報酬で構わないとも表明した。

　補足しておくと、「マイパーソナリティー」のデータから得られるロイヤリティー収入をめぐっては、コシンスキーとケンブリッジ大の間で見解の相違があった。コシンスキーがロイヤリティー収入をケンブリッジ大へ回すつもりだったと主張したのに対して——当時私は何も聞いていなかった——同大は「フェイスブックデータのプロジェクトとは一切無関係」と強く否定した。つまり、フェイスブックデータに絡んだロイヤリティー収入の取り決めについて同大が知っていたのかどうか（あるいはロイヤリティーを提示されたら同大が受け取ったのかどうか）ははっきりしないままになっている。

　翌週になり、われわれはコーガンからフェイスブックユーザー数万人分のプロファイルを受け取った。何度かテストしてみたところ、期待した通りのデータだと分かった。というか、期待以上のデータであることに驚いた。それぞれのプロファイルには氏名、性別、年齢、住所、近況アップデート、「いいね！」、友人などの情報が含まれていた。事実上すべてだ。彼のアプリを使えばユーザーの個人的メッセージも引き出せるという。

　これなら大丈夫だ。「ＯＫです。一緒にやりましょう」と私はコーガンに伝えた。

　コーガンと私は共同作業を始めると、「計算社会心理学研究所」の設置にいよいよ傾斜し始めた。研究所はフェイスブックデータやクリックストリーム、消費者情報ファイルからわれわれが収集したデータを集約・保管し、アカデミア向けに広く開放する。こうすれば、興味を持つ心理学者や人類学者、社会学者、データサイエンティストは誰でも研究所の膨大なデータベースにアクセスできる。私の博士課程での研究に役立てばということで、コーガンはファッションや音楽の質問を加えるのも認めてくれた。ロンドン芸術大学（ＵＡＬ）の指導教授も大喜びした。

　われわれは世界中の大学を訪問して協力を求め、データセットを構築しようと考えた。そうすれば、社会科学分野でコンピューターモデルを駆使してさまざまな実験を開始できる。ハーバード大メディカルスクールの教授陣からは「数百万人に上る患者の遺伝プロファイルにもアクセスできる」との提案を受け、今回のデータ構想がどんどん進化していくスピードに驚いた。想像してほしい。全人口のデジタル行動を遺伝子情報と関連付けることができたら、どれほどの力を持てるだろうか？　遺伝子データの話を聞いてコーガンは見るからに興奮していた。今まで考えられなかったような実験を行い、「生まれか育ちか」論争に一気に決着をつけることができるかもしれない。何か大きなことを成し遂げる目前にまで来ている、とわれわれは思った。

フェイスブックアプリに「アマゾンＭターク」

フェイスブックデータの第1弾は、「アマゾンＭターク」と呼ばれるマイクロタスクサイト（インターネットを介して不特定多数の人々に呼び掛け、データ入力など単純作業を外部委託するサイト）経由で届いた。もともとＭタークはアマゾンの社内ツールであり、画像認識プロジェクトの支援を目的にしていた。写真を識別するアルゴリズムを書くためには、最初に何をやらなければならないのかご存じだろうか。人手に頼って写真をラベリング（分類）することだ。それで初めて「人間によって正しく識別された写真ライブラリ」が出来上がり、ＡＩが学習を始める土台になるのである。アマゾンが写真1枚のラベリングに対して1セントを支払うと表明したところ、数千人が協力者（業務委託先）として名乗りを上げた。

アマゾンはここにビジネスチャンスを見いだし、05年にはＭタークを「人工の人工知能（ＡＡＩ）」と呼んで商品化した。アマゾン以外の企業もＭタークを利用して不特定多数の人々に呼び掛け、単純作業——スキャンされた領収書をタイプしたり、写真を見て分類したり——を委託できるようになったわけだ。協力者が空き時間に作業をこなし、少額の報酬を受け取るという部分は変わらない。ここでのポイントは、人間が機械を手助けしているということだ。Ｍタークという名称の由来もそこにある。Ｍタークは「メカニカルターク」の略であり、18世紀のチェスマシン（チェスをプレイする自動機械）からヒントを得ている。このマシンは強くて大きな話題を集めたが、実際には中にチェスの達人が隠れており、特別なレバーを操作して駒を動かしていた。

心理学者や大学研究者はすぐにＭタークの魅力に気付いた。不特定多数の人々を動員してパーソナリティーテスト（性格診断）を受けてもらうにはもってこいなのだ。学部生を集めてアンケートに答えてもらう——真に代表的なサンプルには決してならない——のではなく、世界中からあらゆる種類の人々を呼び込めるのだ。仕組みは簡単だ。最初に、実験者は少額の報酬を約束して協力者に1分間のテストを受けてもらい、テスト終了後に支払いコードを与える。次に、協力者はアマゾンのページに行って支払いコードを入力し、アマゾン経由で報酬を送金してもらう。

　コーガンのフェイスブックアプリがすごいのはMタークを組み込んでいる点だ。コーガンのアプリを使ってテストを受ければ、誰でも少額の報酬をもらえる。ただし、支払いを受けるためにはフェイスブック上でコーガンのアプリをダウンロードし、特別なコードを入力しなければならない。仮に協力者Aがコーガンのアプリをダウンロードし、テストを受けたとしよう。すると、アプリはAのテスト結果を1番目のテーブルに入れ、続いてAのフェイスブックデータを2番目のテーブルに入れ、最後にAの友人データを3番目のテーブルに入れる。これでAのプロファイルが完成する。

　もう少し具体的に説明しよう。協力者は広範な計量心理学的な検査を受けなければならないが、最初の検査はいつも決まっている。「パーソナリティー5因子モデル」に基づいた性格診断であり、厳格な審査を経て国際的に認められている「IPIP NEO－PI」である。ここには「他人と距離を置くか」「新しいアイデアが好きか」「考えずに行動するか」など数百項目に上る質問が含まれている。ここでの回答がフェイスブックの「いいね！」と組み合わされると、信頼度の高い推論が可能になる。例えば、「外向性の高い人は電子音楽を好む」「知的好奇心の強い人はファンタジー映画を好む」「情緒不安定性が高い人は『親が自分のスマホをのぞき見するとムカつく』のようなページを好む」などである。

　単に心理特性を推論できるだけではない。驚きではないかもしれないが、「フェイスブック上でブリトニー・スピアーズやMACコスメティックス、レディー・ガガを好むアメリカ人男性は、ゲイである可能性が少しだけ高い」といった推論もできるようになる。個々の「いいね！」を見ても、それだけではほとんど何も予測できない。だが、数百件に上る「いいね！」を統合し、しかも別ルートで得た有権者・消費者データを加えれば、かなり正確な予測ができる。いったんプロファイリングのアルゴリズムをモデル化し、有効性を確認すれば、フェイスブックの友人データベースにも適用できる。友人プロファイル作成用には性格診断を実施していないものの、友人の「いいね！」ページにはアクセスできる。つまり、アルゴリズムは友人の「いいね！」データを分析して、友人が性格診断を受けたらどのように回答するのかを推論するのである。

　夏にかけてアプリプロジェクトが大きくなっていくと、われわれはより多くの構成概念を取り入れていった。コーガンの提案はバノンの要求にまさにぴったりだった。人生の満足度や公正性（他人を公正と思っているのか、それとも疑っているのか）に加えて、「センセーショナルで極端な興味」という構成概念もあったのだ。逸脱行為を理解するうえで有効だとして犯罪心理学の世界ではますます重宝されているこの構成概念に含まれているのは、「軍国主義（銃撃、武道、クロスボウ、ナイフ）」「暴力的オカルト主義（ドラッグ、黒魔術、無神論）」「知的活動（歌唱・作曲、海外旅行、環境）」「超自然現象（パラノーマル、空飛ぶ円盤）」「健康的活動（キャンピング、庭造り、ハイキング）」などだ。私のお気に入りは「占星術信仰」の5段階評価だ。オフィス内には「『占星術適合性』機能としてこれをスピンオフし、ゲイ向け出会い系アプリ『グラインダー』にリンクさせたらどうか」と冗談を飛ばすゲイの同僚もいた。

　コーガンのアプリを使うことで、われわれは優れたアルゴリズム――多様で奥深く、価値あるデータが基になっている――を構築する「トレーニングセット」を手に入れるばかりか、ボーナスとして追加的に数百人の友人プロファイルも作成できる。アプリのダウンロード1回当たり1～2ドル支払うだけで。

ローンチ成功にシャンパンで祝杯を挙げる

われわれは軍資金を十分に残した状態でアプリプロジェクトの第1段階を成功裏に終えた。マネジメントの世界ではプロジェクト進行の黄金律がある。モットーは「安く・早く・良く」なのだが、三つ同時には実現できないという黄金律だ。うまくやっても二つしか実現できない。私は生まれて初めてこの黄金律が破られるのを見た。コーガンのフェイスブックアプリは想像をはるかに超えて安く早く完成し、そして良く動いたのである。

フェイスブックアプリのローンチは14年6月となった。ローンチ日は暑かったというのに、ニックスは経費節約のためにエアコンのスイッチを切っていた。この日に向けて、われわれは数週間にわたってアプリに調整を加え、問題なく作動するかどうかを何度も確認してきた。アプリ経由でデータを正しく取り込み、社内のデータベースに投入したら、すべてをきちんとマッチさせなければならないのだ。１人に性格診断を受けてもらうだけで、平均して３００人分のプロファイルを作れる。個々のプロファイルの中にそれぞれ数百件の「いいね！」を見つけられるかもしれない。それを整理・追跡するのがわれわれの仕事だ。

フェイスブック全体で「いいね！」の対象になる商品や写真、リンク先、ページはどれだけ存在するだろうか。兆単位である。オクラホマ州内でランダムに一つの音楽バンドを選んでみよう。このバンドのフェイスブックページにはアメリカ全土を合計して28件の「いいね！」しかないかもしれない。だが、「いいね！」の対象としてはちゃんと一つとしてカウントされる。これだけ巨大で複雑なプロジェクトとなると、どこかでつまずいて失敗するのはたやすい。われわれはそのことを肝に銘じ、スケールアップしたときにデータセットをちゃんと処理できるようにテストを繰り返した。ようやく「これで大丈夫」と確信を持てた段階でローンチの準備に入った。Ｍターク経由で協力者の募集を始めるため10万ドルをアカウントに入金し、待機した。

われわれはコンピューターの前に立っていた。ケンブリッジ大にいるコーガンがアプリをローンチすると、誰かが「やった」とぼそっと言った。これでゴーライブ（本格稼働）だ！

それからオフィス内には拍子抜けした雰囲気が漂った。5分、10分、15分……。何も起きなかったのだ。オフィス内はそわそわし始め、ニックスは「一体どうなっているんだ？　何でわれわれはここで立っているんだ？」とほえた。私は特に驚かなかった。人々がＭタークの調査票を読んで回答し、アプリをインストールするまでにはそれなりの時間が必要だと分かっていた。

予想通り、ニックスが不平不満を言い始めてから間もなくして、1人目が反応した。続いて2人目、20人目、１００人目、千人目……。秒単位でまるで洪水のように回答者が押し寄せてきた。ニックスが効果音を好むと知っていたので、ジュシカスはビープ音が鳴る人数カウンターを設置した。こんなくだらない仕掛けに喜ぶなんてニックスはどれだけ間抜けなのだろう、と思いながら。以後、ジュシカスのパソコンからビープ音が鳴り続けた。数字のゼロが増えるにつれてデータテーブルは指数関数的に大きくなっていった。友人データも加えられているからだ。オフィスの中の誰もがエキサイトしていた。データサイエンティストにとっては純粋なアドレナリンを注入されたようなものだ。

ジュシカス――上品で温和な最高技術責任者（ＣＴＯ）――はシャンパンボトルを取り出した。人柄の良さではピカ一で、必要ならばいつでも場を盛り上げてくれる。実のところ、この日のような機会に備えて、以前からオフィスの片隅にシャンパン入りのケースを保管していた。子ども時代にはソ連崩壊を目前にしたリトアニアＳＳＲの農場で育ち、非常に貧しい生活を強いられた。今ではケンブリッジ大のエリートであり、「あすは死ぬかもしれないのだから、きょうは大いに楽しもう」をモットーにするしゃれ男だ。楽しむとなれば度を越すのも何とも思わない。だからナポレオン戦争時代のサーベル――オフィス用に購入していた――を手に取り、使おうとしていた。せっかく手元にサーベルがあるのだから、シャンパンを普通に開けるのはもったいないだろう?

ジュシカスは自分の大好きな銘柄「ペリエ・ジュエ・ベル・エポック」を選んだ。まず、ボトルを持ちながら、コルクを押さえているワイヤーケージを緩めた。次に、ボトルを斜めに傾け、コルクに向けて滑らかにサーベルを振った。するときれいにコルクが外れ、シャンパンの泡が噴き出した。われわれはグラスをいっぱいにして乾杯した。

「サーベルでシャンパンを開けたけれども、力ずくで開けたわけではありません」。乾杯の後、ジュシカスはみんなの前で言った。「ボトルを研究して弱点を見つけ、そこに向けて正確に――そして優雅に――サーベルを振っただけです。ちゃんとステップを踏めば、ほとんど力は不要なんです」

要は、ボトルが自ら自然に開くようにきっかけを与えたということ。ボトルの設計上の欠陥に狙いを定めてハッキングしたのだ。

バノンが人名と州名を言うと……

マーサーがＳＣＬに出資したとき、われわれの想定ではプロジェクトのフル稼働まで数年は必要だった。だが、バノンは直ちに却下した。

「９月までに完成させてほしい」と彼は言った。

「それではあまりに急です」と私は抗議した。

「知ったこっちゃない。数百万ドルも与えたんだ。９月が締め切り。後はどうにかしてくれ」

14年の中間選挙が近づいていた。それまでにバノンはどうしても「プロジェクトリポン」をフル稼働させたかったのだ。ちなみに、そのころまでに彼はプロジェクトのことを「プロジェクトリポン」と呼ぶようになっていた。リポンはウィスコンシン州の小さな町であり、共和党誕生の地といわれている。

われわれはあっけにとられた。マーサーによる出資が決まってからバノンはどんどんおかしくなっていると感じた。ニッチな政治目標に取り付かれて、冷静に判断できなくなっているようだった。しかし、われわれは科学の世界で何か革命的なことを達成しようとしており、彼と対立している場合ではなかった。目的は手段を正当化するのだ！

バノンはわれわれの進捗状況をチェックするため、それまでよりも頻繁にロンドンへ出張するようになった。フェイスブックアプリのローンチ直後にもロンドンへやって来た。巨大なスクリーンが置かれている役員室にわれわれと一緒に入った。

ジュシカスは近況について短いプレゼンを終えると、バノンに向かって言った。

「何でもいいから人名を言ってください」

バノンは困惑した表情を見せながら、名前を一つ言った。実名だったが、ここではAとしておこう。

「いいですね。それでは何でもいいから州名を言ってください」

「どういうことだ？　では、ネブラスカでどうかな」と彼は言った。

ジュシカスはキーボードをたたき、スクリーン上に一覧を表示した。Aという名前のネブラスカ住民の一覧を見せたのである。続いて、そのうちの一つをクリックした。すると、大勢のAの中の一人――女性――についてのあらゆる個人情報がスクリーン上に出てきた。顔写真、勤務先、自宅、子ども、子どもが通う学校、自家用車――。ほかにもある。彼女は12年の大統領選挙でミット・ロムニーに投票し、歌手のケイティ・ペリーのファンで、ドイツ車アウディを運転する。全体としてちょっとありきたりだ。われわれは今では彼女について何でも知っている。しかも彼女の情報——彼女に限らず多くのプロファイルの情報——はリアルタイムでアップデートされている。彼女が今フェイスブックに何かを投稿すれば、われわれには直ちに見えるのである。

　ここで思い出してほしいのは、手元のデータはフェイスブックデータに限られないということだ。われわれは多様なルート——民間業者や州政府——から個人データを購入し、フェイスブックデータと統合している。国勢調査の欠測値補完データも取得している。そんなわけで、われわれは彼女の住宅ローン申請データを持っている。彼女がどれだけ稼いでいるかも知っているし、彼女が銃を保持しているかどうかも知っている。航空会社のマイレージ情報を見れば、どれだけ飛行機に乗っているのかも分かる。結婚しているかどうかも分かる（彼女は結婚していなかった）。健康状態もつかめる。グーグルアースを使って自宅の衛星写真も手に入る。言い換えると、われわれのコンピューターの中で彼女の人生をそのまま複製できるということだ。もちろん彼女はそのことについては何も知らない。

「別の名前を言ってください」とジュシカスは言った。バノンから名前を聞き、同じことを繰り返した。3人目のプロファイルを表示したときのことだ。それまで無関心だったニックスが背筋をぴんと伸ばした。

とても現実とは思えない「歴史的な快挙」

「ちょっと待って」とニックスは言った。黒縁メガネの奥で目を丸くさせていた。「こういうのが一体いくつあるんだ?」

「何だって?」とバノンは厳しい声で言った。プロジェクトに無関心だったニックスに対していらいらしている様子だった。

「今の段階で数千万人に達しています」とジュシカスは答えた。「このペースでいけば、年末までに2億人を達成できるでしょう。それまで十分な資金があればの話ですが」

「それで、われわれはこの人たちについて、文字通り何でも知っているということ？」とニックスは聞いた。

「そうですよ」と私は代わりに答えた。「そもそもそれが狙いなのです」

ここでニックスはようやく気が付いたようだ。われわれのプロジェクトが何なのか、初めて腑に落ちたのである。これまでデータやアルゴリズムにまったく興味を示さなかったが、スクリーン上で生身の人間のすべてを知って、イマジネーションが湧いたようだ。

「電話番号はあるの？」とニックスは聞いた。

「ありますよ」と私は答えた。

するとニックスは――たまにそうなのだが――奇妙でありながらも華麗な行動に出た。スピーカーフォンの前に行き、「電話番号を教えて」。ジュシカスから番号を聞くと、すぐに入力した。

数回呼び出し音が鳴ると、誰かが電話を取った。「もしもし？」と女性の声。彼は上品ぶったアクセントで説明を始めた。

「こんにちは、奥さん。お邪魔してすみません。ケンブリッジ大学から電話をしています。世論調査をしているのですが、ジェニー・スミスさんとお話しできるでしょうか？」

「私がジェニーです」

ここで彼は、手元のデータに基づいて質問を始めた。「スミスさん、テレビドラマの『ゲーム・オブ・スローンズ』について意見を聞かせてください」

「大のファンです」。彼女のフェイスブック上の情報と符合した答えだ。

「前回の大統領選挙ではミット・ロムニーに投票しましたか？」

「はい、ロムニーに投票しました」

　続いて、彼女の子どもが通う小学校について校名を挙げたうえで、「お子さんはここに通っているのですね？」と尋ねた。

「その通りです」

　私はバノンを見た。笑みを浮かべ、とても満足している様子だった。

　ニックスが電話を切ると、バノンが「次は私にやらせてくれ！」と手を挙げた。結局、部屋の中の全員が順番に電話をかけた。とても現実とは思えなかった。相手はアイオワ州かオクラホマ州かインディアナ州のどこかに住み、キッチンに座りながら話をしている。ロンドンにいる集団——自宅の衛星写真や家族の写真などすべての個人情報を持っている——につながっているとはつゆほども知らないで。今から振り返ってみると、常軌を逸していたのではないかと思う。バノン——当時は事実上無名の存在で、ドナルド・トランプ上級顧問への就任は数年先——はわれわれのオフィスに座り、ランダムにアメリカ人を選んで電話をかけている。彼が投げ掛けるプライベートな質問に対し、相手は喜んで答えているのだ。

　われわれはやり遂げた。何千万人にも上るアメリカ人の個人プロファイルをコンピューター内で再構築したのである。何千万人どころか何億人のスケールになる可能性もあった。歴史的な快挙といえる。これほどのものを作り上げたことを誇りに思った。このような偉業はこれから何十年にもわたって語り継がれるはずだと確信していた。

第7章 暗黒の3大特性

THE DARK TRIAD

プロパガンダ版パランティアを目指す

２０１４年８月、フェイスブックアプリのローンチから2カ月後。そのころまでにケンブリッジ・アナリティカ（ＣＡ）は、アメリカ人を中心に８７００万人以上に上るフェイスブックアカウントの情報を入手していた。すぐにアマゾンＭタークの協力者リストを使い切り、別の企業を巻き込まなければならなくなった。ユタ州プロボを本拠地にするアンケート調査プラットフォーム会社、クアルトリクスだ。

ＣＡはあっという間にクアルトリクスの最大顧客の一つになった。そんなわけで、ＣＡにはクアルトリクスブランドのグッズが届くようになった。ジュシカスはあるとき「Ｉ♥ＱＵＡＬＴＲＩＣＳ」とプリントされたＴシャツを着てオフィスに現れた。Ｔシャツの上はロンドンの高級紳士服店で仕立てたサヴィルロウスーツで決めていただけに、面白くもあったし滑稽でもあった。オフィスにはプロボからグッズに加えて請求書も頻繁に送られてくるようになった。「フェイスブックデータ収集プロジェクト」への新規参加者が2千人を記録するたびに、クアルトリクスがＣＡに対して料金を請求する取り決めになっていたのだ。

ＣＡがフェイスブックデータの収集に乗り出してから間もなくして、データマイニング会社パランティアの幹部がわれわれに接近し始めた。データの規模が巨大であることに驚くと同時に、なぜフェイスブックがデータへのアクセスをＣＡに認めているのかを知りたかったようだ。われわれから話を聞くと、彼ら自身もフェイスブックデータへのアクセスを求めるようになった。

当時、パランティアは米国家安全保障局（ＮＳＡ）と英政府通信本部（ＧＣＨＱ）向けプロジェクトを手掛けていた。ＣＡと協力関係を築けば法の抜け穴を突けるかもしれない、と考えたようだ。14年の夏、ロンドン・ソーホー地区のパランティア英本社にわれわれを迎え入れ、二つの「抜け穴」を指摘した。一つは、パランティアのような下請け業者も含めて国家諜報機関は一般アメリカ人のデータにはアクセスできないが、世論調査会社やソーシャルネットワーク、民間企業ならばできるということ。もう一つは、アメリカでは政府による国民監視が禁じられているとはいえ、個人（あるいは企業）による「自主的なデータ提供」があれば、国家諜報機関が一般アメリカ人の情報にアクセスしても構わないということ。

これを聞いたニックスは身を乗り出して、ニタニタしながら口を開いた。「つまり、アメリカの世論調査会社ならＯＫということ？　われわれのような？」。誰も本気にしているわけではないだろう、と私は思った。しかし間違っていた。誰もがフェイスブックデータの利用に取り付かれており、本気で「抜け穴」を使おうと考えていた。事実、パランティアのスタッフの間では「ＮＳＡにとってフェイスブックは最高の極秘監視ツールになるかもしれない」との見方が出ていた。もちろん第三者による「自主的なデータ提供」が前提だ。

ここではっきりと言っておきたいのは、われわれとのミーティング中の会話はすべて流動的だったということだ。パランティア側が会話の細部まで認識していたのかどうかも分からない。ミーティング中、ニックスはパランティア側から「CAが収集したデータにアクセスさせてもらえれば、少なくとも理論上、そのデータをNSAへ回すこともできる。法的な問題なしで」との指摘を受けていた。その文脈で彼は私にささやいた。「パランティア側と何らかの協力関係を一刻も早く結ばないといけない。われわれの民主主義を守るためにも」

結局、ニックスはパランティア側の要求に沿って、数億人に上るアメリカ国民の個人データへのアクセスを認めた。「民主主義を守るため」ではなく「CAをプロパガンダ版パランティアにする」ためである。実際、パランティアとのミーティングの席で彼はそのように明言していた。

ドル紙幣が詰まったバッグを持参する

その後、パランティアの主任データサイエンティストがCAのオフィスを定期的に訪ねるようになった（部下を従えてチームとしてやって来ることもたびたびあった）。CAのデータサイエンスチームと組んで、プロファイリングモデルを構築するためだ。何をやっているのか詳細は不明だった。CA内ではデータサイエンスチーム以外にはすべてが伏せられていたし、パランティア側でもおそらく同じだった。なぜなのかは知らない。パランティア側は「フレディマック博士」といった偽名を使ってログインパスワードとメールアドレスをもらい、CAのデータベースにアクセスしていた（フレディマックは08年の金融危機の際に破綻し、公的資金で救済された住宅ローン会社）。

パランティアとの協力関係に絡んで私が知っていることが一つある。パランティア側が自力でフェイスブックデータを収集しようとして、独自アプリの開発に乗り出したときのことだ。ニックスはＣＡ訪問中のパランティアチームに対して「通常業務を終えてもオフィスに残って、別の案件で協力してもらえないか」と依頼したのである。コーガンの力を借りずにコーガンのフェイスブックデータを再現するために、新しいアプリを開発してもらおうと考えたのだ。

　ＣＡはフェイスブックアプリと並行して、別のルートでもデータ収集に乗り出していた。具体的には、一見すると無害に見える「計算機」や「カレンダー」といったブラウザー拡張機能を利用するのである。仮にターゲットのフェイスブックユーザーをＡとしておこう。拡張機能を使ってＡのセッションクッキー（ＩＤやメールアドレスなど一時的に保存されるウェブサイト訪問者の情報）へアクセスし、Ａに成り済ましてフェイスブックにログインするのだ。いったんログインしてしまえば後は簡単だ。Ａの個人データに加えてＡの友人データもごっそり入手できる。広く使われている人気ブラウザーであれば、このような拡張機能はすべて第三者の審査を経て承認されている。

　パランティアチームのＣＡ訪問は公式だったのか非公式だったのかはっきりしていない。パランティアは後に「当社スタッフの一人が個人的な立場でＣＡに行って働いていた」と説明している。その時点では、正直に言って私には誰を信用していいのか（あるいは何を信用していいのか）よく分からなかった。ニックスはというと、アフリカでのプロジェクトを手掛けていたときと同じだった。ドル紙幣が詰まったバッグをオフィスへ持参し、業者に現金を払うのである。今回のプロジェクトでも業者が別室で作業をしているなか、毎週のように自分の机に座ってドル紙幣を数え、数千ドルずつ――時には数万ドルずつ――の束に分けていたものだ。

　何年も前のことだ。ニックスはイギリスの国外諜報機関ＭＩ６に憧れて応募し、はねられたことがある。そのことについてはよく「あそこに入るためには、大衆の中に溶け込んでしまうほどつまらなく見えなくちゃいけないんだ」と冗談を飛ばしていた。だが、はねられたことで傷ついていたのは間違いなかった。だからなのか、誰がCAのデータにアクセスしてもほとんど気にならない様子だった。誰であろうと喜んでデータを見せ、「すごいね！」と褒めてもらいたかったのではないだろうか。

CAは巨富を築くためのツール

マーサーの出資をきっかけに、14年の晩春までにCAの人材採用は加速していた。中心は心理学者やデータサイエンティスト、研究者だ。ニックスは心理学者ら専門家とは別に新たに経営チームも設置した。研究プロジェクトが急ピッチで拡大しているなかで、組織全体を統括する機能を強化する必要が出てきたのだ。一方、私は引き続き研究部長の肩書を与えられていたが、もはや名ばかりの存在だった。巨大化する組織の監督・運営責任は経営チームへ移った。新プロジェクトが毎日のように立ち上がっていた。新プロジェクトがどのようにして承認されたのか（あるいはなぜ承認されたのか）不明なときもあった。

「こんな状況では誰が何をしているのかまったく把握できません」と私は苦言を呈した。名声とカネ以外に興味がないニックスはつれない顔で答えた。「大抵の人は喜ぶのだけれどもね。これまでの肩書を維持したまま仕事と責任を減らせるのだから」

この時点で私は明らかに居心地が悪くなり始めた。社内の誰に話し掛けても真剣に取り合ってくれないのだ。誰もが騒ぐのをためらい、すべてを正当化しようとしていた。ニックスが悪事をたくらんでいるということはうすうす感じているはずなのに、「彼はそういう人間だ」と思うだけで何の行動も起こさない。マーサーがバノンを巻き込んでからは、一線を越えた問題行為がますます目立っていた。にもかかわらず、私も見て見ぬふりをするか、適当に言い逃れするしかなかった。

バノンはニッチな政治目標を実現しようとしていたが、マーサーにとってバノンのたくらみはくだらないサイドショーにすぎなかった。重要だったのは、今回のプロジェクトが生み出すかもしれない莫大な富だ。だからこそ、マーサーは非常に投機的な投資をする決断をしたのだ。彼がＣＡに数千万ドル投じると決めた段階では、ＣＡは何のデータも収集していなかったし、何のソフトウエアも開発していなかった。投資家の視点で考えてみると、ＣＡへの出資はハイリスクのシードマネー（新規事業が本格的に立ち上がる前の段階で必要となる資本）だった。

とはいえ、マーサーは百戦錬磨の投資家であり、リスクを慎重に計算していたはずだ。彼がこれだけ大きなリスクを取って出資を決めたからには、われわれのアイデアがヘッジファンドに巨富をもたらすと結論したに違いなかった。われわれの多くもそのように考えた。言い換えれば、彼にとってＣＡはオルタナ右翼の反乱を引き起こすツールではなく、巨富を築くためのツールだったのだろう。ニックスのカネへの執着を見ても、われわれの推論は間違っていないように思えた。

もちろん、今となっては違う展開になったことを誰もが知っている。何と言ったらいいものなのか……私は当時自分で思っていた以上にナイーブだった。年齢の割には多様な経験を積んでいたと思うが、弱冠24歳であり、まだ学習途上にあった。

異様な仕事環境で自分を見失う

ＳＣＬ入りした当初、私ははっきりした目標を持っていた。過激派対策などの分野で新領域を切り開き、英米中心の西側同盟諸国をオンライン上の脅威から守る一助になろうとしていたのだ。

そんななか、異様な仕事環境に徐々に取り込まれ、自分を見失っていった。普通の人が見たら明らかにおかしなことをしているのに、何とかして正当化してしまうのである。情報作戦という仕事は9時5時の仕事とは全然違う。この世界で目撃する人間や状況は程度の差はあっても例外なく奇妙だ。遠く離れた南国で、誰の目にも触れないで進むプロジェクトを想像してみてほしい。誰かが「このプロジェクトは倫理的におかしい」と指摘したら、「何を正義漢ぶっているんだ」「外の世界がどう動いているのか知らないのか」などとばかにされておしまいになる。

　最初のうちは楽しかった。つまらない社内政治はなかったし、無理難題を押し付けてくる人もいなかった。そんな環境下で自由にアイデアを探究できた。ニックスは人でなしであったけれども、何でも好きなようにやらせてくれた。コーガンが加わると、常に斬新なアイデアを追い求めるケンブリッジ大チームとつながった。画期的な成果を生み出すかもしれない心理学・社会学プロジェクトに関われるようになったのだ。

　何か大きな使命を背負った気持ちにさえなった。ケンブリッジ大のアカデミア仲間――ハーバード大やスタンフォード大の同僚研究者――もわれわれのプロジェクトに興味を持つかもしれなかった。そうしたら何らかのブレークスルーを起こせるのは間違いないと思った。コーガンが提案した「計算社会心理学研究所」はとりわけ魅力的に感じた。この研究所を媒介にして世界中に広くわれわれのデータを公開すれば、さまざまな分野にとんでもなく大きな価値をもたらせるのではないか、と心を躍らせた。「おめでたい人」と思われてしまうかもしれないが、そのように本当に確信していた。マーサーのためでもなくＣＡのためでもない。科学のために多大な貢献ができると信じて疑わなかった。

　逆に言えば、私はこのように強く思い過ぎたことで、自分を見失ったのだろう。「科学のため」を言い訳にして、決して言い訳できないことをやってしまった。真に社会について学ぶためには、不愉快な思いも我慢して「ダークサイド」にも目を向けなければならない、と自分に言い聞かせたのだ。

例えば人種差別をちゃんと調査しなければ人種差別を理解できない。独裁政治や女性蔑視でも同じ。ただ、「何かを調査すること」と「何かをつくり出すこと」は微妙に違う。その点が私の思考から抜け落ちていた。

ストレート白人男性の引きこもり

結局、バノンはCAで実権を握り、好きなように組織をコントロールするようになった。自分の政治目標に向けて野心に燃え、驚くほど洗練された「文化戦士（カルチュラルウォリアー）」のように振る舞うようになった。彼の分析によれば、民主党はもっぱら人種（あるいは民族）によってアメリカ人のアイデンティティーを規定しようとしている。その意味では、人種や宗教、ジェンダーといった壁を乗り越えたアイデンティティーを主張する共和党と比べて弱い。移動住宅用トレーラーに住んでいる白人男性は、自分のことを特権階級だとはつゆほども思っていない。にもかかわらず、白人男性という理由だけで特権階級と見なされる。人の心は多様である。それを読み取りターゲットを定めて世論を動かすのがバノンの仕事だ。

CAでの研究で明らかになった衝撃の事実は——私はバノンにも伝えたのだが——引きこもりのアメリカ人が非常に多いということだ。引きこもりはゲイに限った話ではない。引きこもりの多さはフォーカスグループに続いて、オンラインパネル形式の定量的研究でも確認できた。ストレートの白人男性——特に高齢者——は特権を享受していた時代に育ったことから、今でも古い価値観を引きずっている。人種差別も女性蔑視も正常な社会慣行と捉え、何の加減もしないで女性や有色人種を話題にする。でも、時代とともにアメリカの社会慣行は進化しており、今では人種差別も女性蔑視も通用しない。となると、このような白人男性は生まれて初めて厳しい現実に放り込まれることになる。職場で女性秘書と「いちゃいちゃ」したら失職するかもしれないし、黒人居住区の「ごろつき」をからかったら仲間外れにされるかもしれない。このような体験に不快感を覚え、「普通の男」というアイデンティティーが脅かされていると感じるのである。

時代が変わったというのに自分の衝動やボディーランゲージ、しゃべり方をうまく加減できない男性はどうなるのか。「言動を変えろ」「正しく振る舞え」と常にプレッシャーを受け、不当に扱われていると思ってこの世を嘆くようになる。

興味深いことに、怒りをためたストレート白人男性の間で湧き上がる議論を見ていると、ゲイコミュニティーの解放運動との類似性に気付く。解放運動でゲイが引きこもりをやめたように、ストレート白人男性もいつまでも引きこもりを続けるわけにはいかないと感じ始めている。引きこもりの理由はゲイとは異なるとはいえ、抑圧されていると感じている点では同じ。社会的審査を「パス」するために本来の自分――アイデンティティー――を変えなければいけない現状に納得できないのだ。今こそ引きこもり状態から抜け出し、アメリカが偉大だった時代――人種差別主義者・女性蔑視主義者にとって偉大だった時代――に戻るのだ！

「ちょっと考えてみてください。スローガンも似ているんです」と私はバノンに言った。草の根右派運動「ティーパーティー」の集会で掲げられるスローガンは「私を踏みつけないで！　私は本当の私でいたいだけ！」であり、有名なゲイパレード「ゲイプライド」のスローガンとうり二つなのだ。

無理もない。古い保守派男性は「時代錯誤の男とはデートしない」と宣言する女性に囲まれ、もう「本当の男」には戻れないと危惧しているのだ。社会に適合するために本来の自分を隠さなければならず、不愉快で仕方がない。心の奥底では、フェミニズムのせいで「本当の男」が引きこもりになっていると信じている。つまり屈辱を感じている。バノンにしてみれば、屈辱を感じている男性ほど強力な存在はほかになく、格好の研究対象になる（そして悪用する対象にもなる）。

社会から拒絶される「ありきたりの男」

ＣＡが立ち上がろうとしていたころ、いわゆるインセルが注目され始めた。これもバノンの関心分野だった。インセル、つまり非自発的禁欲主義者とは、「ありきたりの男」に価値を見いださない社会の中で疎外され、特に女性に虐げられている男たちだ。「男性人権運動《メンズ・ライツ・ムーブメント》（ＭＲＭ）」の一派でもある。

インセルコミュニティーが生まれた背景には何があるのか。第1に、経済的な苦境がある。インセルは若いミレニアル世代に属し、高給取りが当たり前だった父親の世代と比べて生活を切り詰めなければならない。第2に、外見に対する要求基準だ。伝統的メディアやソーシャルメディアに登場する男性を見ると、要求基準が達成不可能な水準へ跳ね上がっていることが分かる（ただし、女性の場合と異なり、男性のボディーの問題点が浮き彫りになったり、ジェンダー的な圧力がかかったりすることはない）。スマートフォン全盛の時代、女性が出会い系サイトの写真を画面上でスワイプしているとき、見栄えのしない男性は瞬時でゴミ箱行きだ。第3に、女性の経済的独立だ。女性は経済的に男性に頼る必要がなくなり、男性パートナーについてはこれまで以上により好みできる。要するに、給料袋が薄くて外見もいまひとつの「ありきたりの男」は、恋愛で拒絶され続けるという現実を突き付けられるのである。

このような男性は匿名の画像掲示板サイト「4chan」に集まるようになった。4chanはインターネットミームの一大拠点に成長したフォーラムであり、風変わりなファンタジーコミュニティーやニッチポルノ、ポップカルチャーで知られている。細分化された社会の中で不満を募らせる若者のカウンターカルチャー運動も内包している。２０１０年代前半のことだ。孤独な生活を強いられている若い男性の間で虚無的な議論が始まった。ベータメール（劣等男性）、アルファメール（優等男性）、ボーセル（自発的禁欲主義者）、ＭＧＴＯＷ（女と距離を置きわが道を行く男）、インセル、ロボット（アスペルガー症候群のインセル）――。ここに出現した新語の多くが彼らの状況を如実に示していた。

ストレート白人男性に特権があるかどうかに関係なく、4chanに現れたグループはアイデンティティーや目標、自尊心のすべてを失っている。そのため、「帰属」や「団結」といった感覚を抱けるのであれば何にでもしがみつく傾向がある。インセルは自らを「社会のベータメール」と定義し、フォーラム上では黒い錠剤「ブラックピル」を飲んで性欲や恋愛についての真実に目覚めるべきかについて語り合うのだ（ＳＦ映画『マトリックス』に出てくる、飲めば真実に目覚める「レッドピル」に引っ掛けてある）。

4chanのようなフォーラムは「自殺燃料」といったトピックであふれ返っている。インセルは社会から拒絶され、「未来に希望はない」「自分は醜い」といった感情に支配されながら日常を送っている。匿名のフォーラムで本心をさらけ出しているわけだ。結局、多くは怒り狂って自暴自棄になり、極端な女嫌いに走る。

ブラックピル教義は暗くて絶望的だ。「女性にとって意味があるのは男性の容姿だけ」「人種によって性的魅力の順位は決まっている」などと説いている。インセルは図表や数字をシェアして「生来的には白人男性は有利でアジア人男性は不利」と結論する。女性が人種に関係なく白人をパートナーとして受け入れるのを根拠にしている。不要と見なされてアメリカ社会の底辺に追いやられているのは肥満者や貧乏者、障害者、有色人種。非白人インセルが人種的不利益を説明しようとするとき（あるいは人種的不利益を軽減しようとするとき）に使う新語「ＪＢＷ」もある。「ただ白くあれ《ジャスト・ビー・ホワイト》」の略だ。

白人の特権については驚くほど多くの議論が公の場で交わされている。非白人インセルにしてみれば、白人男性が生来的に備えている人種的優位性も特権なのである。少なくとも「性淘汰」という文脈では。

インターネット上の冗談やミームをシェアするインセルは「性の再配分を求めるベータの戦い」を合言葉にして団結している。そのうえで、自分たちに科せられた「終身刑」に抵抗したり、「ベータの反乱」や「ベータの暴動」を提言したりしている。社会から生涯にわたって拒絶される運命を呪いつつ、奇妙なユーモアに落とし込んでいるのだ。

私はインターネット上でインセルコミュニティーの被害者意識ナラティブを調べているとき、イスラム過激派がリクルート活動で使うナラティブをふと思い出した。そこにあるのは、抑圧された男性がつまらない社会の足かせを壊し、反乱を起こしてヒーローになる姿だ。世間知らずのロマンチシズムという意味でインセルと同じだ。一方、インセルはあまのじゃく的にドナルド・トランプやオルタナ右翼の論客マイロ・ヤノプルスら社会の「勝ち組」に引き寄せられている。ゆがんだレンズを通して世の中を見ているから、自分たちをたたきのめした強力アルファー――トランプやヤノプルス――をリーダーに祭り上げているのだ。社会を焼け野原にしても構わないと考えている。

そんなインセルに対してバノンはブライトバート・ニュースを用意した。ただ、それでおしまいにするつもりは毛頭なかった。インセルのように怒り狂った若者の中から活動家を見つけ出し、自分自身の反乱運動に役立てようと考えていたのだ。

ユーザーエンゲージメントの暗部

ＣＡのアプリが14年夏にローンチとなったとき、バノンは「文化を変えることで政治を変える」を目標にしていた。そのための武器はフェイスブック、アルゴリズム、ナラティブだった。最初、われわれはフォーカスグループと定性的観察を通じて各地の住民感情を探り出し、関心事を浮き彫りにした。議員の任期、ディープステート（国家の中の国家）、ヘドロをかき出す、銃規制、移民排除の壁建設――。これらはすべて14年時点、つまりトランプ陣営が動き出す数年前からCAにとっての重点的研究対象になっていた。続いてわれわれは、住民意識に影響を与えるにはどうしたらいいのかという問題に取り掛かった。いくつか仮説を立て、ターゲットグループごとにオンラインパネルなどを使って実験を行った。データに基づいて仮説通りの結果を出せるかどうかを検証するためだ。同時に、予測用ニューラルネットワークアルゴリズムを構築するため、フェイスブックユーザーの個人情報を基にして必要なパターンを探し始めた。

実験の結果、被験者の一部は「ナルシシズム（極端に自意識過剰な自己陶酔人格）」「マキャベリズム（無慈悲で冷酷な利己主義人格）」「サイコパシー（感情的に孤立する反社会的人格）」という三つの特性を示した。このような被験者は心理学の世界で「ダークトライアド（暗黒の3大特性）」と呼ばれる特性の持ち主であり、社会的に不適応で犯罪など反社会的行為に走りやすいといわれている。「パーソナリティー5因子モデル」の五つの因子――知的好奇心、良識性、外向性、協調性、情緒不安定性――は正常な心理状態であり、程度の差はあっても誰にでも確認できる特性である。それとは違ってダークトライアドの持ち主は少数派である。

CAが収集したデータを基にして、われわれは「神経症とダークトライアド特性を持つ集団」と「平均的市民よりも衝動的怒りや陰謀論に傾きやすい集団」を特定し、ターゲットにすることにした。具体的には、フェイスブックグループや広告、記事経由でナラティブを流し、これら2集団――人口のごく一部にすぎない――の感情に火を付けるのだ（それまでの社内テストでは火を付ければ爆発すると確認できていた）。あおることによって大衆のエンゲージメント（ブランドに対する愛着や組織と従業員のつながりなどのこと）を高めたかった。

　ＣＡはナラティブを流すとき、フェイスブックが当時使っていたアルゴリズムの癖に着目した。誰かがウォルマートなどありきたりのブランドをフォローしたり、テレビの人気コメディー番組をフォローしたりしたとしよう。それでもニュースフィード上には何の変化も見いだせないだろう。では、極右団体「プラウドボーイズ」やインセル団体「インセル解放軍」を「いいね！」したらどうなるか。この場合はユーザーの中で際立ち、レコメンデーション（推薦）エンジンの餌食になってしまう。どういうことかというと、レコメンデーションエンジンがニュースフィードを「プラウドボーイズ」「インセル解放軍」好き向けにカスタマイズし、似たようなストーリーやページを優先的に示すようになるのだ。結果としてエンゲージメントが高まればフェイスブックにしてみれば万々歳。エンゲージメントの向上はスクリーンタイム（ユーザーが画面上でフェイスブックを見る時間）の増大につながり、スクリーンタイムの増大は広告収入の拡大をもたらす。要するに、エンゲージメントの向上はフェイスブックが最も重視すべき数字なのである。

　これこそユーザーエンゲージメント――シリコンバレーで最もてはやされた経営指標の一つ――の暗部である。エンゲージメント強化一本やりでいくと深刻な問題を引き起こす。ソーシャルメディアがユーザーの脳内適応メカニズムに寄生してしまうのだ。偶然にも、エンゲージメント強化に最も効果的なソーシャルメディアコンテンツは「不快なコンテンツ」か「腹立たしいコンテンツ」である。進化心理学者によれば、近代以前の人間は生存のために、潜在的な脅威に対して注意力を集中させるように適応進化してきた。例えば、地面では血まみれの死体が腐臭を放っている一方で、頭上では完璧な青空が輝いているとしよう。われわれが本能的に目を向けるのはどちらだろうか？　前者である。

生存するうえで役立つからだ。われわれはぞっとするような恐ろしい映像から目を離せない。それが人間だからだ。

ソーシャルメディアプラットフォームにはもう一つ見逃せない特徴がある。われわれの脳内にある「ルーディックループ」と「強化スケジュール」――両方とも心理学用語――を起動させる仕掛けが取り込まれているのだ。

もう少し説明しよう。報酬をたびたびもらえれば「またもらえる」と期待するものだ。しかし、いつ報酬をもらえるのかを予想できず、しかも報酬自体も瞬間的に消えてしまうとなると、なかなか計画的に行動できない。そうなると不安と期待が自律的に膨らんでいく「自己強化型フィードバックループ」という循環が出現する。一例はスロットマシン。いつ当たりが出るのか予想できないから、プレーヤーは計画を立てられない。計画を立てられないから当たりを出すためにプレーし続ける。それが報酬を得る唯一の方法だと分かっているからだ。

報酬はどんな頻度で出るのかというと「またもらえる」という期待を裏切らない頻度で出る。これによって顧客のエンゲージメントを保つのだ。スロットマシンのようなギャンブルであれば、カジノ側はプレーヤーのプレー回数が多ければ多いほど稼ぎを増やせる。フェイスブックのようなソーシャルメディアであれば、プラットフォーム側はユーザーのクリック回数が多ければ多いほど広告収入を増やせる。だからユーザーはニュースフィード上で無限にスクロールできるのだ。コンテンツを求めてスマホ画面上を際限なくスワイプしているユーザーを想像してほしい。スロットマシンのレバーを際限なく引いているギャンブラーと似ていないか。実際、両者の間に大差はない。

フェイスブック上にフェイクページを作る

14年夏、CAはフェイスブックなどのソーシャルメディアプラットフォーム上にフェイク（偽）ページを作り始めた。一見すると本物のフォーラムやグループ、ニュースメディアと変わらない。突如としてひらめいたわけではない。CAの親会社であるSCLにとっては極めて当たり前のことだった。アメリカ国外での過激派対策プロジェクトでSCLは情報作戦の一環として広範にフェイクニュースを使っていたのだ。

CA社内で誰が偽情報作戦に最終的なゴーサインを出したのかは、よく分からない。はっきりしているのは、世界各地で何年にもわたってさまざまなプロジェクトを請け負ってきたSCL守旧派にとって、偽情報作戦は何の驚きでもなかったということだ。それまで守旧派は英米のクライアント向けプロジェクトの一環としてパキスタンやイエメンなどの国民をだましてきた。アメリカ国民もまったく同じように扱うだけだ。

CAはアメリカ各地の地域レベルで、「スミス郡愛国者」や「私は国を愛する」といったもっともらしい名前を使って右派ページを作成した。フェイスブックのレコメンデーションエンジンのおかげで、これらのページはターゲットユーザー――すでに似たようなコンテンツを「いいね！」している――のニュースフィード上に現れる。ユーザーがCAのフェイクグループに参加すると、怒りに火を付けるようなビデオや記事の投稿を大量に見せられる。グループページ上は「これはひどい」「あれはアンフェアだ」といった会話であふれ返る。CAはソーシャルの壁を取り払い、異なるグループをつなげて関係を強めたわけだ。その間ずっと、フェイスブック上に流すメッセージのテストを繰り返し、修正を加え続けた。狙いはエンゲージメントの最大化である。

CAはターゲットユーザーを大きく3グループに分けた。第1に自分のことを過激派の一員と認識しているグループ、第2に「キャプティブオーディエンス（とりこにされた支持者）」のグループ、第

3にデータによってコントロールされるグループ。ＣＡに上がってくる報告を見ると、ユーザー全員がターゲットという印象を受ける。だが、実際は違っており、大きな母集団がターゲットになる必要はなかった。選挙はゼロサムゲームで、候補者Ａが候補者Ｂよりも1票でも多く得たら勝利するという世界だ。ＣＡは人口全体のほんの一部を〝感染〟させ、後はナラティブがウイルスのように拡散していくのを見ていればよかった。

グループが一定の人数に達すると、ＣＡは物理的なイベントを開催した。参加者が多いと思わせるため、通常はカフェやバーなど比較的小さな場所を会場に選んだ。グループの人数が千人としよう。フェイスブックの基準では小さなグループだが、そのうちの一握りでも数十人に達する。例えば40人となれば、地元のカフェにしてみたら全員が入りきらないほどの大グループだ。彼らがカフェやバーに実際に集まって、怒りや妄想を共有する。こうなると、参加者は自然に「われわれは巨大な運動に参加している」と思い込み、ますますお互いの妄想をかき立て合って陰謀論に傾斜する。

ＣＡのスタッフがサクラになってイベントに参加することもあった（サクラを使ってターゲットグループ内に混乱を引き起こそうとするのは軍事作戦としてはよくあることだ）。もっとも、多くの場合、サクラは不要だった。ＣＡは個々の特性を見たうえで参加者をスクリーニングしており、イベントを開催すれば参加者同士で化学反応が起きると分かっていた。イベントは共和党の予備選が早期に行われる州から順番にアメリカ各地で開かれ、「俺たち対あいつら《アス・バーサス・ゼム》」の対立構造がますますかき立てられていくのだ。

このようにしてデジタル世界の空想――寂しがり屋が深夜ベッドにもぐり込んでスマホ画面をクリックすることから始まった――が新たな現実になる。ナラティブは目の前にあり、生身の人間に向かって語り掛けてくる。これが本当なのかどうかはもうどうでもよくなる。本当であると感じることができればそれで十分なのだ。

民主党は「リムジンリベラル」の巣窟

CAが最終的に何をやり遂げたのかと言えば、アメリカ中心の西側同盟諸国がかねて世界各地で使ってきた手法のデジタル化・大型化・自動化である。私を採用した当時、SCLは南アフリカでの麻薬対策プロジェクトに力を入れており、麻薬組織内で混乱を引き起こすためのターゲットを見つけようとしていた。まずはローハンギングフルーツ――思い通りに操ることができる情緒不安定・被害妄想的ターゲットのこと――を特定する。続いてナラティブ作り。「ボスに食い物にされている」「責任を負わされる」などと吹き込み、組織への反感を植え付けるのだ。このようなナラティブを何度も聞かされているターゲットは最後には信じるようになる。

最初のターゲットにナラティブを信じ込ませたら次は顔合わせだ。グループをつくり、大きな運動の出発点にするのだ。グループメンバーはうわさをお互いにシェアしてどんどん妄想を膨らませる。ここから次の段階に入る。当初は根拠薄弱なうわさに耳を傾けなかった人々も「ひょっとしたら本当かも」と思い、抵抗力を失い始める。このようにして組織は内側から徐々に不安定化していく。

南アフリカで成功したのならば、アメリカでも成功するのではないかとCAは推測した。ただしアメリカでは麻薬対策ではなく選挙対策に狙いを定め、ソーシャルメディアを全面活用する。まず郡レベルでグループを一つ立ち上げるのに成功したら、隣接する郡を拠点にする類似グループと引き合わせる。これを繰り返していく。そのうち、神経症的で陰謀論好きの市民ネットワークがアメリカ全体を覆うようになる。オルタナ右翼の誕生だ。

社内テストでは、CA制作のデジタル広告はオンラインエンゲージメント向上に効果的だということが判明した。CAはデジタル広告のターゲットについて、実名など現実世界のアイデンティティーを把握していた。ソーシャルメディア上のプロフィールを見て、投票記録と照合していたからだ。そこでエンゲージメント率（「いいね！」やクリック、シェアなどどれくらいの反応があったのかを示す指標）を物差しにして、デジタル広告の投票率への影響を調べる実験を行った。

　すると、過去2回の選挙で投票しなかった無関心有権者をターゲットにした実験で興味深い結果が出た。CAのデジタル広告をクリックするようになった無関心有権者のうち、25％が最終的に投票所へ足を運ぶようになるとしよう。そうすると、大統領選挙勝敗のカギを握る注目州で共和党支持者の投票率が1％上昇するのである。激戦の場合には勝敗を決するほどの数字だ。

　この結果を非常に気に入ったのがバノンだ。われわれに対してもっとアクセルを踏むように——つまりもっと暗黒世界へ近づくように——指示した。「アメリカ精神」がどこまで順応できるのか、限界まで試してみたかったのだ。それを受け、われわれは事実上の人種的偏見に基づいた質問も加え、テストを始めた。例えば、黒人について「アメリカで白人の助けなしで成功できるのか？」「遺伝子的に失敗すると運命付けられているのか？」などと聞くのである。公民権運動の影響で「自由思想」が制限されてきたアメリカで、人種についての禁断の真実を明らかにして人々を解放に導く——これがバノンの政治目標だった。

　バノンの推測では、「人種差別主義者」とのレッテルを貼られるのを恐れて沈黙を貫くアメリカ人が多数存在する。CAの調査もそれを裏付けていた。ただ、彼はオルタナ右翼の興隆だけに関心があったわけではない。民主党支持者にも狙いを定めていた。

　バノンにしてみたら、典型的な民主党支持者は人種的マイノリティー支持を表明して綺麗事を並べ立てているが、そこには本当の正義とは相いれないパターナリズム（親が子どもに接するときのように他者のために良かれと思って干渉すること）がある。民主党はいわゆる「リムジンリベラル」の巣窟になっているというのだ。リムジンリベラルとは、口先だけの民主党支持者を中傷するために１９６９年のニューヨーク市長選挙で初めて使われ、あっという間に普及したキャッチフレーズだ。代表的なのは白人の民主党支持者だ。スクールバスを支持しているというのに自分の子どもを白人中心の私立校へ通わせていたり、インナーシティ（都市近接の低所得地域）問題が心配だと言いながら自分自身はゲーテッドコミュニティー（門と塀で囲まれて安全な居住区域）に住んでいたりする。

「民主党支持者はいつも黒人を子ども扱いしている」とバノンはある電話会議で言った。「黒人のために仕事を用意し、生活保護費を出し、アファーマティブアクションを導入する。さらには白人の若者をアフリカへ派遣して食べ物を配給する。でも、黒人は至れり尽くせりのベビーシッターサービスを本当に必要としているのか？　この疑問に対して民主党支持者はいつも腰が引けて向き合えないでいる」

　バノンの見立てでは、民主党支持者はマイノリティーに対して偏見を抱いているというのに、その事実に気づいていない。アフリカ系アメリカ人のことが好きだと言いながら、実はアフリカ系アメリカ人を尊敬していない。そもそも民主党のマイノリティー支援策は「マイノリティーは自立できない」という潜在的偏見に基づいている。

　これについては完璧なキーワードがある。スピーチライターのマイケル・ガーソンが考案し、１９９９年当時の共和党大統領候補ジョージ・Ｗ・ブッシュ（子）がスピーチで使った「低期待値という形のソフトな偏見」だ。マイノリティー学生を例にすると、民主党支持者は「マイノリティー学生は出来が悪いから面倒を見てあげなければならない」と信じており、結果としてマイノリティー学生の問題行動と学業不振を助長しているという。

不都合な真実を隠すポリティカルコレクトネス

バノンはより踏み込んだ見方をしている。民主党支持者は自らの政治目標を達成するためにアメリカのマイノリティーを利用しているにすぎない、と考えている。彼によれば、１９５０～６０年代の公民権運動で民主党は黒人への政府支援の見返りに黒人票を獲得している。つまり、公民権運動後の社会契約は道徳的な啓蒙思想から生まれたのではなく、抜け目ない政治的計算から生まれたというのだ。民主党がこのような不都合な真実を隠し通すにはどうしたらいいのか。唯一の方法が「ポリティカルコレクトネス」だ。実際、「人種の現実」を話す理性主義者に対して民主党は容赦なかった。

一部の人種は他人種よりも遺伝的に劣っているというのは、昔から存在する先入観であり、その最新版が「人種現実主義」である。人種現実主義者によれば、アメリカの黒人が標準的なテストで低成績なのはテストがゆがめられていたり、抑圧・偏見の歴史が長く続いたりしたからではない。生まれながらにして白人よりも知的に劣っているからである。このような考え方は、白人至上主義者が依拠する疑似科学であり、元をたどれば何世紀も昔の「科学人種主義」に行き着く。奴隷制、アパルトヘイト、ホロコースト——。すべて人類史に残る悲劇であり、背景にあるのが科学人種主義だ。バノンとブライトバートが率いるオルタナ右翼は核となる哲学として人種現実主義を選んだ。

バノンが「自由思想家」の解放に成功するためにはどうしたらいいのか。大衆がポリティカルコレクトネスという病気に感染しないように、ワクチンを打って免疫を与えればいい。

ＣＡはあからさまな人種差別に加えて、表面的には気付きにくい人種差別についても研究を始めた。われわれは人種差別を語るとき、ヘイトをよく思い浮かべる。だが、人種差別にはさまざまな形がある。例えば「忌避的差別」がある。人は意識的（あるいは無意識的）に他人種を避けようとする。同じ人種が集まるゲーテッドコミュニティーに住んだり、他人種を恋愛対象から外したりする。「象徴的差別」もある。人は特定の人種について先入観を持っていたり、ダブルスタンダードで語ったりする。どんな形の人種差別にせよ、「人種差別主義者」とのレッテルは近代アメリカ社会では大変な不名誉の印である。だから白人は心の奥底に潜む偏見を意識的に否定して、「人種差別的」と少しでも匂わされると強く反発する。

　このような現象は「白人虚弱性」としてくくることができる。北アメリカの白人社会は、人種的不利益から遮断された環境を謳歌している。そのため、白人同士が集まる快適さに慣れてしまい、人種ストレスを許容できない。われわれの研究で明らかになったのは、白人虚弱性が影響して白人は自分自身の潜在的偏見となかなか向き合えないということだ。心理学用語で言えば、矛盾した二つの認知を抱えて不快感を覚える「認知的不協和」だ。そのため、「自分は人種差別主義者ではない」と自分に言い聞かせようとして、マイノリティーについて語るときにはポジティブな言葉を増幅して発する。

　一例を挙げよう。被験者の前で写真と共に架空の伝記をいくつか見せたときのことだ。それまでの実験で「潜在的な人種偏見がある」で高スコアのグループがどう反応したのかというと、内容が同じであるにもかかわらず、白人伝記よりもマイノリティー伝記を高く評価したのである。どうです？私は黒人の伝記を高く評価しました。人種差別主義者ではないからです！

　認知的不協和がきっかけになり、被験者は防衛本能を働かせたのだ。マイノリティー伝記を高く評価するのは、マイノリティーに対する抑圧という構造問題を解決したいからではない。自らの社会的地位を守りたいからである。バノンにとっては、民主党支持者についての自分の理論が裏付けられたということを意味する。すなわち、民主党支持者は口先だけでマイノリティーを支持しており、心の奥底ではほかの大勢のアメリカ人と同様に人種差別主義者だということだ。どの「現実」に住んでいるかで違いが出てくるにすぎないのである。

「いじめの自動化」と「心理的虐待の大規模化」

白人の人種差別主義者は束縛から解き放たれ、「自由思想家」になるべき――こうした思いがバノンの出発点だった。例えば、彼が２００５年に香港のオンラインゲーム会社インターネット・ゲーミング・エンターテインメント（ＩＧＥ）に加わったときのことだ。ＩＧＥは中国人ゲーマーの一団を低賃金で雇い入れ、多人数同時参加型ゲーム（ＭＭＯＲＰＧ）「ワールドオブウォークラフト」に参加させた。プレーヤーがうまければ多くのアイテムを勝ち取れる。ただし、どんなに多くのアイテムを勝ち取っても、ゲーム内で売買している限りは何の利益も生み出せない。そこでＩＧＥは現実世界にアイテムを持ち込んで欧米のプレーヤーに売り付けた。これによって「デジタル資産」の売却益を得た。

欧米のプレーヤーは戦わずにアイテムを得ているわけだから、プレーヤーの間では「チート（だまし）行為」との批判が渦巻いてもおかしくない。実際、オンライン上ではＩＧＥに対する抗議運動が広がり、民事訴訟も起きた。ここでバノンは初めてオンラインコミュニティーの怒りを目の当たりにしたのではないだろうか。実際、当時の報道によれば、オンライン上で一部の中国人プレーヤーは辛辣な言葉を浴びせられたようだ。

そのうちバノンは、匿名掲示板サイト「レディット」や4chanなどのオンラインフォーラムに定期的に目を通すようになった。となると、匿名性を得て怒りを爆発させるオンライン住民の多さに気付かされるのも時間の問題だった。人はオンラインの世界に入って匿名性の陰に隠れると、ポリティカルコレクトネスの制約から解き放たれて本性を現す。公の場ではタブー視されている「真実」について初めて語り合えるようになる。ここで彼はひらめいた。憤りや嫌がらせが大好きなオンライン匿名集団をうまく利用しない手はない！

14年晩夏のゲーマーゲート事件後はなおさらだった。オルタナ右翼にとってゲーマーゲートは多くの点でお手本といえる。ゲーマーゲートを支えたのは激しい怒りをため込んだ若者であり、人数にして何百万人に上る運動を起こしている。実際、「トローリング」や「サイバーいじめ」――インターネット上の嫌がらせや誹謗中傷、攻撃などのこと――はオルタナ右翼が目的達成のために使った主要なツールだった。

だが、バノンはそれだけで満足できずにさらに突き進んだ。ＣＡをスケールアップするとともに、ターゲットのストレス抵抗力を弱めるために家庭内暴力や校内いじめと同じ手法も取り入れた。結果としてＣＡは事業構造を転換し、「いじめの自動化」と「心理的虐待の大規模化」を実現するツールになった。どのようにやったのか。第1に、ターゲットの潜在的人種偏見を刺激するとみられる認知バイアスを特定する。第2に、何度も実験を繰り返して、心理作戦用兵器の在庫を積み上げる。第3に、ソーシャルメディアやブログ、グループ、フォーラム経由で、計画的に兵器を配置する。

白人をからかう風刺サイト「ウォルマートの人たち」

ポリティカルコレクトネスの抑圧を感じているアメリカ人を研究してほしい――これがバノンの指令第1号だった。これを受け、ＣＡは「人は他人の視線を必要以上に気にする」ということをヒントにして研究に着手した。社会的に不快な状況に置かれたときに、人の偏見は表に出やすいとみていたからだ。

一例を挙げよう。外国人の名前を誤って発音して気まずくなるときだ。実験で使ったメッセージの中でとりわけ効果的だったのは「発音できない人名であふれたアメリカを想像してみてください」だ。このメッセージに続いてＣＡは被験者に外国人名のリスト——見慣れない名前ばかり——を見せて、こう聞くのである。「この名前を発音するのはどれだけ難しいですか？　外国人の名前を正しく発音できずに笑われているアメリカ人を見たことはありますか？　一部の人はポリティカルコレクトネスを物差しにして他人を『ろくでなし』とこき下ろしたり『進歩的』と評価したりしていませんか？」

被験者が強く反応したのが「リベラル派は嘲笑と恥辱の手段を探している」や「ポリティカルコレクトネスは迫害手段の一つ」といったメッセージである。ＣＡが使ったテクニックの一つは、被験者に対して同類の白人をからかいの対象にする「ウォルマートの人たち（ＰｏＷ）」といった風刺サイトやブログサイトを見せることだった。

バノンは4chanやレディットなどのオンラインコミュニティーを何年にもわたって観察し、怒りをためこんだ若い白人男性のことをよく理解していた。このような白人男性は「普通のアメリカ人」をからかうリベラル派エリートに我慢ならないから、ＰｏＷのようなコンテンツを見せられたらシェアするのは間違いない、と読んでいた。そもそもアメリカ中央部の人々——保守的な白人男性が多い——はかねて「フライオーバーカントリー」の田舎者と揶揄され、パロディー化されてきた。彼らはソーシャルメディアの出現によってなおさらさらし者にされやすくなった。鼻持ちならないコースタルエリート（アメリカ西海岸あるいは東北部海岸に住むエリートのこと）が「普通のアメリカ人」をあげつらう構図が一段と鮮明になったのである。

「普通のアメリカ人」がからかわれるコンテンツはＣＡで重宝された。人種間競争は結局のところゼロサムゲームであるという現実を暗示しているからだ。からかわれた「普通のアメリカ人」はどうしたらいいのか。不平を述べようとしても、ポリティカルコレクトネスを盾にされて何も言えないのだ。

となると「ポリティカルコレクトネス＝アイデンティティーへの脅威」という認識を持ち始めてもおかしくない。

ここからブーメラン効果――あまりに強く人を説得しようとすると反発を招いて逆効果になる――が生まれてくる。人種偏見をなくそうとして対抗ナラティブを流すと、偏見を弱めるどころかむしろ強めてしまうということだ。例えば、大統領候補（あるいはセレブ）が人種差別発言を批判するビデオを用意し、ターゲットに見せるとしよう。ターゲットは自分の人種偏見に疑問を抱くどころか、それまでの信条になおさら固執するだろう。潜在的な人種偏見を抱く「普通のアメリカ人」は対抗ナラティブを目にすると、アイデンティティーへの攻撃と解釈するのである。

バノンにとって好都合だったのは、ターゲットグループが事実上ワクチンの接種を受け、対抗ナラティブへの抵抗力を高めていたということだ。ターゲットグループは免疫を得ているので民族ナショナリズム批判を受けても信念を曲げない。それどころか人種偏見へますます傾斜する。その一因は脳機能にある。人間が自分の信念を考えるときに使う脳機能は、自分のアイデンティティーを考えるときに使う脳機能と同じなのである。後になってドナルド・トランプが人種差別発言や女性蔑視発言をめぐってメディア上で徹底的に攻撃されたとき、まさに免疫が役立ってブーメラン効果が生まれたようだ。トランプ支持者は「トランプ批判＝アイデンティティーへの攻撃」として内在化し、むしろ結束を強めたのだ。

このように人間の怒りにつけ込む手法には広範な研究の裏付けがある。怒りは情報処理能力に干渉する。だから人は怒ると結論を急ぎ、後になって後悔する。ＣＡで行った実験の一つが好例だ。被験者がオンラインパネルに集められ、政治論争になるテーマとは無関係の棒グラフ（携帯電話の使用率や車の販売台数など）を見せられた。そうすると、大半はグラフを正しく読めた。ところが、彼らは知らされていなかったのだが、実は棒グラフは政治論争のテーマ（所得格差や気候変動、銃撃事件死者数など）に関するデータを基に作られていた。その後、タイトルが政治論争のテーマへ切り替えられた同じ棒グラフを見せられると、アイデンティティーへの脅威に怒りを示す被験者の間では、棒グラフを読み誤る確率が高まったのである。

ＣＡの実験で明らかになったのは、怒っている被験者にとっては完全で合理的な説明は不要ということだ。人間は怒り心頭に発すると誰に対しても懲罰的になる（外部のグループに対してはとりわけ厳しい）。同時に、悪い結末を招くリスクを軽視するようになる。中国やメキシコとの貿易戦争を例にしてみよう。たとえ貿易戦争によって雇用や利益が失われるとしても、移民グループとリベラル派を懲罰できるのであれば、怒れるアメリカ人は我慢するのではないか。

公正世界仮説に従えば「悪いのは被害者」

バノンの見立てでは、ポリティカルコレクトネスが本当は何であるのかをきちんと見せれば、ターゲットは真実に目覚める。そこでＣＡは新たな実験を始めた。被験者に対して「あなたの娘がメキシコ移民と結婚したら不安になりますか？」と質問する。ノーという回答を得たら、続けて「そのように言わざるを得なかったと感じましたか？」と質問する。すると面白い結果が出た。被験者の多くは最初の問いへの回答を撤回して、イエスと回答し直したのである（被験者は回答の変更を認められていた）。真実に目覚めたのだ。フェイスブックデータの収集後、ＣＡは実験に工夫を加えた。白人男性の娘の写真を見つけ出し、黒人男性の写真を組み合わせて表示した。こうすることで白人男性に対して「これが本当のポリティカルコレクトネスなのですよ」と匂わせたわけだ。

ＣＡのオンラインパネル実験で興味深い発見があった。ターゲットの態度と「公正世界仮説（ＪＷ

Ｈ）」の間に関連性があるのだ。ＪＷＨとは、世界は公正であると思い込む認知バイアスのこと。ＪＷＨに従えば、世界は公正な場所であるから、悪しき行為は理由があって起きるか、さもなければ道徳的なバランスの復元によって相殺される。

　この実験によれば、性的暴力という仮定シナリオを見せられると、ＪＷＨバイアスを持つ被験者は被害者たたきに走りやすい。世界が公正であるならばランダムに無実の人間に災いが起きるはずはなく、性的暴力が起きたならば被害者側に落ち度があったから、という論理展開になる。被害者たたきは一部の人間にとって心理的な予防薬になる。性的暴力のような制御不能な外的脅威を目の当たりにして不安になっても、「悪いのは被害者」と決めつけてしまえばいいのだ。そうすれば、引き続き「世界は自分にとってフェアだ」という世界観に安住できる。

　ＪＷＨととりわけ強い関連性を持つのは人種偏見だということも判明した。ＪＷＨバイアスを持つ被験者は「社会経済上の格差が広がった原因はマイノリティーにある」という見方に賛同する傾向がある。黒人は自力で多くを達成する時間を十分に与えられていたというのに、結局のところ何もしなかったではないか、と考えるのだ。彼らにしてみたら、「マイノリティーは成功する能力を備えていない」と断じるのは人種差別ではない。現実主義なのである。

　キリスト教福音派の世界観を持つターゲットにとって「公正世界」は少し異なる。彼らの考える「公正世界」では、人は神のルールに従っていれば成功を約束されている。正しく生きている限り、事前に制約を課されることはなく、人生に成功する。たとえ黒人であっても。このようなターゲットに対してＣＡは宗教版ナラティブを用意した。「神はフェアで公正です。そうですね？　富める者が神に祝福されているのは理由があるから。そうですね？　だって神はフェアですから。もしマイノリティーが稼ぎの少なさについて不満を述べているのなら、おそらくそこには理由がある。だって神はフェアですから。それとも、あなたは神の行いを疑問に思いますか？」

ここからCAは懲罰的意識の強化に向けてもう一歩踏み出した。もし世界が公正な神によって支配されているのならば、難民が苦しんでいるのは理由があるから、というメッセージを流すのだ。そうすれば、やがてターゲットは合法的移民に対しても疑念を向けるようになり、最後には合法的移民も罰するべきだとの論調に傾く（権利を主張する移民を見ると移民への反発をなおさら強める場合もある）。移民問題よりも自分の世界観の維持に重きを置いているからだ。世界は公正であると強く信じれば信じるほど、それを否定する証拠を見せられたときに大きな脅威を感じる。

白人に恐怖を植え付けた公民権法と投票権法

バノン流自由思想家にとって、人種現実主義は単に現実になりつつあるのではなく、神の現実になりつつあった。これはアメリカの歴史とも関係している。アフリカから最初に奴隷が連れ込まれたとき、伝道者は新約聖書の中の「エペソ信徒への手紙」から「信奉者よ、主人に従いなさい」を引用し、奴隷の所有が神の教えに沿った行為であると説いた。19世紀に入ると、アメリカ聖公会主教スティーブン・エリオットは「奴隷制廃止は神の教えに反する」と主張。「奴隷制廃止論者は聖公会への干渉を通じて、明らかな神意に基づく仕事を妨害している。このことをよく考えるべきだ。奴隷制があるからこそ、何百万人にも上る半野蛮人が天国への道を学び、救世主の存在を知ったのである！」

南北戦争後にはアメリカ南部諸州は「黒人法」を制定し、解放黒人の自由を制限した。メンフィスやニューオーリンズといった南部都市では、白人の政治家や役人が黒人の脅威をあおって暴動を誘発し、結果的に数十人もの黒人が命を落とす流血事件を引き起こした。ほかにも黒人を狙い撃ちにした法律はある。例えば19世紀終わりから20世紀初頭に制定されたジム・クロウ法。これによって向こう

新潮社
新刊案内

2020 9 月刊

数十年にわたって南部で人種隔離政策が続いた。やはり南部で導入された人頭税は多くの黒人から選挙権を奪う格好になった。そしてＫＫＫ（クー・クラックス・クラン）。南北戦争後に組織され、一度は姿を消したというのに、20世紀に入って愛国主義的な全国団体を標榜して復活した。

１９６０年代に入ってアメリカ黒人の権利は飛躍的に高まった。投票権の保障、公共施設での人種隔離廃止、雇用機会均等の実施、連邦補助事業での差別禁止――。何年にもわたって黒人コミュニティーを苦しめてきた悪しき慣行を正す法改正が次々と実現したのだ。中でも最もインパクトが大きかったのは64年の公民権法と65年の投票権法だ。同時に、白人の間に恐怖を植え付ける政治の台頭も促すことになった。

60年代後半、リチャード・ニクソンの「南部戦略」をきっかけに人種間の対立や緊張が増していった。彼は68年の大統領選挙に共和党候補として出馬し、南部の白人票を狙って「州権」と「法と秩序」を2大スローガンに掲げた。どちらのスローガンとも明らかな「犬笛（特定のグループにだけ理解できるように工夫を施した政治的メッセージのこと）」として使われており、人種差別的なメッセージが込められていた。このようにして彼は保守的な白人層にアピールし、歴史的に民主党の地盤だった南部での共和党の勢力拡大を図ったのである。

その後も共和党大統領候補は保守的白人有権者の支持を得ようとして同様の戦略を続けた。80年の大統領選挙ではロナルド・レーガンが「福祉女王」を思い起こさせるような発言を繰り返し、88年の大統領選挙ではジョージ・Ｈ・Ｗ・ブッシュ（父）が凶悪犯ウィリー・ホートンの顔写真入り広告を何度も使った。福祉女王には「生活保護を受けてキャデラックを乗り回す黒人女性」というニュアンスがある一方、ホートンの顔写真には「髪を乱して狂気に走る黒人犯罪者」というイメージがある。

「革命の予言者」を自任するバノン

バノンは「アメリカ精神」の中に最も醜い偏見を見つけ出し、そのような偏見に取り付かれたアメリカ人に対して「あなたは被害者です」「長い間にわたって本当の気持ちを隠さざるを得なかったのです」といったメッセージを流そうと考えた。アメリカ人の心の奥底には今にも爆発しそうな怒りがたまっている、とみていたのだ。それを裏付けるデータもようやく手に入れたし、目的を達成するためのツールもそろえた。歴史はきっと味方してくれるはずだ!

バノンは「革命の予言者」を自任していた。彼の考えでは、国家が肥大化し、金融システムが腐敗するなかで、若者は機会を奪われてつらい思いをしている。だからいつでも反乱を起こせる状態になっている。反乱を起こせるということをまだ知らされていないけれども、いずれは革命の担い手になり、歴史をひっくり返す。最終的には、大混乱の後に出現する新社会に意味と目的を与えるアーティストになる。

なぜアーティストなのか。バノンによれば歴史上の人物の多くもアーティストだ。フランコとヒトラーは画家だった一方で、スターリン、毛沢東、ビン・ラディンは詩人だった。歴史上の独裁者が詩人らアーティストの身柄を最初に拘束するのも当然だった。彼ら自身がアーティストだったからだ。

バノンは「革命」によって人生最高のパフォーマンスを演じようとしていた。愛読書のナラティブに従って自らの予言を実現するのである。愛読書の一つは危機の後に忘れ去られた世代が反乱を起こすと予言する『フォース・ターニング』であり、もう一つは移民の大群が押し寄せて西側文明を崩壊させる状況を描いた『聖人のキャンプ』である。

予言実現のためにまずやるべきなのは、混乱を引き起こす反乱軍の立ち上げだ。そのためにも効果的なナラティブを用意して、反乱軍に強い忠誠心と高いエンゲージメントを持たせなければならない。バノンはどんなナラティブでも使うつもりだった。認知バイアスをうまく利用して、退屈でつまらない社会に毒されたターゲットを洗脳から解き、彼らに自己実現してもらうのだ。

ただし、２０１４年にＣＡで作られたツールは自己実現とは無関係だった。人間の内面に潜む悪魔を呼び出し、バノンの革命運動を支える反乱軍の組織化を目的にしていた。心理上の弱点を持つターゲットを見つけ出し、架空の予言者が率いるカルト集団に加入させるのだ。このようなカルト集団の信者は、理性を説かれたり事実を見せられたりしても動じない。免疫を得て不都合なナラティブから隔離されているのだ。

バノンとの最後の会話を今でも覚えている。彼は「社会を根本的に変えるためにはすべてぶち壊さなければならない」と言い、エスタブリッシュメントを粉々にする決意を見せた。人間の存在にとって不可欠な「自由」を抑圧したとして、「大きな政府」と「大きな資本主義」を責め立てた。社会をコントロールして人生の目的を奪っている国家は「独裁国家」と変わらない！　反乱を起こして「独裁国家」を終わりにして民衆を解放する！　とにかく国家がアメリカの運命を勝手に決めている現状に我慢ならなかったのだ。

第8章

ロシアより「いいね！」を込めて

FROM RUSSIA WITH LIKES

ロンドン本社をひっきりなしに訪れるオリガルヒ

もともと外国での諜報活動を本業にしてきたケンブリッジ・アナリティカ（ＣＡ）らしく、ロンドン本社にはさまざまな外国人がひっきりなしにやって来る。政治家、フィクサー、諜報部員、肌をあらわにした女性秘書と一緒のビジネスマン——。多くは、外国政府に影響を与えようとしているオリガルヒ（ロシアの新興財閥）関係者であるのは明らかだった。ただし、彼らはイデオロギー上の理由から外国の政治に関心を持っていたわけではない。どこかの秘密口座に資金を移動したり、どこかの凍結口座から資金を引き出したりするうえで外国政府の力添えを必要としていたのだ。ＣＡにとって潜在的クライアントであるから、内部調査の対象にもなる。人づてに聞いたところでは、彼らのような権力者はロンドン滞在中に奇妙な趣味や女遊びに興じるようだ。

うさんくさいロシア人の一団がオフィス内に現れてミーティングに臨めば、気になるものだ。しかしＣＡのスタッフは「彼らのことは基本的に無視するように。質問も駄目だ」との指示を受けていた。もっとも、社内チャット上では冗談を言い合い、エキセントリックなロシア人に関心を寄せていたが。

私は見て見ぬふりをしていた。彼らについてあれこれ質問したら、ニックスともめるに決まっていたからだ。とはいっても、時は２０１４年春であり、ロシアによるアメリカ大統領選挙介入の２年前だ。ＣＡが得意とする「怪しげなビジネス」がミーティングの主題であると考えるのが自然であり、それ以上でも以下でもなかったとみられる。ただし一つ例外があった。ロシアの石油大手ルクオイルだ。同社に関してＣＡ幹部は非常に舞い上がっていたにもかかわらず、いつになく口を閉ざして秘密主義に徹していたのである。

ルクオイルがＣＡに接触し、いろいろと質問し始めたのは14年春。窓口となったニックスは相手の質問にきちんと答えられず、すぐにギブアップした。代わりに私のホワイトペーパー（潜在クライアント向けにプロジェクトの概要をまとめた文書）を思い出し、ルクオイルＣＥＯのバギト・アレクペロフに宛てて送付した。アメリカでのマイクロターゲティングプロジェクトについて読んでもらい、反応を確かめようと考えたのだ。間もなくしてルクオイル側からミーティングを提案され、私に同席を求めた。電子メールにはこう書いてあった。「ルクオイルは君のホワイトペーパーを読んで、選挙という文脈における行動マイクロターゲティングを理解した。でも、有権者と消費者のつながりについてはよく分からないようだ」

なるほど……私もそのつながりについてはよく分からない。ルクオイルは世界経済の中で大きな影響力を持つ石油会社であり、プーチン大統領のクレプトクラシー（泥棒政治）体制下で最大の民間企業だ。だが、ロシアの石油会社がどんな形でＣＡのアメリカプロジェクトとつながるというのだろうか？

　例によってニックスは何も説明してくれない。「こういうときにはどうすればいいのか分かっているよね」と私に言った。「ちょっとだけスカートをまくり上げればいい。そうすればカネをもらえるのさ」。要するに、つながりなど細部はどうでもよかったのだ。彼らがわれわれのデータにカネを払うというなら、それでいいじゃないか。どうして彼らの計画を知る必要があるんだ？

　ルクオイルからミーティングの打診を受けた後、ＣＡの業務内容を記したメモが作成されてニックスへ送られた。メモは遠回しな表現を使いながら、ソーシャルメディア上での特殊な諜報活動や大規模な偽情報活動について、ＳＣＬが少なくとも理論上はできるプロジェクトを列挙していた（内部メモであったため、ＣＡの代わりにＳＣＬが使われていた。そもそもＣＡはアメリカのクライアント向けブランドにすぎず、スタッフも含めて実態はＳＣＬそのものだった）。次はメモからの抜粋だ。

「ＳＣＬには元諜報部員をはじめ国家安全保障の専門家が多数在籍している。彼らは幅広い経験を積み、高い分析能力を有しており、出身もイスラエルやアメリカ、イギリス、スペイン、ロシアと多様である」

「敵勢力を暴く場合、バイアスが掛かった地元メディアを使うよりも、ソーシャルメディアや外国メディアを使うのが効果的であることが多い」

「諜報ネットワークを使って対立陣営に潜入し、相手に打撃を与えるような情報を入手することができる。また、フェイスブックアカウントとツイッターアカウントによる大規模ネットワークを構築し、信頼性を高めてフォロワーを開拓することもできる」

ロシア石油大手ルクオイルの前でプレゼン

ＳＣＬがクライアントに提供する標準的なサービスにはいろいろ含まれている。スパイ行為、おとり捜査、賄賂、ゆすり、潜入、ハニートラップ――。さらにはソーシャルメディアの台頭と合わせて偽アカウントによる偽情報拡散も加わった。きちんと対価を払ってもらえるのであれば、ＳＣＬは選挙に勝つためには何でもやった。ここにきてかつてないほどパワーも得ていた。何百万ドルもの新規出資を受け、これまでよりも格段に広範なデータセットと格段に高度なＡＩで武装しているのだ。新ブランドのＣＡを踏み台にして一段の飛躍を目指していた。

ルクオイルの幹部一団がロンドン本社を訪れると、ニックスはセールス用スライドを用意してミーティングに臨んだ（私は自分の椅子に座り、彼がどんなセールストークをするのか興味津々だった）。ナイジェリアプロジェクトから入った。「選挙――思考感化」と題したスライドをスクリーン上にいくつか表示し、うわさや偽情報を拡散することによって、不信感を有権者の間に植え付けるプロジェクトを説明。続いてビデオを流し、「今度のナイジェリア選挙では不正が行われる」と確信して感情的になる有権者の姿を見せた。

ここでニックスは得意げに言った。「われわれが有権者に『不正が行われる』と思い込ませたのです」。この後は、ＳＣＬがどのようにナイジェリアの選挙に介入したのかを示すスライドのほか、暴力や混乱のうわさに不安になる有権者のビデオを見せた。「有権者を不安にさせたのもわれわれです」

私は黙ってプレゼンを眺めていた。ルクオイルの一団はうなずきながら、平然とメモを取り続けていた。あたかもいつものルーティン作業をこなしているかのように。

ナイジェリアプロジェクトの話を終えると、ニックスはデータ資産についてのスライドを表示した。私は戸惑いを感じた。われわれはロシアに関するデータ資産を持っていないし、独立国家共同体（ＣＩＳ）加盟国に関するデータ資産も持っていない。ルクオイルの主要市場はロシアとＣＩＳだ。それに対して、われわれが保有する最大のデータセットはアメリカについてのものだ。

ニックスは「そんなことはどうでもいい」とでも思っていたのだろうか。お構いなしにマイクロターゲティングとＡＩについて語り、保有するデータ資産を使ってＣＡがやれることを説明していた。

ニックスのプレゼンが終わると、私はルクオイル側から「あなたはどう思いますか？」と質問された。少しためらったが、聞いてみた。「そうですね、われわれは世界各地で広範な経験とデータを得ています……でも、どうしてこんなことに興味をお持ちなのでしょうか？」

ルクオイル幹部の一人は「今はいろいろ考えている最中です。データを使ってＣＡが何をできるのか、これからも引き続き教えてもらいたい」と答えた。だが、教えてもらいたいのは私のほうである。アメリカに何のプレゼンスも持たないロシア系石油会社がどうしてわれわれが持つアメリカのデータにアクセスしたがるのだろうか？　仮に商業プロジェクトだとしたら、ニックスはなぜアフリカでの偽情報プロジェクトについてのスライドを見せたのだろうか？

われわれがクライアントに見せるのは内部データとは限らなかった。ＣＡは潜在クライアントに対してアメリカ軍部との密接な関係をアピールしようとして、時に一線を越える。別のミーティング中には、バージニア州ラングレー空軍基地の「アメリカ空軍ターゲティングセンター」が内部資料として作成したスライド——ＣＡがどうやって入手したのか不明——を使い始めたこともある。スライドによれば、アメリカはすでに社会・文化的行動を軍事戦略の中に取り入れつつあり、「ターゲットを兵器製造業者に仕立てて、外敵に対する非キネティック攻撃力を大幅に強化する能力」を手に入れようとしていた。

ルクオイルの件についてニックスは何も語ってくれなかった。まったく彼らしくなかった。これまで大臣に賄賂を渡したりハニートラップを仕掛けたりすると、面白おかしく冷やかすのが常だった。

にもかかわらず、今回はミーティングの理由を一切明かさなかった（あるいは明かせなかった）。私は傍観するしかなかった。だが、ルクオイル側と議論を重ねるなか、ニックスが口癖のように「もう現場には人を派遣しています」と言っていたのは聞いた。

アメリカの実験なのになぜかロシアについて質問

ルクオイルとのミーティングが本格化する数カ月前のことだ。ＣＡはサム・パッテンを雇い入れた。彼は世界中を飛び回り、カラフルな人生を歩んできた政治工作員だ。１９９０年代にカザフスタンの石油業界で働き、後に東ヨーロッパの政治へ舞台を移している。ＣＡから声を掛けられる直前にはウクライナの親ロシア派政党向けのプロジェクトを終えたばかりで、ロシアの軍参謀本部情報総局（ＧＲＵ《グルー》）の元諜報部員コンスタンティン・キリムニックと行動を共にしていた。ＣＡ入り後にはキリムニックと正式なビジネスパートナー契約を結んでいる。

パッテンとキリムニックは２０００年代初めにモスクワで出会い、ウクライナで一緒に働いたことがある。同国で政治コンサルティング活動をしていたポール・マナフォート——16年の大統領選挙期間中はトランプ陣営の選対本部長を務めている——の仕事を手伝ったのだ。大統領選挙に絡んだ世論調査データがキリムニックに渡ったとの指摘が出たときには、パッテンが疑いを掛けられた（本人は否定）。結局、データ提供者はマナフォートだったということが後になって判明している。

国外での「影響工作」という怪しい世界を渡り歩く必要があるのならば、パッテンはうってつけの人物だ。ＣＡ内部で勢力を拡大していた共和党支持者グループともつながっていたため、まずはアメリカ国内での研究のロジスティクスを任された。具体的にはフォーカスグループの招集やデータの収集、世論調査向けの質問の考案などを担当した。14年春にはオレゴン州へ行き、ゲトルソンの研究プロジェクトを引き継いでいる。

パッテン採用から間もなくして、研究報告の中に奇妙な質問が散見されるようになった。ある日、私はロンドンのオフィス内でアメリカの現場から上がってくる報告をチェックしていた。ロシアを意識したメッセージを使って実験しているプロジェクトがあるではないか！　当時はアメリカでのプロジェクトが急拡大しており、それに対応して新たな研究スタッフも次々と加わっていた。そんなわけで、私はすべての報告に目を通せなくなっており、アメリカ人の国際意識を探るプロジェクトが一つや二つあってもおかしくはないと思っていた。

だが、やはり気になって、質問やデータのレポジトリ（格納場所）を調べてみた。何とそこはロシア一色だった。パッテンが加わったオレゴンチームは「ロシアにはクリミア併合の権利がありますか？」「リーダーとしてのウラジミール・プーチンをどう思いますか？」などと、アメリカ人有権者に対してロシア関連の質問ばかりしていたのだ。また、さまざまなアングルで撮ったプーチンの写真を用意し、「どこから見ると彼は最も力強く見えますか？」と聞いていた。私はフォーカスグループを撮影したビデオも見てみた。不思議だった。研究者はプーチンの写真とロシア向けナラティブを壁のスクリーン上に映し出したうえで、アメリカ人有権者に向かって「強いリーダーを見て何を感じますか？」と尋ねていた。

ここから興味深いことが分かった。過去何十年にもわたってロシアはアメリカの敵と見なされてきたにもかかわらず、アメリカ人の多くはリーダーとしてのプーチンを尊敬しているのだ。フォーカスグループ参加者の一人が「プーチンには自国を守る権利がある。自国のためにベストを尽くすのは当然」と言うと、全員がうなずいていた。「ロシアにとってのクリミアはアメリカにとってのメキシコと同じ。でも、オバマと違ってプーチンは有言実行している」として、ロシアによるクリミア併合を評価する参加者もいた。

私は暗くなったオフィスの中で、アメリカ人有権者がロシアのクリミア併合を議論する不可解なビデオを独りで見ながら、「どうしてこんな実験をしているのだろう?」という疑念をますます深めていった。オレゴンプロジェクトから外れたゲトルソンがまだアメリカにいたので、彼に電話をかけて「一体全体、誰がプーチン研究にゴーサインを出したんだろう?」と疑問をぶつけてみた。ゲトルソンは困惑するだけだった。「プーチンは突然現れたんだ。つまり、誰かが許可したということだね」

パッテンが東ヨーロッパの政治に関わっていたからかもしれない、と私はふと思った（それ以上はあまり深く考えなかった）。こんなこともあった。14年8月、パランティアのスタッフがＣＡのデータサイエンスチームに電子メールを送った。そこには「ロシア人が何百万件ものインターネット閲覧記録を盗んでいる」と伝える記事へのリンクが貼られ、「データ収集についてもっと教えて！」とのジョークが書き込まれていた。２分後、データサイエンスチームの一人が「われわれも同じようなことをやれますよ」と返事していた。ひょっとしたら彼もジョークを言っていたのかもしれない。真偽はともかく、ニックス宛ての社内メモによれば、ＣＡはオレゴンとは別のプロジェクト要員としてすでに元ロシア諜報部員を何人か雇い入れていた。

ロシアへ頻繁に出張する主任心理学者

そんななか、コーガン――14年5月からアメリカプロジェクトの主任心理学者――はサンクトペテルブルクとモスクワへ頻繁に出張するようになっていた。プロジェクトの詳細については語らなかったものの、私が知っている限りではソーシャルメディアユーザーの計量心理学的プロファイリングに取り組んでいた。病的で不安定なソーシャルメディアユーザーを見いだして、彼らがインターネット上の対立や混乱をあおる行為に走るのかどうかを研究していたのだ。
コーガンはロシア政府から研究助成金を得て、名門サンクトペテルブルク大学の研究チームと共同で心理プロファイリングのプロジェクトを手掛けていた。そこでは「ダークトライアド（暗黒の3大特性）」に注目し、「サイバーいじめ」「トローリング」「サイバーストーキング」との関連性を調べていた。フェイスブック上の政治テーマにも関心を寄せ、「サイコパシー（反社会的人格）で高スコアのユーザーは強権政治に興味を抱き、投稿する傾向がある」と結論。同大研究チームのメモによれば、臨床心理学者や計算心理学者と連携しながら、「特殊なウェブアプリケーションによるロシアとアメリカ両国のフェイスブックユーザーデータの研究」を進めていた。

晩夏になると、コーガンは「ソーシャルメディアプロファイリングの政治分野への応用」をテーマにしてロシアで講演するようになった。私との会話中にサンクトペテルブルク大でのプロジェクトとＣＡでのプロジェクトに触れて「両プロジェクトの内容に重なる部分がある」と語ったことがある。おそらく重なったのは偶然なのだろう。私の個人的な見解――アメリカ議会でも証言している――を言っておこう。コーガンは悪意を持っていたわけではなく、単に不注意で甘かっただけだ。客観的に見てもフェイスブックデータのセキュリティーはいい加減で、データ入手は容易だった。

ＣＡの親会社ＳＣＬは、コーガンが加わる前からオンライン上でのプロパガンダ拡散の経験を十分に積んでいた。それでも彼の研究は魅力的に見えた。強権政治に共感を覚える有権者をターゲットにして、彼らの支持獲得につながるナラティブを見いだせるからだ。

実際、ＣＡの心理学チームはコーガンを迎え入れた後、彼がサンクトペテルブルク大で手掛けるプロジェクトの再現に取り掛かった。つまり、神経症とダークトライアド特性で高スコアのユーザーをプロファイリングするのである。このようなユーザーは衝動的で陰謀論に傾きやすい。巧妙に仕組まれたナラティブを目にすれば、極端な思考や行動に走る可能性があるのだ。

「毒のある企業」には「毒のあるリーダー」が必要

「毒のある企業」をつくるには「毒のあるリーダー」が必要だ。ＣＡにとって「毒のあるリーダー」はニックスだった。誰かを威嚇することに喜びを見いだしていたうえ、不思議な力も備えていた。悪意を最大化するにはどうしたらいいのかツボを得ているのだ。例えば、私のことを「ギンプ（足の不自由な人を指す俗語）」や「脳性まひ」と呼び続けた。このように呼べば私が自分の弱さを実感するだろうと分かっていたからだ。同時に、私がより一生懸命に働くだろうとも分かっていた。私は彼を不快に思いながらも、なぜか彼の言動が間違っているということを証明したくて一生懸命に働いたのだ。

ひっきりなしに続くパワハラには根拠があった。誰にでも弱みがある。たとえ「真実」であっても、触れてもらいたくない弱みがある。しかしニックスは平気で「真実」に付け込んだ。逆説的だが、「真実」を指摘されることによってスタッフはモチベーションを高め、求められている成果を出す、と気付いていたのだろう。実際、腹を立てて竜巻のようにオフィス内を歩き回り、スタッフに向かって暴言を吐くなど日常的にパワハラし放題だった。

こんなこともあった。ある日、ニックスはインターンに対してかんかんに怒っており、パンチを繰り出すのではないかとも思われた。なぜそんなにいきり立っているのか不明だった。理由は何であれ、突如としてキレてしまったのだ。ガシャーン！　ついにはインターンの机の上の物を床へぶちまけた。体が触れるほどの近距離で激しく怒鳴り、インターンの頬に文字通り唾を飛ばしていた。オフィスの中で最も体格がいいタダス・ジュシカスが立ち上がり、ニックスに近寄った。「アレクサンダー、一杯やる必要がありそうですね。一緒にバーへ行きませんか？」。ニックスが去った後、机で苦しそうに呼吸していたインターンは同僚から「きょうは早めに引き揚げたら？」と促され、早退した。われわれは床に散らばった物をひろい、きれいにした。そのうちニックスが戻ってきた。何事もなかったかのように上機嫌で。

ニックスはカッとなった後に、相手のせいにすることがよくあった。まるで自分で感情をコントロールできないかのように、「おまえのせいで怒鳴る羽目になったんだ」と決めつけるのだ。だが、それはまだマシなほうだった。パワハラの事実そのものを否定することもあった。職場でひどいパワハラを受けて落ち込んでいるときに、「パワハラなんてなかった」と言われたら、普通ならどう思うだろうか。「自分は頭がおかしくなったのだろうか？」と不安になるのではないか。私も被害者の一人だ。「もっと大人になれ。神経質になったら駄目だ」とニックスは私に言ったものだ。「私が激怒したって？　そう言いたいの？　だとしたら君のことはもう信用できない」

私とニックスは一度大げんかしたことがある。これをきっかけに短期的にも長期的にも関係修復が不可能になったのではないかと思う。ＣＡが正式に発足したころのことだ。私は雇用契約書にサインするのを拒否した。サインしたらＣＡ株を受け取って株主になり、長期的なコミットメントを求められる。そう思うと不安になり、サインできなかったのである。

ニックスは私と契約書を交わせないまま、ずるずると待たされる格好になった。最後には堪忍袋の緒を切らし、私を会議室に閉じ込めて「サインしろ！」と怒鳴り続けた。それでもサインしてもらえないとみると、ついには私の横にある椅子をひっくり返した。私はドアが開いた隙を見て会議室から飛び出し、それから2週間にわたって戻らなかった。

次の展開は予想通りだった。私が彼を必要としている以上に彼は私を必要としていた。私の力を借りないでマーサー父娘に約束したプロジェクトを完成させるのは不可能だったのだ。だが、彼はあまりにも頑固で高慢であったから、私に直接謝罪できなかった。そこで、しばらくしてからジュシカスを派遣し、間接的に謝罪の意を伝えてきた。結局、私は会社に戻ったが、契約書へのサインは拒否し続けた。

大統領選出馬のジェブ・ブッシュがオフィスに

　CAのクライアントリストはどんどん膨らんでいき、最後には「アメリカ右翼人名録」のようになった。大統領選挙で指名争いするドナルド・トランプとテッド・クルーズの両陣営はそれぞれCAに500万ドル以上払ってクライアントになり、上院議員選挙に臨むロイ・ブラント（ミズーリ州）とトム・コットン（アーカンソー州）もクライアントになった。もちろん、おしっことパイプオルガンを愛し、下院議員選挙でことごとく敗退しているオレゴン州共和党会長アート・ロビンソンも忘れてはならない。

　14年秋になり、大統領選挙への出馬を目指していた元フロリダ州知事ジェブ・ブッシュがわれわれのオフィスに一人でやって来た。マーサーから何百万ドルもの出資を得たというのに、ニックスはアメリカの政治についてちっとも勉強していなかったので、ゲトルソンに同席してもらった。

　ブッシュは言った。「大統領選に出馬するなら、共和党内のばか連中にこびることなくやっていきたい」

「そうですよね、もちろん」とニックスはすぐに同意した。そして得意のはったりとでたらめでミーティングを終えるのだった。

　ミーティング後、ニックスは舞い上がっていた。大物をクライアントにできそうだと思ったのだろう。マーサー父娘にすぐに電話するようスタッフに指示した（マーサー父娘からは何度も「大統領候補としてふさわしいのはテッド・クルーズ」と聞かされていたというのに、すっかり忘れていたようだ)。レベッカ・マーサーが電話に出ると、彼女が喜ぶ様子をスタッフ全員に聞いてもらおうと考え、スピーカーフォンをオンにした。

「ジェブ・ブッシュ知事がオフィスにやって来たんです。われわれと手を組みたいそうです。どう思いますか?」とニックスは誇らしげに語り掛けた。

少し間を置いて、レベッカは素っ気なく答えた。「そう……絶対に手を組むことはないとはっきりと伝えてほしかったわね」。そして電話を切った。残酷だ。

ＣＡと組みたがっていたのは大統領選挙出馬組に限られなかった。例えば、キリスト教福音派リーダーのラルフ・リードだ。彼はニックスに誘われて、ロンドン・ペルメル通りにある会員制社交クラブ「オックスフォード&ケンブリッジ・クラブ」でのランチミーティングに臨んだ。そこで同性婚をめぐる闘いなどに触れつつ、ＣＡと協力してアメリカに道徳を取り戻す必要性を2時間にわたって説いた。ニックスはほろ酔い状態でオフィスに戻り、スタッフ全員に聞こえるように挑発的な態度で言った。「まさに隠れ同性愛が問題なんだよね」

ナイトクラブに繰り出して一晩中ばか騒ぎ

ＳＣＬとＣＡに在籍中、私にとっては何もかもが想像上の産物であるかのように感じられた。そこに登場する人物の多くが漫画の世界に出てくるキャラクターとそっくりだったからかもしれない。仕事はまるでビデオゲームのようであり、ステージをクリアしてだんだんと難易度を上げていく知的アドベンチャーといえた。これをやったらどうなるだろう? このキャラクターを青から赤へ転じさせることができるだろうか? それとも赤から青へ? オフィス内の机に座ってパソコンモニターを眺めていると、自分が本当は何をしているのかを忘れ、深い暗闇の中へ吸い込まれていくのだった。

しかし、最後には自分の目の前で起きていることから目をそらせなくなった。奇妙な政治行動委員会（ＰＡＣ）――選挙活動を支援する政治資金団体――が次々と立ち上がっていた。未来の国家安全保障担当大統領補佐官ジョン・ボルトンのＰＡＣは１００万ドル以上払ってＣＡのクライアントになった。若いアメリカ人の間に軍国主義思想を植え付ける方法を考案しようとして、ＣＡに頼ったのだ。ボルトンの考えでは、アメリカのミレニアル世代は「道徳的に貧弱」であり、イランのような「悪の国家」との戦争に行きたがらないのだった。

そのうちニックスはスタッフに対して二つの指示を出した。一つは、アメリカのクライアントについては偽名を使うということ。もう一つは、仕事内容はケンブリッジ大の要請に基づいた研究であると対外的には説明するということ。私は我慢ならなくなり、スタッフに電子メールを送った。「うそをつくのはまずい」と書き、訴訟リスクについても警告した。だが、私の警告は無視された。

この時点で私はますます不安になった。理解不能で自分ではコントロールできない何らかの運動に組み込まれ、到底受け入れることができないような反道徳的な策略に引き込まれているのではないか、と思わざるを得なかった。それでも戸惑うばかりで、そこから抜け出せないでいた。そんななか、気を紛らわそうとして、深夜のナイトクラブやレイブ（ダンス音楽を流すイベントやパーティー）に繰り出して一晩中ばか騒ぎするようになった。夕方にオフィスを出て翌朝まで夜の街で遊び、そのまま自宅に戻らずに出社することも2度ほどあった。ロンドンの友人からは「人が変わってしまったみたいだ」と言われた。

ついにゲトルソンが心配して話し掛けてきた。「クリス、何か顔色が悪いよ。大丈夫なの？」。もちろん大丈夫ではなかった。とことん落ち込んでいたのだ。ニックスに対して怒鳴り返す日もあったが、そんな気力も失っていった。夜の街——一人で繰り出すこともあった——が唯一の気晴らしになった。騒々しい音楽を浴び、ダンス中の他人のボディーと触れ合うことで「自分はここにいる」「これは夢ではない」と実感できた。とりわけ騒々しい音楽が流れていれば、世界に向かって大声で叫ぶこともできた。誰も気にしないから。

ＣＡでの仕事は日ごとに醜くなっていった。社内で「有権者ディスエンゲージメント」と呼ばれるプロジェクトもあった。「有権者抑圧」と言い換えてもいいプロジェクトであり、アフリカ系アメリカ人をターゲットにしていた。共和党系クライアントはマイノリティー票の増大を脅威に感じており——白人有権者の高齢化が進んでいるだけになおさらだった——有色人種の有権者を混乱させ、やる気を失わせ、無力化することで選挙を有利に進めようと考えていた。

「有権者抑圧」プロジェクトの存在を知ったとき、私は強い衝撃を受けた。バラク・オバマが大統領に選ばれた08年には、選挙集会に足を運んで興奮していたというのに、今はこんなところで一体何をやっているのだろうか？　そこで経営陣の一人に直訴した。「たとえクライアントが求めているのだとしても、有権者抑圧を目的にしたプロジェクトは違法の可能性があります」。またもや無視された。ニューヨークの顧問弁護士にも電話してメッセージを残したものの、折り返しの電話をもらうことはなかった。

法律事務所の警告を無視するＣＡ

14年7月、アメリカの法律事務所ブレースウェル&ジュリアーニ——パートナーの一人は元ニューヨーク市長のルディ・ジュリアーニ——はバノン、ロバート・マーサー、ニックス、私に宛てて極秘メモを送った。外国人による選挙への介入についてＣＡが法律面でのアドバイスを求めたからである。

極秘メモは外国代理人登録法（ＦＡＲＡ）の解釈について極めて明確だった。外国人は地方レベルでも連邦レベルでもアメリカの選挙やＰＡＣへの関与を禁じられているとしたうえで、法的な「抜け穴」を見いだせない限り、ニックスがＣＡの経営から直ちに手を引くことを求めていた。これに関連して「ＣＡの外国人スタッフによる仕事は、すべてアメリカ市民というフィルターを通すべき」とも提案していた。これを読んで私はニックスを会議室に呼び入れ、極秘メモの警告に留意するよう進言した。

　結局、ＣＡは極秘メモの警告を無視した。代わりに外国人スタッフに対して、アメリカ出張の際に権利放棄同意書にサインするよう求めるようになった。アメリカの選挙関連法に違反した場合、スタッフ個人に責任を負わせるという意味である。一方で極秘メモの存在については一切伏せていた。これには私も怒り心頭に発し、ニックスを非難した。

「アレクサンダー、もし外国人スタッフが摘発されたらどうするんですか！」と私は怒鳴った。「そうなったらあなたも無傷では済まないですよ」

　ニックスは聞く耳を持たなかった。「法律がどうなっているのか頭に入れておかなければいけないのは、私じゃなくて彼らだよ。大人なんだから。自分の意思で決断するのは当然だろう」

　私が心配していたのはニックスの決断だ。しかも心配していたのは私だけではなかった。そのうちの一人は心理学チームの同僚で、新プロジェクトの内容について打ち明けてくれた。「ＣＡはアメリカで人種差別の抑制ではなくて増幅を狙っている。こんな研究は続けるべきではない」

　もともと人種はＣＡが手掛ける数ある研究テーマの一つにすぎなかった。それ自体は不自然でも何でもない。アメリカの文化や歴史を振り返れば、人種間対立が大きな問題だったことがすぐに分かる。心理学チームは当初、偏見情報の収集や偏見の軽減・排除のために人種を研究していると想定していた。学術研究の前提条件になっている伝統的倫理審査プロセスを欠いていたというのに、研究が悪用されるかもしれないという懸念を抱くことは一度もなかった。

それと比べればバノンはかわいいものだった。確かにアメリカの現状についてわめき散らしたり、「革命の予言者」気取りでこれから訪れる反乱に備えたり、フェティシズム的東洋思想に傾斜してヒンズー教のダルマ思想を独自解釈したりしていた。それでもＣＡ内の研究スタッフにしてみれば、「不思議な世界にどっぷり漬かった変人」にすぎず、比較的人畜無害な存在と見なされた。そもそもＣＡスタッフの多くは世界各地で情報作戦プロジェクトに従事し、極端な環境下で経験を積んできた。それと比べればバノンは手なずけやすかった。

ヘイトとパラノイアでアメリカ全土を〝汚染〟

マーサーによる出資でＣＡは急拡大しており、私は人種プロジェクトのスケールを完全につかめなくなっていた。しかも、ニックスとバノンが設置した新経営チームからは会議への出席を求められず、プロジェクトの企画ミーティングからも外されるようになった（それまではすべての企画ミーティングに自動的に呼ばれていた）。当初はニックスによるパワハラかと思い、疑念を深めるというよりも単に困惑するだけだった。

しかし、後になってパワハラとは無関係ということが分かった。心理学チームの一人がこっそりと私に近づき、新たな人種プロジェクトについて情報提供してくれるようになったからだ。彼が見せてくれたのは、アメリカ国内を対象にした各種リサーチクエスチョン（研究課題）をまとめたマスター文書だった。それを読み始めた途端、胃がきりきりと痛んだ。われわれは認知バイアスに着目して、他人種に対する感覚や態度に影響を与える実験を行っていたのだ。質問や写真をうまく使い、ターゲットの心の奥底に潜む人種差別意識を刺激しようとしているのは明らかだった。私が見たビデオの中では、実験に参加した男性の一人が突然怒りを爆発させ、口角泡を飛ばしながら差別発言を連発していた。CAの研究者による「誘導尋問」にうまく乗せられたのだ。私が参画した研究の結末がこれなのか……。

「アメリカへの侵略」を実行するに際して、われわれはターゲットの心の中にある「悪魔」を意図的に目覚めさせ、パラノイアから人種差別主義を生み出そうとしていた。「アイヒマン実験」のスタンレー・ミルグラムが、被験者を観察中に抱いた感覚はこれだったのではないか、と私は思った。われわれは組織上、権力者である上司——私とは価値観が百八十度異なる——のために人種プロジェクトを行っていた。権力者のバノンとマーサーは、自分の大義を実現するために役立つならば喜んで抑圧対象——クィア（性的マイノリティー）、移民、女性、ユダヤ人、イスラム教徒、有色人種——を雇い入れた。抑圧対象の知見や経験を兵器化して大義を実現しようとしたのだ。

私はもはや「女性を束縛し、異教徒を迫害し、ゲイを虐げる過激派グループと戦う職場」には所属していなかった。それどころかユートピアとは正反対のディストピア社会を欧米に築こうとしている過激派グループのために働いていたのだ。もちろんニックスもこのことを分かっていたが、まったく気にしていなかった。大きな契約を取るスリルに浮かれ、人種差別主義者やホモフォーブ（同性愛嫌悪者）を最高のエンタメで「おもてなし」するのに余念がなかった。その間、スタッフに対しては「見て見ぬふりをしろ」と暗に求めるだけでなく、事実上「同類を裏切れ」と圧力をかけるのだった。

結局、われわれはヘイトとカルト的パラノイアでアメリカ全土を〝汚染〟するマシンを造っていたのだ。すべて反道徳的であり、違法性が高かった。私はもう見て見ぬふりはできなかった。協力者になるのはまっぴらごめんだった。

そんななか、悲劇が起きた。14年8月、ＳＣＬのベテランスタッフ――ニックスが厚い信頼を寄せる友人――がアフリカ出張を終えてオフィスに姿を現した。マラリアを患って目を赤くし、汗だくになっていた。ろれつが回らず、何を言っているのかも分からない。ニックスからは「なぜ遅れたんだ！」と怒鳴られた。職場のみんなから病院へ行くよう促されたものの、病院に着く前に階段で転倒し、運悪くコンクリートに頭をぶつけて昏睡状態になった。結局、脳が膨張して、頭蓋骨の一部を取り除く羽目になった。担当医は「認知機能が二度と回復しないかもしれない」と心配そうな顔で言った。

ニックスは病院に見舞いに行った後、オフィスに現れた。人事担当者を呼んで労災保険の説明を受けると、「いつまで給料を払い続けなければいけないのか？」と質問していた。友人は昏睡状態で頭蓋骨の一部を失っているというのに……。あまりにも冷淡ではないか。ここで私は理解した。ニックスはモンスターなのだ。

悪いことにモンスターは一人だけではなかった。バノンもモンスターだった。もしここにとどまれば、私もモンスターになるのは時間の問題だった。

私は数カ月前まで社会・文化研究に熱中し、「これ」を生み出したのだ。何て恐ろしいことだ。当時の状況をうまく表現するのは難しい。何と言ったらいいのだろうか。われわれは皆、現実から切り離されたようだった。

しかし、われに返ると、不愉快なアイデアが現実になろうとしていることに気付いた。頭をすっきりさせると、ニックスのおぞましい夢が現実世界に混乱をもたらすイメージが見えてきて、悶々とし続けた。深夜になっても眠れず、天井を見続けた。苦悩と困惑の真っただ中に置かれ、そこから抜け出せなかった。ある夜、カナダに住む両親に電話してアドバイスを求めた。カナダ時間の午前3時に。

「落ち着いて。もう何か見えているんじゃないの？」と言われた。「なかなか寝付けないでパニックになり、時差も考えずに電話をかける――何をするべきかもう分かっているはずでしょう」

ついにニックスに辞意を伝える

私はニックスに会い、CAを辞めると伝えた。ニックスの――そしてバノンの――サイコパス的ビジョンとは一刻も早く決別したかった。さもなければ自分自身も精神的な病に侵されそうだった。

ニックスは私の忠誠心に訴えた。「会社の友人を見捨てるなんて、人間としてどうなんだ？」

確かに私はバノンのプロジェクトを立ち上げるために、仲間を招き入れた。みんなから信頼されていた。裏切りたくなかったし、同僚を置き去りにしたくなかった。マーク・ゲトルソンに会ったときには「クリス、僕を置き去りにするなんて、それはないよ。ニックスの相手はまっぴらだね。どうしても辞めるというなら僕も辞める」と言われた。

しかし、CAの現状には我慢ならなかったし、世界で遂行中のプロジェクトにも納得できなかった。

「引き継ぎもあるから、どのように去るのがいいのかについて相談させてください」とニックスに伝えた。「ただ、辞めるという気持ちに変わりはありません」

するとニックスはいつもの手を使った。私をランチへ連れて行ったのである。

レストランはバッキンガム宮殿にほど近いグリーンパークにあった。テーブルに座るや否や、ニックスは切り出した。「実はこうなると予想していたんだ。一体いくら欲しいんだ？」

「お金じゃありません」と私は答えた。

「いいんだよ、正直に言って。私は随分と長い間この会社を経営している。辞める理由はいつだってカネ。君は低給だというのに一度も昇給を求めなかった。ほかのスタッフと違って」

多くの研究スタッフと比べて低給なのは事実だった。おそらく半分程度だったのではないか。プロジェクトリポン――バノンのプロジェクトのこと――のために新規採用されたスタッフは私の3〜4倍はもらっていたはずだ。

　私が首を横に振るのを見ると、彼は言った。「分かったよ。給与を2倍にしよう。これで文句ないはずだ」

「アレクサンダー」と私は語気を強めて言った。「こんな茶番はもうやめましょう。私は辞めます。ここで働きたくないんです。これが何であれ、私にとっては終わったことなんです」

　ここでようやく私が本気であると理解したようだった。なぜなら、身を乗り出しながら私にこう言ったのである。

「これは君の子どもだよ。道端に自分の子どもを捨てるなんてあり得ない」。私の弱みを見つけたと踏んだようだ。「もう生まれているんだよ。成長するのを見たいと思わないのか？　どんな学校に行くのか興味ないのか？　イートン校に入れるかもしれないよ？　どんなにすごい人生が待ち構えているのか、見届けたいんじゃないの？」

　彼はうまい比喩を言えたと思ったようで、満足げだった。だが、私はまったく動じなかった。「父親という気持ちはないです。精子ドナーと言ったほうが正確です。嫌な大人に成長してほしくないと思っても、親権がないからどうしようもないですね」

　ここで彼はひらめいたようだった。「ＣＡ内にファッション部門を設けるのはどうだろう？　君にぴったりじゃないか？」

「アレクサンダー、本気で言っているんですか？　心理戦争にティーパーティー、そして今度はファッション予測？　冗談もほどほどにしてください。駄目です。あまりにもばかげている」

彼はついに怒りを爆発させた。「君は5番目のカブトムシで終わるよ！」

5番目のカブトムシ？　エジプト寓話の話をしているのか？　古代エジプトで神格化されていたスカラベ（フンコロガシ）と何か関係しているのか？　一体全体、何の話なのか？　後になって分かったのだが、「5番目のカブトムシ」は「5人目のビートルズ」のことだった。つまり、私が生まれるより30年も前に誕生したロックバンドの話だったのだ。

その後もう一度ニックスに会って「11月上旬の中間選挙まで働く」ということで合意したが、なおも「退社は間違っている」と言われ続けた。

「ここでつくり上げたものがどれだけ大きな影響力を持っているのか、君はよく理解していないようだね」と彼は言った。「君を除いて、われわれ全員がホワイトハウスに呼ばれたときに初めて理解することになる」

本当に？　たとえニックスの基準でも、このはったりはさすがに度を越えているのではないか。ホワイトハウスのウエストウイング——大統領執務室がある西棟——に自分のネームプレートが掛けられるって？　これを諦めるなんてばかげていると？

「それでも辞めるというのなら、絶対戻って来るな」とニックスは言った。

ロンドン芸大の博士号取得を諦める

私はバノンが実権を握ってから、1年近くもカオスを生み出すプロジェクトに加わっていた。今思い返すと、なぜあれほど長くＣＡにとどまれたのだろうかと思う。毎日のように警戒信号を見ていたというのに、無視したり言い逃れしたりしていた。完全な知的自由を与えられ、「社会科学の分野で革命を起こせる」と真顔で言う学者——世界の一流大学に所属している——に囲まれ、欲に駆られてしまった。われわれが手掛けるプロジェクトの暗黒面に目を向けなかった。

私の友人も同じだった。例えばコーガン。私から「一緒に辞めよう」と促されると、「確かにここのプロジェクトは倫理的な泥沼にはまるかもしれない」と認めながらも、決断できなかった。私はCAを去った後、追加データの収集で彼に協力するのを拒否した。彼に新データを渡せば、結果的にニックス、バノン、マーサーを利することになるからだ。もともと私が夢見ていた新研究所――世の中に広く貢献する「計算社会心理学研究所」はコーガンが提案し、私も強く賛同した――が実現しないのだから、当然のことだった。新研究所の代わりに姿を現しつつあったのは、バノンとマーサーの野望を実現するための新たなツールだったのだ。

協力を拒否すると、コーガンから「私から得たデータはすべて消去してくれ」と言われた。その通りにした。これは個人的には高くついた。コーガンはオンラインパネルの実験に際してファッションや音楽の質問を加えていた。個人的な好意で、私の博士論文――私はロンドン芸術大学（UAL）でトレンド予測をテーマに博士課程で研究していた――に必要なデータをそろえてくれていたのだ。論文執筆に不可欠なデータを失ったことで、私は当時唯一の研究モチベーションだった博士号取得を諦めざるを得なくなった。

それ以上に悔しかったのは、ニックスに好きなように使われていたということだった。弱みにつけ込まれ、服従を強いられていた。彼が私の弱みにつけ込んだように、私は国の弱みにつけ込んでプロジェクトを遂行しようとしていた。このことについては言い訳できない。一生、この不名誉を背負っていかなければならない。

アフリカだから外国勢力が選挙介入しても構わない

私が辞める直前、ＣＡはナイジェリアでなおも選挙プロジェクトを手掛けていた。ニックスがルクオイル訪問団の前でプレゼンしたように、ナイジェリアでの選挙介入については経験とノウハウを持っていた。多くの外国勢力がアフリカでの選挙に介入していたため、ナイジェリアで何をやっても誰の目にも留まらないだろうと踏んでいた。

結局のところ、舞台はアフリカなのだ。１９６０年代にアフリカの植民地が次々と独立しても、旧宗主国の西側諸国は旧植民地への介入を当然視していた。唯一の違いは、かつての宗主国のように際限なく自由勝手にやるわけにはいかなくなったということくらいだ。ヨーロッパは長い間、アフリカの石油やゴム、鉱物、労働力を土台にして覇権を築いてきた。旧植民地が政治的独立を遂げても、基本的な構図はあまり変わっていなかった。

大統領選挙を控えていたナイジェリアでは、ＣＡの手法は「精神的虐待」とも呼べるような段階にまで突き進んでいた。ＣＡのチームが陣取ったホテルにはＣＡ以外の外国勢力――イスラエル、ロシア、イギリス、フランス――も本部を構えていた。各国チームとも対外的には「市民エンゲージメント」と称して、選挙介入プロジェクトを立ち上げていた。ここには暗黙の了解があった。アフリカである限り、外国勢力による選挙への介入は問題ないということだ。

ＣＡは表向きグッドラック・ジョナサンのためにプロジェクトを進めていた。キリスト教徒のジョナサンは再選を目指す現職大統領であり、大統領選挙への出馬を表明していた穏健派イスラム教徒のムハンマド・ブハリとの一騎打ちになる予定だった。ＣＡのクライアントはナイジェリアの億万長者グループであり、ブハリが勝利すると収入源の石油・鉱物採掘利権を剥奪されるのではないかと心配していた。

ＣＡはいつも通りのことをやった。つまり、ジョナサンの支持基盤拡大ではなく、ジョナサンの政敵であるブハリの支持基盤破壊を目指したのだ。もっとも、億万長者グループにしてみれば、自分たちの利権をしっかりと理解して守ってくれるのであれば、誰が大統領選挙の勝者になっても構わないのであった。

12月になってCAは事業開発部長としてブリタニー・カイザーという女性を雇い入れた。彼女はまさにニックスが憧れるような経歴の持ち主だった。最初のミーティングでニックスから早速セクハラまがいの対応をされている。「ちょっと一杯やりながら秘密をすべて教えてくれないか」と誘われたのだ。

カイザーはシカゴ郊外の富裕な地区で育ち、マサチューセッツ州の超一流私立校フィリップス・アカデミー――ブッシュ（父）とブッシュ（子）両元大統領の母校――に通った。エジンバラ大学卒業後にリビアのプロジェクトに関わり、ジョン・ジョーンズという弁護士に出会った（ジョーンズはイギリス法曹界で高く評価されており、リビアのカダフィ大佐の息子サイフ・カダフィのほか、ウィキリークスのジュリアン・アサンジの弁護も担当）。そのうちジョーンズからコンサルティングの仕事を引き受け、アサンジとも知り合いになった。2014年暮れに私と入れ替わる格好でCA入りしている。

CAはナイジェリアの大統領選挙に干渉するため二面作戦に出た。第1に、ブハリの評価を傷つける中傷情報――ロシア語で「コンプロマット」と呼ばれる――を拡散させる。第2に、ブハリへの投票は恐怖を招くと思わせるビデオを制作する。その一環として、カイザーをイスラエルへ派遣し、現地のコンサルタントとのパイプを築いた。一方で――私はナイジェリアプロジェクトに絡んだ社内通信記録を見て知ったのだが――外国政府で働いていた元諜報部員を次々と雇い入れていた。

CA制作のおぞましいビデオ広告

ＣＡは露骨なやり方で情報収集に取り掛かった。社内の誰がどんな意図で主導したのか不明なのだが、ハッカー集団の協力を仰ぎ、ブハリにとって都合の悪い秘密情報を集めたのだ。電子メールアカウントやデータベース、個人医療記録にアクセスし、公になっていない重大情報——ブハリががんを患っている可能性がある——まで手に入れた。もちろんナイジェリアプロジェクト以外でもハッキングを利用していた。例えばカリブ海に浮かぶ島国セントキッツ・ネイビスでの選挙。そこでもハッキングを使い、政敵を狙い撃ちにした「コンプロマット」を収集している。

ハッキングによって個人的な医療記録を盗み出すのは悪質だ。だが、それ以上におぞましかったのは、ＣＡ制作のビデオ広告だ。親ブハリ派の地域に住む有権者をターゲットにして、グーグルなどインターネット上で流された。ナイジェリアの有権者がグーグルニュースを読んでいるとしよう。ゴシップ記事の見出しやセクシーな女性の写真に興味を引かれ、リンク先をクリックする。クリックベイト（釣り）のわなに引っ掛かるわけだ。すると、中央に動画再生ウインドウがある画面へ誘導され、「２０１５年2月15日にナイジェリアへやって来ました。暗くて恐ろしく、とても不確実な世界です」という男性ナレーションで始まる短いビデオを見せられる。

おぞましいのはここからだ。ナレーターが「ブハリが公約しているように、ナイジェリアにイスラム法が導入されたらどうなるでしょうか?」と質問すると、答えが画面上に示される。身の毛もよだつ虐殺シーンだ。男が切れ味の悪そうな大型ナイフを手にして、別の男の喉をゆっくりと切っているのだ。喉からは鮮血がほとばしっている。周囲は血の海になり、遺体はドブの中へ投げ捨てられる。別のシーンでは男の一団が女性を縛り上げた。そのうえで体全体にガソリンをぶちまけ、火を付けた。炎に包まれた女性は悲鳴を上げて悶え苦しむ。ちなみにこれらは演技ではない。本物の拷問と虐殺シーンを撮ったビデオだ。

私が辞めた後、多くのスタッフもＣＡを去った。ＣＡの秘密を知り尽くした私が「ここは怪しい」と思って辞めるのだとしたら、本当に怪しいに違いない、と判断したようだ。ナイジェリアプロジェクトが本格化すると、人材流出が加速した。15年3月までに私が最も信頼していた同僚——ジュシカス、クリカード、ゲトルソンのほか数人——全員が辞表を提出した。もちろん残留組もいた。カイザーは18年までＣＡに居残っていた。私がマスコミと当局に証拠を提出して内部告発し、ＣＡに大打撃を与えたのを受けて、ようやくＣＡと縁を切っている。

カイザーは後に「ＣＡがハッカー集団を雇っているとは知らなかった」と主張している。イギリス議会の調査委員会に呼ばれ、「ＣＡが大量の個人データを取得できたのは、優れた情報収集能力を備えているからだと思っていました」「異なる銀行口座間の資金移動を追跡するために、ＣＡはさまざまなデータソフトウエアを使っていたようです……どんな仕組みなのか私にはよく分かりませんでした」などと証言している。

ルクオイル幹部の正体はロシア諜報部員

今になってＣＡ時代を振り返ると、何が起きていたのかをより正確に理解できる。ＣＡ在籍時には職場の雰囲気に慣らされて、不可解な状況を目にしてもあまり驚かなくなっていた。ダークスーツに身を固めた怪しげな人物、ディナー用大皿と同サイズの軍帽をかぶったアフリカ人政治指導者、さらに「革命の予言者」を自任するスティーブ・バノン——。このようなキャラクターが頻繁に出入りするのである。そのたびに驚くような人間は、ＣＡでは長続きしない。

ＣＡ在籍時には知らないことがいろいろあった。例えば、ルクオイルは諜報機関のロシア連邦保安庁（ＦＳＢ）——ソ連時代の旧国家保安委員会（ＫＧＢ）の後継組織——と正式に協力関係を結んでいる。ＦＳＢのフロント企業として機能し、ＦＳＢに代わって諜報活動に従事することもある。後になってアメリカの下院情報特別委員会メンバーから教えてもらい、私は初めてルクオイルとＦＳＢの関係を理解したのだった。

実際、ＦＳＢのフロント企業であることを裏付けるかのように、チェコなどロシア国外で影響工作を行うルクオイル幹部の存在が明るみに出たことがある。15年にはウクライナの治安部隊がルクオイルを非難した。親ロシア派が占領するウクライナ東部――ドネツクとルハンスクの両地域――で同社は親ロシア派反政府組織に資金支援している、というのだ。同社ＣＥＯのバギト・アレクペロフは自分自身の地政学的役割について「政治に関して私の仕事は一つだけ。国家と会社を助けること」と公言している。

だからこそルクオイルはＳＣＬに興味を抱いたのかもしれない。ＳＣＬは東ヨーロッパで豊富な経験を積んでおり、14年にはＮＡＴＯと新プロジェクト――反ロシアプロパガンダ――開始の交渉に入っている。過去にはバルト諸国で反ロシア工作も手掛けている。ＳＣＬの報告書によれば、バルト諸国では「失業など地元経済の問題を引き起こしている張本人はロシア人」という構図をつくり、反ロシア運動を盛り上げたという。

それ以上に決定的だったのは、ルクオイルがロシア占領地ドネツクで親ロシア派を支援している最中にＳＣＬの軍事部門が対抗勢力――ウクライナ政府――を支援していたことかもしれない。ＳＣＬは当時、ドネツク奪回というウクライナ政府の目標実現に向けてロシア対策プロジェクトを立ち上げ、「人口データ収集・アナリティクス実施・データ主導戦略」に取り掛かっていた。ウクライナからの分離・独立を宣言するドネツク人民共和国（ＤＰＲ）の弱体化を狙っていたのだ。それだけにロシア諜報機関の返り討ちに遭ってもおかしくなかった。繰り返しになるが、ルクオイルはロシア諜報機関のフロント企業であり、ヨーロッパ出張所の役割を担っていた。

　ニックスと私がロンドン本社で「ルクオイル幹部」一団とのミーティングに臨んだとき、われわれは実際にはロシア諜報部員一団と話をしていたのだ。これはほぼ間違いない。だから彼らはＣＡの業務内容――ＮＡＴＯをクライアントにしていた――に興味津々だったし、アメリカプロジェクト用のフェイスブックデータについても知りたがっていたと考えられる。おそらくニックスを見て「こいつならお世辞を言えば何でも話してくれそう」と思ったのではないか。一方でニックスは私と同様に、「ルクオイル幹部」一団の正体について何も知らなかった可能性がある。

　今から思うとロンドン本社でのミーティングは危険極まりなかった。「ルクオイル幹部」一団はフェイスブックデータにアクセスしたいなら、わざわざＣＡにハッキングする必要もなかったのだ。どこにアクセスすればフェイスブックデータを入手できるのか、ニックスから教えてもらえたからだ。ロシアで研究しているコーガンである。

　このことについてコーガンは何も知らなかったかもしれない。しかし、ルクオイル（もしくはロシア諜報機関）にとってフェイスブックデータへのアクセスは容易だったはずだ。コーガンはサンクトペテルブルク大で講義するためにロシアへ定期的に出張していた。それに合わせてロシア側は「キーロガー（コンピューターのキーボード操作情報をひそかに盗み出すスパイウエア）」を使って彼のパソコンを監視すればよかったのだ。18年にＣＡのサーバーがイギリス当局に没収されると、情報コミッショナー事務局（ＩＣＯ）は「捜査に関連したシステムの一部が外部からアクセスされていた。ＩＰアドレスをたどるとロシアなどＣＩＳ加盟国であることが判明した」と発表している。

西側諸国の「国家安全保障」という概念を覆す

私がＣＡに在籍した最後の数カ月を俯瞰してみると、水面下で大変なことが起きつつあるのは否定しようがなかった。第1に、われわれは実験を行うときにプーチンやロシアに関する質問を加え始めた。第2に、フェイスブックデータを保有するサイエンスチーム責任者のコーガンは、ロシア政府の助成金を得てサンクトペテルブルク大で研究中だった。ロシアではロシア語でプレゼンし、ＣＡのアメリカプロジェクト――アメリカ人有権者の心理プロファイリングを行い、データベースを構築する――についてレクチャーしていた。第3に、ＣＡのオフィスにパランティアの幹部が頻繁に出入りするようになっていた。第4に、ＦＳＢとつながるロシア大企業ルクオイルがＣＡに接触し、アメリカ人有権者に関するデータ資産について知りたがっていた。第5に、ニックスがロシア人を前にしてプレゼンし、フェイクニュースとうわさの拡散という点でＣＡがいかに優れているのかを力説した。第6に、社内記録によれば、ＣＡは元ロシア諜報部員の協力を得て新たなハッキング手法の開発を始めていた。

スティーブ・バノンが副社長に就任した後の1年間で、ＣＡはますます攻撃的になり、16年のアメリカ大統領選挙に備えて予行演習を始めたかのようだった。社内メモによると、政敵の電子メールにアクセスするために、ロシア人を含めてハッカーを積極利用するようになっていた。不正に入手した電子メールを悪用して、健康問題を暴露するなどで政敵をおとしめるのだ。このようにハッキングによって盗み出された「コンプロマット」は、ソーシャルメディア上で流される偽情報と組み合わされることが多い。

さまざまなイベントが重なるのは偶然かもしれない。それでもＣＡ内の人事を見ているとどこか怪しいと疑念を抱かざるを得ない。ナイジェリアプロジェクトを担当したスタッフの多くがアメリカプロジェクトも担当していたし、ナイジェリア出張の1年後にブリタニー・カイザーはブレグジット支持団体「リーブEU」担当責任者に抜擢されている。

実際、後になって疑念は裏付けられている。一例は、トランプ陣営の選対本部長ポール・マナフォート担当になったサム・パッテンだ。18年、特別検察官ロバート・モラーによる捜査に絡んで起訴され、外国代理人登録法（FARA）違反の罪を認めている。彼のビジネスパートナーであるキリムニックも起訴された（ロシア在住を理由に刑の執行を免れている）。パッテンがロシア諜報部員と関係を持っていたということも明らかになった。

私は改めて不可解なオレゴンプロジェクトのことを思い出した。パッテンはオレゴンプロジェクトの調査チームに加わり、ロシアによるクリミア併合やプーチンの指導力について被験者に広範な質問をしていたのである。

どうしてプーチンに対するオレゴンの住民意識にロシアは関心を寄せていたのか？　いったんCAがオレゴン住民の回答をモデル化すれば、ロシアに親近感を持つアメリカ人集団を見つけ出せる、と考えていたからだろう。ロシア政府は国内向けのプロパガンダに力を入れると同時に、グローバル戦略の一環として海外でも親ロシア派を育てようとしている。自国の世界観に共鳴しそうな集団を見つけ出してターゲットにすることで、自国のナラティブを世界へ拡散させるのだ。インターネット経由でロシアのプロパガンダを流し、海外でロシアシンパを増やす戦略といってもいい。そうすれば、西側諸国が持つ「国家安全保障」という概念を見事に覆せる。

アメリカの言論の自由はロシアにとって好都合

ロシアにとって好都合なのは、ほとんどの西側諸国では言論の自由が保障されているということだ。言論の自由が保障されていれば、敵国のプロパガンダに同意する権利も広く認められる。言論の自由は、オンラインプロパガンダの拡散という夢をかなえてくれる魔法の杖のような存在といえる。アメリカの諜報機関は自由に政治的意見を表明する国民をストップできない。たとえロシア政府のプロパガンダに踊らされているとしても、である。アメリカのソーシャルメディアを利用したロシアの情報攻撃をブロックするには、先制攻撃を仕掛けるしかない。

ロシアは昔からアメリカ流の言論の自由と民主主義をばかにしてきた。アメリカ国内で起きる大衆運動や抗議デモの歴史を見て、「言論の自由が生み出すのはカオスと社会混乱だけ」と結論した。アメリカの裁判所が公民権を理由に同性婚を認めるのを見て、「西側自由主義世界のデカダンスに染まってアメリカは弱体化し、道徳的に退廃している」と決めつけた。ロシアにしてみれば、アメリカの政治システムが内包する構造的脆弱性を象徴しているのは公民権であり、言論の自由を保障するファーストアメンドメント（憲法修正第1条）なのである。

だからこそ、ロシアの諜報機関は「構造的脆弱性」につけ込んでアメリカの民主主義をハッキングしようとしたのだ。まず、似たような世界観を持つアメリカ人を見つけ、ターゲットにする。続いて、特別にカスタマイズしたナラティブを流して、ターゲットを心理学上の「自己達成的予言」に導く。最後に、ターゲットにクリックや「いいね！」、シェアしてもらうことによってナラティブを拡散させる。このようなナラティブは何の制約も受けずに拡散する。言論の自由が保障されているから、アメリカ政府は何もできないし、フェイスブックも何もできない。

ロシアがアメリカで展開したフェイクニュース工作にＣＡは関与したのだろうか。真相はやぶの中だ。決定的証拠は何もなく、ロシアに唆《そそのか》されてＣＡが中心的役割を果たしたのかどうかは不明のまま。だが、個人的には「決定的証拠」という表現は好きではない。捜査官にとっては何の意味も成さないからだ。指紋、唾液、タイヤ跡、毛髪——。捜査官は小さな証拠を集めて、それを地道に積み重ねていくものだ。

今回のケースを点検してみよう。第１に、サム・パッテンはウクライナで親ロシア派支援に関わった後にＣＡに加わった。第２に、ＣＡはウラジミール・プーチンについてのアメリカ人の意識を調べていた。第３に、ＳＣＬはＮＡＴＯのプロジェクトを手掛けてロシア諜報機関の標的にされていた。第４に、ブリタニー・カイザーはウィキリークス創設者ジュリアン・アサンジの弁護士団と関わり、コンサルティングを手掛けていた。第５に、ＣＡの心理学チーム責任者コーガンはフェイスブックデータを収集する一方で、ロシアへ定期的に出張してソーシャルメディアを使った心理プロファイリングについてプレゼンしていた。プレゼンのタイトルの一つは「効果的な政治ツールとしての新コミュニケーション手法」だった。第６に、ＣＡのサーバーはロシアなどＣＩＳ加盟国のＩＰアドレス経由でアクセスされていた。第７に、ＣＡの社内メモは元ロシア諜報部員に言及していた。第８に、アレクサンダー・ニックスはルクオイル幹部に会い、ＣＡ保有のアメリカ関連データセットやＣＡの偽情報拡散実績について語っていた。

私がニックスに辞意を伝えたランチミーティングへ話を戻そう。このときニックスは今後の展開について自信を持って言った。「今度会うときには私はホワイトハウスにいる。君はどこにもいない」

結局のところ、ニックスはそれほど遠くには行かなかった。４年近く経過してイギリス議会に姿を現し――私がランチミーティング後に彼の姿を目にしたのは初めてだった――うそをついたとして議員から厳しい質問を浴びせられていた。私の目の前で自分の評判をどん底にまで落としたのである。ところが、持ち前の性格のせいなのだろうか、そのことに気付いていないようだった。あるいはどうでもいいと思っていたのかもしれない。その後、議会内のロイヤルギャラリーで私を見掛けると、ただウインクするのだった。

第９章

民主主義に対する犯罪

CRIMES AGAINST DEMOCRACY

「ダイエットコーク首都」オタワに戻る

２０１６年1月、私は自由党調査局（ＬＲＢ）向けコンサルティングの仕事を引き受けることにした。前年10月の下院総選挙でカナダ自由党（ＬＰＣ）が圧勝し、新首相ジャスティン・トルドーが率いる新政権が誕生したばかりだった。トルドーが掲げた政策綱領の一つは、保守党政権時代に廃止された国勢調査を復活させ、データ主導戦略によって社会福祉制度を充実させること。総選挙後に私はＬＰＣの元同僚から連絡をもらい、トルドー政権の調査チームに加わらないかと打診されたのだ。調査の力点はテクノロジーとイノベーションだった。

私は何か世の中に貢献できる新天地を必死で探し求めていた。それまで何年にもわたって苦渋を味わってきたからだ。イギリス連立政権の自由民主党（リブデム）に続いて、ケンブリッジ・アナリティカ（ＣＡ）でも挫折したのだ。

ＬＲＢで働くとなるとカナダに戻らなければならない（ＬＲＢはオタワのカナダ議会のすぐ近くにある）。５年以上もカナダを離れていたから、たくさん友人がいるわけでもなく、あまり気乗りしなかった。幸いにも、ＬＲＢで働き始めても、重要な会議があるときにだけオタワに行けばいいという条件をのんでもらえた。ＣＡでのトラウマに苦しめられていたから、母国に戻って穏やかなひとときを過ごすのも悪くはないとも思った。

オタワに到着してＬＲＢ側との打ち合わせに臨むと、ＶＡＮ（有権者活性化ネットワーク）の導入などカナダ議会で働いていたころをにわかに思い出した。この場所で野党党首のための仕事を引き受けて「青年期の冒険」をスタートさせた。まだティーンエージャーだった。再び同じ場所に戻り、「冒険」の最終章を終えるのである。

オタワは以前と変わらず退屈な街だった。華やかなロンドンからやって来たからなおさら単調に感じてしまう。アメリカの首都ワシントンを一段と退屈にしたバージョンであり、まさにカナダらしい。味気ない「ダイエットコーク首都」と呼んでもいいのではないか。

ＬＲＢ本部が入るクイーン通り１３１番地のビルも、まるで宇宙ステーションと煉獄の中間地点にあるようで、オタワ全体と同様に退屈である。ビル内の廊下には窓がなく、ベージュ色の部屋にはまったく飾りっ気がない。官僚主義的な美学とでも言ったらいいのか。受付には「英語／フランス語」との表示。これを見て来訪者は「カナダ人はフランス語も話すんだ」と気付かされる。

退屈という点では私の仕事内容も同じ。基本的な技術セットアップ、世論調査へのアドバイス、ソーシャルメディアの観察、初歩的な機械学習作業、イノベーション政策の研究――。ここには何も目新しいものはないから、真のイノベーションが生まれることもない。でも、私は特に不満に思わなかった。物理的にオタワ滞在を義務付けられていなかったので、オフィスから抜け出してカナダ各地のプロジェクトに参加してもよかった。そうすれば正気を保っていられる。

ブレグジット国民投票が決まる

そんななか、イギリス国内では保守党首相のデービッド・キャメロンが国民投票を実施すると発表していた。イギリスのＥＵ離脱（ブレグジット）の是非を問う国民投票を行うというのだ。１９７３年にイギリスが欧州共同体（ＥＣ）に加盟して以来、「ユーロスケプティック」と呼ばれるＥＣ懐疑派（後にＥＵ懐疑派）は離脱を求め続けてきた。当初は労働党や労働組合など左派がユーロスケプティックの中心を占め、「経済ブロックは社会主義的な理想と相いれない」と主張していた。だが、国民の多くはＥＣに賛同していた。75年にＥＣ加盟継続の是非を問う国民投票が実施されると、国民の67％が加盟継続に賛成票を投じている。

ＥＣがＥＵになるころには、左派も右派も大筋で加盟継続の立場で一致していた。ところが90年代に入ると、右派のイギリス独立党（ＵＫＩＰ）がユーロスケプティックの新勢力として台頭し始めた。97年にはナイジェル・ファラージ――元商品トレーダーでＵＫＩＰ創設メンバーの一人――が当時の党首を追放し、２００６年には自ら党首に就任。彼の指導下で、ＵＫＩＰは白人労働者階級の間に敵意に満ちた反移民感情をたき付けるとともに、白人富裕層をターゲットにして大英帝国へのノスタルジアを刺激するのだった。

01年9月11日の同時多発テロによって世界は様変わりし、アメリカのブッシュ（子）政権とイギリスのブレア政権時代に世界各地で紛争が拡大。ヨーロッパに有色人種の難民が大挙して押し寄せるようになると、キャメロン率いる保守党は右派票の離散を恐れて愛国主義者にアピールしようと考えた。

ブレグジットの是非を問う国民投票を17年末までに実施すると表明したのだ。期日は16年6月23日に設定された。

イギリスの国民投票は公的資金を使って行われる。国民投票が決まると、賛成派と反対派は公的資金を受け取る。実際に公的資金を受け取るのは、選挙委員会の指定を受けた公認選挙運動団体であり、賛成派と反対派それぞれに一つずつある。選挙法によって選挙運動中の支出額は厳しく規制されており、どちらかが資金的に有利にならないようになっている。オリンピックで公正な競技を保証するために反ドーピング規制が設けられているように、イギリスでは公正な選挙を保証するために選挙法が設けられている。一方がもう一方よりも多くのカネを使えるとなると、より多くの有権者にメッセージを届けることが可能になり、公正な選挙が担保されなくなるからだ。公認団体以外の団体も選挙運動を展開できるが、公的資金をもらえないうえ、団体間で連携することもできない。

離脱派の旗振り役はボリス・ジョンソン

ＥＵ離脱派と残留派の運動団体は、16年4月13日までに公認団体の指定を受けなければならなかった。離脱派の中で公認団体指定を目指していたのは「ボートリーブ（離脱に投票）」と「リーブＥＵ（ＥＵを離脱）」の2団体。ボートリーブは主に保守党支持者で構成され、一部のユーロスケプティック進歩派からも支持を得ていた。一方で、リーブＥＵはほぼ完全に移民問題に絞り込んで運動を展開し、人種差別的メッセージや極右思想を前面に出して大衆の怒りをあおろうとしていた。このようにボートリーブとリーブＥＵは潜在支持者拡大に向けて異なる手法を採用し、結果的に離脱派全体の票獲得に大成功するのである。

残留派の公認団体は当初から「ブリテン・ストロンガー・イン・ヨーロッパ（イギリスはヨーロッパ

に属してこそ強くなる）」で決まっており、ほかにも残留派として「サイエンティスツ・フォー・ＥＵ（ＥＵのための科学者）」や「コンサーバティブズ・イン（保守党支持者集まれ）」といったニッチ団体も個別に運動していた。個々のグループはそれぞれ独自の目標とイデオロギーを掲げており、法的には協調行動を取れないことになっていた。最終的にはブリテン・ストロンガーと共にボートリーブが選挙委員会から公認団体の指定を受けた。

　大学教育を受けた都市住民は右派による外国人排斥運動を拒否し、大半は残留派支持に傾いていた。大都会で移民と共存する環境に慣れていたうえ、高技能を持つ外国人労働者に頼る職場で働いていたからだ。このような有権者に対して、残留派は経済・貿易・安全保障上の利点を指摘し、現状維持を訴えた。一方で、低所得層や地方在住者、ブルーカラー労働者は離脱派支持に回ると予想されていた。歴史的にイギリスにとって国家主権はアイデンティティーの核と見なされてきた。それを踏まえて、離脱派は「ＥＵ加盟は国家主権を侵害している」と主張した。

　ボートリーブの旗振り役はボリス・ジョンソンという尊大な政治家だった。元ロンドン市長であり、保守党支持者の間で高い支持を得ている保守党ホープ。もう一人はマイケル・ゴーブ。ジョンソンとは正反対のタイプで、少しも尊大ではなく冷静。自由市場を信奉するリバタリアン（自由至上主義者）の間で高く評価されていた。ジョンソンとゴーブの２人は「離脱に投票、主権を取り戻せ」というスローガンを掲げ、残留派からはばかにされていた。ただ、ＥＵだけを争点にしていたわけではなく、自分の人生を自分の意思でコントロールできない有権者に広くアピールしようとしていた。仕事でも教育でもチャンスに恵まれず、不景気になればまともにあおりを受けかねない有権者は多い。２人の見立てでは、このような有権者はイギリス社会から制度上何の支援も得られずに不満を抱いており、潜在的な支持者だった。

ボートリーブは15年にドミニク・カミングスとマシュー・エリオットによって創設された。前者はイギリス議会の悪名高い政治戦略家であり、後者は複数の右派ロビー団体創設者だ。ボートリーブ活動家は必ずしも政治的スタンスで足並みをそろえているわけではないものの、水面下ではカミングスの指導の下で一致団結していた。本部はロンドン中心部にあった。高層オフィスタワービル「ウェストミンスタータワー」の7階に入居し、テムズ川を挟んでイギリス議会の真向かいに位置していた。

対照的にリーブＥＵは、ロンドン中心部から２００キロ近くも離れたオフィスビルに入居していた。ブリストル市内にある「ライサンダーハウス」が本部であり、車の往来が多い環状交差点を見下ろしていた。ライサンダーハウスには、百万長者のアーロン・バンクスが経営する損害保険会社「エルドン保険」も入居していた。バンクスはリーブＥＵの共同創設者であるとともに大口資金提供者だ。

リーブＥＵは15年夏に立ち上がり、同年10月にＣＡと提携している。どういう経緯で提携したのか説明しておこう。まず、著名な右派政治家でユーロスケプティックのナイジェル・ファラージがリーブＥＵ支持を表明。ここでスティーブ・バノンが登場し、バンクスとファラージの2人をアメリカ人億万長者のロバート・マーサーに引き合わせたのである。この結果、リーブＥＵはＣＡのクライアントになり、アルゴリズムとマイクロターゲティングで協力を得ることになった。同時にＣＡ側ではブリタニー・カイザーがリーブＥＵ担当責任者に就任し、バンクスと共にリーブＥＵの記者会見に臨んでいる。

ボートリーブ本部で黒幕のカミングスに会う

カナダに戻る前、私はイギリス政界の知人数人と一杯やる機会があった。そのうちの一人は当時内務大臣だったテリーザ・メイの特別顧問スティーブン・パーキンソンで、同性愛者の保守党員だ。個人的に政治に関わってきたから分かるのだが、所属する政党が異なっている相手とは友人になりやすい。政党が違うから同じ仕事を求めて競合することはないし、お互いに揚げ足を取ることもないからだ。パーキンソンは内務省から休暇をもらい、新しくブレグジット運動団体として発足したボートリーブに加わる予定だという。特に驚きでもなかった。

そこで私は「ボートリーブの運動に興味がありそうな知人を紹介しますよ」と提案した。頭に浮かんだ一人は、リブデム時代に知り合いになったダレン・グライムスで、ブライトン大学の学生だ。彼はリブデムと縁を切り、保守党へ鞍替えしようとしていた。指導部の権力争いが災いしてリブデムが15年の総選挙で惨敗したのを見て、幻滅したのだ。結局、グライムスは私の紹介でパーキンソンとつながった。インターンだから政界では無名の存在だ。それでもブレグジット国民投票でボートリーブが勝利するうえで――偶然とはいえ――大きな役割を担うのだった。

私はロンドンを離れるまでに何度かパーキンソンと会って意見交換した。彼はデータアナリティクスに関心を寄せ、いろいろな質問を投げ掛けてきた。私には言わなかったものの、ＣＡのことも知っており、ブレグジット推進派にとってＣＡのマイクロターゲティングが非常に役に立つと踏んでいたようだ。だから「会ってほしい人がいる」と言ったのだろう。名前を聞いて私はたじろいでしまった。ドム・カミングス（ドムはドミニクの愛称）だったのだ。

ドム・カミングス――ポルノ俳優の名前にぴったりだ――は２０１０年誕生の連立政権で教育省特別顧問に就任し、マキャベリ的で強烈なキャラクターとして頭角を現し始めた。当時の首相キャメロンからは後になって「キャリアサイコパス（精神病質）」と呼ばれている。悪名にたがわず、やがてイギリス史上最大といわれる選挙法違反の黒幕として浮上する。ＣＡのテクノロジーを駆使してブレグジット国民投票に干渉し、離脱派に有利な状況をつくり出すのだ。手遅れになるまで私は何が起きているのかまったく把握していなかった。当時の私がカミングスについて知っていたのは、不愛想で野心的な保守党スタッフで、政界で出会う相手をことごとく不快にさせて喜んでいるということだけだった。

パーキンソン、カミングス、私の3人は未来のボートリーブ本部に集まった。有権者を対象にしたマイクロターゲティングについて話し合うためだ。本部内はリノベーションの真っ最中で、床全体がビニールシートで覆われていて殺風景だった。ただし窓からの眺めは素晴らしかった。本部がテムズ川のアルバート堤防沿いに位置していたため、川向こうのウェストミンスター宮殿がはっきり見えるのだ。

カミングスの第一印象は「だらしない」だ。沈没しつつある豪華客船タイタニック号から逃げ出し、救命ボートに飛び乗った直後のようだった。頭は大きく、薄い髪は乱れていた。小さな髪の束がでたらめにぶつかり合っているといったイメージだ。彼は少しボーッとしているようにも見えたし、少し怒っているようにも見えた。難しいパズルを解けずにいらいらしていたのか、それとも最高のマリファナを吸ってハイになっていたのか――何とも言えない。

ブレグジット推進派からの誘いを断る

カミングスの名誉のために一つ指摘しておきたい。頭が抜群に切れるのだ。凡人でいっぱいの「アウゲイアス王の牛小屋（汚物や腐敗の蓄積が著しい場所）」ともいえるイギリス政界の中では、なおさら際立つ。ミーティング中に私がうれしく思ったのは、政界関係者が好む世間話に彼が一切興味を示さなかったということだ。大衆はキム・カーダシアン一家やポルノサイト「ポルノハブ」を見るのに忙しく、ＢＢＣのニュース番組『ニュースナイト』で最新の政治スキャンダルをフォローする余裕もない――このようにカミングスは思っていた。私とのミーティング中にはアイデンティティーや心理学、歴史、ＡＩを好んで話題にした。

その延長線上で、カミングスはロバート・マーサーのヘッジファンド「ルネサンス・テクノロジーズ」に触れた。明らかにＣＡについて下調べしていた。ＣＡの業務内容について次々に質問を発し、「パランティアの政治版をつくりたいんだ」とも言った。パランティア――。ニックスが何度も使っていた言葉だ。私はゾッとした。同時にあっけにとられてしまった。またしてもそこに行くのか！

ただ、ボートリーブはまだ有権者名簿も手に入れていなかった。「ＣＡと同様のデータセットをつくり上げるのは、今からではとても無理です」と私は説明した。「それにスティーブ・バノンはナイジェル・ファラージと近いです。だから、ブレグジット団体としてはボートリーブではなくてリーブＥＵに近づくはずです。もうプロジェクトを走らせている可能性もあります」

その後間もなくして、リーブＥＵは本当にＣＡとの提携を発表し、カミングスをがっかりさせた。するとパーキンソンはゲトルソンと私を呼び、「ボートリーブの仕事をやらないか」と誘ってきた。私はカナダの新首相トルドーのプロジェクトを引き受けていたので、誘いを断った。一方、ゲトルソンは迷った。私と一緒にカナダへ行こうとも考えたものの、結局のところロンドンにとどまってボートリーブのプロジェクトを手伝うことにした。外国に行って生活環境をがらりと変える準備ができていなかったのだ。

私は誘いを断りながらも、礼儀としてカミングスに電子メールを送った。「数千人規模ならばアンケート調査で有権者データを集め、パイロットプロジェクトを走らせることも可能かもしれません。国民投票までの時間を考えればスケジュール的にぎりぎりで、これが精いっぱいだと考えられます」。電子メールには書かなかったが、法的にやろうとすれば「スケジュール的にぎりぎり」ということだ。

移民と移民排斥派が手を組む

オタワへたつ直前、ロンドンで知り合ったもう一人の友人から連絡をもらった。シャミール・サニから「どこかでインターンを探していないかな？」と聞かれたのだ。彼とはロンドンのナイトクラブで出会ってからフェイスブックでつながった。その後、政治やファッション、アート、イカした男、文化についてたびたび意見交換する間柄になっていた。大学を卒業したばかりで政治の世界に興味があるのだけれども、何のコネもないから困っている——こんな相談だった。

「どの政党を念頭に置いているの？」と私は聞いた。

「どこでも構わない。とにかく経験を積むのが目的なんだ」

私は残留派と離脱派双方の知人に連絡を入れてみた。一つ反応があった。スティーブン・パーキンソンだ。彼の要望に応えてサニのインスタグラムプロフィールを送信したところ、返事が来た。サニがインスタグラムにアップしている写真のセンスを気に入ったようだ。「ぜひよろしく！！！」。このようにしてサニはボートリーブ運動に加わった。そして最後には2人の「ブレグジット内部告発者」のうちの一人になるのだった。

ブレグジット推進派は伝統的な右派ブレグジット支持者にアピールするだけでは国民投票に勝てないと考えていた。そこでボートリーブは党派を超えて広範な支持を得ることを最優先課題にした。イギリス政治の中で国民投票はユニークだ。有権者は政党ではなく政策を選ぶ。そのため、運動団体は党派を超えてできるだけ幅広い支持を集めようとする。国民投票では誰も権力を獲得しない。勝利するのは政策だ。「勝利した政策」を実行するかどうかは国民投票時の政権に任されている。

カミングスとパーキンソンの考えでは、ブレグジット推進派が勝利するためには、いつも投票所に行かない有権者を説得して「離脱」に投票してもらう（あるいは中立を維持してもらう）とともに、労働党とリブデム支持者の票も切り崩さなければならない。さらには緑の党支持者やＬＧＢＴＱ（性的マイノリティー）、移民労働者ら伝統的な非保守党支持者も取り込む必要がある。このミッションに最適の人材がサニだった。

進歩的で説得力あるブレグジット肯定論を一つ紹介しよう。とても単純である。ＥＵはＥＵ域内からの移民（白人）を優遇し、旧植民地であるイギリス連邦加盟国からの移民（大多数は有色人種）を差別している、というロジックだ。ＥＵのルールに従うと、フランスやイタリア、スペイン、ドイツ、オーストリアからの移民はビザを取得しなくてもイギリスに移り住んで働ける。ところがインドやパキスタン、ナイジェリア、ジャマイカからの移民はどうだろうか。徹底的な身元調査を受け、厳しい移民審査をクリアしなければならない。イギリスは過去数百年にわたって連邦内の有色人種労働力に頼って巨大な帝国を築いたというのに、である。

大英帝国時代、イギリスは植民地（現在の連邦加盟国）から土地と資源を奪い、経済的な搾取を行った。それによって海外から国内へ莫大な富を還流させて偉大な都市を建設し、繁栄した。２度の世界大戦でヨーロッパ域内の他国との戦争に入り、自国の自由を脅かされると、インドなど連邦加盟国の市民も動員して戦った。２度の大戦で犠牲になった連邦加盟国兵士をたたえる戦争映画はほとんどない。しかし、インドのほかカリブ海やアフリカ諸国から動員された兵士が血を流し、イギリスの勝利に貢献したのは間違いない。

数十年後、ヨーロッパは独立した旧植民地を置き去りにして経済的な繁栄を謳歌した。２度の大戦で旧植民地の兵士に頼ったイギリスも例外ではない。国境を閉鎖し、移民規制を強化するなどで連邦加盟国からの移民に背を向けた。それでありながら、ＥＵ加盟国市民（白人）についてはほぼ無条件で移民を受け入れた。有色人種にしてみれば、このような構図は著しく不公平であって人種差別に見える。

　サニの友人と家族もパキスタン出身であり、有色人種だ。その意味ではＥＵに親近感を抱いていない。財力や能力の証明義務付けなどカフカ的な移民システムを押し付けられてきたのだ。しかも、「大英帝国建設に貢献した祖先を搾取した国に住む」という意味合いもよく理解していた。今では内務省のトラックがインド人やパキスタン人の移民コミュニティー内を走り回り、「不法移民ですか？母国に帰らなければ逮捕されます。今すぐ内務省にテキストメッセージを送りましょう。番号は７８０７０」という車体広告を見せ付けている。そんななか、ドイツ人やイタリア人は何の質問もされずにイギリスに移り住み、職探しで忙しくしている。彼らの祖父は大戦に参加し、イギリス軍のインド人部隊やナイジェリア人部隊に向けて銃弾を放ったかもしれないというのに。

　ＥＵ残留派は「親移民」のメッセージを発してＥＵの重要性を訴えた。だが、多くの有色人種は額面通りには受け取らなかった。「親移民」は白人移民に向けたメッセージであり、全移民の権利保護をうたっているわけではない、と解釈した。サニのような有色人種にとってブレグジットは、外国人排斥運動であると同時に、イギリス植民地主義が残した「負の遺産」の清算でもあった。すなわち、有色人種——何世紀にもわたってイギリスに搾取されてきた人たち——の入国を制限してきた過ちを正す機会ともいえたのだ。ブレグジット推進派はここにチャンスを見いだした。片や祖先の代から虐げられてきた移民コミュニティー、片や移民に対して「帰れ！」コールを浴びせる愛国主義的ブレグジット推進派。双方の一部が手を組んで、夢想だにしなかった連合をつくるのである。

ボートリーブの別働部隊ビリーブ

パーキンソンの計らいで、サニはボートリーブの無給インターンになった。16年春にボランティアとして仕事をスタートした。極めて小さな運動員チームに加わったので、すぐに忙しくなった。主にクィアなどマイノリティーコミュニティーを担当。貧困層が多い地区を集中的に回り、住民に投票行動について尋ねる日々を送り始めた。

ボートリーブ本部での初日、サニは緑色のブレザーとピンク色のパンツ姿のしゃれ男に気付いた。派手な同性愛ファッションで決めているマーク・ゲトルソンだ。たちまち打ち解けて、保守的な白人男性に囲まれて仕事をする境遇について冗談を言い合うようになった。

ゲトルソンも16年春にボートリーブに加わり、コンサルタントとしてスタートしていた。ウィットと知性で頭一つ抜けているうえに、イギリスのリベラル派について直感的に理解できるため、あっという間に同僚スタッフを魅了した。ボートリーブではさまざまな運動員チームのウェブサイト構築を引き受けていた。ちなみにチーム名称――グリーンリーブスやアウト&プラウドなど――はすべて彼自身が考案した。先のダレン・グライムス――私がリブデム時代に知り合った22歳のファッション専攻大学生――もチーム入りした。サニ、ゲトルソン、グライムスの3人はボートリーブの進歩派別働部隊「BeLeave《ビリーブ》」の立ち上げで一致し、具体化に向けて作業を始めた。

私はこのころカナダに移り住んでいたが、フェイスブックで3人と常につながっていた。ビリーブのブランディング戦略を担当するグライムスからは、メッセンジャー経由でアイデアシートを受け取った。すでにカナダの新政権向けプロジェクト作業で忙しかったものの、リブデム時代に彼が味わった苦難を知っていたので手伝うことにした。難しかったのは色の選択だ。ボートリーブは公式カラーの赤を刷新したがっていた。

「今年のパントンカラーを使うのはどう？」と私は提案した。パントンとは世界的に使われている色見本帳のことであり、16年の「カラー・オブ・ザ・イヤー」はセレニティーブルーとローズクウォーツピンクだった。その後、ダレン作成のモックアップ（試作品）を見て返信した。「とてもゲイっぽくて、ミレニアルっぽい。ファシスト感がまったくなくていいんじゃないかな！」

ビリーブはブレグジット推進派の「ソフトサイド」に注目して目標を掲げた。第１に、ＥＵ市民と非ＥＵ市民の間の「パスポート差別」を撤廃して移民間平等を確立すること。第２に、ＥＵの保護主義政策からアフリカの農民を守ること。第３に、環境保護規制を強化すること。間もなくしてパーキンソンはサニの担当をマイノリティーからビリーブへ切り替えた。結局、サニとグライムスという20代前半のインターン２人がビリーブ運動を実質的に仕切るようになった（必要に応じてボートリーブ幹部の指示を仰いでいた）。ボートリーブはすでに反移民強硬派の支持取り付けにほぼメドを付けていた。国民投票で勝利するにはリベラル票をほんの少しだけ取り込めばよかった。ここでカギを握るのがリベラル有権者を狙ったマイクロターゲティングだった。

ただ、ボートリーブは必要な有権者データを持っていなかった。データを得るとすればＣＡの協力を仰がなければならなかったのだが、あいにく時すでに遅し。リーブＥＵが先行してＣＡと契約を結んでいた。この状況下でＣＡに業務委託すると、異なる運動団体同士の連携を禁じた選挙法に違反する格好になる。ボートリーブはどうしたのか。当初私は知らなかったのだが、私のＳＣＬ時代初期と接点を持つ会社、ＡＩＱを雇い入れたのだ。

ＣＡの「カナダ事務所」は恩師の会社ＡＩＱ

13年８月のことだ。私はＳＣＬで研究部長としてチーム編成に着手しながら、ＬＰＣ時代のメンターであるジェフ・シルベスターのことを思い出した。彼は高校生だった私に目を付けて、ＬＰＣにつないでくれた元ソフトウエアエンジニアだ。
シルベスターはエンタープライズデータシステムについて造詣が深い。ＬＰＣの新データ戦略を提唱するよりもずっと昔からである。体格が大きくてひげ面なので、テレビのコメディー番組『パークス&レクリエーション』のロン・スワンソンにそっくりだ。非常に思いやりがあって思慮深い一方で、まるで政治家のようにさりげなくて皮肉っぽいユーモアも言える。ブリティッシュコロンビア州の州都ビクトリア郊外に住み、週末になると地元ボーイスカウトの指導者として若者のメンター役を務める。私が知っている人間の中で最も賞賛すべき一人である。ＬＰＣ入りしてから最初の数カ月間、私はインターンとして彼と行動を共にし、難民支援活動や政治亡命者保護に関わっている。困っている人々のために大きな変化を起こせるのだと実感したのを覚えている。

ＳＣＬで働き始めた直後、私はシルベスターに連絡を入れた。ＮＡＴＯの心理戦プロジェクトだけでなくアフリカのＨＩＶ対策プロジェクトも手掛けるなど、会社全体として広範な事業ポートフォリオを抱えている状況を説明した。すぐに「カナダ事務所が必要だね！」との返事をもらった。ＳＣＬでトリニダード・トバゴのプロジェクトが立ち上がると、「カナダ事務所」はにわかに現実になった。データインフラの構築・管理を担える人材を探していたＳＣＬが彼に白羽の矢を立てたのだ。

結局「カナダ事務所」はＡＩＱと呼ばれる新会社になった（登記簿上はアグリゲートＩＱ）。ＡＩＱで新プロジェクトを率いるプロジェクトマネジャーとして、シルベスターはザック・マシンガムをスカウトした。マシンガムはブリティッシュコロンビア州の地方政治に精通しているベテラン政治工作員だ。

ＡＩＱはＳＣＬと業務提携して知的財産の使用権を与えた。世界各地でさまざまな社名で登記されている海外企業ネットワークはＳＣＬ――後にＣＡ――にとって重要な役割を果たすのだった。多国籍企業が海外企業ネットワークを使って税回避する構図と似ている。ＣＡは海外企業ネットワークを隠れ蓑にして、選挙委員会やプライバシー規制当局による監視を逃れたのだ。

ＡＩＱの本社はバンクーバー島南端の州都ビクトリア市内にあった。パンドラ通りのれんが造りのビルに入居しており、海から1ブロックしか離れていない。ＳＣＬとＣＡのスタッフはＡＩＱ出張に大喜びしたものだ。ロンドンの喧騒から離れて、見事な景色と心地よい海風を楽しみながら、リラックスしたひとときを過ごせるからだった。ＡＩＱは有能で多様なエンジニアをスカウトしてチームをつくり、ＳＣＬからのプロジェクト受注をテコにして成長していくのだった。

トリニダードプロジェクトでＡＩＱはインフラを担当した。具体的には、フェイスブックデータ収集やクリックストリームデータ、ＩＳＰログのほか、ＩＰアドレス・ユーザーエージェントと自宅住所のひも付けなどを担う統合インフラを築くのだ。これによってインターネット閲覧データから匿名性を奪い、ユーザー個人の身元を暴くことが可能になる。ＳＣＬがＣＡへ衣替えするころには、ＡＩＱはＣＡのバックエンドシステムを管理するエンジニアチームの一部に完全に組み込まれていた。

ソーシャルメディア広告やデジタル広告によるマイクロターゲティングを行うにはプラットフォームが必要であり、このプラットフォームはＣＡのモデルを搭載していなければならない——これが基本方針になった。その後、ＡＩＱはＣＡの広告ターゲティングプラットフォーム「リポン」の構築に取り掛かった。流れとしては①アレクサンダー・コーガンがフェイスブックデータを収集する、②ＡＩＱがリポンにフェイスブックデータを読み込ませる、③リポンのユーザーが計量心理学・行動学上の要因——数百要因——に従って有権者をカテゴリー化する——となる。16年の大統領予備選期間中にＡＩＱのスタッフはテキサス州に出張し、上院議員テッド・クルーズ陣営向けのインフラ構築を引き受けている。

ブリタニー・カイザーとサム・パッテンがＣＡ入りしてナイジェリアプロジェクトを引き継ぐと、ＡＩＱはＣＡ制作の有権者抑圧・威嚇プロパガンダの拡散を任され、実行した。「生きたまま火あぶりにされる女性」と「喉を切られてあえぐ男性」という2本の衝撃ビデオ広告をアップロードし、ＣＡに指定された地域と有権者をターゲットにして流した。

15年、私はこのプロジェクトにシルベスターが関わっていると知り、本当に困惑した。拷問シーンを平気で拡散させるとは、かつてのメンターと同じ人間とはとても思えなかった。何年も後になって彼に会い、ナイジェリアプロジェクトについて尋ねる機会を得た。気まずい笑いを見せたのを除けば、彼は良心の呵責というものを見せることはなかった。ＣＡの下請けとしてＡＩＱは世界に大混乱を引き起こしたというのに、うまいこと心の中では折り合いを付けたようだった。

国民投票前のイギリス、政治環境が極度に悪化

16年6月16日の午後、英ウェストヨークシャー州の小さな町バーストールで悲劇は起きた。残留派の労働党下院議員ジョー・コックスは「相談室」でのミーティングに参加するため、地元図書館に向かって歩いていた。政界の伝統に従って2週間ごとに「相談室」に行って選挙区民に会い、社会福祉など地元の悩みを聞くのである。図書館の入口まであと数歩というところで、野球帽をかぶり、ソードオフショットガン（銃身と銃床を短くしたショットガン）を手にした男に立ちふさがられた。

男は「イギリス第一《ファースト》！」と叫びながら、至近距離で41歳のコックスを撃った。続いて駐車中の車の間まで彼女を引きずり、ナイフで何度も刺した。驚いて駆け寄ってくる通行人を振り払いながら「イギリス第一！　これはイギリスのためだ！」と叫び続け、最後には再びショットガンに弾丸を込めて彼女の頭を撃った。2児の母でもある下院議員は歩道上で息絶えた。

ジョー・コックスの殺害はイギリス全土に衝撃をもたらした。アメリカと違ってイギリスでは銃犯罪はそれほど多くないので、なおさらだった。議会近くの広場パーラメントスクエアには同僚議員が通夜のために集まり、多くの追悼者が置いた花束によって記念碑が出来上がった。その後、犯人が白人至上主義者でナチ信奉者であることが明らかになり、離脱派と残留派の間の緊張は一段と高まった。そこで両派はいったん〝休戦協定〟を結んだ。コックスへの追悼の意味を込めて、3日間にわたって運動を控えるということで合意したのだ。国民投票まで1週間しかない状況を考えると、異例のことだった。

ただしAIQは違った。イギリスのメディアに気付かれることはないと判断して、ボートリーブのデジタル広告をこっそりと続けたのである。ナイジェリアで「衝撃ビデオ広告」を流した後だっただけに、殺害された下院議員の追悼期間にほんの少しだけデジタル運動を展開することに何のためらいも感じなかったようだ。

このころまでにイギリスの政治環境は極度に悪化していた。残留派と離脱派双方の議員は日常的な脅迫にさらされていた（脅迫された議員の大半は残留派）。一方で、人種差別絡みの暴力事件がにわかに増え、ソーシャルメディアは毎日のように炎上していた。国内政治に無関心な市民はほとんどいなくなり、誰もが目を覚まして怒りを爆発させていた。非常に大きな怒りを。

離脱派が発するメッセージの多くは、有色人種とEU内移民のほか、政界用語で「大都市エリート」と呼ばれる有権者層も標的にしていた。離脱派による人種攻撃に関しては、ボートリーブは明らかにリーブEUに委任していた。リーブEUは喜んで――そして誇りを持って――人種攻撃の任務を引き受けた。コックス殺害の数日前、リーブEUのファラージが公開した運動用ポスターは、褐色の肌をした移民の大群が押し寄せてくるイメージを見せながら「もう限界だ」と訴えていた。これを見て１９３０年代にナチスが使ったプロパガンダ――大勢のユダヤ人がヨーロッパになだれ込んでくるイメージ――を連想する人も現れた。

カナダからブレグジット国民投票劇を眺めながら、私は「ボートリーブはリーブＥＵと同じではない」と自分自身に言い聞かせた。友人の多くがボートリーブで働いていたからだ。ファラージのリーブＥＵはＣＡを使った人種差別運動であり、どう考えたってボートリーブが迎合するはずがない！

だが、私の考えは甘かった。

ビリーブの存在がクローズアップ

国民投票まで数週間となり、ボートリーブは公的資金７００万ポンドをほとんど使い切っていた。法的には追加資金の受け入れは認められていないし、ほかの運動団体との連携も認められていない。しかし、カミングスはどうしても追加資金を確保したいと思い、抜け道を考えた。ＡＩＱの利用である。ＡＩＱはボートリーブが持つ広告費の大半を使って、デジタルターゲティングを手掛けていた。特定の有権者層をターゲットにして、エンゲージメントを高めたり怒りに火を付けたりするのを得意とし、高く評価されていた。

ＡＩＱのターゲットの多くは普段投票所へ足を運ばない有権者だ。このような有権者を説得して投票所へ向かわせれば、たとえ世論調査で残留派が有利との予想が出ていても、離脱派は勝利できるかもしれなかった。伝統的な選挙運動や世論調査で除外されてきた「ニッチ有権者」をターゲットにしてエンゲージメントを高めればいいのだった。とはいっても、ボートリーブに法的に認められた予算では足りず、現実には運動資金不足に直面していた。このままではＡＩＱに十分なデジタルターゲティング予算を与えられず、予想を覆すほどの変化を起こせそうになかった。しかも、国民投票は目前に迫っていたから、早急に追加資金を必要としていた。

そんななか、ビリーブの存在がクローズアップされた。それまでビリーブはボートリーブ本部のインターン２人――サニとグライムス――に任され、完全に自立していた。有料広告は皆無で、コンテンツ制作費は事実上ゼロ（サニとグライムスが空き時間を使って手弁当でコンテンツを制作していた）。ボートリーブは必要に応じて２人にアドバイスし、資金援助するにしても個別に１００ポンド出す程度だった。

同時期にパーキンソンはサニに急接近した。サニがロンドンから遠く離れたバーミンガムに住んでいたのを知っていたので、「仕事の後はうちに泊まればいいよ」と声を掛けたのだ。結局、２人は付き合うようになった。

サニは当時22歳であり、同性愛者であることを家族にも知らせていなかった。すべて新しい体験であり、困惑した。職場のボスと密接な関係になるという状況にどのように対応していいのか、皆目見当も付かなかった。一方で、イギリス政界の最上層部で働くベテラン――パーキンソンは後の首相テリーザ・メイの特別顧問を務めた――から目をかけてもらい、非常に喜んでいた。パーキンソンに連れ出され、「君の仕事には満足している。このままうまくやれば、素晴らしいキャリアが待っているよ」と言われたものだ。２人の関係を内密にしておくことでも同意した。

ビリーブは有権者の間で注目される存在になっていた。サニとグライムスが制作したコンテンツの一部はバイラル化し、ボートリーブの有料広告さえも凌駕した。ビリーブのグラフィックスは進歩的なテーマに特化していた。例えば「タンポン税」を取り上げ、「イギリスがＥＵから離脱したら、ＥＵ加盟27カ国から同意を得なくても、女性蔑視的なタンポン税を廃止できる」と主張していた。ビリーブが掲げる進歩的社会正義に共鳴するユーロスケプティック層が存在するのは明らかだった。

違法行為に加担させられた2人のインターン

6月23日の国民投票まであと数週間のとき、ボートリーブのアウトリーチ責任者クレオ・ワトソンがグライムスとサニの2人を呼び、潜在的ドナー（資金支援者）に引き合わせた。2人はボートリーブ本部でドナーに会ってビリーブ制作のコンテンツについてプレゼンし、「インパクトの点でわれわれのアウトリーチ活動はボートリーブの有料広告を上回ることもあります」などとアピールした。

私はプレゼンの内容を知っていた。グライムスから事前にプレゼン資料を見せられ、フェイスブック向けターゲティングの最適化と必要な予算額についてアドバイスを求められていたからだ。良いプレゼン資料であり、使用すべき指標や売り込み方法について私なりの意見を述べておいた。だが、ドナーは最後には資金提供を断った。

その後、ボートリーブ幹部の一人が2人に対して新たな提案を行った。「カネを調達するいい方法を見つけた。そのためにまずはペーパーワークをやってほしい」。ペーパーワークとは、ボートリーブからビリーブを切り離し、別の運動団体にする事務手続きのことだった。その後、2人はボートリーブの法律顧問に促され、銀行口座の開設や設立規約の作成に着手した。設立規約については法律顧問が草案を用意してくれたので、サインするだけでよかった。

このときグライムスもサニも知らなかったことがある。ビリーブはボートリーブと二人三脚で活動していた。にもかかわらず「ビリーブは別団体」と主張して追加資金を調達し、独自予算を持つとどうなるか。実質的に上限を超えて運動資金を支出したと見なされて、選挙法違反に問われかねない。このようなリスクについて2人は何も知らされていなかった。だから以前と同様に引き続きボートリーブ本部で働き、ボートリーブのイベントに参加し、ボートリーブのビラまきを手伝ったのである。

翌週、グライムスとサニはボートリーブから「追加資金がようやく入る」との連絡を受けた。２人にとって想定金額（数千ポンド）をはるかに上回る70万ポンドで、ボートリーブ陣営にとっては単一の支出項目として最大になるのだった。一つ問題があった。ビリーブは独立団体であるから、法的に70万ポンド全額を自由に使う権利を与えられる。つまり、ボートリーブはビリーブをコントロールできなくなる。そこで２人に対して「ビリーブの銀行口座に追加資金は振り込まない。代わりにＡＩＱへ直接送金する」と伝えた。

どういうことなのか。２人は70万ポンドの使い方については決定権を持たず、ＡＩＱからの経費請求を機械的に承認するだけの役割を与えられたのだ。サニはがっかりし、ボートリーブに対して「せめて旅費と食費くらいは出してくれませんか」と打診してみた（彼はビリーブの財務部長兼事務局長だった）。だが、ビリーブとの表面的なつながりを絶ちたいボートリーブの上司にＯＫしてもらえなかった。２人は違法活動に組み込まれたということをまったく認識していなかった。「すべてうまくいっているよ」と言い続ける法律顧問とボートリーブ幹部を全面的に信用していたのである。

これ以上に悪質だったのは、ボートリーブの法律顧問が設立関係書類にビリーブ代表者としてグライムスとサニの名前を書き込んでいたということだ。何か法的な問題が起きれば２人が個人的な責任を負うのである（結果的に大きな問題が起きた）。

このようなやり方はイギリスの選挙運動では珍しいことではなく、過去に何度か明るみに出て糾弾されている。特に保守党サイドで顕著だ。選挙法違反に問われると選対本部の最高顧問は個人的な責任を負うことになりかねない。それを回避するために身代わりを立てる。通常、経験が浅くて若いボランティアに目を付け、選対本部の「代理人」に指名する。違反行為が発覚すれば「代理人」が個人的にすべての責任をかぶる。

要するに、不正が暴かれても身代わりが事前に用意されているから、首謀者は無傷で逃げおおせ、今までと変わりなく権力を謳歌し続ける。その陰で裏切られたボランティアが犠牲になり、苦しむのである。

離脱派勝利後に真相を知る

6月23日、ついに国民投票の日が訪れた。南イングランドが土砂降りの雨にさらされるなか、ロンドンっ子は家を出て投票所へ向かった。ところが、豪雨の影響で夕方に地下鉄が運休になるなど公共交通機関がまひし、大混乱した。グライムスとサニも含めボートリーブ運動員の大半は激戦地域に繰り出して、有権者に向かって投票を呼び掛けた。港湾都市ドーバーでも大雨の中で大勢の運動員が手分けして、戸別訪問を展開した。ドーバーは船便でも鉄道でもヨーロッパ大陸への玄関口であり、イギリス側から見れば英仏海峡に入る前の最終地点である。右派タブロイド紙サンが1面に大きく掲げた見出しは偶然にもなじみのある言葉を使っていた。「イギリスを信じよう《ビリーブ・イン・ブリテン》」だ。

私はＡＩＱがブレグジット運動に参画していたとはつゆほども思わなかった。だが、国民投票日の夜になり、初めて真相を知った。パーキンソンからテキストメッセージで送られてきた写真には、ボートリーブ本部内でＡＩＱのマシンガムと一緒に微笑むパーキンソン自身の姿が写っていた。背後にある曇った窓ガラスの向こうにはイギリス議会の輪郭が浮かび上がっていた。カナダに戻って以来、私は何度かシルベスターに会って話をしていたというのに、ブレグジット運動とのつながりについては不思議にも一言も聞いていなかった。国民投票後に各運動団体の支出概要が公表されると、ＡＩＱはボートリーブ予算の40%を受け取っていたことが明らかになった。これ以外にもビリーブを含めたブレグジット推進派団体から合計で数十万ポンドもの支払いを受けていた。

今になって私は全体の構図をはっきり理解できる。カミングスはＣＡを囲い込もうとしたものの、一足早くリーブＥＵに取られてしまっていた。そこで抜け道を使った。外国に拠点を置き、誰も社名を聞いたことがないようなＣＡ子会社の一つ——ＡＩＱ——を利用したのだ。ＡＩＱはＣＡのインフラ担当だ。社名は違ってもＣＡの全データを処理していたし、ＣＡとまったく同じ機能を備えていた（ボートリーブの説明によれば、ＣＡのフェイスブックデータにはアクセスできなかった）。

私は何も知らされていなかった。ＣＡとけんか別れしたから——ＣＡに愛想を尽かして辞めたスタッフは大勢いた——ＣＡ内の誰からも内情を教えてもらえなかったのだ。ＡＩＱのシルベスターはアフリカやカリブ海での怪しいプロジェクトについては包み隠さずに話してくれていたのに、ブレグジットについては沈黙を貫いていた。ブレグジット陣営から最大級の政治プロジェクトを受注していた手前、気が引けたのだろう。プロジェクトマネジャーのマシンガムも同じだった。

選挙運動向けマイクロターゲティングを自ら手掛けた経験から言うと、国民投票前の運動期間中に伝統的メディアが報じるコンテンツは、有権者である個人やグループがフェイスブックなどで実際に目にするコンテンツと同じではない。私は底流で進行している邪悪なたくらみにすぐに気付いた。そんななか、投票率は72％を記録した。開票が始まると、当初は離脱派と残留派が拮抗する状態が何時間も続いたが、最後には離脱派が全体の51・89％の票を獲得して勝利した。

このとき私は知らなかったのだが、ボートリーブはトマス・ボーウィックをスカウトして最高技術責任者（ＣＴＯ）に任命していた。ボーウィックはボートリーブ入り前にはＳＣＬに所属し、アレクサンダー・ニックスの下でカリブ海諸国を対象にしたデータ収集プロジェクトをいくつも行っていた（ただし、ＳＣＬがカリブ海諸国で行っていた非合法活動に彼も関わっていたという証拠はない）。ボーウィックが開票後に明らかにした数字によると、国民投票日までの数週間でボートリーブとＡＩＱは合わせて１００種類以上の広告を拡散させ、ターゲット有権者に向けて１４３３種類のメッセージを流した。カミングスが後になって明らかにしたところでは、これらの広告へのアクセス数は1億６９００万回に達していた。ボートリーブはターゲットを数百万人に絞り込んで集中的に広告を流していたため、ターゲット有権者のニュースフィード上はボートリーブのメッセージであふれ返っていた。

残留派の「プロジェクトフィア」は逆効果

イギリス国民はＡＩＱが展開した大掛かりな情報作戦のターゲットになり、離脱派に勝利をもたらしたわけだ。残留派は誰と戦っているのかをきちんと理解できずに敗退した。ＣＡの推論では、有権者は挑発されて怒りを爆発させると、合理的な説明を求めなくなり、無差別に懲罰的な行動に走る。こうなると「経済的不利益を受ける」といったメッセージを目にしても気にしなくなる。一種の免疫を得るのである。一部の有権者はむしろ経済的不利益を甘んじて受けようとさえする。自ら経済的不利益を受けることによって、大都市エリートや移民など外部のグループを苦しめることができると考えるからである。言い換えると、彼らの投票行動は一種の懲罰なのである。

このような手法は残留派の「プロジェクトフィア（恐怖）」に対してとりわけ効果的だった。有権者に対して「ＥＵ離脱は経済的大惨事をもたらす」と訴えたのがプロジェクトフィア。怒るターゲットに向かって経済的大惨事という恐怖を見せて脅す格好になり、逆効果になった。怒りから発生する「感情バイアス」があると、人間はネガティブな結果を直視しなくなり、無謀な行動に出る傾向がある。投票所で票を入れるときでも、酒場でけんかするときでも、基本は同じだ。もし実際に酒場でけんかした経験があるならば、相手を思いとどまらせるにはどうしたらいいのか分かるはずだ。決して脅してはいけない。脅すのは最悪の方法であり、相手を危険な行動に走らせて状況を悪化させるだけだ。

残留派は経済的大惨事に触れる際にもう一つ過ちを犯した。有権者に対して「経済とは何だと思うか？」と丁寧に尋ねなかったのである。ＣＡの分析によれば、地方在住者や低所得者層の多くは「経済」という概念を外在化し、大都市在住者と富裕層の問題と考えていた。言い方を変えれば、「経済」は地元スーパーの仕事ではなく銀行家の仕事だと見なしていた。だから、貿易戦争のような経済的リスクに直面しても、「リスクを負うのは金持ち」と結論して恐れることはなかった。「ＥＵ離脱で経済が混乱する」という議論を何度も聞いて、「ＥＵ離脱で富を失う金持ちが臆病風に吹かれている」という確信をますます強めた。これによって自分たちの力に自信を持ち、その力を振るいたくなったのである。

離脱派勝利の後、イギリス全土がショックと恐怖に包まれた。デービッド・キャメロンはダウニング街10番地前に姿を現して重苦しい声明を出し、10月までに首相を退任する意向を表明した。為替市場ではユーロと英ポンドが急落し、世界の主要株式市場は大幅安に見舞われた。すぐに2度目の国民投票の実施を訴える請願書が出回り、国民投票から72時間で３５０万人以上の署名が集まった。アメリカでは驚きと混乱が広がった。評論家がアメリカ人にとってのブレグジットの意味合いを論じるなか、オバマ大統領は「平静を保ち、普段の生活を続けよ（第2次世界大戦勃発時にイギリス政府が国民の士気を高めるために作成したポスターの文言）」的な姿勢を示し、「何があっても変わらないことが一つある。英米の特別関係だ」と言った。

国民投票翌日、共和党大統領候補のドナルド・トランプはたまたまスコットランドのゴルフリゾート「トランプターンベリー」を訪問中だった。離脱派の勝利について問われ、「大変に良いこと」として離脱派の勝利をたたえた。そのうえで、「国民は自国を取り戻したいと思っているし、独立したいと思っている。世界中の誰もが怒っている……国境を越えて大勢の人たちが自国に押し寄せている。彼らが誰なのかまったく分からない。だから怒っている。いろんなことに対して非常に怒っている」とコメントしている。

　このとき世界はまだ知らなかったのだが、ブレグジットは「犯罪現場」である。バノンが何年も前に仕掛けた革命運動の最初の犠牲者がイギリスだったのだ。ブレグジット運動を率いた「愛国者」は顔のないＥＵの束縛を解き放ち、イギリスの国内法復権を実現しようと大声を上げていた。皮肉にも、彼らはその国内法を欺くことで国民投票に勝利しようと決意した。そのために、ＣＡとつながる海外企業ネットワークをつくり上げ、われわれの民主主義を守る当局のチェックから逃れた。

　アメリカでこれから起きることの予兆であるかのように、ブレグジット騒動では一つの新パターンが浮き彫りになった。誰も知らない外国勢力が、出所不明の巨大データセットを兵器にして国内選挙に介入するのである。ソーシャルメディアを運営する企業は、自社プラットフォーム上を流れる選挙広告については何のチェックも入れていない。民主主義に混乱と破壊をもたらす敵対的勢力にストップをかける監視役はどこにも存在しないのだ。

第10章 アプレンティス

THE APPRENTICE

ドナルド・トランプからアドバイスを求められる

「私の経験から見ても、これほど奇妙な事件は珍しいですね」。２０１５年6月、ロンドンの法律事務所内。弁護士はケンブリッジ・アナリティカ（ＣＡ）の手紙を読みながら感想を述べた。私がライバル会社を立ち上げてトランプ陣営をクライアントにしようとしている、と手紙は断じていた。

ドナルド・トランプが私の人生に登場するようになったのは数カ月前の15年春のことだった。発端は共和党コンサルタントのマーク・ブロック。私がかつてＣＡで手掛けていたプロジェクトとはまったく異なる提案を携えて、「興味ある？」と誘ってくれた。トランプ一族が経営する「トランプ・オーガニゼーション」は、トランプ自身がホスト役を務めるリアリティー番組『アプレンティス（見習い）』や主要事業の一つであるホテル・カジノ事業をてこ入れしようとしていた。その一環として外部のアドバイザーを探しているというのだった。ブロックはロンドン在住のジュシカスとゲトルソンの2人にも声を掛けていた。私は2人と話し合い、トランプ・オーガニゼーション幹部と意見交換することにした。

われわれは電話会議でトランプ側とつながった。テーマは『アプレンティス』の視聴率低下やホテル・カジノ事業の不振。オンラインギャンブルが台頭しているうえ、グループ全体が「セクシーでやり手の億万長者ドナルド・トランプ」というブランドに全面依存している状況に経営陣は不安を抱いていた。従来型カジノ事業は時代遅れになっていたし、年老いてオレンジ色になったC級スター（トランプのこと）はもはやセクシーでもなければ、面白くもなかった。色あせたトランプブランドでは新規顧客を呼び込めないと経営陣は結論し、事業再生に向けわれわれにアドバイスを求めたのだった。

もっとも、事業再生とはいっても具体性に欠け、いらいらさせられるほどつかみどころがなかった。そもそもトランプ側は、われわれのこともよく分かっていないようだった。無料アドバイスを求めているだけなのだろうか、と私は思わずにいられなかった。そんなわけで、「1カ月後にトランプタワーでミーティングしたい」と言われたとき、すぐに断った。ジュシカスとゲトルソンに任せればいいと思った。

1カ月後、ニューヨークにあるトランプタワー内のレストランでミーティングが開かれた。「ドナルド・トランプと関連商品のイメージを高め、トランプブランドをよみがえらせるためにはどんなデータを使えばいいのか？」「データを手に入れたら誰をターゲットにすればいいのか？」――。トランプ側から出てくる質問は、前回と同様にやはりつかみどころがなかったようだ。

ミーティング後、ゲトルソンは私に連絡してくれた。おかしくてたまらない様子だった。「冗談と思うかもしれないけれども、トランプは大統領選挙に出馬するらしいよ」。ミーティングには「トランプ陣営の選対本部長」を名乗るコーリー・ルワンドウスキーも参加していた。ゲトルソンとジュシカスに対して「トランプは真剣に出馬を考えている」と念を押したうえで、「選挙運動を手伝ってもらえないか?」と誘いを掛けてきたという。

私はまっぴらごめんだった。第1に、再び選挙運動に関わることになる。政治と距離を置くためにＣＡを辞め、ロンドンを離れたのである。第2に、トランプは滑稽な人物であり、出馬しても必ず失敗すると思った。第3に、トランプは共和党所属だ。右派政治家のために汚い仕事をするのは終わりにしたかった。リアリティー番組の視聴率向上策を考えるのはまだしも、大統領選挙出馬を目指す共和党員をバックアップするのは論外だった。ゲトルソンも同じように考えており、「トランプ大統領計画は失敗する」との意見で一致した（ジュシカスはそうでもなく、その後共和党の選挙戦コンサルタントになる）。

ＣＡから訴訟を予告される

それから数週間後——15年6月5日——ＣＡから手紙が届いた。ＣＡはゲトルソン、ジュシカス、私の3人を相手に訴訟を起こすつもりだという。われわれはＣＡのクライアントを勧誘し、守秘義務契約の中の「勧誘禁止条項」に抵触したと断じ、2週間以内の対応を求めていた。われわれがＣＡから奪い取ろうとしたクライアントとは誰なのか? 驚いたことにドナルド・トランプだった。とんでもない言い掛かりだ。それでも私は弁護士を雇った。できるだけ早く決着をつけたかったからだ。

最初のミーティングで弁護団は困惑を隠しきれなかった。無理もない。想像してみてほしい。世間的にＣＡもスティーブ・バノンも無名の存在だったときに、私は次のように説明しなければならなかったのだ。

「つまり、ここにＣＡという軍事心理戦の専門業者があります。共和党の億万長者に買収されました。一方、ドナルド・トランプはＣＡを辞めた私に声を掛け、アドバイスを求めてきました。そう、リアリティー番組『アプレンティス』のホスト役を務めるあのトランプです。どうやら大統領選挙に出馬するようです。しかも秘密裏にＣＡのクライアントになっていました。だからＣＡは私を訴えているわけです……」

　このころにはＣＡはまるで伝染病のように共和党内の隅々にまで食い込んでいた。連邦上下両院の選挙戦に出馬する有力共和党候補を次々とクライアントに加えていたほか、共和党系右派利益団体から複数のプロジェクトを受注していた。その一環として、若年層に広がる軍国主義などの文化現象を研究していた。一見すると大成功している。ところが、水面下ではマーサー一族をはじめ共和党全体をだます格好になっていた。というのも、マーサー一族が支援する大統領候補テッド・クルーズをクライアントにしておきながら、対立候補のドナルド・トランプとも裏取引していたからだ（私はＣＡに訴えられたから全貌を把握できた）。そのうえ、バノンはマーサー一族とは異なるアジェンダを掲げ、クルーズを嫌っていた。

　弁護団は私の説明を聞くと、心配無用だと強調した。「事情はよく分かりました。大丈夫です。企業が似たような手紙を送り付けるのは日常茶飯事です。通常は警告で終わりです。今回もＣＡ幹部が不安になっただけでしょう。後はわれわれに任せてください」

　実際には高くついた。私はＣＡからしつこく嫌がらせを受け、金銭的な出費に加えて精神的なストレスにも耐えなければならなかった。早く解放されたいと思い、「共和党プロジェクトとの関わりを禁止する誓約書を書いてもいい」と提案してみたら、「データプロジェクトとの関わりを完全に絶つ誓約書を出してほしい」と逆提案された。もちろん受け入れるわけにはいかなかった。

その後も何カ月にもわたってやり取りを続け、ますます不可解な状況下に置かれた。例えばＣＡ内に「クリス・ヤング」と「マーク・ネトルズ」という架空スタッフが存在することに気付いた。明らかに前者は私、後者はゲトルソンのフェイクだが、ＣＡのウェブサイト上には実在するスタッフとして示されていたし、ＣＡがクライアントとやり取りする際にも実在スタッフとして扱われていた。

結局、私は譲歩してＣＡ側と事実上の「スーパー秘密保持契約書（ＮＤＡ）」を交わした。ＣＡ在籍時のことを一切語らないという誓約をしたのである。内部告発者としての私に仕掛けられた最初のわながスーパーＮＤＡだった。もちろん私はわなだとは気付かなかった。

トランプ台頭を理解できないカナダ人

カナダに戻って私はホッとした。トルドー政権の自由党調査局（ＬＲＢ）に加わり、穏やかでフレンドリーな職場環境に恵まれたからだ。電話会議とミーティングを中心に仕事をこなし、パワハラを趣味にするような上司とは無縁になった。落ち着いて働けるのがうれしかった。

16年3月、トルドー政権の幹部から電話をもらい、業務外の分野での協力を求められた。「アメリカでヤマ場を迎えている共和党大統領予備選挙について意見を聞かせてほしい。特にドナルド・トランプ。なぜ世論調査で人気急上昇中なのか、理解に苦しんでいる」

3月1日のスーパーチューズデー（候補者指名争いの最大の決戦）では、トランプは全11州のうち7州で勝利して大躍進。全国各地の遊説先でも大人気で、数千人に上る熱狂的支持者から歓声を浴びていた。とんでもない言動で挑発的に振る舞えば振る舞うほど、世論調査でリードを広げていくように見えた。スーパーチューズデーから2日後の大統領候補討論会では、よりによって自分のペニスの大きさをめぐり、フロリダ州選出の上院議員マルコ・ルビオと言い争いになった。「はっきり言っておこう。小さいなんていうことはあり得ない。保証する」。それから2週間後、たったの1日で5州1地域の予備選挙で4勝し、ついにルビオを撤退に追い込んだ。

トルドー政権はトランプの台頭にまだ不安を抱いていなかったものの、興味を持ち始めていた。テレビのリアリティー番組タレントが大統領候補として浮上している状況があまりにも滑稽で奇妙に思えたからだ。何でそんなに人気なのか？　アメリカ人はいったい何を考えているんだ？　多くのカナダ人と同様に、トルドー政権スタッフは「後進国アメリカ」で起きている珍事を見て首をかしげ、悦に入っていた。

アメリカ人やイギリス人と違い、カナダ人はトランプ人気の背後にあるポピュリズムを理解できないようだった。メディア王ルパート・マードックの影響下にあるメディアとは無縁だったからかもしれない（アメリカにはテレビ局フォックスニュース、イギリスにはタブロイド紙サンがあり、いずれもマードック傘下）。

英米との違いはほかにもある。例えば、カナダは安全志向が強い銀行システムに依拠している。だからリーマンショックが起きても、それほど深刻な住宅危機や金融危機に見舞われずに済んだ。さらには、愛国主義と移民支持が共存できる社会を築いているという点で、経済協力開発機構（ＯＥＣＤ）加盟国の中では特異な存在だった。となると、ブレグジットとトランプを理解できずに困惑しているカナダ人は誰にアドバイスを求めるのか？　ブレグジットとトランプを理解できる同胞、つまり私に頼るのである。

カナダ人にとって大国アメリカに隣接して暮らすというのは、どういう意味合いを持つのだろうか。１９６０年代後半から80年代にかけてカナダ首相を務めたピエール・トルドーはかつてこう表現した。「巨象と一緒に寝ているようなものだ。巨象がどんなに優しくて穏やかであっても、ぴくりと動くこともあるし、鳴き声を上げることもある。そのたびにわれわれはびっくりする」

だからこそ、トランプは大統領選挙に勝利する前の段階で——この時点で勝利を予測する向きはほとんどなかった——すでに貿易面で波乱を引き起こしていたのだ。北米自由貿易協定（ＮＡＦＴＡ）を毛嫌いし、「ＮＡＦＴＡのせいで雇用が失われている」と決めつけて有権者の怒りをあおっていたのである。カナダ側が心配していたのは、大統領選挙の結果よりも反ＮＡＦＴＡ運動の行方だった。反ＮＡＦＴＡ運動が勢いづけば、ＮＡＦＴＡに深く関係するアメリカ各州の知事選挙や議会選挙に影響が及ぶ。そうなるとアメリカ全体の貿易政策が大きく変わりかねない。

「壁を建設しろ！」に聞き覚え

当時ＣＡは一般市民の間でまだ認知されていなかった。しかし、アメリカ大統領選挙にＣＡが絡んでおり、私がＣＡの設立に深く関わっていたということは、職場内では周知の事実だった。トランプが躍進するにつれて職場の同僚はますます関心を強め、私の見解を求めるのだった。私はＣＡがどのように有権者の意識を操作しているのかを説明した。「神経症的で陰謀論好きの有権者をターゲットにしたうえで、カスタム仕様のメッセージを流して不安や怒りをあおる」「フェイスブックから個人データを入手し、場合によってはユーザーの行動を配偶者よりも正確に予測する」「個々の有権者について心理プロファイルを作成し、共和党支持者の間で事実上の過激派グループを生み出す」——。

確かにトランプは挑発的なレトリックを使い、一定割合の有権者から共感を得ていた。だが、水面下でＣＡから支援を受けることで、選挙運動の次元を高めてより大きな成果を上げていた。

少し詳しく説明しよう。トランプ陣営はまず「通常は共和党に投票しない有権者」と「投票経験が皆無の有権者」をターゲットに定めた。これによってアピールすべき有権者の裾野を広げるのだ。同時に「有権者抑圧」を展開する。具体的には、アフリカ系アメリカ人をはじめマイノリティーの投票意欲を削ぐ。例えば、左派の社会正義レトリックを駆使して「ヒラリー・クリントンは白人至上主義思想の伝道者」と吹聴し、マイノリティー有権者が民主党のクリントン陣営に投票しないよう圧力をかける（そうしながら陰で白人至上主義者のために運動している）。狙いは単純明快。あらゆるデモグラフィック（人口統計学的属性）を対象に、有権者を左派イデオロギーから引き離し、ジル・スタインのような泡沫候補へ投票するよう促すのだ。

私はＣＡから訴えられてトランプに注目するようになった。トランプがＣＡのクライアントだと判明したからにほかならない。選挙戦の序盤では、トランプはめちゃくちゃで本命視されていなかった。ところが、「壁を建設しろ！」「ヘドロをかき出す」といったフレーズを繰り返し使うようになると、世論調査でにわかに人気になり始めた。

私はゲトルソンに電話し、「気味が悪いけど、聞き覚えがない？」と尋ねた。なぜなら、トランプが出馬表明するよりもずっと前にＣＡが実験で発見したフレーズ――バノンに送った報告書の中にも記されている――とうり二つだったからだ。これが何を意味していたのか。２０１６年春の間、ＣＡは表向きクルーズ陣営を支援するのにずっと忙しくしていた。にもかかわらず、ＣＡの研究が生み出した成果物は水面下でトランプ陣営に渡っていたということだ。

予備選挙が進むにつれて、トランプ陣営が勝利する展開も見えてきた。すると、カナダ政界の反応は「やつはクレイジーだからね、ハハハ」から「やつはクレイジー……でも、隣で寝ている巨象の大統領になるかもしれない」に変わっていった。

真実を語るためにシリコンバレーへ

ブレグジット勝利とトランプ勝利が同時並行で現実味を帯びるなか、私は「真実を話すべきだ」と思うようになった。そこでシリコンバレーの友人に連絡を入れた。

そのうちの一人——ここでは「シーラ」と呼ぶことにしよう——はベンチャーキャピタル会社のアンドリーセン・ホロウィッツにコネを持っていた。同社の共同創業者は有名な起業家マーク・アンドリーセンだ。１９９０年代前半、イリノイ大学在学中の彼は大学職員のエリック・ビナと共にウェブブラウザー「モザイク」を開発し、インターネットの利用環境に革命的な変化を起こした。モザイクの開発企業はネットスケープへ社名変更し、95年のＩＰＯ（新規株式公開）でインターネット時代の幕開けを象徴する存在になった。アンドリーセンは数億ドルに上る巨富を築き、スカイプやツイッター、グルーポン、ジンガなど有力スタートアップに次々と投資してきた。今ではフェイスブックの社外取締役も務めている。

２０１６年の春、私はシリコンバレーへ飛び立ち、ＣＡでの体験を語る旅に出た。まずはメンローパーク市サンドヒルロードに本社を構えるアンドリーセン・ホロウィッツに向かった。シーラが同社社員とのミーティングをアレンジしてくれたのだ。本社ビルの第一印象は、郊外に住む中高所得者層が利用する歯科医院だ。中の様子は少し異なる。平凡なロビーを抜ければ、壁に掛けられた高価なアートが迎えてくれる。

会議室に集まったアンドリーセン・ホロウィッツ社員を前にして、私は①ＣＡとはどんな会社なのか、②ＣＡはどのようにして何百万人に上るフェイスブックユーザーの個人データを盗んだのか、③ＣＡはどんな不正手段を使って選挙に介入しているのか——などについてざっと説明した。最後に

「皆さんのボスはフェイスブックの大株主兼取締役です。フェイスブックは何が起きているのか把握する必要があります」と強調した。「ちょっと調べてみます」という反応を得られたものの、実際に彼らが何らかの行動を取ったのかどうかは不明である。

そんななか、私は「フェイスブック取締役の一人がＣＡ問題に関心を寄せている」という情報を耳にした。ならばサンフランシスコのミッション地区で開催されるパーティーに顔を出してみよう、と思った。フェイスブックのバイスプレジデントがゲストとして招待されていると聞いたからだ。パーティー会場に着くと、周囲がフェイスブック社員ばかりであることに気付いた。大半が体にぴったり合ったグレーTシャツ――シリコンバレー標準服――を着込み、同じ話題で盛り上がっていた。体脂肪を減らす食事法ケトジェニックダイエット、食料不足を解決する完全栄養食ソイレント、従来型食事が「過剰評価」される理由――。私はなかなか会話に入り込めなかった。

幸いにも、いったん「ＣＡからやって来た男」と紹介されると、一気に注目してもらえた。誰もがＣＡについてのうわさを耳にしていたし、誰もがＣＡの存在に気付いていたのだ。後になって知ったのだが、15年9月時点ですでにフェイスブック内の社員グループはＣＡについて議論し、「ＣＡによるデータ収集疑惑を調査すべきだ」と提案していた。同年12月にも再び「調査すべきだ」と声を上げていた。その後、アメリカ証券取引委員会（ＳＥＣ）にも通報し、ＣＡについて「怪しげなデータモデリング会社であり、われわれのシステム内に深く侵入している」と断じている。

もっとも、パーティー会場で私を質問攻めにしたフェイスブック社員はまったく違うタイプだった。彼らにとっての興味対象は「民主主義がどんな脅威にさらされているのか」ではなく「ＣＡがどんな力量を秘めているのか」であった。くだんのバイスプレジデントも私に会うと平然と言った。「ＣＡと肌が合わずに飛び出したのなら、ライバル会社を立ち上げたらいい。プロパガンダ版ウーバーに対抗してプロパガンダ版リフトを立ち上げるみたいに」。本当か？　道理に反しているし無責任ではないか？　正しい行動を起こせる経営幹部としての立場を忘れているのではないか？

残念ながらこれがシリコンバレーの実態だった。何か問題に直面すると、それが民主主義の根幹である選挙をゆがめるものだとしても、「どうやって解決するか」ではなく「どうやって儲けるか」と反応してしまうのだ。パーティー会場での時間は無駄だった。おそらく大局的な思考能力を失い、目先のビジネスチャンスしか見えなくなっていたのだろう。

アメリカの捜査当局——私も協力した——は最終的に「少なくとも30人のフェイスブック社員がCAの不正行為を把握していた」と結論している。私が後に内部告発者に転じてすべてを暴くまで、フェイスブックは当局へCAの不正行為を通報する姿勢をまったく見せなかったわけだ。

その後、私はアンドリーセン・ホロウィッツのスタッフに誘われて、フェイスブックの非公開チャットグループ「フューチャーワールド（未来の世界）」に加わった。そこではシリコンバレーの有力経営者が集まり、テクノロジー業界が直面するさまざまな問題をめぐって議論していた。私が提起した問題も含めて、である。あるときアンドリーセンはチャットグループ内で「プラットフォームが悪用されている可能性がある」と警告し、自宅での夕食会に数人の著名経営者を招待した。そのうち夕食会メンバーは「フンタ」と呼ばれるディナーグループになった（フンタはスペイン語でクーデター直後の軍事政権を意味する）。

メンバーの一人はアンドリーセンにこんなメールを送っている。「政府は独自のアルゴリズムを使って監視ネットワークを張り巡らせている。アルゴリズムが『フンタ』に反応したら、われわれの存在に気付くかもしれない。だとしたら本当に皮肉だね。だってわれわれは嫌味を込めて『フンタ』という名前を選んだのだから」

賛辞を贈り合うトランプとプーチン

16年初夏になってロシア発のナラティブが突如として表舞台に出てきた。6月中旬、「グシファー2・0（Guccifer 2.0）」と名乗るハッカーが現れ、民主党全国委員会（ＤＮＣ）から文書を盗み出したのだ。1カ月後――民主党が正副大統領の指名候補を決める民主党全国大会の3日前――内部告発サイト「ウィキリークス」は何千通に上る電子メールを公開。これによって民主党側に混乱が生まれ、バーニー・サンダース、ヒラリー・クリントン、ＤＮＣ委員長デビー・ワッサーマンシュルツの間に緊張が走った（ワッサーマンシュルツは直ちに辞任した）。

もちろんニックスも動き始めた。レベッカ・マーサーの依頼を受けてクリントンの電子メールについて嗅ぎ回り、最終的にはウィキリークスにも接触している。ハッキングした電子メールの拡散を狙っているのならばＣＡのサービスを利用する気はないか、と打診したのである。私はＣＡから離れていたものの、ＣＡにまだ在籍していた元同僚から内部事情を聞いていた。すべてが手に負えない状況になっている、と思った。

民主党全国大会の真っただ中、ドナルド・トランプは新たな一撃を放った。7月27日の記者会見で平然とロシアによる選挙介入を求めたのだ。「ロシアよ、もし聞いているのならば、失われた3万通の電子メールを見つけてほしい」。クリントンが私用電子メールを公務に使っていた問題を追及する一環として、ロシア側に協力を呼び掛けたのだ。クリントンをめぐっては当時、捜査当局に電子メールを提供せずに削除したのではないかとの疑惑が持ち上がっていた。

夏から秋にかけ、トランプとプーチンはお互いに賛辞を贈り合う関係になっていた。私はＣＡ時代に目撃した不思議な「ロシアコネクション」を思い出さずにいられなかった。①コーガンがサンクトペテルブルク大学で行う研究、②ＣＡがルクオイル幹部と行ったミーティング、③ロシア政府とのつながりを自慢するサム・パッテン、④ロシア諜報機関をほのめかすＣＡ内部メモ、⑤アメリカ人被験者に対してプーチンについて聞く不可解な実験、⑥ジュリアン・アサンジとウィキリークスにどうやらつながっているブリタニー・カイザー――。当初は「不思議なことが多いけれども、それぞれに接点があるのは偶然だろう」とみていた。だが、今ではとてもそう思えなくなっていた。

7月19日、共和党全国大会でトランプは正式に大統領候補に指名された。私の直感が正しければ、ＣＡは自社のデータツール――私が開発に参画した――を使ってアメリカ人有権者をトランプ支持に向かわせただけでなく、意図して（あるいは意図せずして）ロシア側と協調して選挙結果に影響を与えたはずだ。もちろん私は外からＣＡを眺めていた。でも事実上の透視能力を備えていた。ＣＡがどこまで突き進もうとしているのか知っていたし、根本的に道徳観を欠いているということも知っていたのだ。胃が痛んだ。誰かにすべてを打ち明け、警告しなければならない、との思いを強めた。

そこで私はトルドー政権内部の一人――ここでは「アラン」と呼ぼう――に接触した。ロシアやウィキリークス、ＣＡが絡んだ構図を説明したうえで、「ＣＡがロシアとつながっているのは間違いなく、アメリカ政府と情報共有するべきだ」と進言した。

アランと私はアメリカ大統領選挙を混乱させたくなかった。だから一線を越えるつもりはなかった。われわれが安全保障上の脅威――特にロシアからの脅威――について警告すれば、「外国人がアメリカの選挙に介入しようとしている」と誤解されるかもしれなかった。こうなってはやぶ蛇だ。いろいろ検討した結果、われわれはカリフォルニア州バークレーへ行くことにした。「データと民主主義」をテーマにした会議に顔を出すのである。会議に参加予定のホワイトハウス関係者と会い、目立たないように意見交換すればいい、と考えた。

私が頻繁に相談していた相手はもう一人いた。オバマ陣営のターゲティング責任者を務めたケン・ストラスマだ（私は以前にニューヨークで彼に会い、ＣＡのデータターゲティングについて説明したことがあった）。自分のコンサルティング会社を立ち上げてバーニー・サンダースをクライアントにし、16年の大統領選挙に向けてマイクロターゲティングサービスを提供していた。だから私の話に興味津々だった。

7月下旬にヒラリー・クリントンが民主党の大統領候補に指名されると、私はストラスマから電話をもらった。「サンダースは負けてしまったから、今度はヒラリーのデータチームに会おうと思っている。一緒に来ないか？　そこでトランプ陣営に絡んだ疑惑について話せるんじゃない？」。もちろんイエスと返事した。しかし残念ながら、われわれはクリントン陣営とつながることはできなかった。

ホワイトハウスのスタッフと密会

8月に入り、私は「データと民主主義」の会議に参加するため、トルドー政権のアドバイザー数人と一緒にバークレーへ飛び立った。たったの数日間の滞在予定だったので、シリコンバレーの知人――「ケーラニ」と呼ぼう――に頼ってミーティングをアレンジしてもらった。一番会いたい相手はホワイトハウスのスタッフ２人だ。

ミーティング用に短い時間しか確保できないのは分かっていた。だとするとワンチャンスをものにして、こちらの意図をきちんと伝えなければならなかった。相手側はＣＡについての予備知識を持ち合わせていない可能性もあった。われわれの話を理解できず、事の重大性にも気付かないかもしれなかった。

つまり、われわれは周到に準備しておかなければならないということだった。ケーラニに聞いてみた。「目立たない場所で作戦を練りたいのですが、いい場所はありませんか？」

「どのくらい目立ちたくないの？」と彼女は聞き返してきた。「何なら、携帯電話の電波が届かないような場所も用意できるけれども」

私は笑ってしまった。「それはちょっとやり過ぎかな。でも、それでも構いません」。彼女は住所を教えてくれた。

午後になり、われわれはGPSを頼りに車で目的地を目指した。やがて造船所に行き着き、ケーラニと合流した。彼女の後に従って倉庫を抜け、波止場に向かった。途中、巨大なゴマフアザラシの姿を目撃した。何でこんな所にいるのだろう、と不思議な気持ちになった。ゴマフアザラシを後にすると、今度は40メートル以上のノルウェー船籍フェリーを目の当たりにした。フェリーはさび付いており、安全検査を通らないのは間違いなかった。もともと真っ白だった船体はグレーに変色しており、全体にフジツボが付着していた。誰かが船上からはしごを下ろした。われわれははしごを上り、波で揺れる船の中に入った。

ケーラニが見つけたのは、安全性という点では完璧な環境だった。ハッカー船である。サンフランシスコ湾にいかりを下ろし、訳の分からないテック活動に従事する起業家やプログラマーのたまり場と化していた。われわれは一切詮索しなかった。これまで起きてきたことを踏まえれば、ハッカー船を見てもまったく意外に感じなかった。結局、ここをバークレー訪問中の拠点にした。

翌日、われわれは会議場に到着し、いよいよ非公式ミーティングに臨むことになった。アランは「われわれはトルドー政権の代表ではなくて、個人的な立場でここに来ている。この点を忘れないように」と念を押した。要するに、「カナダ政府を代表しないカナダ政府スタッフ」が「ホワイトハウスを代表しないホワイトハウススタッフ」とミーティングする格好になるわけだ。テーマはアメリカ大統領選であり、最大の焦点はCAと共和党の関係。CAは巨大な監視データベースを築き、外国の諜報機関と連携している可能性があるだけに、ホワイトハウスにとっても他人事では済まないはずだ。

「トランプTV」を恐れるオバマ政権

ミーティングを前にしてホワイトハウス側は「会議で一日中屋内に閉じ込められているから、どこか外で話ができないか」と提案してきた。そんなわけで、われわれはとっぴな環境下で落ち合うことになった。政府関係者一団がUCバークレー（カリフォルニア大学バークレー校）キャンパス近郊に集合する。一脚のピクニックテーブルに着席し、アメリカ大統領選挙に関与するCAとロシアについて意見交換する。その間、マリファナを吸うリュック姿の学生がひっきりなしに行き来している――。

私は直ちに本題に入り、ロシアによる大統領選挙介入にCAが絡んでいると警告した。「外国の諜報機関とつながる集団がトランプ陣営に食い込んでいます。ソーシャルメディアを使って巨大なデータベースを構築し、アメリカ人有権者の行動に影響を与えようとしているんです」。ルクオイル幹部を前にニックスが行ったプレゼンを含めてCAとロシアの関係を説明したほか、選挙の信頼性を著しく損なうプロジェクトの存在も指摘した。

ホワイトハウス側の反応は……大儀そうだった。連邦政府による大統領選挙への関与を疑われると困るからできることはほとんどない、と言い訳していた。私の記憶では「大騒ぎになる（move the dial）」という表現を使っていた。オバマ政権はクリントン勝利を確信しており、クリントン勝利に泥を塗るようなリスクは何としてでも回避したい――こんな思いだったのだ。

今となっては滑稽としか言いようがないが、当時の状況からすると仕方なかったのかもしれない。トランプは選挙で敗退したらフォックスニュースに対抗して「トランプTV」を立ち上げるというわさもあったのだ。トランプＴＶを使って「選挙に不正行為があった」「ディープステート（国家の中の国家）が選挙に介入した」「クリントンはイカサマをした」と主張し、選挙の合法性にケチをつけるわけだ。オバマ政権はこれを恐れ、マイナス材料となりそうな痕跡を一切残したくなかったようだ。ミーティングでホワイトハウス側からトランプＴＶの話を聞き、私は納得した。彼らはすべて分かったうえで行動していたのだ。結局のところ、ここは彼らの国であり、私の国ではない。われわれはピクニックテーブルで握手して別れた。

　このような反応は特に珍しいわけではない。例えばフェイスブック。16年初め、同社幹部は自社プラットフォーム上で大統領選挙に関連して怪しい動きをするロシア人ハッカー集団の存在に気付いた。ところが、自社の評判に悪影響を及ぼすと判断して、公表を控えたばかりか当局にも通報しなかった（フェイスブックがロシアによる情報作戦の概要を初めて公表したのは17年9月。最初に問題を把握してから1年以上、大規模なフェイクニュースへの調査を始めてから7カ月経過していた）。

　結局、私の努力はすべて水泡に帰した。民主党は脅威に目を向けようとしなかった。一方で、何事もウーバー化して解決しようとするシリコンバレーは、どのようにして問題を解決したらいいのか分からなかった。どんなに警鐘を鳴らしても、「心配しなくていい」「事を荒立てるな」などと言われ続けると、人間は「ひょっとしたら自分が過剰反応しているだけかも」と思い始めるものだ。私はクリントン陣営に属していたわけでもないし、ホワイトハウスに属していたわけでもない。ただのカナダ人であり、風に向かって叫んでいただけだった。

　これには面白くないオチがある。クリントンとオバマの両チームが大統領選挙への〝介入〟に非常に後ろ向きであるなか、連邦捜査局（ＦＢＩ）長官のジェームズ・コミーがさっそうと現れてすべてをめちゃくちゃにした。投票日を11日後に控えていたのに、クリントンの私用電子メール問題への捜査を再開すると宣言したのだ。カナダに戻っていた私はニュースを見て、自己破壊的な友人が正気を失う瞬間を目撃した気分になった。恐怖におののくと同時に「あれだけ警告していたのに！」との思いを強めた。友人は自宅だけでなく近隣全体を焼き払おうとしていたのだ。

フェイスブックから実家に手紙が届く

8月下旬、上院議員ハリー・リードはFBIに対して、ロシアによる選挙介入疑惑について調査するよう公然と要求した。当時はなおもアメリカ人の大半がクリントン勝利を信じていた。そんななか、CAがトランプ陣営をクライアントにしていると正式に発表した。オタワのトルドー政権スタッフはびっくりした。CAの影響力について私が警告してきた通りの展開になったからだ。トランプ陣営がCAに加えてロシアの支援を受けているとしたらどうなるだろうか。不安を通り越して危機である。トルドー政権内でトランプ勝利の可能性が話題になったとしても、当時は冗談以外の何物でもなかった。トランプ勝利はどれほどあり得なかったのか？　勝利の可能性を問われたら「想像を絶する」「夢にも思わない」「おぞましくて考えも及ばない」の中から回答を選ばなければならないほどあり得なかった。ミーティング中にスタッフがトランプに触れて「アメリカ人は本当にすごい！　毎回ばかさ加減を増しているんだから！」とからかうこともあった。全員が笑った。いや、全員ではなかった。私は笑わなかった。大規模な心理戦の力を知っていたから。

ドイツ人は「マウアー・イム・コプフ」という表現を使う。直訳すれば「心の中の壁」だ。1990年に東西ドイツが再統一されると、両国を隔てていた国境と検問所は消え、有刺鉄線は撤去され、ベルリンの壁はついに取り壊された。だが、再統一から15年経過してもなお、ドイツ人の多くは東西ドイツの間に依然として大きな隔たりを感じていた。地理的には一体化できたというのに、心理的にはよそよそしさを禁じ得なかった。「心の中の壁」を構築していたのだ。鋼鉄とコンクリートの壁は崩れ落ちても幻影は残り、「ドイツ精神」の中に刻み込まれていたといえる。

アメリカ大統領選挙という舞台にドナルド・トランプは突如として現れ、「壁を建設しろ！」と叫んだ。文字通り壁を建設しようとしているわけではない、と私は思った。だが、民主党と共和党はそろって困惑した。あまりにもばかげた選挙公約を耳にして、まともに反応できなかった。アメリカ人の心の中で何が起きているのか察知していなかったから、なおさらだった。大統領選挙ではダークホースとみられていたトランプは、アメリカ人の心の中をのぞき見することができた。だから物理的な壁の建設をそれほど重要視していなかった。壁の建設を匂わせるだけでいいと考えていた。バノンの野望実現のためにはアメリカ版「マウアー・イム・コプフ」の建設で十分だったのだ。

アランも笑っていなかった。あるミーティングで「トランプが本当に勝つかもしれない」と言った。全員があきれた表情を見せ、一人は「冗談もほどほどにしてよ」とぼやいた。私はアランに同意した。「そうだね。彼は勝つかもしれない」。この瞬間に真相を理解し、戦慄を覚えた。ＣＡ在籍時に自ら開発に携わったツールは、ドナルド・トランプを次期アメリカ大統領にするうえで極めて重要な役割を果たすかもしれない！

２、３週間後、私の実家にフェイスブックから手紙が届いた。どのようにして実家の住所が割り出されたのか、私には見当も付かなかった。母が手紙を転送してくれた。差出人は、フェイスブックが雇った法律事務所パーキンス・クーイだった（大統領選期間中にロシア疑惑に絡んでクリントン陣営が頼ったのもパーキンス・クーイだ。パーキンス・クーイは調査会社を雇い、トランプ陣営とロシア政府とのつながりを示す「スティール文書」の調査を進めた）。

手紙の中でフェイスブックの法律顧問（パーキンス・クーイ）が言いたかったのは「ＣＡが入手した

データは研究目的に限定されており、すでに削除されているべきだ」ということだ。ＣＡがトランプ陣営をクライアントにしているという事実が公になっていたから、フェイスブックは「風評被害」を気にしていたのだろう。何百万人にも上るフェイスブックユーザーの個人情報が盗まれ、政治利用されているということが明らかになれば、袋だたきにされるのは目に見えていた。ＣＡがぼろ儲けしていたから、なおさらだった（世界の転覆を狙う勢力がフェイスブックデータを悪用している点について、手紙は触れていなかった）。

言うまでもないのだが、手紙自体ばかげている。単なるジェスチャーにすぎない。そもそも、ＣＡに対して「データ収集アプリを非研究目的に使用してもいい」との許可を与えたのはフェイスブックだ。CA在籍中の私——コーガンと共同作業していた——が同社に許可を求めて承諾を得たのだから、間違いない。

２０１５年11月ごろにも私は驚かされた。フェイスブックはコーガンの事業パートナーであるジョセフ・チャンセラーをスカウトし、「計量研究者」としてスタッフに加えたのである。コーガンが進めていた心理プロファイリングプロジェクトの存在を知り、スカウトに動いたようだ（私はコーガンからこのように聞いた）。にもかかわらず、後になって事件の全貌が公になると、あたかも何も知らなかったかのように驚き、被害者のふりをするのだった。コーガンの事業パートナーだからチャンセラーを雇い入れた、とは言わなかったのだ。説明を求められると、「彼が現在フェイスブック社員としてやっている仕事は、彼が以前やっていた仕事とは無関係」との声明を出している。

もちろんCAはフェイスブックデータを削除していなかった。一方、私は1年以上も前にCAを退社していたうえ、訴訟にも巻き込まれていた。ＣＡを弁護するつもりは毛頭なかった。フェイスブックからの手紙に対しては「問題のデータは持っていませんし、どこにあるのかも知らされていません。

誰がデータを持っていて、それを使ってＣＡが何をしているのかも分かりません」という趣旨の返事を書いた。あまりにも被害妄想的になっていたから、カナダ議会内で投函するのにもためらいを感じた。ＣＡの病毒でトルドー政権を汚してしまうような気がしたからだ（だから街中に出て投函した）。

トランプ勝利でショック広がる

16年9月22日、上院議員ダイアン・ファインスタインと下院議員アダム・シフは連名で声明を発表し、「ロシアが大統領選挙に影響を及ぼそうとしている」と非難した。数日後の同月26日、両党大統領候補による第1回テレビ討論会で、民主党のヒラリー・クリントンは警鐘を鳴らした。「ドナルドはウラジミール・プーチンを非常に高く評価しています」とクリントンは指摘した。「そんなか、プーチンはサイバー攻撃を開始し、政府ファイルや個人ファイル、民主党全国委員会（ＤＮＣ）にハッキングしています。混乱を引き起こして情報を収集しようとしているのです。これがロシアのやり方です」

もちろんトランプは反論した。「ＤＮＣをハッキングしたのがロシアだなんて確証はどこにもない。ヒラリーは『ロシア、ロシア、ロシア』と連呼している。そうかもしれない。でも中国かもしれないし、ほかの誰かかもしれない。ひょっとしたら４００ポンド（約１８０キロ）のデブがベッドの中からハッキングしているかもしれない。そうだろう?」

投票日を1カ月後に控えた10月7日、「プッシー（女性器を指す俗語）をつかめばいいんだ」と豪語するトランプのビデオが公開された（ゴシップ番組『アクセス・ハリウッド』が撮影）。すると、1時間もたたないうちに、ウィキリークスがクリントン陣営に不利な情報を流し始めた（同陣営の選対本部長ジョン・ポデスタのアカウントがハッキングされ、大量の電子メールが流出。これをウィキリークスが入手し、投票日までに段階的に公表すると表明した）。

民主党にとっては大打撃だった。クリントンがウォール街で行った有料講演会での問題発言をはじめ、さまざまなスキャンダルが明るみに出たのだ。オルタナ右翼の狂信的一派は流出した電子メールを利用して、「首都ワシントンのピザ店が児童売春組織の拠点になっており、クリントン陣営の上層部も関与している」という荒唐無稽な陰謀論まで拡散させた。私は改めてＣＡ、ロシア政府、アサンジという3者の関係性に思いを巡らせた。大統領選挙の暗部には必ずＣＡの魔の手が伸びている、と思った。

大統領選挙の投票日、私はバンクーバーで開催される「大統領選挙観戦パーティー」に足を運んだ。会場内に入ると、ＣＮＮのニュースを流す巨大スクリーンとＣＮＮ以外のニュース番組を流す複数の中小型スクリーンに囲まれた。ロンドン時代に親しくなったアリスター・カーマイケル（スコットランド北部シェトランド諸島選出の下院議員）と電話でつながり、アメリカ、カナダ、イギリスからの反応をリアルタイムで得られる状態になった。開票が進むにつれてクリントン陣営の劣勢が明らかになっていった。ＣＮＮがトランプ勝利を伝えると、会場内にショックが走り、陰鬱な空気が流れた。

間もなくして私は携帯電話がうるさく鳴っているのに気付いた。私とＣＡのつながりを知る友人・知人からテキストメッセージを受信していたのだ。クリントン陣営の勝利を祝うために支持者が用意したパーティー会場からもテキストメッセージが届いていた。会場に集まった支持者はトランプ勝利が確定すると落胆し、一部は私に向かって怒りをぶちまけたのだ。一つだけはっきり覚えているコメントがある。ぐさりと胸に突き刺さったからだ。「これは君にとってはゲームだったのかもしれない。でも、これと生きていかなければならないのはわれわれなんだよ」

投票日の夜と翌日、トルドー政権スタッフはメルトダウン状態になっていた。南の巨象――アメリカのこと――は一夜にして様変わりし、それまでの常識が通用しなくなったからだ。トランプはＮＡＦＴＡを反故にするのか？　アメリカで反乱が起きるのか？　トランプはロシアの回し者であり、「洗脳された人」なのか？　誰もが必死で答えを求めていた。

当然の成り行きとして私はあちこちで質問攻めに遭った。今ではとんでもない権力を手に入れたスティーブ・バノンのことをよく知る唯一の人物だったからにほかならない。これから大統領側近として重大な国政問題を取り仕切るオルタナ右翼とどのように付き合うべきなのか？　私としては「何てこった！」と答えるしかなかった。３年前にケンブリッジ市内のホテルで会った男は次期大統領の右腕となるのだから。

投票日の翌日、カーマイケルから電話をもらった。「これから何をするべきか注意深く考えてみようじゃないか」。落ち着いたスコットランドなまりの声を聞いてホッとした。それまで何年にもわたって彼のことを全面的に信頼してきた（そんな人間は多くなかった）。だからＣＡのこともすべて打ち明けてきた。

カーマイケルはよく分かっていた。私が傍観し続けるわけはないと見抜いていたのだ。トランプとバノンは汚い手を使って選挙に勝ち、権力を握った。危機は指数関数的に高まった。滑稽なリアリティー番組のホスト役はもはや単なる恥知らずの大衆煽動家ではない。自由主義世界のリーダーになるのだ。

11月から12月にかけて、私は「何を言うべきか」と「誰に話すべきか」について考え続けた。そんななか、オバマがまだホワイトハウスにとどまっていたこともあり、トランプの勝利をなかなか実感できなかった。１月20日からいったい何が起きるのか、全世界がかたずを飲んで待っているかのようだった。

大統領就任舞踏会の信じられない光景

投票日前、民主党内の友人は「クリントンの大統領就任舞踏会への招待状を送ってあげるよ」と約束してくれていた。だが、ワシントンへ飛び立ち、狂喜する民主党支持者が集まる舞踏会に合流する夢はかなわなかった。

代わりに私はテレビの前でＣＮＮにチャンネルを合わせ、トランプの就任舞踏会——参加者は少ない——を見る羽目になった。信じられない光景が目に飛び込んできた。強風にさらされた直後のグレムリンのようなスティーブ・バノン、アメリカ独立戦争時のコスプレ衣装で登場したケリーアン・コンウェイ（トランプ陣営の選対本部長で、私はマーサー父娘の紹介で会ったことがある）、毛皮のコートを羽織りハリウッドスター風のサングラスを掛けたレベッカ・マーサー——。みんな勢ぞろいしていた。

ニックスが数年前に語った言葉を思い出した。ＣＡを辞める私に対する警告だった。「ここでつくり上げたものがどれだけ大きな影響力を持っているのか、君はよく理解していないようだね。君を除いて、われわれ全員がホワイトハウスに呼ばれたときに初めて理解することになる」。彼はワシントンへ呼ばれなかったが、残りの連中がワシントンへ呼ばれたのは確かだった。

大統領就任式後、カーマイケルが警告した「注意深く」が裏付けられた。バノンが国家安全保障会議（ＮＳＣ）の常任メンバーに任命され、アメリカ全体の諜報活動・安全保障体制を仕切る権限を得たのだ。私が内部告発に踏み切るなど挑戦的な行動に出たら、彼はどのように反応するだろうか？私の人生をつぶしにかかるかもしれない。そうしようと思えばできる立場にいるのだから。

不安材料はまだあった。バノンは自らの立場を利用して、連邦政府プロジェクトの発注先にＣＡを加えるよう働き掛ける可能性もある。すでにＣＡの親会社ＳＣＬグループは国務省のプロジェクトを受注していた。こうなると、CAは連邦政府のデータにアクセスできるし、連邦政府はCAのデータにアクセスできる。

場合によってはバノンは新たに民間諜報機関を立ち上げようとするかもしれない。彼が加わったトランプ政権はCIA（中央情報局）やFBI（連邦捜査局）、NSA（国家安全保障局）を信用していないから、あり得ない話ではなかった。だとしたら本当に恐ろしい。悪夢が現実になるということだ。リチャード・ニクソンの夢精と同じではないか、と私は思った。もしニクソンが全アメリカ人のデータ──非常にプライベートで詳細なデータ──にアクセスできていたら、単にネズミ（民主党員のこと）とやって終わりにせず、アメリカ全体とやっていたはずだ。

国家機関であれば、国民の個人データを収集するときには捜査令状を手に入れなければならない。しかしCAは民間企業だから同様のチェックを受けることはない。私の頭の中でパランティア社員とのミーティングの場面がよみがえってきた。彼らはCAの存在に色めき立っていた。フェイスブックから好きなだけユーザーデータを収集していながら、プライバシーの侵害に問われることもないCAを利用しない手はない、とひらめいたのだ。

バノンの諜報機関はどんな存在になるのか。CAと同様に民間企業だから、法規制をくぐり抜けて自由自在に行動できる（法規制とはいってもゆるゆるであり、これまでもアメリカ人のプライバシーは限定的にしか守られていなかった）。国家機関に課せられたさまざまな制約から解放されるのだ。「ディープステート」はオルタナ右翼が好むナラティブの一つだ。だが、実際には単なるナラティブを飛び越えてバノンの「自己達成的予言」になろうとしていた。彼自身がディープステートになりたかったのだ。

第11章 カミングアウト

COMING OUT

ジャーナリストからいきなりのメッセージ

トランプの大統領就任から2カ月後、２０１７年3月28日のこと。朝6時すぎに目覚めた。前夜遅くまで仕事をしていたから少しふらふらしている。下着のまま起き上がり、コーヒーが入るのを待ちながらフェイスブックを開いた。「クレア・モリソン」と名乗るアカウントから私的なメッセージが届いていた。プロフィール欄に写真はなかった。

「はじめまして、クリス。いきなりのメッセージでごめんなさい。私はキャロル・キャドウォラダー。ジャーナリストです。ＣＡ（あるいはＳＣＬ）の元社員をずっと追い掛けています。話を聞き、ＣＡの全体像を正確に把握したいのです。あなたはＣＡの頭脳だと聞いています」

ケンブリッジ・アナリティカ（ＣＡ）に違いない。やめてくれ。またもやちょっかいを出してくるのか！　私に連絡してきたジャーナリストなんてこれまで一人もいなかった。誰も私の警告に耳を傾けてくれなかった。それなのに何だ、これは。これこそニックスの仕業だ。クレア・モリソンのような顔が見えない人物とは一切関わりたくない。プロフィールの背後に誰がいるのか分からない限りは。私は「あなたがジャーナリストであるという証拠を見せてほしい」と返信した。

　同日、キャドウォラダーはガーディアン紙の電子メールアドレスを使って長いメッセージを送ってきた。その中でブレグジット国民投票に関係した運動団体や主要人物――ボートリーブ、ビリーブ、ダレン・グライムス、マーク・ゲトルソン――に触れていたほか、すべてがカナダにある小さな企業アグリゲートＩＱ（ＡＩＱ）とつながっている点にも興味を示していた。「このような団体や人物、企業についてあなたは熟知していると聞きました」

　続いてキャドウォラダーは「ＡＩＱとブレグジットを長く調査している」としたうえで、「２０１７年初めに奇妙な手掛かりを得た」と書いている。ある夜のこと。情報源の一人に会うと、ＡＩＱへの支払いを示す支出明細を見せられた。そこに書かれた電話番号は、アーカイブされたＳＣＬウェブサイト上に「ＳＣＬカナダ」として表示されている電話番号と同じだった。当時、ＳＣＬについて公の情報は皆無に等しかった。例外が一つあった。05年にニュースサイト「スレート」に掲載された記事「真実は手に余る――心理戦プロパガンダが表舞台に出る」だ。記事の出だしは「謎のメディア会社が大量破壊を引き起こそうとして、高度な運動を展開する」だった。

　キャドウォラダーは調査を進めるにつれてますます疑念を深めていった。そんななか、「取材に応じてもいい」と反応する元ＳＣＬ社員をやっと見つけ、ロンドンで会うことになった。ただし報復を恐れる本人の不安に配慮して、オフレコ取材の形を取った。たちまち会話に引き込まれた。ハニートラップ、賄賂、スパイ活動、ハッキング、ホテル内での変死――。アフリカやアジア、カリブ海など世界各地で怪しいプロジェクトを次々と受注し、目的達成のために手段を選ばないＳＣＬの実態に驚いた。最後にキーパーソンの名前を聞き出した。「クリストファー・ワイリーという人間を見つけるといいですよ。ＡＩＱをリクルートしてＣＡの一部に組み込んだのも彼だから」

ボートリーブ、ＡＩＱ、ＣＡ、スティーブ・バノン、マーサー一族、ロシア、トランプ陣営――。複雑な関係図を注意深く点検しているうちにキャドウォラダーはひらめいた。全体を読み解くカギを握っているのはクリストファー・ワイリーだ！　あらゆる場所に変幻自在に姿を現す私は、映画『カメレオンマン』の主人公レナード・ゼリグの16年版に見えたのではないだろうか。

当初、私はキャドウォラダーに会うのをためらった。ガーディアン紙による大スクープの主人公になり、脚光を浴びようとはつゆほども思わなかった。消耗し、疲れ果てていた。ＣＡという災厄から逃れたい一心だった。しかもＣＡは単なる一企業ではなくなっていた。元上司のスティーブ・バノンはホワイトハウス入りし、世界最強国家の国家安全保障会議（ＮＳＣ）の常任メンバーにも加えられていたのだ。

国家権力に盾突く内部告発者の運命は悲惨だ。内部告発者のエドワード・スノーデンとチェルシー・マニングは国家権力に翻弄され、ひどい目に遭わされている（両者とも国家機密漏洩の罪に問われ、前者は国外逃亡生活を強いられ、後者は刑務所送りになった）。それに加えて、ブレグジット国民投票もアメリカ大統領選挙も終わっており、結果を変えることはできない。私は警告を発していたのに、誰にも耳を傾けてもらえなかった。今になってどうしろというのだ？　手遅れではないのか？

ガーディアン記者キャドウォラダーと4時間も電話

キャドウォラダーは手遅れとは考えていなかった。彼女の記事を読んでみると、ＣＡとＡＩＱを追跡できてはいるものの、彼らがどれほどの悪事に手を染めているのかまではつかめていなかった。私は数日間悩んだうえで、返事を書いた。「オフレコを条件に話してもいいです」。約束の時間が近づくと、心臓の鼓動が速くなっているのが分かった。彼女は一方的に私を非難して電話を切り、好きなように記事を書くに違いない、と不安になった。

実際には拍子抜けした。電話に出ると、「クリスなの？　よろしくね！」という女性の声が聞こえた。背後で犬が吠えている。「ごめんなさい。犬の散歩から戻ったばかりで、今はお茶を入れている途中なの……よしよし、いい子ね」。犬に話し掛けているようだ。

私は20分くらいで電話を切るつもりだった。だが、４時間たってもまだ会話は続いていた。ロンドン時間ではとっくに深夜を過ぎていたはずなのに。私が誰かに対して事件の全貌についてこれほど詳細に語ったのは、初めてのことだった。

「要するに、ＣＡとは何なの？」と彼女は聞いた。

「スティーブ・バノンのマインドコントロール兵器《マインド・ファッキング・ツール》です」

キャドウォラダーのように事情に精通したジャーナリストにとっても、ＣＡを舞台にした複雑怪奇な世界を読み解くのは容易ではない。ＣＡの一部がＳＣＬなのか？　それともＳＣＬの一部がＣＡなのか？　ではＡＩＱはどこに位置するのか？　基本的な構図を頭に入れてもらうだけでは全然足りない。私は彼女に対して①計量心理学的プロファイリング、情報戦、ＡＩの考え方、②スティーブ・バノンの役割、③バノンの文化戦争のために開発された心理戦ツール、④ガーナやトリニダード・トバゴ、ケニア、ナイジェリアでのプロジェクト、⑤ＣＡのデータターゲティング兵器を形作った実験――などについて説明した。会話が終わるころになって、彼女は邪悪な世界の全貌をようやく理解し始めたようだった。

17年5月7日、ガーディアン紙上に「イギリスのブレグジット強盗——民主主義がハイジャックされた」と伝える記事が掲載された。キャドウォラダーによる特報第1弾だ。直ちにセンセーションを巻き起こし、同紙ウェブサイト上では「今年最も読まれた記事」になった。しかし、記事はしっかりした取材に基づいていたとはいえ、事件の表面にスポットライトを当てたにすぎないともいえた。

10日後の5月17日にはアメリカで、ロバート・モラーが特別検察官に任命された。トランプ陣営との共謀も含めて、ロシアによるアメリカ大統領選挙への介入疑惑の捜査に乗り出すことになった。トランプが連邦捜査局（ＦＢＩ）長官のジェームズ・コミーを電撃解任したこともあり、民主党に加えて共和党内の一部も疑惑解明に明らかに前向きになっていた（トランプはコミーに対して、前国家安全保障担当大統領補佐官のマイケル・フリンへの捜査を中止するよう求めていた。ちなみに、フリンはロシアとの不透明な関係を指摘されて辞任し、ＣＡとコンサルティング契約を結んでいたことも後になって判明した）。バノン、トランプ、ロシア、シリコンバレー——。報道すべきストーリーはブレグジットにとどまらなかった。有権者のアイデンティティーを支配しているのは誰であり、個人データの売買で儲けているのはどの企業なのか——これがポイントだった。

私は一つ問題を抱えていた。すべてを暴露したい、ＣＡの元同僚も巻き込みたい、でもカナダからではできない——。カナダ首相ジャスティン・トルドーのチームに相談してみたところ、すぐに事の重大性を理解してもらえた。「イギリスに行ってガーディアンに協力するべきだ」。そしてその通りにした。

すべてを暴露するためカナダからイギリスへ

とはいっても、私は何の計画も立てていなかったし、ロンドンのアパートも見つけていなかった。

そこでアリスター・カーマイケルの助言を仰ごうと思い、彼の選挙区であるシェトランド諸島へ飛び立った（シェトランド諸島はブリテン諸島最北部に位置し、スコットランドによる併合以前は古代ノルウェー王国の一部だった）。小型プロペラ機で空港に到着し、人生のすべてを詰め込んだバッグ一つでタラップを降りた。カーマイケルが出迎えてくれた。

カーマイケルは地元選出の下院議員であり、非常に誇り高いスコットランド人だ。ゲストハウスへ向かう前に、観光案内役を買って出てくれた。雨風は気にならないようだ。切り立った崖に向かい、シェトランド産ポニーやヒツジの群れに囲まれると、今後について私に聞いてきた。

「何か計画はあるのかい？」

「まだ何も計画を立てていません」と私は答えた。「とりあえず近いうちにキャロルに会います……どう思いますか？　マスコミに話すのはいいことでしょうか？」

「それはクレイジーだ！」と彼は叫んだ。「でもとても重要なこと。困ったことがあったらいつでも言ってほしい。できる限りのことはすると約束する」

凍えるようなスコットランド北部に降り立ち、冷たくて湿った草地を何キロにもわたって政治家と一緒に散策する――。普通ならあり得ない展開だろう。だがアリスターは例外だ。私にとって全幅の信頼を置ける真の友であり、メンターなのだ。

2週間後、キャドウォラダーと私は初めて対面することになった。場所はロンドン・オックスフォードサーカス駅近くのレストラン「ライディングハウスカフェ」。中は巨大な近代的空間だ。窓のそばには深紅色のソファ、バーにはターコイズ色のスツールが置かれている。

私は外の通りから店内に目をやった。大きな窓ガラスを通して、先に待っているキャドウォラダーの姿が見えた。くしゃくしゃのブロンド、サングラス、ヒョウ柄のシャツ、着古した革製ボマージャケット――。「バイカーチック（バイク娘）」という表現がぴったりの外見だ。本当にこの女性なのか？　何カ月にもわたって電話で話をしてきたガーディアン記者なのか？　自信がなくなった。携帯電話で彼女の写真を探し出して、店内で座っている女性と比べてみた。そうこうしているうちに彼女は私に気付いた。すぐに立ち上がり、声を上げた。「まあ、本当にあなたなの！　思っていたよりも背が高いのね！」。あいさつ代わりにハグしてくれた。

「ガーディアンは続報を計画しているの」とキャドウォラダーは言った。「今度はＣＡによるフェイスブックデータの入手について。オンレコ（実名）で取材に応じる気はない？」

私は迷った。簡単には決断できない。実名で告発すれば、権力の逆鱗に触れるかもしれない。アメリカ大統領、オルタナ右翼のスティーブ・バノン、ダウニング街（英首相官邸）、戦闘的なブレグジット推進派、ソシオパス（反社会的人格障害）のアレクサンダー・ニックス――。恐れる対象は枚挙にいとまがない。すべてを洗いざらい暴露すれば、ロシアやハッカー集団、ウィキリークスの怒りも買うかもしれない。アフリカやカリブ海、ヨーロッパなど世界各地で暗躍する無法集団も気になる。生命が脅かされるような状況に置かれた人々をこれまで実際に見てきた。複数の元同僚からは「ＣＡを辞めた後は身の安全を第一に考えて行動したほうがいい」と言われていた。

こんなこともあった。私がＳＣＬ入りする前に、前任者のダン・ムレサンがケニアのホテル内で遺体となって発見された。だからポストが空いたのだ。実名告発の決断は重い。私は「少し考えさせてください」と決断を先送りした。ただ、情報提供は続けると約束した。

弱腰のガーディアンは信用できない

その後、私はガーディアンの弱腰を目の当たりにし、信用できなくなった。きっかけは、キャドウォラダーの特報「イギリスのブレグジット強盗」だ。

記事は冒頭でグーグルの元会長エリック・シュミットの娘ソフィー・シュミットの話を取り上げ、彼女がニックスにデータマイニング会社パランティアを紹介したと指摘。ＳＣＬがデータ戦争に本格参入するようになったのはパランティアとつながったから、という構図を描いていた。このことについて私は知っていたし、ソフィーとＳＣＬの関係を裏付ける電子メールも持っていた。ただし記事の情報源ではなかった。キャロルは別の誰かから話を聞き出したのだろう。

記事の内容は正しく、中傷的でもなかった。ところが、ソフィーは強力な弁護団を雇い、ガーディアンに圧力をかけた。大掛かりな訴訟を起こし、長期の法廷闘争もいとわない姿勢を示したのだ。これにガーディアンはひるんでしまった。見掛け倒しの訴訟だと分かっているはずなのに、早々と白旗を揚げた。ソフィー・シュミットの名前を記事から削除したのである。

同じ記事をめぐってＣＡも参画し、訴訟をちらつかせた。ガーディアンは文書や電子メールなどすべて証拠をそろえていたので、法廷闘争に入っても十分に戦える態勢にあった。にもかかわらず、またもやひるんでしまった。記事中の要所要所に「係争中」と一言入れて、真偽が確定していないということを示した。こうすることでＣＡの怒りを和らげるとともに訴訟リスクを減らそうとしたのだ。キャドウォラダーの特報を骨抜きにしたと言ってもいい。

この時点で私は心底落胆した。職を投げ捨てて、すべてをバッグ一つにまとめてロンドンに戻ったのだ。ロンドンでは職も得ていないというのに、自分の身を危険にさらす覚悟で新聞社の門をたたいた。ところが肝心の新聞社は圧力に弱く、ジャーナリズムを実践できていないではないか！

もう一つ厄介な問題があった。私はＣＡのわなに引っ掛かって「スーパー秘密保持契約書（ＮＤＡ）」に署名していた。ＣＡ在籍時のことについて口外しないと約束していたのだ。スーパーＮＤＡ

に違反して内部告発に踏み切れば、ＣＡから間違いなく訴えられる。大きな法的リスクを背負い込み、立ち直れなくなるかもしれない。私の弁護士の見立てでは、法廷闘争では優位に立てるという。ガーディアンに情報提供することで、不正行為を暴く格好になるからだ。とはいっても訴訟そのものは回避できない。最終的に法廷闘争で勝つまで裁判を続けるとなると、数十万ポンドに上る弁護士費用を支払わなければならない。そんな大金は持っていない。

ニューヨーク・タイムズを巻き込む

悩んだ末、やはりリスクを取ってでもすべてを語ろうと決心した。ならばどういう形で内部告発するのが最善なのか。

すぐに判明した。キャロルの紹介で勅選弁護士《クイーンズ・カウンセル》（ＱＣ）のギャビン・ミラーに会い、ドナルド・トランプのホームタウン――つまりアメリカ――へ行くようアドバイスされた。ミラーは著名なＱＣだ。ロンドンの法廷弁護士事務室「マトリックス事務室」を拠点とし、ガーディアンの依頼を受けてエドワード・スノーデンの「スノーデン事件」を手掛けたこともある。

内部告発するならばアメリカの新聞社に頼るのがベストだ、とミラーは言った。アメリカでは憲法修正第1条《ファーストアメンドメント》によって言論の自由が保障されており、新聞社は名誉毀損で訴えられても簡単には負けない。特にニューヨーク・タイムズは権力からの圧力に安易に屈しないことで知られている。ガーディアンと違って頼りになる。事実を伝えている限り、訴訟を恐れて記事の一部を削除することなどない。ミラーの意見は素晴らしい、と私は思った。

イギリスと同様にアメリカでも記事が大きな注目を集めるのは確実だった。「ニューヨーク・タイムズとも情報共有したい」と私はガーディアンに伝えた。

ガーディアン側は不満だった。これ以上待つと世間の関心も薄れてしまうかもしれないし、誰かに先にスクープされてしまうかもしれない、と心配していたのだ。

だが、決めるのは私であり、譲歩するつもりはなかった。「掲載日を同じにするという条件で、ガーディアンとニューヨーク・タイムズ両紙の記者に同じ情報を提供します。掲載タイミングも私が決めます。私がＯＫを出すまで一切報道しないでください」

懸けているものがあまりにも大きく、慎重のうえにも慎重を期したかった。ソフィー・シュミットの脅しにひるむガーディアンの弱腰を見ていたから、なおさらだった。イギリスで起きる名誉毀損訴訟は原告に著しく有利に働く。その点を考慮すれば、ニューヨーク・タイムズを巻き込むのは必須だった。私はガーディアンに対して「ニューヨーク・タイムズと取り決めを交わさない限り、一切協力しません」と何度も念を押した。

キャドウォラダーは同時掲載を完全に支持していた。一方、ガーディアン編集幹部はライバル紙との情報共有になおもためらいを見せていた。スクープを独占できなくなるうえ、敵に塩を送る格好になるからだ。それでもほかに選択肢を見いだせず、最後は同時掲載にゴーサインを出した。17年9月、ニューヨーク・マンハッタン地区でニューヨーク・タイムズ編集幹部とのミーティングに臨み、暫定的に取り決めを交わした。間もなくして私はロンドンでニューヨーク・タイムズの担当記者に会うことになった。

ロンドン・ショーディッチ地区にあるホクストンホテル。私はにぎやかなロビーに入り、バーを目指した。テーブルからキャドウォラダーが手を振っているのが見えた。彼女の向かいに座っているのは、ニューヨーク・タイムズの記者マット・ローゼンバーグだ。見事にはげており、太り気味でもある。おそらくバツイチ。なかなか魅力的な男だ。

「やあ、君がクリスなのかな？」。ローゼンバーグは立ち上がりながら握手を求めてきた。「まずは携帯電話だよね？」

　われわれはそれぞれファラデーケースを取り出し、その中に自分の携帯電話を入れた。私はジャーナリストと会うとき、ファラデーケースの利用を条件にしていた。通信用電波をブロックするためだ。続いて全員のファラデーケースを集め、持参した防音バッグの中に入れてジッパーを閉めた。こうしておけば、携帯電話の盗聴ソフトが遠隔操作なしで自動的に起動したとしても、会話が録音されることはない。ＣＡの元同僚がトランプ政権内部で働いているうえ、ＣＡはハッカー集団やウィキリークスとつながっている。警戒してもし過ぎるということはない。

　ローゼンバーグは2時間にわたって私の話を聞くと、「要点はつかめた。ニューヨーク本社に戻って編集責任者の判断を仰いでみる」と言った。その後、ワインを注文し、アフガニスタンで戦争取材していたときの体験を語り始めた。正直でまともなジャーナリストのようだから、今度はうまくいくかもしれない、と私は思った。別れ際に彼は名刺をくれた。ニューヨーク・タイムズ記者（国家安全保障担当）マシュー・ローゼンバーグ――。裏面に電話番号を書き込んでくれた。「これは使い捨て携帯電話の番号。数週間は使えるから、用があるときはここに電話して」

公共放送局チャンネル4も加わる

　ニューヨーク・タイムズが加わったのを機に、私は元ＣＡ社員に連絡を入れ、ジャーナリストに話をするよう促した。ジャーナリストは元ＣＡ社員に会うと、例外なく同じ反応を示した。「ニックスに直接会って話をしたい」。ニックスはエゴ丸出しでＣＡの自慢話を始める、と読んだのだ。その見立てはまったく正しい。だが私は気が引けた。内部告発の計画が漏れかねないと思ったのだ。

ある日の午後、キャドウォラダーは「それなら私がニックスにインタビューすべきじゃないかな」と言った。その延長線上でもっといいアイデアを思い付いたようだ。潜入取材だ。

ニックスは潜在的クライアントに会うと、相手の関心を引こうとして怪しい活動も含めて必ず大口をたたく（私はこのような場面を何十回も目撃している）。そのような現場を隠し撮りして世界に見せるのはどうか、というのがキャドウォラダーの提案だ。これならば私の主張の正しさも世界に向けて証明できる。方針は決まった。

われわれはガーディアンとニューヨーク・タイムズに加え、イギリスのテレビ局「チャンネル４」にも声を掛けた。チャンネル４は公共放送であるから、放送内容については多様性・革新性・独立性を維持するよう求められている。同じ公共放送でも、安全志向でリスクを取れないＢＢＣとは違う。

９月下旬、ある日の午後のこと。キャドウォラダーと私はチャンネル４の調査報道責任者ジョブ・ラブキンに会いに行った。待ち合わせ場所は、スタジオから数ブロック離れたロンドン・クラーケンウェル地区にあるパブ。店内はがらがらだった。われわれが自己紹介を終えると、ラブキンはチャンネル４による潜入取材の実績をざっと説明してくれた。ＣＡがアフリカで行っていたプロジェクトの話を聞くと、目を丸くして言った。「何てひどいんだ。あまりにも植民地主義だね」

私に対して「植民地主義」という言葉を使ったジャーナリストは初めてだった。私がＣＡについて語るとき、大抵の相手は同じ反応を示す。トランプやブレグジット、フェイスブックについては目を輝かせて話を聞いているというのに、アフリカが話題になった途端に興味を失う。しょせんアフリカだからそんなもの、と言いたげなのだ。

ＣＡがケニアやガーナ、ナイジェリアで受注したプロジェクトは、植民地主義の新時代到来を告げていた。強大な力を持つヨーロッパ人がアフリカ人を搾取するという構図は昔と変わらない。新時代を特徴付けているのは、搾取対象となる資源だ。昔ながらの鉱物や石油資源だけでなくデータという新資源が加わったのである。

ラブキンはチャンネル４の調査報道チームによる全面支援を約束してくれた。潜入取材のリスクを取ってでもＣＡの悪事を暴く価値はあると判断したのだ。私はラブキンのチームと一緒に行動し始めてすぐに確信した。これを成功させればニックスの悪事をすべて暴露できる！　もちろんハードルは高く、綿密な準備が必要だ。仮にニックスに気付かれてしまったら、とんでもないことになる。

内部告発でナンバーワン支援者となる弁護士

巨大権力と対峙する内部告発は一筋縄ではいかない。私にとってフルタイムの仕事になるのもやむを得なかった。一歩間違えれば訴訟の嵐が起きかねない。17年の夏までサポートしてくれた法律事務所に相談しようと思い、テキストメッセージを送ってみた。最悪の返事をもらった。「リスクを考えたらプロボノ（無報酬）でやるのはとても無理です。きちんと対価を払ってほしい。それができないなら別の法律事務所を見つけてください」

私はひどく落ち込んだ。無職の身分で、とんでもなく複雑で面倒な状況に置かれている。相当な訴訟リスクを負おうとしているというのに、弁護士も見つけられないでいる。でも、時に運に味方してもらえるというのも人生ではよくあることだ。悪いニュースが想定外の好結果を生み出すということだってある。このときがそうだった。私はタムシン・アレンに巡り合えたのである。

17年の秋、私の苦境を知ったギャビン・ミラーがアレンを紹介してくれた。アレンはバインドマンズ法律事務所に所属する弁護士で、メディア担当としてトップクラスであり、名誉毀損やプライバシーに強い。過去には元ＭＩ５スパイのほか、メディア大手ニューズ・コーポレーションの「電話ハッキング事件」で被害を受けたセレブもクライアントにしていた。現在の苦境を考えると、弁護士として完璧に見えた。私は彼女に会ったとき、直ちに「この人で間違いない」と確信したほどだ。

アレンは学生時代に素っ裸で泳いだことをとがめられ、退校処分になったことがある。１９８０年代にパンクが大流行し始めるとロンドンに移り住み、最貧のハックニー居住区で生活を始めた。ある夜、私と一緒に証拠集めをしていたときのことだ。ふと自分の過去を回想して言った。「絶対に他人には話せないような体験談がたくさんあるの」。明らかに彼女は権威を嫌うレブル（反抗者）だった。だからこそ、ピンク頭と鼻ピアスの若者に会い、スパイやハッカー、データ操作をめぐる奇妙な物語を聞かされても、平然としていられたのだ。内部告発の道中において、私のナンバーワン支援者になるのだった。

アレンによれば、私と３メディア（ガーディアン、ニューヨーク・タイムズ、チャンネル４）の利害は完全には一致していなかった。３メディアの記者は「今年の大スクープ」――あるいは「10年に一度の大スクープ」――にしか関心を持っていなかった。それに対して私は非常に重要なストーリーを世の中に伝えると同時に、自分自身の法的リスクを回避しなければならなかった。

リスク回避に最も有効な方法は何か。アレンは「内部告発は公益に資する――この一点に集中すること。スーパーＮＤＡの存在を考えれば、これに尽きる」と断言した。イギリスの法体系に照らし合わせると、不正行為を暴いたり公益に寄与したりするのであれば、内部告発者は守秘義務に違反しても罪に問われないというのだ。

われわれは「公益とは何か」について徹底的に議論し、公益を前面に押し出す重要性を改めて確認した。公益路線から外れてゴシップ的な暴露路線に走ると、国家安全保障上の脅威と見なされて英米両国政府から報復を受けかねない、と判断した。

もっとも、細心の注意を払っても訴訟そのものを防ぐのは不可能だった。アレンによれば、どんな展開になろうとも、ＣＡはもちろんフェイスブックも私を訴えるかもしれなかった。訴訟となれば、ＣＡもフェイスブックも事実上無限のリソースを持っており、最強の法律チームをぶつけてくるのは確実だった。記事の差し止め請求に踏み切る可能性もある。記事の差し止めはアメリカではともかく、イギリスではあり得ない話ではなかった。差し止め請求が出ると、法廷闘争がだらだらと長引くことだってある。仮にわれわれが最終的に法廷闘争に勝てたとしても、イギリス人ジャーナリストは怖気づいて記事を引っ込めかねない。アレンはそのような弱腰ジャーナリストを何人も見てきたという。

　以上は法的なシナリオにすぎない。もう一つ大きな不安材料がある。私の身が危険にさらされるリスクだ。ＣＡを舞台に違法活動に手を染めていた人物はいくらでもいる。内部告発で実態を暴かれれば窮地に陥る。となると、記事掲載をやめさせようとして私に危害を加えるかもしれない。アレンは早い段階から「ロンドンに家族はいるの？　身の安全のために何か対策は？　万が一のときには誰に連絡を入れるの？」と心配してくれた。確かに対策を考えておく必要があった。私は打ち合わせを重ねるうちに、ますますアレンに信頼を寄せるようになった。最終的に、万が一のときには彼女に連絡すると決めた。

共有ドライブは犯罪を裏付ける証拠

　サニとの連携も大事だった。彼はビリーブとボートリーブの橋渡し役を務めており、ブレグジット国民投票のキーパーソンだ。底流にある陰謀や策略を把握していたわけではないのに、非常に協力に前向きだった。ビリーブ経由でボートリーブからＡＩＱへ数十万ポンドの資金が移動した経緯について、詳しく語ってくれた。

私はサニに対し、ブレグジット国民投票をめぐる数々の不法行為について説明した。ＡＩＱがＣＡの一部だということも教えた。これで彼はすべてを理解した。だまされていたのだ。ナイジェリア選挙への介入のためにＣＡが制作したビデオ広告——ＡＩＱも関わった——のことを知ると、目に見えるほどに嫌悪感を示した。

数日後、サニは国民投票の際に利用した共有ドライブを見せてくれた。そこにはビリーブ、ボートリーブ、ＡＩＱがそれぞれ戦略文書を保管していた。ファイルの更新や削除を示すアクティビティログを点検すると、うさんくさい動きを確認できた。誰かが管理者権限を使い、複数のボートリーブ幹部の名前を削除していたのだ。削除のタイミングも怪しかった。選挙委員会がボートリーブへの調査を始めた週と重なっていたのだ。ボートリーブは「削除は定期的に行うデータクリーンアップの一環」と説明している。だが、苦し紛れの言い訳にすぎず、法的上限を超える支出を示す証拠をもみ消したのではないか。だとしたら、証拠隠滅という罪を犯したことになる。

管理者以外に誰が共有ドライブにアクセスしていたのか、サニが教えてくれた。共有ドライブには複数のアカウントがアクセス権を持っていた。このうち二つのアカウントの持ち主はボートリーブ上級アドバイザーであり、今では首相官邸スタッフとしてブレグジット交渉担当になっていた。証拠をもみ消そうとしていたのは間違いない、と私は確信した。そこでサニに注意喚起した。「共有ドライブは複数の犯罪を裏付ける証拠かもしれない。これを持っているだけで、とんでもないトラブルに巻き込まれる恐れもある。十分に用心しておいたほうがいいよ」

私はすでにガーディアンやニューヨーク・タイムズと協力関係を築き、内部告発の準備を進めていた。このことにサニも気付いており、「私もキャドウォラダーに会って話をしてもいい」と申し出てくれた。私の仲介でタムシン・アレンともつながり、法律的なアドバイスを得られることになった。

映画俳優ヒュー・グラントも登場

アレンは当初、プロボノで私を支援してくれていた。ところが、問題が複雑化するなどで手が回らなくなり、対価なしでの支援継続は難しい状況に追い込まれた。ＣＡが内部告発の動きを察知して私を法廷に引きずり出したら、にっちもさっちもいかなくなると不安になった。一方で、カネを優先して私を見捨てるつもりもさらさらなかった。こうなると、知恵を絞ってクリエイティブになる必要がある。広範な人脈を生かして支持を広げ、局面を打開する――これが新方針になった。

アレン人脈で最初に登場したのはヒュー・グラントだった。そう、『フォー・ウェディング』や『ブリジット・ジョーンズの日記』などで知られる人気映画スターである。われわれはレストランでグラントに会い、夕食を共にした。アレンが私の苦境を説明していると、サニが加わってボートリーブにまつわる体験談を語った。グラントは優しく思いやりがあり、映画のキャラクターそのものだった。彼自身もかつてデータハッキングに見舞われている（メディア王ルパート・マードック傘下の大衆紙ニューズ・オブ・ザ・ワールドが彼の電話をハッキングした）。ＣＡの違法活動を知って驚き、「支援者になりそうな人が思い浮かんだら連絡する」と約束してくれた。

数週間後、われわれは大きな支援者を得た。大富豪に協力してもらえることになったのだ。仲介役になってくれたのは、イギリス自由民主党（リブデム）所属の上院議員で、非営利の市民運動団体「ビッグ・ブラザー・ウォッチ」創設者であるストラスブルガー卿だ。

大富豪は私に会うためにロンドンにやって来た。「なぜわれわれを支援してくれるのですか？」と私は尋ねた。

「ヨーロッパの歴史を知っているからね」と大富豪は答えた。「国民全員が政府に監視されていた時代があった。ファシズムの台頭を防ぐためには、プライバシーが必要不可欠だ。だからあなたたちを助けたい」

数日後、大富豪は資金支援を確約してくれた。

大富豪の支援はありがたかったとはいえ、それだけでは内部告発を無事終えることはできなかっただろう。

「ダビデとゴリアテの物語（弱者が強者を打ち負かすという旧約聖書の物語）」という構図で見れば、私はダビデだ。内部告発者として、政界・財界に君臨する巨人ゴリアテに戦いを挑もうとしている。だが一人で戦うわけではない。献身的な弁護士とジャーナリストの協力を得て、裁判で戦う資金も確保した。何よりも多くの友人から心の支えを得ている。「巨大権力と戦う一匹狼」とくくられる内部告発者が多い状況を考えると、まるで天が味方してくれたようだ。これだけの支援者に囲まれるとは、にわかには信じられなかった。そうでなければ内部告発する決意を固められなかっただろう。

チャンネル４と組んでおとり取材を計画

17年10月、アレンと私はチャンネル４のプロデューサー２人――調査報道担当のジョブ・ラブキンと編集長のベン・デピア――に会った。私はニックスに焦点を合わせ、彼が日常的に手掛けている非合法活動について説明した。２人は現場を隠し撮りする潜入取材に興味を示しながらも、細部を議論しているうちにリスクの大きさにたじろいだ。潜入取材はおとり取材の形を取る。あまりにも落とし穴が多くて成功するかどうか分からないし、仮に失敗すれば法的リスクを負うばかりか評判も落としかねない、というのだ。結局、チャンネル４の法務チームを説得しなければ先に進めない、という結論に落ち着いた。

われわれはチャンネル４の法務チームと共に、訴訟に備えて膨大な書類の作成に入った。イギリスではおとり取材は合法であるとはいえ、一定の条件を満たさなければ裁判で負けてしまう。具体的には「公益に貢献する」「誰も犯罪に走らせない」「違法行為を暴き出す」といった条件をクリアしておく必要がある。事前に書類の中でおとり取材の合法性を明確にしておけば、チャンネル４は仮にニックスから訴えられてもリスクを最小化できる。

　おとり取材を行う場合は、細部に最大限の注意を払わなければならない。少しでも怪しまれれば失敗する。私はマーク・ゲトルソンに協力を求めた。二つ返事でＯＫしてくれた。ニックスに信じてもらわなければならないポイントは主に三つある。①ミーティングの相手は潜在的クライアントである、②潜在的クライアントが求めるプロジェクトは本物である、③ミーティングは完全に内密に行われている――である。潜在的クライアントを演じる人物は難しい任を負う。まずはニックスについて事前に詳しくレクチャーを受ける。次に、クライアントとして何を求めるのかを正確に頭に入れておくとともに、プロジェクト対象国の政治情勢について精通しておかなければならない。

　潜在的クライアントを演じる人物の国籍はどこにするべきか。われわれは二つの理由からスリランカにした。第１に、ＳＣＬはインドでプロジェクトを手掛け、同国に事務所も設けていたので、隣国スリランカはニックスにとってなじみがある。第２に、スリランカの政治や歴史は迷路のように入り組んでいるため、大筋で事実に基づいている限り架空の政治物語であっても信じてもらえる。どんなプロジェクトをでっち上げるにしても、忘れてはならない仕掛けが一つある。実在する人物を十分に絡ませておくということだ。ミーティング前にＣＡのアシスタントがグーグル検索で下調べするとき、実在する人物が何人か出てくるようにするのだ。そうすればミーティング相手が本物らしく見え、事前審査をパスできる。

チャンネル４はスリランカ人調査員を雇い入れ、潜在的クライアントを演じてもらうことにした。名前は「ランジャン」に決めた。その後、ゲトルソンと私はチャンネル４の調査報道チームに周到にレクチャーした。ニックス特有の癖や言動のほか、ＣＡがどのようにして潜在的クライアントを吟味するのかについても詳しく教えた。真実味を持たせるためにニックスの電子メールも読んでもらった。

われわれは合計で４回のミーティングを計画した。最初の３回はニックスを除いたＣＡ幹部との予備的ミーティング、最後の４回目はニックスとの契約締結ミーティングだ。ミーティングでは、ランジャンはニックスに非合法活動を唆してはいけない。ニックスが自発的に非合法活動を提案してくるような状況をつくる必要がある。そうでないと、相手を犯罪に走らせた格好になり、失敗に終わる。

ランジャンが演じる潜在的クライアントは、若くて野心的なスリランカ人だ。欧米で事業家として大儲けした後、母国に戻って政治家になろうとしている。ところが、一族のお家騒動に巻き込まれて大臣に銀行口座を凍結され、財産を使えなくなってしまう。実際のミーティングでは、ランジャンは実在する大臣の名前を使うと同時に、スリランカ政界に関する実話をふんだんに織り交ぜる。信憑性を高め、ＣＡ側にすべて本物と思わせるためだ。

チャンネル４は事前に綿密な調査を行った。一歩間違えればすぐにおとり取材を見破られてしまうからだ。どんなエサを見せてニックスの関心を引くのか。ランジャンが凍結口座内に持つ財産である。ＣＡの協力によって凍結口座が解除されたら財産の５％を対価として支払う、と約束するのだ。ニックスは間違いなくエサに飛び付く、とわれわれはにらんだ。

レストランの中を隠しカメラだらけにする

１回目と２回目のミーティングは、ロンドン・ウェストミンスター地区にあるホテル内の一室で行われた。CAからは主任データ責任者（CDO）のアレクサンダー・テイラーとマネージングディレクターのマーク・ターンブルの幹部2人が現れ、ランジャンに対してCAのデータ分析や情報収集サービスを売り込んだ。ただ、あまり多くを語りたがらなかった。CAが実際には何をしているのかについて踏み込まず、予防線を張っていた。チャンネル4はいらいらしたが、われわれは代案を用意していた。

テイラーやターンブルのような人間は、ホテル内の一室に入ると「ここは盗聴されている」と思うものだ。そこでわれわれは「公共空間でのミーティングへ切り替えよう」と提案した。チャンネル4の経営陣はロジスティクスの難しさを挙げ、消極的な反応を見せた。レストランやバーでは周囲が騒がしく、会話を録音してもきちんと内容を聞き取れない恐れがある。隠しカメラをどこに設置するかという問題もある。言うまでもなく、隠しカメラのあるテーブルに2人が座ってくれるとは限らない。だからといって特定のテーブルに座るよう2人を誘導すれば、怪しまれる。

そんななか、チャンネル4のチームは局面打開に向けて太っ腹なところを見せてくれた。レストランの大半を貸し切りにして、サクラを雇ってテーブルを埋めるのだ。サクラにはランチ客を装って静かに食べてもらえば、録音した会話は後できちんと聞き取れるはずだ。隠しカメラは何十台も用意して全テーブルに設置することにした。こうしておけばCA側は好きなテーブルに座れるわけで、怪しまれることもない。彼らの周囲はカメラだらけになる。テーブルセッティングやハンドバッグ内にカメラが隠されているうえ、大勢の「ランチ客」もカメラを隠し持っている。

このレストランが3回目と4回目のミーティング場所になった。3回目のミーティングではCA側からターンブルが現れた。CAが提供できる怪しいサービスをいくつか挙げ、具体的に話し始めた。「スリランカの大臣については徹底的に身辺調査します」とランジャンを前にして言った。「誰にも気付かれないように水面下で動き、誰にも知られたくないような隠し事をすべて見つけ出します。最後に報告書にまとめてお見せします」

ミーティング後半になってターンブルは少し抑え気味に言った。

「ただし、ハニートラップにも限度があります。美しい女性を送り込んで政治家を誘惑し、ベッドインした2人をビデオ撮影して公開するような会社もあります。ですが、私にしてみたら一線を越えた行為です」。巧妙だ。「CAがやらないこと」を説明することで、そういう手もあるということを示唆したのである。

おとり取材開始から数週間後、いよいよ4回目のミーティングだ。ここでニックスの出番となる。チャンネル4はそれまで以上に念入りに準備し、抜かりなくすべてが完璧に進むよう全神経を集中した。隠しカメラについては全テーブルに加えて部屋中に設置した。隣で食事中の女性2人組のハンドバッグの中にも。われわれは息をのんだ。ニックスがミーティングをキャンセルしたり延期したりしないように、と願いながら。

結局、彼はキャンセルしなかったし、延期もしなかった。自分で自分の墓穴を掘ったのである。ランジャンは見事に仕事をこなした。的確な質問を投げ掛け、最高のタイミングで乗り気になった。そしてニックスは見事にわなに引っ掛かり、大口をたたいたのだ。

不安が高まるなか、路上で気を失って病院送り

チャンネル4に隠し撮りビデオを見せてもらえるまで、われわれは2カ月待たなければならなかった。それまで安穏とはしていられなかった。

11月上旬のある朝、私はバインドマンズ法律事務所でアレンと会う約束をしていた。晴天ですがす

がしい朝だったので、徒歩で事務所に向かった。ロビーでアレンを待っていると、携帯電話にいくつかテキストメッセージが届いていたことに気付いた。見慣れない電話番号だった。メッセージを開き、反射的に叫んでしまった。「何てことだ！」

受付係から声を掛けられた。「大丈夫ですか？」

「大丈夫じゃないです」と答えた。

メッセージの中身は写真だった。そこには、その朝に事務所に向かって歩いている私自身の姿があった。誰かが私を尾行し、写真を送り付けて脅しをかけてきたのだ。

ＣＡが私のロンドン滞在を突き止めて、誰かを雇って監視しているのではないか。われわれはそう推測し、新たに対策を練った。アレンの提案に従って、私は日常習慣を変えることにした。どこかに出掛けるにしても、弁護士に会うにしても、同じ行動パターンを繰り返さないようにした。

数日後、リーブＥＵがツイッター上に映画『フライングハイ』の一場面を投稿した。機上でヒステリーを起こした女性が何度もたたかれるシーンを加工し、キャドウォラダーの顔写真を重ね合わせていた。背後で流れている音楽はロシアの国歌だった。キャドウォラダーは私に警告した。「どうやら彼らは民間諜報機関を使って私のことをいろいろ調べているみたい。私を追跡しているのなら、あなたのことも見ているかもしれない。だとしたら私たちのつながりを突き止めている可能性もある」

ＣＡが私の企てを知ったらどう行動するだろうか。アレンの見立てでは、ＣＡはすぐに裁判所に対して差し止め請求を提起する可能性が高い。裁判所が請求を認めれば、ガーディアンとニューヨーク・タイムズへの情報提供は不可能になる。私は一歩前へ進むたびに不安を覚えた。数日後の11月17日――この日のガーディアン紙上ではキャドウォラダーは彼女自身が受けた脅迫について伝えていた――私はロンドン市内の路上で発作を起こし、気を失って病院へ運ばれた。医者からは原因不明だと告げられた。

　私は退院すると、アレンの元へ駆け付けた。このままでは内部告発が不発に終わるかもしれないと心配になったのだ。私が持っている証拠は安全なのか？　外部の脅威から守りきれるのか？　イギリスでは差し止め請求に対抗する方法はないのか？　彼女は首を横に振った。だが、少し間を置いてから言った。「イギリス議会内であれば例外が一つあるの。議員を守る古い法律のこと。議員特権を使えば、差し止め請求や名誉毀損訴訟をはねつけることができるかもしれない」

　アレンによれば、議員を守る古い法律の起源は１６００年代にまでさかのぼる。私は最初のうちは「学問的だな」と思いながら彼女の話を聞いていた。だが、そのうちひらめいた。アリスター・カーマイケルに助けを求めればいいじゃないか！　早速イギリス議会へ行き、彼のオフィスを訪ねた。「私はおそらく誰かに監視されています」「ＣＡの悪事を公表できなくなったとき、証拠を守れるかどうか不安です」「重要な情報が入っているハードドライブを安全な場所で保管したいと思っています」――。

　カーマイケルは全面協力を約束し、数台のハードドライブを受け取ってくれた。「もし公表しなければならなくなったら、できることは何でもする。必要ならば議員特権も喜んで使う」。ガーディアンとニューヨーク・タイムズが第一報を放つまで、われわれはハードドライブを彼の金庫の中で保管してもらった。

　われわれは貴重な音声記録も手に入れ、これもカーマイケルに預けた。音声記録を持っていたのは、イギリス人の大学准教授で情報戦専門家のエマ・ブライアント博士だ。彼女は研究の一環として多くの軍事プロパガンダ関係者に会っており、情報戦の最新動向に精通している。ＣＡのＮＡＴＯプロジェクトを研究していたときにはＣＡを訪問し、インタビューを行っている。あまりにも大きな衝撃を受けたため、このときに限って会話を録音したという。

　ブライアントも音声記録をどこか安全な場所で保管したいと考えていた。キャドウォラダー経由で私と会い、一緒にイギリス議会へ行ってアリスターに会うことになった。彼のオフィスで音声記録を再生した。声の主はナイジェル・オークスだった。ＣＡの親会社であるＳＣＬグループのＣＥＯだ。

「ヒトラーがユダヤ人を攻撃したのは、個人的にユダヤ人が嫌いだったからではありません。人民がユダヤ人を嫌っていたからです。彼はユダヤ人を敵に仕立て上げて利用したのです。トランプも同じ。イスラム教徒を敵に仕立て上げて利用しました」

　ＳＣＬはトランプ陣営を支援し、ヒトラーと同じことをやらせた。オークスはそれを楽しんでいるようだった。

　ブライアントはアリスターの前で別の音声記録も再生した。今度の声の主はリーブＥＵの広報責任者アンディ・ウィグモアだ。彼もヒトラーに興味があるようで、ナチスによるプロパガンダの戦略的側面について語っていた。

「ナチスのプロパガンダマシンを見てみましょう。おぞましさや恐ろしさをいったん棚に上げると、非常に良く出来ています。純粋にマーケティングの観点から考えると、『何を言っているのか』『なぜそれを言っているのか』『どのようにプレゼンしているのか』『どんなイメージを出しているのか』といった部分でしっかりしたロジックを備えています。振り返ってみれば、われわれはブレグジット国民投票の最前線で同じことをやっていました。何か新しいやり方を発見したわけではありません。目の前にあるツールを最大限に活用しただけなのです」

　音声記録が流れている間、カーマイケルはじっと黙っていた。

ビデオの中のニックスは完全にいつものニックス

２０１８年2月になり、ようやくその時がやって来た。アレンと私はテレビ番組制作会社ＩＴＮの映写室へ招かれた。ＩＴＮビルは偶然にも、道を1本隔ててアレンの法律事務所――ロンドン・グレイズイン通りにある――の真向かいに位置していた。

ビデオ上映が始まり、われわれが細工したレストランが見えた。ニックスはテーブルに座り、ランジャンの要望に応えようとして上手に立ち回っている。あることないこと並べ立て、次々と墓穴を掘っている。ＣＡが喜んで手掛ける奇怪なプロジェクトの存在も認めているし、16年の大統領選挙で「トランプに何度も会った」と大ぼらも吹いている。信じられない。完全にいつも通りのニックスではないか！

ターンブルはより踏み込んで、大統領選挙中に展開した「うそつきヒラリーを打ち負かそう」キャンペーンなどを自慢していた。「メッセージを作ってインターネット上で血液のように流すんです。あとはオンラインコミュニティー内に浸透していくのを眺めているだけ。ブランディングもやりません。だから出所不明。追跡不可能です」。私はビデオを見ながら、じっとしていられなくなった。私がこれまで語ってきたことがニックスらＣＡ幹部自身の言葉によって裏付けられたのだ！

ビデオは非の打ちどころがなかった。ニックスとターンブルは「決して見られてはいけない場面」を撮られている。「コンプロマット（中傷情報）」を用意してスリランカの大臣を脅迫すると平然と提案しているのだ。ニックスは足を組み、飲み物をすすりながら、さまざまな〝サービス〟を自慢げに語っている。

「徹底的な身辺調査は興味深いものです。でも、それと同じくらい効果的な方法もあります。現職議員の所へ行き、おいしい話で釣るんです。決して断れないようなおいしい話で。そのときにビデオカメラを忘れないように。現場を隠し撮りするのです。これはすごく効果的ですよ。汚職現場を捉えたビデオがインターネット上で拡散したら、どうなりますかね」

「金持ちの事業家も用意できます。正確には金持ちの事業家のふりをしたサクラです。対立候補に大金を見せて、『土地取得で協力してもらえるならば選挙資金を出しますよ』などと誘惑するわけです。もちろん隠し撮りします。サクラの顔を消したうえでインターネット上で拡散させます」

そう、その通り。われわれがおとり作戦を遂行中に、ニックス自身がおとり作戦を提案しているのだ。私と一緒にアレンとチャンネル4のチームもビデオを見ていた。みんなが「何て皮肉なんだ！」と思いながら。ニックスはさらに話し続けた。

「対立候補の自宅に女の子を派遣するという手もあります。われわれにはいろいろな歴史がありますから。休日にウクライナ人女性を連れていくとか。何を言っているか分かりますよね？　みんな美しいですよ。もちろん例として挙げているだけです。われわれにできることはいろいろあるし、これまでにもわれわれはいろいろなことをやってきました。口に出して言うと怖く感じるかもしれませんね。でも、事実である必要はありません。事実であると信じてもらえれば十分なんです」

3メディアの特報を控えて見えてきたゴール

何カ月にも及ぶ準備と終わりの見えない議論を終え、やっとゴールが見えてきた。チャンネル4のビデオは間違いなくとどめの一撃になる。ビデオが公開された瞬間、私はようやく「これでCAをストップできる」と確信できるだろう。ガーディアン、ニューヨーク・タイムズ、チャンネル4は報道できる態勢になり、あとはタイミングを調整するだけになった。交渉の末、3メディアは18年3月の第3～4週の間に同時で報じることで合意した。

3メディアによる特報を2週間後に控え、私はガラスで覆われたモダンな議員会館「ポートカリスハウス」を訪ねた。知り合いの議員からのアドバイスに従い、議会のデジタル・文化・メディア・スポーツ委員会（ＤＣＭＳ）委員長のダミアン・コリンズに会うことになっていたのだ。

コリンズは非常に礼儀正しく、魅力的でもあった。名門私立校を卒業した上流階級育ちに見られるオーラを放ち、トーリー党（保守党の前身）の伝統を受け継いでいるかのようだった。ソーシャルメディア上で流れる偽情報に関心を寄せ、ＤＣＭＳ委員長として公式に調査に乗り出していた。ＣＡのことにも精通していたし、数カ月前にはニックスに対して議会証言するよう要請していた。

ニックスは要請に応じて、「ＣＡはフェイスブックデータを使用していない」と断言していた。真っ赤なうそである。委員会をミスリードしており、議会を侮辱する格好になっていた。私はノートパソコンを取り出して、カーマイケルの金庫内で保管していたハードドライブの一つにつなげた。画面上にフェイスブックデータの利用契約書を表示し、コリンズに見せた。決定的な証拠だ。鮮やかな青色インクで利用契約書に署名しているのはニックスとコーガンなのだ。

私は数時間にわたってコリンズにＣＡの内部文書を見せながら、全体の構図を詳しく説明した。フェイスブックデータの入手やロシア企業とのパイプに焦点を合わせたほか、殺人シーンを含むおぞましいプロパガンダも見せた。そのうえで内部文書のコピーを取り、ハードドライブ自体を彼に手渡した。3メディアによる特報から2週間後に議会で証言することにも同意した。ＤＣＭＳは私の証言タイミングに合わせて、内部文書の公表を始める方針も決めた。

同時並行で、私は情報コミッショナー事務局（ＩＣＯ）――データ犯罪を取り締まる政府機関――にも接触し、ＣＡの非合法活動を裏付ける証拠について報告していた。チャンネル4のビデオを見た直後にはＩＣＯトップのエリザベス・デナムと直接話をした。「ＣＡはなおも活動中です。潜在的クライアントに犯罪的行為を唆しています」

ＩＣＯは３メディアによる特報前に家宅捜索に着手したいようだった。報道を受けてＣＡが証拠隠滅に走るかもしれないと不安になり、われわれには「家宅捜索まで報道を控えるよう３メディアに言ってほしい」と要請してきた。ならば手元にある証拠をすべて手渡してしまおう、と私は思った。その結果、ＣＡの役員ファイルやプロジェクト文書、社内電子メールのコピーが私経由でＩＣＯへ送られ、続いてＩＣＯ経由でイギリス版ＦＢＩの国家犯罪対策庁（ＮＣＡ）へ送られた。

もちろん証拠丸投げで終わりではない。内容があまりにも複雑であるためキュレーション（情報の分類や意味付け）が必要なのだ。私はキュレーションを引き受け、ＩＣＯがスムーズに家宅捜索の令状を申請できるように側面支援した。その傍らで、アレンと協力しながら関係者の証言を集めるとともに、選挙委員会向けにボートリーブの非合法活動を意見書にまとめる作業に取り掛かった。

記事掲載前にフェイスブックが反撃

われわれはほぼ連日の徹夜で法的書類を作成し、捜査当局にアドバイスし、ジャーナリストに指示を出していた。激しく消耗した。だが、万全の態勢を整えつつあった。

記事掲載を１週間後に控え、ガーディアンは記事中に出てくる人物と企業に宛てて手紙を送った。イギリス報道界の伝統に従って記事掲載を予告し、反論の機会を与えるためだ。

フェイスブックはすぐに反応した。３月14日、法律顧問経由で私に手紙を送り付け、すべての電子デバイスを引き渡すよう要求した。コンピューター詐欺・不正利用防止法（ＣＦＡＡ）とカリフォルニア州刑法を根拠に挙げて、刑事告訴をちらつかせていた。３月17日の記事掲載直前にはガーディアンに対して「データ漏洩はない」と主張し、「記事掲載となったら訴訟を起こす」と脅しをかけた。記事掲載が不可避と分かると、フェイスブックは先手を打って行動を起こした。私、コーガン、CAのアカウント停止を発表したのだ。ガーディアンとニューヨーク・タイムズは怒り心頭に発した。両紙はフェイスブックに対して善意で記事掲載を予告し、反論の機会を与えたというのに、同社はそれを逆手にとって記事の信憑性にケチをつけたからだ。

3月17日、ガーディアンとニューヨーク・タイムズ両紙の編集局内は記事の編集作業で深夜まで大わらわだった。ニューヨーク・タイムズは「トランプ陣営は何百万人相当のフェイスブックデータを悪用」という見出しを選んだ。ガーディアンはキャドウォラダーの署名記事によりドラマチックな見出しを付けた。「『私がスティーブ・バノンの心理戦ツールを作った』――データ戦争内部告発者の証言」。記事は瞬く間にバイラル化した。

夜にはチャンネル4が連続シリーズの放送を開始した。第1回はニックスの正体を暴いた衝撃的なおとり取材を売り物にしていた。16年の大統領選挙で敗退した民主党大統領候補ヒラリー・クリントンへのインタビューも入れていた。彼女はCAの実態について「非常に憂慮すべき」としたうえで、次のように語っている。

「大規模なプロパガンダ作戦が展開されたわけです。人間が偽の情報を洪水のように浴び続けたらどうなりますか？　まともに物事を考えられなくなります。どの検索エンジンを使っても、どのウェブサイトを訪ねても、フェイクニュースばかり繰り返し見せ付けられるのです。プロパガンダが有権者の思考プロセスに影響を与えたのは間違いありません」

ガーディアンでは、キャドウォラダーのほかエマ・グラハムハリソンとサラ・ドナルドソンの2人も記事を書き、CAを取り巻く構図を分かりやすく解説していた。3人の記事はテクノロジーに疎い一般読者の間でも明らかに共感を呼んだ。事実、ソーシャルメディア上は大掛かりなジャンボリー（お祭り騒ぎ）でにぎわっていた（例外はフェイスブック。人気ニュースを表示する「トレンディング」セクションでは自社のプレスリリースを目立たせていた）。

ニューヨーク・タイムズの記事は、同紙記者マシュー・ローゼンバーグとニコラス・コンフィソアの２人に加えてガーディアンのキャドウォラダーの署名入りだ。フェイスブックデータの流出に焦点を合わせ、「ソーシャルネットワーク史上最大のデータ流出事件の一つ」と伝えていた。バノン、マーサー、ＣＡの三角関係を浮き彫りにしつつ、トランプ大統領誕生に向けてどのようにＣＡがフェイスブックデータを利用していたのかを詳述していた。

ロンドンでは、イギリス当局が私から事前に提供された証拠を頼りに、すでにＣＡとフェイスブックを何カ月にもわたって調査していた。ＩＣＯは裁判所に対して捜索令状を申請し、ＣＡのオフィスを家宅捜索して証拠差し押さえに入ろうとしていた。ところが、驚いたことに、フェイスブックは当局を出し抜いて一足先に〝家宅捜索〟に入っていた。デジタルフォレンジック会社（デジタルデータの調査・分析をする会社）を雇い入れ、ＣＡ本社ですでにサーバーの調査を始めていたのだ。ＩＣＯが捜索令状を必要とするのに対して民間企業のフェイスブックは必要としていない。だから先回りできたのだ。

ガーディアンの記事が出ると知ったとき、フェイスブックは真っ先にＣＡに連絡を入れ、ＣＡの本社サーバーへのアクセスを許可してもらっていた。ＩＣＯが裁判所から令状の取得に動いている真っただ中に、である。フェイスブックが一足先にＣＡ本社に足を踏み入れたと知って、ＩＣＯは激怒した。家宅捜索直前に証拠にアクセスするほど大胆不敵な企業は前代未聞だったからだ。しかも、フェイスブックは無関係の第三者ではなく捜査対象の当事者だ。それなのに勝手に犯罪現場に乗り込み、証拠を先取りしようとしたのだ。

ICOは捜査員に現場へ行くよう指示し、警察に護衛を依頼した。その夜、ICO捜査員と警察官はCA本社内で、フェイスブックのフォレンジック調査員と劇的な対面を果たした。「手持ちの物をすべてここに置き、直ちに立ち去ってください」。フォレンジック調査員は命令に従うしかなかった。

ICO事務局長のエリザベス・デナムはよほど頭にきたのだろう。めったにマスコミに登場しないのに、今回はマスコミに向けて自ら発信した。「フェイスブックの行為は捜査妨害となりかねず遺憾である」との声明を出したのである。

フェイスブックスキャンダルは社会現象

イギリスでもアメリカでも直ちにすさまじい反響が起きた。私は約束通り特報から2週間後にイギリス議会へ行き、「フェイクニュースと偽情報」をテーマにDCMS公聴会で証言した。これは第一歩にすぎない。これから数えきれないほど多くの公聴会や私的会合へ呼ばれるのだ。ハッカー集団や賄賂の利用などCAの悪行はもちろんのこと、フェイスブックのデータ流出やロシアの諜報活動についても洗いざらい語ることになる。公共テレビ局BBCの議会担当記者マーク・ダーシーはDCMS公聴会での証言を取材し、「私が長年の議会取材で見てきた光景の中で、クリス・ワイリーの証言は最も衝撃的だった」と伝えていた。

ワシントンでは連邦取引委員会(FTC)と証券取引委員会(SEC)が調査を始めた一方、英米両議会の内部ではフェイスブックCEOのマーク・ザッカーバーグを証人喚問しようとの動きが強まった。特報から数週間後、米司法省とFBIスタッフはイギリスへ飛び立ち、英海軍基地で私と面談した(NCAが英海軍から場所を借りた)。

特報を受けてフェイスブック株が大幅安になるなか、ザッカーバーグは鳴りを潜めていた。3月21日、ようやく声明を発表した。フェイスブックに投稿し、「現在、何が起きたのか調査中です」としたうえで、「コーガン、ケンブリッジ・アナリティカ、フェイスブック3者の間で信義違反がありました」と説明した。ツイッター上ではハッシュタグ「#DeleteFacebook（フェイスブックを削除せよ）」がトレンド入りした。一因は著名起業家のイーロン・マスクだ。ロケット開発会社スペースＸと電気自動車会社テスラのフェイスブックページを削除した、とツイートしたのだ。

私は今後の証言の準備をしながら、アメリカ人ラッパーのカーディ・Ｂの新アルバムを聴いていた。特報から数週間後にリリースされた新アルバム――今ではプラチナ認定されている――のタイトルは偶然にも『インベージョン・オブ・プライバシー（プライバシーの侵害）』。ジャケットイメージはソーシャルメディア上で広く拡散した。カーディ・Ｂの顔がマーク・ザッカーバーグの顔に差し替えられるなどの修正が加えられ、インターネットミームになったのだ。

フェイスブックを巻き込んだスキャンダルは時流に乗って社会現象になったようだった。ユーザーがそれまでにも何となくフェイスブックに対して抱いていた不安が最もドラマチックな形で裏付けられたのだ。ＰＲ大失態の真っただ中、ザッカーバーグは主要新聞の広告スペースを使って謝罪文を発表した。記事差し止めを狙ってガーディアンに対して訴訟をちらつかせて数週間しかたっていないというのに、である。もっとも、謝罪文を出しても世間の怒りを鎮めることはできなかった。2週間後、アメリカ議会に呼び出されて2日間にわたって厳しい質問を浴びせられるのだった。

英首相官邸にアウティングされる盟友サニ

イギリスではまだまだ報道することがあった。今度はブレグジット国民投票だ。アメリカでフェイスブックスキャンダルが大ニュースになるなか、イギリスではガーディアンがボートリーブ関係者に対して手紙を送って記事の掲載を予告した。手紙を受け取った関係者にはドム・カミングスとスティーブン・パーキンソンも含まれていた。

ガーディアンの続報が放たれる前夜、サニがアレンの法律事務所にやって来た。ボートリーブの元同僚から次々と問い合わせを受けてうろたえていた。そのときになってわれわれは初めて何が起きているのかを理解した。首相テリーザ・メイの特別顧問になっていたパーキンソンが最も卑劣な手段を使って報復に出たのだ。アウティング（本人の了解を得ずに性的指向・性自認を暴露する行為）だ。

そんななか、ニューヨーク・タイムズから連絡が入り、首相官邸の声明についてコメントを求めてきた。続報を目前にして首相官邸が声明を出したというのだ。声明の中で、パーキンソンはサニとの関係を明らかにしたうえで、サニは関係破局の腹いせにボートリーブを攻撃している、という構図を見せようとしていた。

サニはパキスタン人イスラム教徒であり、家族に対してもゲイであることを打ち明けていなかった。カミングアウトするとパキスタン国内に住む親族を危険にさらす、と懸念していたからだ。そのことについてパーキンソンもよく分かっていたはずだ。にもかかわらず、サニがゲイであることを世界のメディアに向かって暴露し、彼の身に降りかかる苦境に目をつぶったのである。首相官邸が報復目的でアウティングを利用したのは極めて異例のことだった。

サニは声明について知ると、神妙な面持ちでみんなの顔を見つめて座り込んだ。声明を基にしてブログ記事を書いていたカミングスは、アレンとキャドウォラダーに説得されて記事を削除したが、後の祭りだった。パーキンソンは狙い通りにサニを傷つけた。

ガーディアンの続報は、イギリスの大衆紙デイリー・メールの日曜版1面記事「ブレグジット作戦をめぐる首相特別顧問の性的スキャンダル」と競合する格好になった。同紙は右派寄りでＬＧＢＴＱ（性的マイノリティー）に対して攻撃的なタブロイド紙だ。記事でサニの評判を傷つけ、イギリス史上最大の選挙法違反事件を「性的スキャンダル」にすり替えた。

　アウティングの結果、カラチに住むサニの家族は自宅のセキュリティー対策を強化しなければならなくなった。パキスタンではＬＧＢＴＱに対する差別が激しく、生命の危険にさらされる恐れもある。彼の人生も家族の人生も一変してしまった。

　その日の深夜12時半すぎ、アレンのオフィス内。一人きりのサニは母親に電話をかけて、「そう、その通りだよ。僕はゲイ」と伝えていた。私は別室からガラス窓越しに彼を見守っていた。そのときの光景は決して忘れないだろう。

　内部告発は勇気を必要とすると同時に困難を伴う。両者は不可分の関係にある。実際、内部告発後にサニはますます不安を募らせざるを得なかった。隠しカメラを持った不審者に後をつけられ、私と一緒にゲイバーで飲んでいる場面の写真を撮られた。それればかりか英系オルタナ右翼のウェブサイトに写真をアップされ、信じられないほどひどい差別用語でののしられた。議会では首相のテリーザ・メイがパーキンソンの行動を擁護した。見るに堪えなかった。だから私は誇りを持って断言する。サニは親友であると。

内部告発後に事態は再び急展開

　3月21日、3メディアによる特報が出てから4日後のこと。私はロンドンにある記者クラブ「フロントラインクラブ」へ行き、ジャーナリスト兼活動家のピーター・ジュークスと対談する予定になっていた。アレンとサニも一緒だ。内部告発後に公の場に出るのは初めてだった。

会場に入ると、私は瞬く間にカメラマンに取り囲まれた。会場内は世界中から集まったジャーナリストでいっぱいになっており、誰もが最前列の席に座ろうとして小競り合いしていた。奥には20社以上のテレビ局がテレビカメラを置いて陣取り、その背後は大勢のカメラマンやスタッフでぎゅうぎゅう詰めになっていた。そんな状況下で私はジュークスとの対談に入り、対談後には会場からの質問を受け付けた。

すべて終了すると、私は目立たない裏ルートを使ってするりと会場を抜け出した。数分後にはアレンも会場を出るから、無用な混乱は起こしたくなかった。外に出て右折し、ノーフォークプレイス通りを歩いていると、携帯電話を手にした男に突如として道をふさがれた。混乱すると同時に危険も感じ、一歩後ずさりした。

「いったい何の用ですか？」

「携帯画面をよく見て」

私は画面に視点を合わせた。そこにあるのはＣＡからイギリス独立党（ＵＫＩＰ）へ送られたインボイス（請求書）だった。男が画面をスワイプすると、今度は電子メールが現れた。リーブＥＵの広報責任者アンディ・ウィグモアがロシア人に送ったメッセージだ。一瞬だったものの、金塊に関係している内容であるのは分かった。男は「彼らはロシア人と共謀していたんです」と言った。

ここでアレンら一団が会場から出てきて、男を見た。私の安全を心配して、男をつかまえようと駆け寄ってきた。男はそれを振り切り、逃げ去った。

私は途方に暮れてしまった。朝からテレビ局のインタビューを次々とこなす一方で、カメラマンに追い掛けられていた。非常に消耗していたのだ。バッグを取りに法律事務所へ戻らなければならず、アレンと一緒に車に乗り込んだ。車中で説明した。「はっきりと確認できたわけではないけれども、携帯画面上のメッセージは本物みたいだった。銀行口座の情報も認識できたし」

週末になり、アレンは謎めいたメッセージを受け取った。すぐに私に電話をかけて「男はあなたと連絡を取りたそうにしていた」と教えてくれた。

このころには私は一息つこうとしていた。内部告発者としてやるべき仕事はほとんどやり終えたと思っていたのだ。ところが、事態は再び急展開し、新情報を手にすることになった。18年6月に下院情報特別委員会に呼ばれたときには、この新情報の内容があまりにセンシティブであることから、特別な場所で証言しなければならなかった。ワシントンの連邦議会議事堂の地下にある機密情報隔離施設（ＳＣＩＦ《スキッフ》）である。

イギリスが駄目ならアメリカに頼る

きっかけは例の男だった。ＳＣＩＦ証言までの2カ月間にわたり、私はロンドン市内の各所で男と何度か会い、重要なファイルの存在を知った。ファイルの帰属先はリーブＥＵの共同創設者アーロン・バンクスと広報責任者アンディ・ウィグモアの2人だった。リーブＥＵはオルタナ右翼系ブレグジット推進団体であり、ブレグジット国民投票期間中に在英ロシア大使館と頻繁に情報交換していた。その記録がファイルの中に入っていた。

ファイルの中身が本物であると判明した段階で、アレンと私はＭＩ５とＮＣＡ（国家犯罪対策庁）に連絡を入れた。4月になり、アレンは実際にＮＣＡスタッフに会って状況を説明した（私は尾行されているかもしれず、アレンに代理人になってもらった）。ロンドンの主要鉄道駅構内にあるオフィスがミーティング場所で、外には何の表示もなかった。

われわれは心配していた。男はファイルを抱えたまま、ウクライナや東ヨーロッパ各地を飛び回っていた。ファイルにはロシアの諜報活動を裏付ける証拠が入っていただけに、男の身に何かが起きないとも限らなかった。ＮＣＡは念のためにウクライナのイギリス大使館に連絡を入れ、男のことを伝えておいた。そんななか、男は忽然と消え去り、携帯電話もつながらなくなった。われわれは心底不安になった。本当に何かが起きたのではないか……。

数週間後、男は再び現れた。「もう一度会って話をしたい」。われわれは密かに男とのミーティングを録音しようと決めた。ミーティング後、会話の音声記録とファイルのスクリーンショットをイギリス当局に手渡した。

同時に、われわれはアメリカ当局にも報告した。ファイルの中にロシアとトランプ陣営とのつながりを示す証拠を見つけたからだ（ＣＡのクライアントがトランプ陣営とのミーティング前後にロシア側と連絡を取り合っていた）。最終的に下院少数党院内総務ナンシー・ペロシのオフィスを訪ね、カリフォルニア選出の下院議員アダム・シフ——下院情報特別委員会の重鎮——と面会した。彼にはファイルの存在を説明したうえで、「次にここに来るときにはファイルを持参します」と約束した。ファイルはイギリス議会内にあるカーマイケルの金庫の中に保管してあった。

ワシントン訪問直後、私は「フュージョンＧＰＳ」から接触を受けた。フュージョンはロシアとトランプ陣営との共謀関係を示す「トランプ・ロシア文書（別名スティール文書）」を作成したアメリカ系調査会社だ（同文書の筆者は元イギリス諜報部員のクリストファー・スティール）。同社はわれわれが持つファイルと音声記録の存在について知ったようで、「ロシア、ブレグジット、トランプ陣営の三角関係についてこちらも同様の証拠を握っている」という。われわれはイギリス議会のＤＣＭＳ委員長ダミアン・コリンズのオフィスでフュージョン側と会うことで合意した。

まるでジグソーパズルのようだった。同じ事象についてそれぞれが異なる証拠を持っていて、すべてのピースをうまくつなぎ合わせて全体像を明らかにしなければならなかった。

アレンは改めてＮＣＡに接触した。だが「具体的なアクションは起こせない」と断られた。こうなるとアメリカに頼るしかなく、持てる情報すべてをアメリカ下院情報特別委員会へ差し出した。幸いにも同委員会からは「しかるべき情報機関へすべて引き渡す」との言質を得た。

われわれはブレグジットとロシア大使館のつながりを示す証拠を手に入れたが、イギリス当局には動いてもらえなかった。ならばアメリカ当局に証拠を提供して動いてもらい、間接的にイギリス当局に圧力をかければいい――これがわれわれの判断だった。

「ロシア金塊プレイ」で誘惑

ファイルの内容は驚きだった。15年夏――私がＣＡを辞めてそれほどたっていないころ――ＵＫＩＰの支援を受けたリーブＥＵが発足。秋にはＣＡと契約を結び、ウェブサイト上で「ＣＡはイギリスの選挙区を調べて、有権者が何を信じているのか浮き彫りにする。これによってエンゲージメントを高めることができる」と説明している。

ＣＡとＵＫＩＰがどのようにつながったのか説明しておこう。リーブＥＵのバンクスとウィグモアの２人はオルタナ右翼運動を盛り上げ、ブレグジット国民投票での勝利を狙っていた。そこでＵＫＩＰの共同創設者ナイジェル・ファラージの協力も得て、アメリカ人億万長者ロバート・マーサーに資金援助を打診した。

マーサーはオルタナ右翼運動を支援したかったが、外国人であるためイギリスの運動団体に寄付したり選挙運動に介入したりできなかった。２人には代案を示した。「ＣＡのデータとサービスを利用すればいい」。ここでバノンが登場し、仲介役を申し出た。結局、ファラージ、バンクス、ＣＡはバノンの申し出を受け入れた。これによって、データベースとアルゴリズムを兵器にする英米オルタナ右翼連合が誕生したわけだ。

下院情報特別委員会にとってオルタナ右翼連合は最大の焦点の一つだった。在英ロシア大使館と組み、水面下でトランプ陣営を支える役割を担ったとみられていたからだ。15年11月、リーブＥＵは国民投票に向けて公式に運動を開始した。同時にＣＡと組み、ＣＡスタッフのブリタニー・カイザーを事業責任者に任命した。カイザーの任務は、ＣＡのマイクロターゲティングを活用して有権者行動に影響を与えることだった。

リーブＥＵの公式発足前、ＵＫＩＰとリーブＥＵの大口資金提供者――アーロン・バンクスとアンディ・ウィグモア――はロシア政府との接触を始めた。起点となったのは、イングランド中北部ドンカスターでＵＫＩＰが開いた党大会だ。そこでバンクスとウィグモアの2人はロシアの外交官アレクサンドル・ウドヅに会い、在英ロシア大使館へ招待されたのだ。

通信記録によれば、数週間後に2人はロシア大使館を訪ね、ロシア大使のアレクサンドル・ヤコベンコと6時間に及ぶ「酒飲みランチ」を楽しんだ。2度目にヤコベンコと会ったときには魅力的な儲け話を聞かされた。儲け話はバンクス経由で、著名投資家でブレグジット推進派のジム・メロンらにも伝わった。

バンクスが電子メールで使った表現を借りれば、儲け話とは「ロシア金塊プレイ」のことだ。ロシア国内にある複数の金・ダイヤモンド鉱山が統合・民営化される予定なので、そこに投資してみる気はないか、とヤコベンコは持ち掛けたのである。

その一環として、ヤコベンコは2人にロシア人ビジネスマンのシマン・ポバレンキンを紹介。同時に、投資に際してはロシアの国営銀行ズベルバンク――アメリカとＥＵによる経済制裁の対象になっている——による支援も期待できると指摘している。ロシア大使館とズベルバンクのコネを使って投資すれば、「通常では得られないようなチャンスに巡り合える」と誘っていた。

リーブＥＵがＣＡとの協力関係を発表するまで２人はロシア大使館に接触し続けた。ロシア側からの昼食会への誘いに対して、バンクスは電子メールで次のように返信している。

「ありがとうございます。アンディと私は11月６日に大使とランチをご一緒できるのを楽しみにしています。アメリカでもブレグジット国民投票に対する関心は非常に高いです。われわれも近いうちにワシントンを訪問して要人に会い、国民投票についてブリーフィングする予定です」

15年11月16日——ＣＡとの協力関係発表の翌日——バンクスとウィグモアの２人は再びロシア大使館へ招待された。その日に大使館内部で何が起きたのかは正確には分からない。だが、２人はすぐにアメリカへ飛び立ち、共和党関係者を訪ねている（ロシア大使館もそのことを把握している）。その後もヤコベンコに定期的に連絡を入れ、近況報告していた。例えば16年１月。バンクスはテキストメッセージで「アンディと私はまたロシア大使館を訪ねて、国民投票の状況を説明したいと思っています。すべてうまくいっていますよ。それではまた。アーロンより」と書いている。

バンクスはロシア人とビジネスの話をしているのだろうか？　だとしたら、なぜアメリカ政治人脈やブレグジット運動についてロシア大使に対して説明するのか？　われわれにはよく分からない。はっきりしているのは、ロシア大使館とのミーティングを通じて２人が明らかに影響を受けたということだ。

２人の通信記録を見てみよう。例えば「ウクライナで親ＥＵ派のナラティブに対抗するために、ブレグジット流の運動を起こすのはどうだろうか」と議論していた。ウクライナで長らく影響力拡大を狙っているロシアを側面支援することを念頭に置いていたのだ。最終的にウクライナへの介入は断念したとはいえ、プレスリリースの草案まで用意していた。事実、草案の中の一文をめぐり、電子メールで「これはロシア嫌いと受け止められるかもしれない」などとやり取りしていた。ウクライナへの介入を諦めた後、ウィグモアは「ロシア大使にメッセージを送って改めて支持を明確にしておこう」と提案している。

ロシア大使館と接触を続けるなか、２人はロシア外交官にリーブＥＵ関連イベントへの招待状を送っている。16年6月のブレグジット国民投票勝利パーティーへの招待状も含めて、である。

「ロシア金塊プレイ」への投資については、２人は専門家に相談しながらも最終的には投資を行わなかったと主張している。しかし国民投票終了後に新ニュースが飛び出した。ＵＫＩＰに多額の献金をしているジム・メロンと関係する投資ファンドによる投資が明らかになったのだ。報道によれば、同ファンドはロシア国営ダイヤモンド採掘会社「アルロサ」――一部民営化された――に投資。ファンド代表者は「メロンに詳細を伝えずにアルロサへ投資した。一部民営化によってアルロサ株が13年に放出されたときにも投資している」と説明している。

16年7月下旬。ブレグジット国民投票で離脱派が勝利してから1カ月後、ロシア諜報機関によるハッキングで民主党全国委員会（ＤＮＣ）のファイルや電子メールが大量流出してから数週間後のことだ。アレクサンダー・ニックスはポロ観戦に出掛け、ウォッカのボトルを手にしてロシア大使のヤコベンコと一緒に写真に納まった。偶然にも、このころニックスはトランプ陣営のためにクリントンの電子メールについて嗅ぎ回り、ウィキリークスに接触を試みていた。

ワシントンでは証言するのではなく懺悔する

ブレグジット国民投票で勝利すると、ファラージとバンクスは16年の大統領選挙中のアメリカに照準を合わせた。11月の投票日に向けてファラージはトランプ陣営のために精力的に活動し、数えきれないほどのイベントに顔を出した。

当時、大統領候補のトランプは「ミスター・ブレグジット」を自称していた。その点を考えれば、選挙集会にＵＫＩＰ幹部を呼んでも、あまり不自然に見えなかったかもしれない。だが、大西洋をまたいでオルタナ右翼がどのようにつながっていたのか、ほとんどのアメリカ人は理解していなかった。オルタナ右翼はグローバルな運動になり、16年に安全保障上の大きなリスクになっていた。

16年８月20日、ロシア大使館三等書記官のセルゲイ・フェディチキンはアンディ・ウィグモアから電子メールを受け取った。件名は「コットレル文書転送——極秘」、メッセージは謎めいた一文「楽しんでください」。添付ファイルには、アメリカＩＲＳ（内国歳入庁）捜査員に逮捕されたジョージ・コットレル関係の法的文書が入っていた。コットレルはナイジェル・ファラージの上級アドバイザーであり、ＵＫＩＰの資金調達責任者でもあった（ファラージはコットレルの非合法活動については何も知らなかったと主張している）。

逮捕の顛末はこうだ。ブレグジット国民投票後、コットレルとファラージはアメリカへ飛び立った。16年７月の共和党全国大会でトランプが開く大集会に参加し、ブレグジット推進派の勝利を祝うためだ。大会終了後、２人でシカゴのオヘア空港に行き、国際便の機内で離陸を待っていた。すると数人のＩＲＳ捜査員が突如として現れ、マネーロンダリング（資金洗浄）や通信詐欺などで共謀したとしてコットレルを逮捕した。

コットレルはモルドバ共和国の大手銀行とつながり、この銀行は大規模なマネーロンダリング事件——「ロシアのコインランドリー」として知られる——で中心的役割を担ったとされている。電子メールを見ると、ウィグモアはアメリカ司法省の起訴状をコピーし、ロシア外交官へ送信。コットレルは司法取引に応じ、通信詐欺で有罪を認めている。

　以上の経緯から分かるように、ロシア大使館はブレグジット推進派とトランプ陣営の密な関係についてよく知っていた。そればかりか、ブレグジット推進派とのつながりを深め、ウィグモアからコットレル関連の法的文書まで受け取っていた。ロシアがイギリスでやっていることについて、なぜアメリカ人が気に掛けるのだろうか？　理由ははっきりしている。ブレグジット推進派が同じデータ会社（CA）と同じアドバイザー（スティーブ・バノン）に頼り、ロシア側に小まめに情報提供していたからだ。アメリカ次期大統領は「ロシア政府に定期的にブリーフィングするイギリス市民」と会っていたわけだ。

　ジャーナリストがCA事件を暴き、非協力的なフェイスブックの株価に大打撃を与えても、私はあまり喜べなかった。何も感じなくなっていた。臨終を迎えた人間をみとるような感覚を持っていた。これほど骨の折れる経験をしたことはかつてなかった。心底疲れた。

　数カ月たち、私はようやく落ち着きを取り戻し、何が起きたのか冷静に考えられるようになった。どれほどのトラウマを抱え、どれほどの痛みを耐えたのか、やっと理解できた。このような大災厄の中で自分が果たした役割を考えると、やるせなかった。権力を握ったトランプがイスラム教徒の入国を禁止したり、白人至上主義を正当化したりするのを見て、「種をまいたのは自分だ」という現実を突き付けられた。危険な火遊びをして、世界を燃え上がらせてしまった。私は単に証言するのではなく懺悔するのだ――。ワシントンの連邦議会議事堂に向かいながら思った。

第12章 暴露

REVELATIONS

内部告発後に日常生活は様変わり

正確にロンドンのどこに住んでいるかは言わない。大きく言えばイーストエンドであり、ショーディッチとダルストン両地区の間のどこかである。私は共同住宅の最上階に住むピンク頭のゲイだ。とはいっても特に目立つわけでもない。ここはもともと労働者階級の街であり、ビルの多くもロンドンの工業時代に工場として使われていた。れんがの壁に描かれた広告は工場の排煙ですっかり色あせ、１００年前の商品を宣伝している。

大きく二つのコミュニティーがある。一つは古いコミュニティーであり、かつて大英帝国を構成したイギリス連邦加盟国からの移民組だ。インドやパキスタン、カリブ海系が多い。もう一つは比較的新しいコミュニティー。アーティストやゲイ、学生のほか、汚らしい変人・奇人が中心だ。生活費の高騰でロンドン中心部から流れ込んできたのだ。両コミュニティーは今では平和に共存している。街中は活気にあふれており、アールデコの映画館もあるし、屋上庭園もある。毎週末にはクラブ好きが大勢集まる。レッドストライプ（ジャマイカ産ビール）を朝方4時まで飲み続け、騒音をまき散らしている。アルコール類を売る八百屋の客層は多様だ。ヒジャーブで頭部を覆うイスラム女性が買い物をするなか、髪型を左右非対称にしてタトゥーを入れた若者が出入りしている。ここでは私はそれほど目立つことなく、比較的安心して外を歩ける。

　私が住む共同住宅は古い。インターネットがＳＦのおとぎ話でしかなく、屋内トイレが珍しかった時代に建てられたのだろう。木製の床はしっかりしているが、人が歩くとキーキーときしむ。内部告発後の1週間、男の一団が私の部屋の前に何度もやって来た。だから私はドアにいくつかボルトを打ち付け、セキュリティーを強化した。近隣住民は苦情を言い始めた。でも、私が誰であるかを知ると逆に心配し、不審者が近くに来ると知らせてくれるようになった。

　内部告発後、いろいろな面で私の日常生活は変わった。まずいくつか物が無くなった。リビングルームの片隅にあるテレビ台の上には何もなく、背後の壁からはテレビケーブルがぶら下がっている。以前はテレビ台の上にはマイクとカメラを備えたスマートテレビが置かれ、ネットフリックスとソーシャルメディアにつながっていた。

　寝室に置いてあるベッドサイドテーブルは特別仕様だ。特殊な金属で覆われており、引き出しの中にあるデバイスは電気信号を送信したり受信したりできない。私は寝るときに必ずデバイスを引き出しの中にしまうようにしている。クローゼットの中は、内部告発以前に私が持っていたＩＴ（情報技術）製品の収納場所だ。タブレット端末やスマートフォン、スマートウォッチのほか、電源プラグを抜いたアマゾンエコーも埃をかぶっている（どのように処分したらいいのか分からないので、そのままにしてある）。ハードドライブの残骸が詰まった箱もある。私が当局へ情報提供した後にハードドライブは役割を終え、消磁や塩酸処理されるなどで破壊された。データは永久消去されたのだ。残骸は捨てても構わないのだけれども、私は不思議にも感傷的になっている。

リビングルームは私の仕事場だ。木製アンティークデスク――廃工場から回収された――の上にあるノートパソコンは、安全性確保のためにインターネットから物理的に隔離されたエアギャップ型だ。私が下院情報特別委員会に証拠を提出するときに大活躍した。引き出しには出張用のノートパソコンが入っている。国境検査で調べられた場合に備えて中身が空っぽになっている。主力のデスクトップパソコンもセキュリティー対策を施されている。Ｕ２Ｆ（２段階認証）規格対応の物理的キーによって保護され、付属カメラにはテープが貼られている（ただし内蔵マイクはそのまま）。床の上にはＶＰＮ（バーチャル・プライベート・ネットワーク）サーバーが置かれ、ケーブル経由で壁に接続されている。これによって外部のサーバーにもつながるわけだ。

共同住宅の出入口にはセキュリティーカメラが設置され、ここから警備会社へデータが送られる。データが暗号化されているのかどうかは不明だ。だから誰が誰を監視しているのかさっぱり分からない。

私は外出するとき、必ず携帯用パニックボタンを持っていく（これまで使わないで済んだけれども）。スマホも持っていく。イギリス国家犯罪対策庁（ＮＣＡ）のウォッチリストに加えられているため、ＮＣＡに電話すれば、オペレーターに何も説明しなくても優先的に担当者につないでもらえる。リュックにはいつも携帯用ＶＰＮルーターを入れている。セキュリティーに問題があるＷｉ‐Ｆｉに接続しなければならないときに備えておくのだ。複数のファラデーケース――カッコいいから全部ピンク色――も欠かせない。

帽子もかぶるように心掛けている。もっともあまり効果はない。内部告発から1年たっているというのに、なかなか忘れてもらえないのだ。毎日のように「あなたは……もしや内部告発者？」と声を掛けられる。

つらかったスマホの処分

まるでパラノイアになってしまったようだ。無理もないのかもしれない。街中で襲われる、怪しい警備会社から脅しを受ける、ホテルで睡眠中に侵入される、2回にわたって電子メールをハッキングされそうになる――。過去1年を振り返れば、用心深くなるのも当然だろう。部屋の中のセキュリティーをチェックしてもらったとき、「テレビはリスクがある」と指摘された。知らないうちに監視・盗聴されかねないからだという。だからテレビを撤去した。テレビを見るのではなくテレビに見られるとは、何という皮肉なのだろう。テレビの撤去作業中、私は思わず笑ってしまった。

3メディアによる特報を控えていたとき、フェイスブックは私に脅しをかけ始めた。法的措置に訴える構えを見せ、法務部門ナンバー2の副社長を担当に据えた。内部告発によって経営的に大きな打撃を受けると判断したからだ。私の弁護士はハッキング事件で豊富な経験を積んでおり、追い詰められた企業がどんな行動に出るのかよく理解していた。だが、フェイスブックは普通とは違う。ハッキングをする必要もなかったのだ。私のスマホにインストールされているアプリがあれば、私がどこに行き、どんな連絡先リストを持ち、誰に会っているのかたやすく追跡できた。

だから私はスマホを処分した。弁護士が買ってくれた新品はフェイスブックやインスタグラム、ワッツアップといったアプリを一度もインストールされたことがなく、完全にクリーンだ。
フェイスブックはモバイルアプリのユーザーに対して、スマホのマイクとカメラへのアクセスを条件にサービスを提供している。となると、「モバイルアプリ経由でユーザーの音声データを収集し、ターゲティング広告用に使っているのではないか」と疑惑を持たれてしまうのも仕方がない。このような疑惑について同社は強く否定している。とはいってもユーザーから同意を得ているのも事実。その気になれば音声データにアクセスできる。

ここで思い出してほしい。私は普通のフェイスブックユーザーではなかった。フェイスブックにとって最大のレピュテーション（評判）リスクになっていたのだ。少なくとも理論上、同社は私のモバイルアプリを操作して音声機能を起動させ、弁護士や警察との会話を盗み聞きできる。私の写真とカメラにアクセスできるのだから、物理的な居場所も割り出せる。バスルーム内で一人でシャワーを浴びている状況を想定してみよう。本当は一人ではない。私がバスルーム内にいるとしたら、フェイスブックもいるのだ。どこにも逃れられない。これがスマホ処分の理由だ。

スマホ処分はつらい決断だった。私の両親と妹2人も影響を受けた。フェイスブック、インスタグラム、ワッツアップの各アプリを削除しなければならなかった。ついでに言えば、フェイスブックは私の友人が誰であり、どこに住んでいるのか知っていたのに加えて、私が友人と一緒にどこへ行き、どんなメッセージをやり取りしているのかも知っていた。フェイスブックは友人のスマホにもアクセスできたから、私が友人と行動を共にするのもリスクになっていたのだ。例えば、フェイスブックが友人のスマホにアクセスして写真を調べるとしよう。理屈のうえでは顔認証アルゴリズムを使い、私の顔写真を検出できる（赤の他人のスマホの中にある私の顔写真を検出することも不可能ではない）。

私がＩＴ製品を処分していたときのことだ。「まるで悪魔祓いしているみたいだね」と冗談を言う友人もいたし、部屋を浄化するためにセージの葉を燃やしてくれる友人もいた。でも、ある意味では本当に悪魔祓いだ。コードとデータで出来た「見えない妖怪」が巨大な力を得た世界にわれわれは今住んでいるのだ。妖怪はわれわれの行動を監視し、われわれの会話を盗み聞きしている。こんな恐ろしい妖怪には一刻も早く退場してもらいたい。

フェイスブックとインスタグラムのアカウント停止処分

２０１８年3月16日、ガーディアンとニューヨーク・タイムズの両紙が特報――私の内部告発――を放つ前日のことだ。フェイスブックは私のフェイスブックアカウントに加えてインスタグラムアカウントも停止すると発表した。白人至上主義者やネオナチ、ヘイト集団にはフェイスブック利用を認めているのに……。同時に、スマホとパソコンを差し出すよう要求した。フェイスブックとインスタグラムのアカウントを回復したいのならば、持てる情報をすべて――当局に提出した情報と同じ――提供しなければならないということだった。

これではまるで一企業ではなく国家権力のようではないか。捜査対象になっているのはフェイスブックであって私ではない、ということが分からないのか。私は弁護士に相談すると「警察や規制当局の捜査に影響を及ぼすといけないので、フェイスブックの要求は無視するべきだ」とアドバイスされた。その後、捜査当局に協力していくなかで、やりきれない気持ちになった。フェイスブックアカウント没収の結果、ブレグジット国民投票に絡んだ重要証拠の一部を当局へ手渡せなくなっていたのだ。捜査が影響を受けたのは間違いない。

失って初めてそのありがたみが分かる、といわれる。フェイスブック上から消し去られたときの私がそうだった。フェイスブックがどれだけ日常生活の一部になっていたのか、初めて気付いた。いくつかのスマホアプリ――出会い系アプリ、タクシーアプリ、メッセンジャーアプリ――が動かなくなった。本人認証にフェイスブックが使われていたためだ。ウェブサイト上のサブスクリプションやアカウントも同じ理由で使用不能になった。人は「サイバー空間」と「リアル空間」の二元性についてよく語る。だが、私はサイバー空間でのアイデンティティーの大半を失って、身をもって二元論は誤りだと悟った。両空間は不可分であり、一体化している。

ソーシャルメディアから追い出されたらどうなるのか。一言で言えば社会から隔離される。実際、意図的ではないにせよ、私はパーティーに招かれなくなった。パーティーの案内はいつもフェイスブックかインスタグラム経由だったからだ。私の新しい携帯電話番号を知らない友人も困った。私の弁護士に電子メールを送るなどしない限り、連絡の取りようがなかったのだ。内部告発で大わらわのとき、私はソーシャルメディアから消され、孤立したのである。クラブやバーに行き、何カ月も会っていない友人・知人に偶然会うことがあった。友人・知人と再会する唯一の方法だったといえる。

出会い系アプリではこんなこともある。相手から「インスタグラムのプロフィールを見たい」と言われると、どうしてインスタグラムを使えなくなっているのか——利用禁止処分にあっているのか——を説明しなければならない。キャットフィッシング（ロマンス詐欺）ではないと伝えても、なかなか納得してもらえない。そんなときには自分のアイデンティティーを盗まれたような気持ちになる。「私が私である」ということを誰にも信じてもらえないのだから。

たまに「君があの男なんだ！」と信じてもらえることもある。しかし、「実際に君と会ったら、誰かに見られちゃうんじゃない？」と逆に警戒されてしまう。私の反応はいつも決まっている。「心配しなくて大丈夫。フェイスブックのような会社はこれまでも24時間年中無休で全員の動向を監視してきたのだから。いまさら心配したところでどうしようもない」。やつらは本当に人間のクズだ。いじめっ子と変わらない。

フェイスブックとインスタグラムの利用禁止は私の日常生活を不便にしており、いら立ちの原因になっている。もちろんエドワード・スノーデンやチェルシー・マニングのような内部告発者が直面した報復と比べれば、大したことはない（私個人にとっては「大したことない」にしても、近代民主主義社会は深刻なダメージを受けている）。それでも重要な示唆を含んでいる。オンラインアイデンティティーは日常生活の必要不可欠な要素になっている。だが、オンラインアイデンティティーを守る権利は確立されておらず、公平な裁定機関も存在しない。利用禁止通告から4日後、イギリスの文化大臣は議会の緊急討議中にフェイスブック問題を取り上げ、内部告発者のアカウントを一方的に停止処分にする行為を「ショッキング」と断じた。一企業が絶対的な権力を握っていながら、第三者のチェックを受けていないからだ。

「デジタルコモンズ」一大拠点で進む社会の分断

数億人ものアメリカ人がフェイスブックユーザーになっている。写真をシェアしたり、セレブをフォローしたりできる「楽しくて無害な場所」と思って。友人とつながり、ゲームやアプリで退屈しのぎをするのに「便利な場所」と思って。フェイスブックからは「ここは人と人とをつなげてコミュニティーをつくる場所」との説明を受けている。実はここに落とし穴がある。同社が描くコミュニティーの世界では、同類が集まるコミュニティーが無数に誕生し、それぞれが隔離されているのだ。

フェイスブックはユーザーを観察し、投稿を読み、友人との交流を調べる。そのうえでアルゴリズムを使ってユーザーをカテゴリー化し、デジタルコミュニティーをつくる。個々のデジタルコミュニティーを構成するのは、フェイスブックが「ルックアライク（類似した消費傾向や行動様式を持つユーザー）」と呼ぶ同類だ。もちろん目的はターゲティング広告。それぞれのカテゴリー用にカスタム仕様にしたナラティブを流すわけだ。ユーザーの大半は自分が特定のカテゴリーに入れられているとは気付かないし、ほかのカテゴリーから切り離されているとも気付かない。当然のことながら、ルックアライクごとのカテゴリー化が進めば進むほど、社会がますます分断されていく。これがソーシャルメディアの実態だ。

アメリカはソーシャルメディア生誕地として、ニュースフィードやフォロワー、「いいね！」、シェアなどで成り立つ「デジタルコモンズ（デジタル共有資源）」の一大拠点になった。気候変動は海岸線や森林、野生生物に少しずつゆっくりと影響を及ぼしており、全体像を把握するのは難しい。ソーシャルメディアも同じで、社会にどんな影響を及ぼしているのか、全体像は簡単には把握できない。

それでも個別事例は確認できる。ソーシャルメディアが猛威を振るい、突如として国全体を揺るがすこともあるのだ。２０１０年代半ばのこと。フェイスブックはミャンマーに参入して急成長し、人口５３００万人の同国であっという間に2千万人のユーザーを得た。同社のアプリはミャンマーで売られるスマホの多くにプリインストールされ、国民にとって主要なニュースソースになった。

17年8月、フェイスブック上でヘイトスピーチが拡散した。イスラム系少数民族ロヒンギャを標的にし、「イスラム教徒のいないミャンマー」といったナラティブが流れたり、地域一帯の民族浄化を求める声が広がったりしていた。このようなプロパガンダを用意して拡散させたのは、情報戦を展開する軍部だった。ロヒンギャの戦闘員が警察施設を襲撃すると、ミャンマー軍はオンライン上での支持拡大をテコにして大規模な報復に出た。何万人にも上るロヒンギャ族を殺害したり、レイプしたり、重傷を負わせたりしたのである。軍部以外も虐殺に加担し、フェイスブック上ではロヒンギャ攻撃を求める動きが強まる一方だった。ロヒンギャの村落が焼き払われ、70万人以上のロヒンギャ難民が国境を越えてバングラデシュに流れ込んだ。

そんななか、フェイスブックはミャンマー内外の団体から繰り返し非難された。結局、やむにやまれず行動を起こした。自社プラットフォーム上からロヒンギャの反政府勢力を排除したのだ。ミャンマー軍と親政府勢力はそのままにして。当然ながらロヒンギャに対するヘイトスピーチはその後も拡散し続けた。国連はミャンマーの状況について「教科書に出てくるような民族浄化の典型例」と糾弾していたのに、フェイスブックの耳には届かなかったようだ。

18年3月、国連はついに「ロヒンギャの民族浄化でフェイスブックは決定的役割を果たした」と結論した。フェイスブックはフリクションレス（ストレスがなくスピーディーという意味）な設計思想に基づいているから、ヘイトスピーチを信じられないようなスピードで拡散させ、暴力を助長する格好になった。これに対するフェイスブックの反応はよそよそしく、まさにオーウェリアン（全体主義的な監視社会）的だった。4万人の民族浄化に加担したと指摘されたのに、「われわれはヘイトスピーチや暴力的コンテンツの排除に全力で取り組んでいます。プラットフォーム上にはヘイトも暴力も入り込む余地はありません」との声明を出したのだ。これを読んで世界各地の独裁者はどう思っただろうか。独裁体制を維持するうえでフェイスブックほど頼りになる民間企業はない、と結論したのではないだろうか。

インターネットの誕生によって素晴らしい世界が到来する——。最初はインターネットに対する期待は大きかった。人と人を隔てるバリアが取り払われ、突如として誰もが世界中の誰とでも話ができるようになるのだから。

実際には違う世界が現れ、現実社会の問題を増幅させている。人々はソーシャルメディア上で何時間も過ごし、似たような思考や趣味を持つユーザーをフォローする。そのうち特別にキュレーションされたニュース記事を読むようになる。キュレーションを行っているのはフェイスブックのアルゴリズムであり、アルゴリズムの唯一の〝道徳規範〟はクリックスルー率（インターネット広告の効果を測る指標）だ。

これは何を意味しているのか。キュレーションされたニュース記事は一元的な価値観を前面に出し、ユーザーをクリック中毒のような極端な行動に走らせる。結果として起きるのが「認知セグリゲーション（隔離）」だ。ユーザーはそれぞれの「情報ゲットー」へ隔離され、その延長線上で現実社会の分断を引き起こす。フェイスブックが言う「コミュニティー」は、実は「ゲーテッドコミュニティー」なのだ。

オルタナ右翼から狙われる

現代の多元的民主主義社会では、市民の団結を促す土台は共有体験だ。公民権運動を例にしてみよう。映画館で同じ場所に座りたい、同じ水飲み場や同じトイレを使いたい――。公民権運動は、同じ空間の共有を目指す運動だ。アメリカでの人種隔離政策は日常生活の中にこっそりと組み込まれていた。映画館や水飲み場だけではない。公共バスや学校、公園でも隔離が徹底されていた。公民権運動活動家のローザ・パークスは、バスの座席を白人に譲らなかったために逮捕された。バス内の座席分離は、白人社会が有色人種隔離のために計画的に設けた無数の制度の一つにすぎない。白人社会にとってローザは別世界に存在し、「彼らのアメリカ」には属していなかったのだ。もちろん今は違う。建物の入り口は人種別に分離できない。だが、インターネットの世界では根幹部分でなおも社会的隔離は続いている。

社会的隔離から生まれるのが「不信」だ。陰謀論とポピュリズムの原材料と言い換えてもいい。社会的隔離が進んだサイバー空間の落とし子がケンブリッジ・アナリティカ（ＣＡ）である。

ＣＡは何の規制にも縛られていなかった。だからターゲットに向けて偽情報をまき散らし、気兼ねなく「怒り中毒者」を量産できた。狙い通りに大混乱を引き起こしても、おとがめなしだ。そんななか、われわれはＣＡの暴走にストップをかけた。ただしこれで終わりにしてはいけない。根っこにある問題を解決しない限り、アメリカを「知覚危機」から救い出せない。ここで行動を起こさないと大変な結果を招く。共有体験の破壊は「われわれは皆同じである」という価値観の否定であり、「アザリング（他人化）」への第一歩だ。

インターネットが生み出すバーチャル空間は一般に思われているよりもずっとリアルである、とスティーブ・バノンは見抜いていた。アメリカ人は平均して1日に52回もスマホをチェックする。多くはベッドサイドにスマホを置き、充電した状態で寝床に就く。目覚めた直後に見るのはスマホ画面だし、寝入る直前に見るのもスマホ画面。人々はスマホ画面で見た情報に動機付けられてヘイトスピーチに走り、場合によっては極端な暴力に訴える。「これはオンラインだから」という言い訳は通用しない。オンライン情報（あるいは偽情報）はターゲットのエンゲージメントを高め、現実社会で恐ろしい悲劇をもたらす。

フェイスブックは全米ライフル協会（ＮＲＡ）と同じ理屈を持ち出し、道徳上の責任を逃れようとする。ＮＲＡが「銃が人を殺すのではない。人が人を殺すのである」と言うのに対して、「プラットフォームは悪事を働かない。ユーザーがプラットフォームを悪用するのである」と言う。たとえ大量虐殺という悲劇を引き起こしていても、である。民族浄化を目の当たりにしても行動しないのなら、いったいどんな状況になったら行動するというのだろうか？

フェイスブックは謝罪行脚に出ると決まって「これからは再発防止に向けて最善を尽くします」というメッセージを出す。空虚な謝罪だ。犠牲者に対して「心からお祈りしています」と言うだけで、何も行動を取らないのと同じだ。不作為を正当化して現状を維持することで、これまでと同じように儲けたいのだろう。フェイスブックは社是の「素早く行動して破壊せよ《ムーブ・ファスト・アンド・ブレーク・シングス》」を実践し、犠牲者の命を外在化している。

内部告発後、私はオルタナ右翼のデジタルレイジマシン（怒りの機械）から狙われるようになった。ロンドンでは、怒ったブレグジット推進派の一団に押され、道路に飛び出してひかれそうになった。オルタナ右翼のストーカーに尾行され、友人とクラブで一緒の場面を写真に撮られたこともある。写真はオルタナ右翼のウェブサイトにアップされ、私の位置情報まで書き込まれていた。

議会証言のタイミングが近づくと、フェイスブック批判勢力について陰謀論が浮上し、オルタナ右翼のフォーラムの間で広まり始めた。そんな状況下で私は議会証言を始めた。すると背後から「ソロス、ソロス、ソロス」という呪文が聞こえてきた。証言を終えて通りに出ると、「ユダヤマネー！」と叫ぶ男に近寄られた。当時、ソロスやユダヤマネーといったナラティブがどこから出てきたのか皆目見当もつかなかった。

後日、なぞが解けた。ＰＲ大失態の真っただ中でパニックになったのか、フェイスブックは共和党系ＰＲ会社「ディファイナーズ・パブリック・アフェアーズ」を雇い入れた。ディファイナーズ経由で流れた偽ナラティブは反ユダヤ感情であふれ、フェイスブック批判勢力についてはジョージ・ソロス（ユダヤ系の著名投資家）が支援する陰謀団の一味だと決めつけていた。このようなうわさはインターネットに浸透し――私は個人的に発見したのだが――オルタナ右翼勢力を本気にさせた。

「ゲラシモフ・ドクトリン」に注目したロシア軍

２０１３年２月、ロシアの軍人ワレリー・ゲラシモフは既存の戦争概念に異を唱える論文を発表した（ゲラシモフはロシア軍参謀総長で、アメリカの統合参謀本部議長と同じ制服組のトップ。ロシアの専門誌

『軍需産業クーリエ』に「科学の価値は洞察力にあり」と題した論文を寄稿した)。後に「ゲラシモフ・ドクトリン」と呼ばれる論文の中で、「戦争のルールが変わった」「政治・戦略目標を達成するうえで非軍事的手段の重要性は高まった」などと指摘。戦争でＡＩと情報を使うことで「情報の非対称性を生み出し、敵の戦闘能力を大幅に削ぐことができる」との見方を示している。

ゲラシモフは「アラブの春」を基本的な教訓にしている。「アラブの春」はソーシャルメディア上の情報共有で勢いづいた反政府運動であり、軍事戦略家に同様の手法採用を促すきっかけになっている。論文の中で彼はこう書いている。「『アラブの春』は戦争ではないと見なし、ここから軍人は何も学べないと決めつけるのは簡単だ。だが、ひょっとしたら正解は逆ではないだろうか。『アラブの春』こそ21世紀の典型的戦争スタイルかもしれない」

ゲラシモフの論文は別のロシア軍人が書いた論文によって補強されている。Ｓ・Ｇ・チェキノフ大佐とＳ・Ａ・ボグダノフ中将の２人はゲラシモフの考えをさらに推し進め、次のように書いている。「プロパガンダで敵を攻撃できる。そのためにフェイスブックとツイッターのネットワークサーバーにアクセスし、情報を収集する。強力な情報技術を思うままに使えれば、敵国の主要機関を巻き込んで戦力に加えることも可能である。主要機関とはマスメディア、宗教団体、文化団体、非政府組織、外国資金で支えられた運動団体、外国の助成金を得ている研究機関などだ」

このような論文は当時としては斬新だった。今では完璧に時宜にかなっている。16年にアメリカ大統領選挙へ介入したロシア向けの指南書のようにも読める。

戦争の歴史は、必要に迫られて生まれた新発明・新戦略の歴史でもある。数字を見ると、ロシア軍はアメリカ軍よりも格段に劣っている。アメリカの軍事予算は７１６０億ドルに上り、ロシアの10倍以上だ。軍事要員はアメリカ１２８万人に対してロシア１００万人、航空機１万３千機に対して４千機、空母11隻に対して1隻。従来型の戦力比較ではロシアはもはや「軍事大国」ではなく、どうあがいてもまともにアメリカと競り合えない。ウラジミール・プーチンもそのことはよく分かっている。だからこそ新たな手法——物理的な戦闘能力とは無関係——を使って有利に立ち回ろうとしたのだ。

現在手元にある戦力をいったん忘れない限り、新たな手法を思い描くのは難しい。飛行機が誕生する前、軍事戦略家の関心は地上戦と海上戦に絞られていた。１９１５年が大きな転機になった。この年、フランス人飛行家のローラン・ギャロスは前面にマシンガンを取り付けた飛行機を考案し、実戦に投入した。これを見て軍事戦略家は空中戦も可能であるということに気付いた。実際に飛行機が戦闘に加わり始めると、地上軍も変貌して連射式の小型高射砲を開発。その後も戦争の進化は続いた。

情報戦も同じように進化した。当初は、フェイスブックやツイッターが戦場で活用されるとは誰も想像できなかった。戦争といえば地上、海上、空中の3ドメインしかなく、4番目として宇宙が挙げられるくらいだった。ところが、5番目のドメインとしてサイバー空間が登場した。情報戦にソーシャルメディアの利用を提案するほど想像力・洞察力豊かな軍事戦略家にとって、サイバー空間は実り多い戦場となった。ゲラシモフ、チェキノフ、ボグダノフの3人による理論構築からＣＡによる実践的応用、さらにはブレグジット推進派とトランプ陣営の勝利まで一直線でつながる。ロシア軍はわずか5年前後の短期間で、信じられないほど効果的な21世紀型新兵器の開発に成功したのである。

ロシアは新兵器の威力を疑わなかった。フェイスブックのような企業はアメリカの伝統に従ってユーザーの自由を尊重する、と分かっていたからだ。だから自らプロパガンダを拡散させる必要性も感じなかった。アメリカ人が自分の意思でクリックや「いいね！」、シェアを繰り返し、プロパガンダを拡散してくれるからだ。フェイスブック上のアメリカ人はロシア人のために頑張る格好になっていたのだ。言論の自由を保障した憲法修正第1条に守られ、知らぬ間にロシアのプロパガンダをロンダリング（洗浄）してアメリカ国内で拡散させていたともいえる。

スターバックスやナイキも偽情報の標的に

大掛かりな偽情報の拡散は政治の世界に限定されない。スターバックスやナイキといった有力ブランドもロシアによる偽情報作戦の標的にされている。有力ブランドが人種など社会問題を広告メッセージに使うと、インターネット上でロシアの動きが活発化する。フェイクニュースサイトやボットネット（悪性プログラムに感染したコンピューターネットワークのこと）、ソーシャルメディア勢力が起動し、広告メッセージにつけ込んで対立をあおるのである。

２０１６年8月のことだ。アフリカ系アメリカ人でアメフトのスター選手コリン・キャパニック選手が国歌斉唱中に起立を拒否した。有色人種に対する組織的差別や警察暴力に抗議するためだ。ナイキはキャパニック選手への支持を表明し、２年後に同選手を新広告キャンペーンに起用した。ナイキの決断をめぐってすぐに論争が巻き起こった。しかし、水面下でロシアが動いていることについてはほとんど誰も知らなかった。論争が過熱するなか、ロシアとつながるソーシャルメディアアカウントが起動し、ナイキに批判的なハッシュタグを増幅・拡散させていた。狙いはナイキ製品のボイコットだ。論争は最終的に主要メディアでも取り上げられ、誰もが「ナイキ製品ボイコットは純粋にアメリカ国内で生まれた抗議運動」と思い込んだ。

反ナイキのナラティブに加えて偽のナイキクーポンも出回った（発見したのはサイバーセキュリティー会社）。「有色人種は全製品75％引き」をうたうクーポンの出所はオルタナ右翼の一派であり、標的は黒人のソーシャルメディアユーザー。何も知らない黒人顧客がナイキ店を訪れ、クーポン利用を拒否される――こんなシナリオが狙いだった。ビデオも瞬時にバイラル化する時代である。ナイキ店でクーポンを手にして無料シューズを要求する「怒れる黒人」をビデオに撮り、ソーシャルメディアへ流したらどうなるか？　「バーチャル」ではなく「リアル」の現場を捉えたビデオだけにインパクトは大きい。

　なぜファッションブランドが偽情報のターゲットに選ばれるのか。理由ははっきりしている。敵対的ナラティブは単にアメリカ政治に介入しようとしているのではなく、アメリカ社会全体を分断しようとしている。そのためにアメリカにヘイトをまき散らし、対立を増幅させているのだ。われわれが着る衣服、観戦するスポーツ、聞く音楽、飲むコーヒー――。どれも日常生活で欠かせないアイテムだ。このようなアイテムが敵対的ナラティブに感染すると、対立はより深刻になる。

コモディティー化した人間行動

　われわれは身の回りにある情報に基づいて意思決定している。第三者がコントロールする情報にしかアクセスできないとなると、最後には洗脳されてまともに意思決定できなくなる。長期にわたって情報操作にさらされていると、無自覚のまま偏見にとらわれてしまうものだ。ニュースフィードや検索エンジン経由で出てくる情報は、アルゴリズムによってすでにキュレーションされている。留意しておかなければならないのは、アルゴリズムの目的は情報提供ではなくてエンゲージメント向上にあるということだ。一方で、信頼できるニュースソースは次々とペイウォール（有料サイト）化している。要するに、無料のフェイクニュースであふれ返る世界が出現するなか、本物の情報はますますぜいたく品になっているのだ。

　産業革命時、われわれは天然資源を開発して工業化を成し遂げた。気候変動時代を迎え、今では生態系保護のために工業化路線の修正を迫られている。そんな状況下で新たな産業革命が幕を開けつつある。ここでは原油や鉱物は主要原材料としての地位を失い、コモディティー化した人間の関心や行動に取って代わられる。「監視資本主義」とも呼ぶべき時代が到来し、われわれ自身が原材料になるのである。

監視資本主義体制下で、フェイスブックのようなプラットフォーマーは新たな経済的インセンティブを得た。ここでのインセンティブとは、ユーザーとの間に生まれた圧倒的「情報の非対称性」のことだ。ユーザーはプラットフォーマーの行動について何も知らないのに、プラットフォーマーはユーザーの行動について何でも知っている。プロパガンダマシンにとっては完璧な環境といえる。このことにいち早く気付いたのがＣＡだ。

「アマゾンエコー」や「グーグルホーム」といったホームオートメーションハブの登場が示唆しているように、サイバー空間とリアル空間が物理的にも時間的にも一体化する世界が出現し始めている。同時並行で、５Ｇ（第5世代移動通信システム）と次世代Ｗｉ－Ｆｉの導入も進んでおり、ＩｏＴ（インターネット・オブ・シングス）の土台が出来上がりつつある。ＩｏＴ時代には、さまざまな家電製品が至る所で高速通信ネットワークにつながる。冷蔵庫や歯ブラシ、鏡のようなありふれた製品もセンサーを備え、自宅でユーザーの行動を追跡してデータを開発業者へ送る。

住宅をＩｏＴ化した「スマートホーム」も見逃せない。アマゾンやグーグル、フェイスブックといったテクノロジー大手はすでに特許出願に動いている。スマートホームはオンライン取引や広告ネットワークのほか、ソーシャルメディアのプロフィールと一体化している。このような未来では家族全員の行動が丸見えだ。アマゾンは「あなたがいつアスピリンを飲んでいるのか」を知っているだろうし、フェイスブックは「リビングルームで遊ぶあなたの子ども」を見ているだろう。

ＡＩを備えた情報ネットワークと完全に統合していれば、「それ」はユーザーを監視・考察・裁定するだけでなく、情報をコントロールしてユーザーに影響も及ぼす。「それ」はユーザーを見ることができるけれども、ユーザーは「それ」を見ることができない。われわれは人類史上初めて、ＡＩが支配する「動機付けされた空間」にどっぷり漬かる。そのような空間は受動的でもないし、優しくもない。独自の意図・意見・アジェンダを持っている。自宅も例外ではない。どの部屋も「コネクテッド（つながられた）」状態であり、外界から遮断されたサンクチュアリ（聖域）ではなくなる。近未来社会では自宅が居住者を考察し、自動車が運転者を裁定し、オフィスが労働者を監視し、ドアがドアマンになる。悪魔と天使が同時に生まれる。

　ユーザーがいつどこにいても「それ」に取り囲まれているような世界だ。これはかねてシリコンバレーが夢見ていたビジョンである。ＣＡも情報支配を夢見ていた。単にソーシャルメディアのデータだけでは満足できず、衛星テレビやデジタルテレビ業者との関係構築にも動いていた。テレビとインターネットを組み合わせた「コネクテッドＴＶ」市場への参入をもくろみ、スマートホーム構想を練っていた。ＣＡのような企業があなたのテレビを編集し、あなたの子どもに話し掛け、睡眠中のあなたにささやく――。こんな未来を想像してみてほしい。

「人間エージェンシー」と「動機付けされた空間」

　われわれを取り巻く環境は受動的で、感情を持たないという前提で、法体系は成り立っている。われわれの意思決定に受動的に影響を与えることはあっても、動機付けはされていない。自然界（あるいは天国）はわれわれに影響を及ぼそうとは思わないものだ。

　何世紀にもわたって法体系は進化し続け、人間性に関していくつかの根本的前提を設けるようになった。最も重要なのは「人間エージェンシー（行為主体性）」という概念だ。絶対に否定できない大前提である。人間は誰にも影響されずに独自に合理的な意思決定を行う――これが人間エージェンシーの考え方だ。言い換えれば、世界は人間のために決定を行わず、世界の中で人間が自分の意思で決定する、ということである。

犯罪を規定する哲学的基盤も人間エージェンシーだ。法律に違反した人間は罰を受ける。非難されるべき意思決定を主体的に行ったからだ。では、火事で燃え上がるビルはどうか。内部の人間にやけどなどの危害を及ぼすかもしれない。しかし法律はビルを罰しない。理由はエージェンシーの欠落だ。法体系によって人間の行動は制御されるのに対して、人間を取り囲む環境の行動は制御されない。

必然的な結末は何か？　われわれが持つ基本的権利である。啓蒙時代に基本的権利は明確になり、人間エージェンシーの実践を保障する権利として位置付けられた。生存、自由、結社、言論、投票、良心――。すべて人間の権利であり、エージェンシーを前提にしている。ところが、エージェンシーそのものは権利として明記されていない。人間であるならばエージェンシーは存在する、と推定されているためだ。言い換えると、われわれは明示的に「エージェンシー権」を持っておらず、環境に対して「エージェンシー権」を行使できない。となると、不当な影響を及ぼそうとする「動機付けされた空間」に囲まれても、なすすべがない。

アメリカ建国時、「動機付けされた空間」が人間エージェンシーに干渉する状況は誰も夢想だにできなかったに違いない。アメリカ建国の父にとって「動機付けされた空間」に相当する存在は神に限られていたはずだ。

ユーザーの関心を最大化しようとしてアルゴリズムは競争を繰り広げている。文化を一変させるだけでなく、人間の実体験を再定義する能力まで得ている。怒りの政治、コールアウトカルチャー（徹底的に相手を糾弾する風潮）、自己誘導型うぬぼれ、テック中毒、精神的ウェルビーイング崩壊――。

底流にあるのがアルゴリズムによって強化されたエンゲージメントだ。ターゲットにされたユーザーはアルゴリズムが選別したコンテンツにさらされ、クリック中毒になる。にもかかわらず、外部からの影響や認知バイアスに対して免疫を持っており、自分で自分をコントロールしていると思い込みがちだ。実際は違う。一番よく分かっているのは、中毒性と縁が深いアルコールやたばこ、ファストフード、ゲーム業界だ。人間は認知・感情面で弱点を抱えていると見抜いている。

テクノロジー業界も同じだ。ユーザーエクスペリエンスやゲーミフィケーション（ゲームの要素をほかの分野でも生かす取り組み）、グロースハッキング（ユーザーから得たデータを分析して成長につなげる手法）、エンゲージメントの研究を進めている。心理学用語で言う「ルーディックループ」と「強化スケジュール」を起動し、中毒性の高いスロットマシンとまったく同じことをやっている。

これまでゲーミフィケーションはソーシャルメディアとデジタルプラットフォームの分野に限定されてきた。しかし、ＡＩを搭載した情報ネットワークが人間社会に浸透し、われわれの認知・感情面の弱点――進化がもたらした欠陥――を食い物にしたら、いったいどうなるだろうか。ゲーミフィケーションが高度に進んだ環境下にある世界をイメージしてほしい。そこではエンジニアがどうやったら住民を中毒にできるか、いろいろと実験をしている。まるで住民がゲームの中に存在しているかのように。

根を下ろすマインドコントロールシステム

ソーシャルメディアの根底にあるイデオロギーは、「ユーザーによる選択やエージェンシーの強化」ではなく「プラットフォームと広告主の利益最大化」である。そのためにプラットフォームはユーザーの行動を操り、ユーザーによる選択の余地を狭めようとする。

われわれは「何でも思い出せる社会」をつくり出そうとしている。きれいさっぱり忘れ去り、誰にも知られずに一から新たなスタートを切れるというありがたさをきちんと認識できていないのかもしれない。人間は成長するにつれて、自分自身のサンクチュアリ（あるいは自由なスペース）を必要とするようになる。実験したり、遊んだり、何かに手を出したり、秘密を守ったり、タブーに挑戦したり、約束を破ったり、未来の自分を考えたり――。すべてプライベートであるから何も気兼ねしなくても大丈夫。公の場に打って出ると決めたときに社会への影響を考え、自分の行動を改めればいい。

　歴史を振り返れば、人間の個人的・社会的解放はプライベート空間から始まるということが分かる。われわれは自分のプライバシーを守り、自分の成長を自分でコントロールできる。だからこそ、子ども時代を終えれば先へ進めるのだ。過去の人間関係、過ち、古い価値観、古い身体、かつての偏見をいったんすべて捨て去り、新たな人生をスタートできる。もし自分の行動が監視され、操られているとしたらどうだろうか。その場合には自分の意思で自分の行く道を選べなくなる。「以前の自分」や「以前に打ち出した自分のイメージ」に縛り付けられていたら、成長できないし変われない。「それ」はわれわれのコントロールが及ばない条件や価値観に従ってわれわれを監視・記録・分類する。データは残り、われわれは過去に縛り付けられ、先へ進めなくなる。自分が誰であり、将来どうなりたいかを決めるうえで、プライバシーは極めて重要だ。最も根源的といえる。プライバシーは世の中から隠れるという意味ではない。エージェンシーを得て人間として成長するために必要不可欠な要素なのだ。

　もちろん問題はプライバシーや本人同意に限らない。われわれが考えている真実というものをゆがめようとしているのは誰なのか、という問題でもある。人間社会には知らぬ間にマインドコントロールのシステムが根を下ろしつつある。ここでわれわれはＣＡの教訓から学ばなければならない。

ソーシャルメディアは公共インフラ

ソーシャルメディアの弊害を理解するためには、まずはソーシャルメディアとは何かを理解する必要がある。フェイスブックはユーザーに対しては自社のことを「コミュニティー」と説明し、当局に対しては「プラットフォーム」と説明しているかもしれない。だが、実態は異なる。建物がサービスでないのと同じ意味でフェイスブックもサービスではないのだ。

サイバー空間の仕組みをよく分からない人もいるだろう。それでも一点だけ押さえておいてほしい。当たり前に聞こえるかもしれないが、サイバー空間に取り囲まれていると認識しておくということだ。ＩｏＴ時代になるとあらゆるデバイスやコンピューターは接続され、ネットワークを張り巡らせた情報アーキテクチャー（コンピューターシステムの基本構造）の一部を構成する。ユーザーの経験を形作る役割も担う。

シリコンバレー企業の間で最も人気の職種はエンジニア（あるいはアーキテクト）だ。サービスマネジャー（サービス担当）やクライアントリレーションズ（顧客担当）ではない。呼称は同じでも、建築業界のエンジニアとテクノロジー業界のエンジニアは同じではない。前者は建築基準の順守を義務付けられているのに対し、後者は商品提供前の安全性チェックを求められていない。

フェイスブックのようなプラットフォームはいわゆる「ダークパターン（意図的にユーザーを騙したりミスリードしたりする機能）」を使い、ユーザーから利用継続やデータ提供の同意を取り付けている。エンジニアは故意にプラットフォーム上に迷路を作り、ユーザーをアーキテクチャーの奥深くへ誘い込む。迷路の中で出口を探してクリックし続けるユーザーを見て、「エンゲージメントを高めた！」と喜びの声を上げるのだ。

繰り返しになるが、ソーシャルメディアやデジタルプラットフォーム（あるいはプラットフォーマー）はサービスではない。アーキテクチャーでありインフラである。しかし、実際にはアーキテクチャーに「サービス」というレッテルを貼っている。こうすることで本人同意を得て、責任を消費者に押し付けている。極めて異例なことだ。旅客機の乗客は機体のエンジニアリングについて「同意」を求められていないし、飲料水の利用者は水の純度について「同意」を求められていない。

元クラブキッドとして一つ付け加えておく。バーやコンサート会場が熱狂的クラブキッドでいっぱいになってキャパを超えると、消防署から命令が下る。安全性を確保できないから全員退去せよ！クラブキッドはサービスの利用に本人同意している点で、フェイスブックユーザーと同じだ。ただし会場はインフラであり、建築基準の適用対象になっている。火事など万が一のときには消防署がクラブキッドを守る。一方でフェイスブックユーザーは何が起きても守ってもらえない。フェイスブックは事実上のインフラであるのに何の規制も受けていないからだ。

フェイスブックは「嫌なら使わなければいい」と言うかもしれない。とはいっても、インターネット上では圧倒的な存在であり、独占的地位を築いている。ユーザーにとってほかの選択肢はあまりない。この意味では電気、通信、水道と同じだ。公共インフラであり独占企業体である。

フェイスブックやグーグル、リンクトイン、アマゾンといったプラットフォームの利用を拒絶したら、近代社会から隔絶される恐れがある。どうやって仕事を探すのか？　どうやって情報を収集するのか？　どうやって他人と交わるのか？　このようなテクノロジー企業は消費者の自由意思について語るのが大好きだ。実際には持てるリソースを総動員して、消費者の日常生活に深く浸透している（だから消費者の自由意思を奪っている）。

プラットフォームのユーザーはサービスを利用しようとすると、短編小説に匹敵するほどの法律文

（フェイスブックの場合はおよそ1万2千語）を見せられる。そのうえで本人同意をクリックする。このような儀式は、本人同意を得たように見せ掛ける「コンセントウォッシング（同意を意味する「コンセント」とごまかしを意味する「ホワイトウォッシング」を組み合わせた造語）」だ。プラットフォームには本人同意を得るための専用機能が組み込まれている。本人同意を求められるからといってプラットフォームから抜け出す人はいない。同意する以外に選択肢はない。

プレゼンスを消し去られて流刑

フェイスブックは私を締め出すとき、単にアカウントを停止しただけではなかった。フェイスブックとインスタグラム上の私のプレゼンスを跡形もなく消し去ったのである。友人が教えてくれた。古いメッセージを見ようとしたところ、何一つ見つけられなかったという。私の名前も言葉も一切合切無くなったのだ。

流刑は古い刑罰だ。罪人や異教徒、政治的急進派は「国家や教会にとって有害」と見なされ、社会から抹殺された。古代アテネでは裁判に頼らずに、危険人物を10年間にわたって国外追放する制度が設けられていた。スターリン時代のソ連では国家の敵は単に消え去るだけではなかった。写真や手紙、ニュース記事も含め、存在自体が公式記録から完全に無くなった。歴史を点検すれば、国家権力が社会的記憶と集団的忘却を武器として使い、反対派をつぶして都合良く歴史を書き換えてきたことが分かる。

現代のテクノロジー企業がどうしてこのように行動するのか？　このことを理解したければ、テクノロジー企業を構築した起業家・投資家自身の言葉に耳を傾ければいい。例えば、フェイスブック、パランティア、ペイパルの3社に深く関わる起業家ピーター・ティールだ。「自由と民主主義は両立できない」を持論にしており、スピーチの中でテクノロジー企業のCEOらに言及して「テクノ封建主義体制の君主」と断じたことがある。「ただし、われわれは公の場でテクノロジー企業のガバナンスについて『君主制』と表現することはありません。民主主義でないと言うと、人々の不安をあおりかねないので」

独裁政治の哲学的土台となっているのは完全なる確実性である。確実性を重んじる独裁国家は自由の概念を「国民の自由」から「権力の自由」へ再定義する。厳格な法規制を強引に導入し、国全体の行動や思考様式を規定する。最初に独裁国家が使うツールはいつも情報統制だ。情報統制には大きく二つある。一つは監視システムを通じて国民の情報を収集すること、もう一つは国営メディアを通じて都合の良い情報を国民に流すこと。

インターネット黎明期には民主主義信奉者は大きな期待を抱いた。インターネットは独裁体制を揺るがす大きな力になると予想したのだ。現実は違った。ソーシャルメディアの登場によって、独裁体制のニーズ——監視と情報統制——に応えるアーキテクチャーが出来上がりつつある。大衆が「ニューノーマル」に慣れて無感覚になったとき、独裁体制は完全な自由を得る。

政治の世界ではドーピング違反しても罰則なし

インターネットの誕生によって法体系と政治機構に関する古い前提が崩れ去った。インターネットはどこにでもあるけれどもどこにもない。物理的にはサーバーとケーブルに依存しているけれども核となる場所を持っていない。となると、デジタル行為は無数に分割されて無数の場所で同時発生する。あるいは一つの場所で発生したデジタル行為はほかの場所に伝播する。なぜなら、インターネットはいわゆる「ハイパーオブジェクト」の一種であり、気候や生物圏のようなものだからだ。インターネットはわれわれを取り囲み、われわれはインターネットの中に住んでいる。
テクノロジー業界はプラットフォームに言及するとき「デジタルエコシステム（デジタル生態系）」という表現を使う。暗に「プラットフォームは人間の生活圏の一部を構成するデジタル領域」と認識しているからだ。われわれは「それ」を見ることはできないし、触ることもできない。それでも「それ」に取り囲まれているということを感知できる。

私を聴取した捜査官はあまりデータ犯罪に詳しくなく、誤った比喩をよく使ったものだ。凶器の発見、死体の場所、直線的因果関係――。しかしデータ犯罪では、物理的な犯行現場という考えはなかなか通用しない。データ犯罪は基本的に大気汚染と同じだ。あちこちに広がっているというのに場所は特定できない。データは単なる情報であるから、完全に代替可能であり、無形でもある。世界中に散らばるサーバー上に同時に保存できる。

たとえ個々のサーバーが特定の場所に存在しているとしても、実際に完全な形でそこに存在しているわけではない。例えば、Ａ国のサーバーがＢ国の個人データを保存しているとしよう。Ａ国のサーバーはＣ国の専門家によってアクセスされ、Ｂ国の個人データはＤ国のプラットフォーム上で流される。Ｃ国の専門家はＥ国の企業から指示を受け、Ｅ国の企業はＦ国から資金援助を受けている。このように複雑な構図はまさにＣＡの組織体制そのものである。ハッキング、データ窃盗、脅迫、詐欺――。データ犯罪はいろいろあり、重大な被害をもたらすこともある。にもかかわらず犯人を特定するのは極めて難しい。データ犯罪の摘発に関しては既存システムはまったく役に立たない。

われわれは政府を船長に例えることを好む。海そのものが変わってしまえば、船長はそれまでの経験を生かせなくなり、まともに航行できなくなる。

もちろん何もしなかったわけではない。２０１８年7月、イギリス選挙委員会はブレグジット運動を主導したボートリーブに罰金を科した。国民投票に際してビリーブと連携し、上限を超えて支出したと裁定したのだ。翌年3月29日――私の内部告発から1年後――ボートリーブは選挙委員会と争うのを断念し、事実上法律違反を認めた。

そのとき一部からこんな疑問も出た。上限超過額はたったの70万ポンドなのに、そんなに大騒ぎする必要があるのか？　この点について私ははっきり指摘しておきたい。ボートリーブはイギリス史上最大の選挙資金法違反に走ったのだ。

百歩譲って法律に違反していなかったとしよう。それでも選挙はゼロサムゲーム。オリンピックの１００メートル競走と同じで、勝者がすべてを得る。たとえ数票（あるいはミリ秒）の差で1番になったとしても当選資格を得る（あるいは金メダルを授与される）。当選後は最高裁判事を任命できるし、ＥＵ離脱も主導できる。

忘れてはならないのは、オリンピックとの唯一の相違点だ。オリンピックでは、後になってドーピング（禁止薬物使用）違反が発覚すれば、勝者は資格を失って金メダルを剥奪される。「ドーピングしていなかったとしても勝っていたはず。だからいいじゃないか」といった議論は通用しない。しかし政治は異なる。公明正大であることは民主主義にとって必要な要素と見なされていないようなのだ。不正行為で勝っても、政治家はアスリートほど厳しく罰せられない。

ブレグジット国民投票の得票率で見ると、離脱派は残留派を3・78ポイント上回ったにすぎなかった。それでも勝利後には「全国民の信託を得た」と宣言した（アメリカ大統領選挙時のトランプ陣営も同じだった。一般投票得票率で2・1ポイントの差でクリントン陣営に負けたのに勝利宣言した）。不正行為が認定されたのに、ボートリーブは「ブレグジットメダル」を剥奪されなかった。それどころか、ブレグジット陣営の政治家は選挙への参加資格を失わなかった（アスリートならば競技への参加資格を失う）。

ボートリーブを先導したボリス・ジョンソンとマイケル・ゴーブの2人は首相の座を目指すことも認められた。民主主義に対する犯罪は「本物の犯罪」とは見なされないのだ。

　選挙資金法違反のような犯罪は駐車違反と同等の犯罪と思われている。実際には駐車違反とは比べ物にならないほどのダメージを社会に与えているというのに。犯罪集団や外国勢力が市民社会の根幹を攻撃して、いわば「選挙テロ」を展開しようとしている。そんな状況下にありながら、英米の権力者は「犯罪は起きなかった」という立場を取った。国民投票（あるいは大統領選挙）で対立したグループによる「でっち上げ」と主張したのだ。事実を突き付けられ、「代替的事実」や「仮想現実」を持ち出したといえよう。

公共放送ＢＢＣにもがっかりさせられる

政治指導者の私的電子メールと医療記録をハッキングする、大臣に賄賂を贈る、ターゲットを脅迫する、恐ろしい殺人ビデオを有権者に見せる――。このような策略を手掛けたならば、一定の法的責任を負わされるのも当然である。ところが、ＣＡのアフリカプロジェクトに関しては誰も法的責任を問われなかった。

　原因は司法権の位置付けにある。犯罪の主要部分はイギリス国内で起きたのか？　だとしたらイギリスの司法権を使って裁けるのか？　明確な解答が出てこなかった。理由はいろいろある。第1に、ＣＡのサーバーは世界中に置かれていた。第2に、ミーティングは異なる国々で行われていた。第3に、ハッカーはミーティングとは無関係の第三国に拠点を置いていた。第4に、ＣＡはロンドンでハッキングデータを受け取っただけであり、ハッキングデータを要求したわけではなかった。結局、犯罪の目撃者が存在したにもかかわらず、ＣＡはおとがめなしで逃げ切った。それどころか、ＣＡのナイジェリアプロジェクトを担当した元マネジャーの一人はイギリス政府の最上層部入りを果たしている。首相官邸に雇われ、外交担当上級スタッフの職を得たのである。

アメリカでもＣＡは責任を問われなかった。ＣＡの不正行為は枚挙にいとまがない。①故意に外国代理人登録法（ＦＡＲＡ）に違反した、②黒人有権者を抑圧する作戦を展開した、③フェイスブックユーザーをだまして脅した、④数億人に上るアメリカ人の個人データを敵対的外国勢力に手渡した――などである。結局、ここでも司法権が障害になり、不正行為にメスが入らなかった。

税金逃れをする多国籍企業と似ている。マネーロンダリングを行うために、世界各地にある南国タックスヘイブン（租税回避地）にペーパーカンパニーを設立する。国ごとにルールが異なるタックスヘイブンとシェルカンパニーを無数に組み合わせ、複雑怪奇なネットワークを築く。こうすることで当局を煙に巻くのだ。こんな手法が通用するのは、カネがデータと同じように完全に代替可能な資産であり、瞬時にグローバル金融ネットワーク内を流れるからだ。ＣＡは複数の司法権にまたがる企業ネットワークをつくり上げ、資金に加えて資金と同程度に価値あるもの――データ――も洗浄したのである。

ＣＡと同様にＡＩＱも責任を問われなかった。サニと私はボートリーブとＡＩＱとの関係を明らかにした。ボートリーブはＡＩＱを通じて法的限度を超え支出すると同時に、ＣＡの代わりとして密かにＡＩＱのマイクロターゲティングを使っていた。離脱派の勝利は、組織的な不正行為やデータ漏洩、外国勢力の干渉によってもたらされたかもしれないのだ。それなのに誰もが口を固く閉ざした。イギリスはＥＵに対してすでに正式に離脱の通告をしており、後戻りは不可能だ。サニと私が示した証拠は都合良く無視されるしかなかったようだ。仮にケニアかナイジェリアで同じことが起きたとしたら、イギリスの監視団は直ちに選挙のやり直しを求めたことだろう。

イギリス公共放送局ＢＢＣにもがっかりさせられた。ガーディアン紙が私の内部告発に基づいた特報を放つ数週間前のこと。ＢＢＣの役員は事件の全貌について同紙からブリーフィングを受け、資料もどっさり渡されていた。それなのに「物議を醸しかねない」として報道を断念した。その代わり、チャンネル４による暴露に先立ち、何とアレクサンダー・ニックスへのインタビューを放送し、彼の言い分だけを伝えたのである。内部告発者側の主張を一切入れずに。

後日、私はＢＢＣの夜のニュース番組『ニュースナイト』に出演した。出演中、司会者から何度も発言を遮られた。ボートリーブの違法行為——不正資金を使ってフェイスブック上に打ったターゲット広告は数十億件に上った——に言及すると、「それもあなたの言い掛かりにすぎませんね」と言われた。すでに選挙委員会からボートリーブの違法行為は認定されていたのに、である。ついにいら立ちを抑えられなくなり、「事実」の意味合いをめぐって司会者と口論になってしまった。何かおかしくないか。私はイギリス当局の認定に基づいて語っていた。それなのにＢＢＣ側に邪魔されて、「ボートリーブは法律に違反した」「フェイスブックはプラットフォーム上の非合法行為を野放しにしていた」などと自由に発言させてもらえなかったのだ。

英議会の証言要請を３回断るフェイスブックＣＥＯ

ＮＣＡも不自然だった。ロシアの介入についての捜査を突如として取りやめたのだ。ロシア大使館とリーブＥＵのやり取りを裏付ける証拠を握っていたのに、なぜなのか。その後、首相テリーザ・メイは「ブレグジット疑惑の捜査中止を命じた」との見方を否定しなかった。

イギリス議会も国民投票中の不正行為について調査に入ることはなかった。私はブレグジット国民投票をテーマに英米両議会で証言している。証言時間を見ると、イギリス議会よりもアメリカ議会でより多くの質問に答えていた。イギリス議会が調査に踏み切らないなか、カナダ議会はブレグジットに絡んで独自にＡＩＱの調査を始めた。ＡＩＱはイギリスの司法権が及ばないカナダにとどまっていたことから、イギリス当局を支援しようと考えたのだ。

　結局のところ、ＥＵ離脱派にとって不正行為は極めて有効な戦略となった。離脱派は不正に手を染めたからといって特におとがめを受けていないし、国民投票のやり直しも求められていない。選挙委員会は後になって「不正データや不正支出によって離脱派が勝利したとしても、国民投票の結果は有効」と結論している。フェイスブックは一貫して非協力的だった。国民投票期間中にプラットフォーム上で何が起きていたのかを示すデータの提供も拒否したし、離脱派団体がプロファイリングした有権者の人数や属性に関する情報の提供も拒否している。

　ＣＥＯのマーク・ザッカーバーグも非協力的だった。イギリス議会での証言要請を３度拒否しているうえ、世界６大陸に及ぶ15カ国の議会――15カ国合計の人口は約10億人――からの共同インタビュー要請を２度拒否している。彼の時間は、人類の７分の１を代表する15カ国の立法府の時間よりも優先されるべきなのだろうか。

　フェイスブックにとっては15カ国の立法府を単に無視する戦略は結果的に正解だった。無視したからといって、同社は何か深刻な結果を招いたわけではなかった。痛くも痒くもなかったと言ってもいい。誰からも監視されない国家権力のようだ。最終的には最高技術責任者（ＣＴＯ）のマイク・シュローファーをイギリス議会で証言させている。もっとも、彼は証言中にのらりくらりと質問をかわした。デジタル・文化・メディア・スポーツ委員会（ＤＣＭＳ）によれば、合計40件に上る質問にきちんと回答しなかったという。

　最も驚きなのは、フェイスブック側に反省の色がないということだ。議会証言中に「はなからジャーナリストに法的脅しをかけるというのは、いじめと同じではないか?」と聞かれると、シュローファーは「このような反応はイギリスでは一般的な慣行だと理解しています」と答えている。その後、疑い深い議員から執拗に問い詰められると、しぶしぶと謝罪した。「われわれが真実を隠そうとしているとジャーナリストが感じているのだとしたら、お詫び申し上げます」

スケープゴートにされた22歳のインターン

ブレグジット国民投票スキャンダルで罰せられるべき人間はたくさんいる。なのに、よりによってダレン・グライムスに制裁が科せられるとは、何とも悲しい。

グライムスはボートリーブのインターンで当時弱冠22歳。時代遅れの法律に照らし合わせると、選挙資金法違反で個人的に責任を負わされるのだ。実際、選挙委員会から2万ポンドの罰金を科せられ、警察の取り調べも受けなければならなくなった。その後、不服申し立てで罰金を免れたものの、選挙委員会の対応次第では今後も法廷闘争を強いられるかもしれない。ボートリーブは当局に対する協力を拒否したこともあり、6万1千ポンドの罰金を科せられた。最終的に不服申し立てを断念している。少なくとも制裁は確定したということだ。

グライムスの身の上を考えると非常につらい。彼は他人が仕組んだわなにはめられて人生をめちゃくちゃにされたのだ。サニ、ゲトルソン、私と一緒に内部告発に加われば良かったのに、最後まで聞く耳を持たなかった。サニから内部告発を持ち掛けられるたびにパニックを起こし、取り乱した。自分が全幅の信頼を寄せていた人間に利用されたという事実をどうしても認めたくなかったのだ。

結局、彼は見事にスケープゴートにされた。ボートリーブにとってはスケープゴート候補として完璧だったといえる。元上司を擁護し続けるなか、自分で自分の首を絞める格好になっていた。もともとは才能にあふれ、リベラルで芸術家肌の大学生だったのに、裁判を続けるうちにオルタナ右翼の大義を代弁する「操り人形」にされてしまった。裁判費用を肩代わりしてもらったために、その代償を払ったのだ。

内部告発から数週間後、サニは雇用主のロビー団体「タックスペイヤーズ・アライアンス（納税者連合）」から解雇通告を受けた。水面下で保守党関係者から圧力を受けていた同団体は、後になって「不当解雇だった」と認めている。「イギリス民主主義を神聖なものと考えるサニの哲学的信条」を理由に解雇したというのだ。英米両国の当局に証拠を提出したマーク・ゲトルソンも無事では済まされなかった。入社したばかりのモバイルアプリ会社から追い出されたのだ。内部告発者の雇用に伴うレピュテーションリスクが原因だった。

対照的に、パーキンソンは首相官邸でそれまで同様に仕事を続けて安泰だった。首相官邸経由でサニがゲイであることを公にし、議会でも何度か問題視されたものの、何のおとがめも受けなかった。それどころか、テリーザ・メイの首相退任時には、彼女が用意した叙爵候補者リストに加えられ、終身の一代貴族として貴族院（上院）入りを果たした。議員として立法に関われるうえに、生涯にわたって手当を受け取れることになったのだ。

２０１８年3月、内部告発によってＣＡが窮地に陥る直前のことだ。報道によると、アレクサンダー・ニックスはＣＡの銀行口座――６００万ポンド預けてあった――を空っぽにし、元スタッフへの退職金支払いにストップをかけた。議会に呼び出されたときには「未払いの報酬があるから引き出した」と言い、一部を返還するつもりであると主張した。内部告発によってＣＡが火だるまになると、ロンドン・ペルメル通りに立ち並ぶ民間会員制クラブの元ビジネスパートナーや仲間から距離を置かれるようになった。とはいっても十分な財産を持っている。遺産を取り崩しながら、ロンドン・ホランドパーク近くの大邸宅で優雅に暮らせるはずだ。確かに議会公聴会では恥ずかしい思いをさせられたが、それですべて終わりだ（議会では「ＣＡが崩壊したのは世界のリベラル派メディアのせい」と主張していた）。

　私が内部告発に出た後、ブリタニー・カイザーは「内部告発者」として自分自身の売り込みを始め、ＰＲ会社と契約してメディアとのインタビューをどんどん入れていった。イギリス議会の公聴会に出てナイジェリアプロジェクトへの参加を認めるとともに、「ＣＡは今もフェイスブックデータを保有している」との見方を示した。ウィキリークスのジュリアン・アサンジとの関係も説明した（ロンドンのエクアドル大使館を訪ねてアサンジに会ったということが後に判明）。公聴会直後、ニックスから「ご苦労様、ブリット。かなり大変そうだったけれども、うまくやったね:)」とのテキストメッセージを受け取っている。翌日にはニューヨーク入りして記者会見し、「データフリーダム（データ解放）」を唱える新データプロジェクト「インターネット・オブ・バリュー・オムニレッジャー」を宣伝していた。

　カイザーと同様に新データ会社を立ち上げる元ＣＡ社員はほかにも何人かいた。例えば、ＣＡの商品責任者を務めたマット・オズカウスキー。ラテン語で「個人データ」を意味する「データ・プロプリア」を創業し、ＣＡの元主任データサイエンティスト、デービッド・ウィルキンソンをスカウトした。「動機付けされた行動トリガー」を主力にし、２０２０年の大統領選挙に向けてすでにトランプ陣営から契約を取っている。元マネージングディレクターのマーク・ターンブルは元同僚のアフマド・アルハティーブと組み、「オースペックス・インターナショナル」を設立。主なサービスは「倫理的コンサルティング」と「ブティック型地政学的コンサルティング」だ。

　私にとって最も残念だったのはジェフ・シルベスターだ。彼がＡＩＱを率いてやっていたことを思うと、ひどく腹立たしく失望させられる。うまく言葉にできないほどだ。

シルベスターは私がティーンエージャーのときのメンターであり、最初に政治の世界へ導いてくれた恩人でもある。私を常にサポートし、励まし、育ててくれた。彼がこれほど間違っていて、これほど植民地主義的で、これほど非合法で、これほど邪悪な活動を続けてきたのはなぜなのか、私はどうしても理解できなかった。内部告発に先立ち、彼に連絡を入れて「ガーディアンにすべてを話しましょう」と提案した。でもうまくいかなかった。

その気になればシルベスターはやり直せたし、捜査にも協力できた。ＡＩＱの過ちを一番よく分かっていたのだから。ＡＩＱのプロジェクトが国全体の未来と何百万人もの権利に重大な悪影響を及ぼすと予想していたはずだ。なのに……。

深い友情と犯罪の通報のどちらかを選ばなければならないというのは、残酷である。どちらを選んでも後悔するのは間違いない。私としては友情を終わりにするしかなかった。スクープ前、ガーディアンは関係者に向けて一斉に手紙を発送した。記事中の批判や指摘に対して事前に反論の機会を与えるためだ。私はどんな反応があるのか一日中想像し、まったく落ち着けなかった。シルベスターは手紙を読んで私の決断を初めて知り、これから自分の身に起きることを考えたに違いない。私が彼から最後に受け取ったメッセージは「ワオ！」だった。

ボートリーブがイギリス新政府を乗っ取る？

初めてイギリス議会の公聴会に臨んだとき、私は意外なほど落ち着いていた。カメラのシャッター音が鳴り響き、怒鳴るような質問が飛んでいたのに、気にならなかった。公聴会の最中、後ろに控えているアレンからは必要に応じてメモを手渡され、法的アドバイスを得られた。彼女とは事前に何時間にもわたってリハーサルし、手元の証拠をすべて再点検していた。さらには免責特権も与えられていた。議会で何を証言しても民事上・刑事上の責任を問われないということだ。

公聴会は世界中で大きな注目を集めた。ＤＣＭＳ委員長のダミアン・コリンズは世界15カ国の立法府に声を掛け、共同で公聴会を開催するのはどうかと提案。一方で、イギリス下院では超党派のグループがソーシャルメディアの規制に動き始めた。公聴会から数カ月の間、イギリスは世界を主導してシリコンバレーの絶対的支配力に果敢に挑もうとしていた。

そんな状況でフェイスブックが大胆な人事に出た。ＣＡスキャンダルに巻き込まれて大炎上してから７カ月後の２０１８年10月、「グローバルスピンドクター（情報操作の達人）」としてニック・クレッグをスカウトしたのだ。

クレッグはイギリス自由民主党（リブデム）党首を務め、保守党との連立政権時代に副首相を務めた男だ。リブデム本部で働いていたころの私にとってのボスでもある。副首相時代には、全国民のデータを収集してＩＤ（アイデンティティー）カードを発行する構想に、人権侵害だとして強硬に反対。自分の個人データを差し出すくらいなら刑務所に行ったほうがマシ、とまで言っていた。にもかかわらずフェイスブック入りするとは何とも皮肉である。ただし、連立政権時代にはいくつも公約を破ったとして、５年間の任期中は謝罪行脚を繰り返す羽目に陥っていた。謝罪が必要なフェイスブックにぴったりだったのかもしれない。

考えれば考えるほど、ザッカーバーグとクレッグの２人は夢の組み合わせに見えた。第１に、２人とも自分の基本原則から逸脱してキャリアを築いた。第2に、２人とも約束（ザッカーバーグはユーザー、クレッグは有権者に対して）を破って信用を失い、大打撃を被った。第３に、２人とも２０１０年にクールさを失った。クレッグのフェイスブック入りが発表されると、私はチャンネル４からテレビカメラの前でコメントを求められた。「クソ食らえ！」。これしか思い付かなかった。コメントはちゃんと放送された。放送禁止用語はピー音で消された状態で。

19年5月24日、テリーザ・メイは首相辞任を表明した。これを受けて保守党内では後継者レースが始まった。イギリスでは現職首相が任期途中で辞任すると、慣例で総選挙なしで与党党首が女王によって新首相に任命される。総選挙を行わないならば、党執行部や支援者、党員は自力で新リーダーを選ばなければならない。7月23日、保守党は元外相でブレグジット運動の旗振り役だったボリス・ジョンソンを新首相にすると決めた。これでEUと何の取り決めも交わさないままで離脱する「合意なき離脱（ハードブレグジットとも呼ばれる）」もあり得る展開になった。

新政権発足に際し、ジョンソンはボートリーブの元同僚ドム・カミングスを首相官邸の上級顧問に任命した。ブレグジット国民投票で不正を働いた運動団体の責任者という事実に目をつぶったのだ。ジョンソンにしてみれば、国民投票という「民主的手続き」を踏んでブレグジット陣営が勝利したのだから、イギリスは「合意なき離脱」を覚悟してでもEUと縁を切らなければならない、ということなのだろう。「民主的手続き」が実は眉唾物であるというのに……。

上級顧問任命の数カ月前のことだ。カミングスは国民投票中の不正行為やフェイクニュース拡散について議会で証言するよう命じられた。しかし証言を拒否し、議会を侮辱したとして警告を受けた。単なる警告ではない。下院が全会一致で採択した決議なのである。このような警告を受けたイギリス人は一握りしかいない。ただし、警告を受けたからといってカミングスは何か特別な不利益を被ったわけでもない。議会の権威が試されたといえよう。

新政権に加わったボートリーブ関係者はカミングス以外にもいる。新財務大臣に就任したサジド・ジャビドの特別顧問に選ばれたマシュー・エリオットだ。ボートリーブの元CEOであり、サニを解雇したロビー団体「タックスペイヤーズ・アライアンス」の共同創設者でもある。まるでボートリーブがイギリス政府を乗っ取ったかのように見える。新首相ジョンソンは下院で毎週行われる「首相への質問タイム（PMQ）」の1回目で、CAについて野党議員から質問されている。外相だった16年12月、CAのCEOアレクサンダー・ニックスに会って何を話したのか？　答えは「記憶にありません」だった。

献身的な女性、移民、クィアが力を合わせる

私はCA内部に身を置き、強欲、権力、人種差別、植民地主義を目の当たりにしてきた。自分自身のイメージに合うように世界をつくり変えようとする億万長者も見たし、社会の中で最も不可解で敵意に満ちた一角に集まる人々も見た。CAを飛び出して内部告発者に転じると、利益を守るためには何でもしようとする大企業に翻弄され、他人が犯した罪を隠蔽して言い繕おうとする人々に愕然とした。憲法の根幹に影響を与えかねないような非合法活動を見て見ぬふりをする「愛国主義者」にも嫌気が差した。

同時に、私は素晴らしい人たちにも巡り会えた。民主主義の崩壊を心配し、戦う人たちから勇気をもらえた。第1に、ガーディアン、ニューヨーク・タイムズ、チャンネル4のジャーナリスト。CAの犯罪とフェイスブックの無能を白日の下にさらした。第2に、有能で立派な弁護士。私が一歩進むたびに直面する脅威に見事に対処してくれた。第3に、私の友人・知人。何の見返りも求めずにボランティアで協力を申し出てくれた。第4に、情報コミッショナー事務局（ICO）。小都市ウィルムズローに本部を置き、持てる力をすべて使ってアメリカの巨大テクノロジー企業フェイスブックに迫った。最終的にはデータ保護法違反として法律の最高額に相当する制裁金を同社に科した。

アメリカ議会のメンバーも素晴らしかった。下院情報特別委員会で証言したときのことを今でもよ

く覚えている。場所はＳＣＩＦで、弁護士とサニと一緒。彼らは熱心に耳を傾けて懸念を共有し、最後にはわれわれとしっかり握手してくれた（下院議員アダム・シフは警備員が立つドアまでエスコートしてくれた）。全員が礼儀正しく、「わざわざロンドンから来てくれてありがとう」と感謝の意を忘れなかった。ＣＡの問題だけでなく、アメリカの選挙にとってソーシャルメディアが新たな危機になりつつあるという現状も理解してくれた。これでアメリカでの議会証言は最後になるだろう、と私は思った。だが、実際には一件落着と言うには程遠かった。

　19年7月24日、アメリカの規制当局がフェイスブックに対して厳しい決定を下した。連邦取引委員会（ＦＴＣ）が過去最大級の制裁金50億ドルを科した一方で、証券取引委員会（ＳＥＣ）はそれに上乗せする形で1億ドルの罰金支払いを命じた。同社はユーザーのプライバシーを守らなかったばかりか、「不正行為は何も発見できなかった」というその声明を出して世の中をだました、と見なされた。50億ドルはアメリカ政府による制裁金としては過去最大級だ。プライバシー侵害を理由にアメリカ企業に科せられた制裁金としては史上最大であり、アメリカ国外と比べれば過去最大の制裁金を20倍も上回る。

　もっとも、悪いニュースは出尽くしたとみる投資家が制裁金をプラス材料と受け止めたため、フェイスブック株は1日で3・6％上昇した。規制で足かせをはめられても巨大テクノロジー企業の成長は止まらない、と株式市場は考えているのだろう。

　内部告発の旅を始める前と比べ、私は格段にシニカルになっている。とはいっても諦めて白旗を揚げたわけではない。むしろより急進的になっている。世の中のシステムはそれなりにうまく動いているし、ＣＡのような問題が出てくれば誰かが解決してくれると以前は信じていた。今は違う。システムは壊れているし、法律は機能しないし、規制当局は弱いし、政府は問題を理解できないし、テクノロジーは民主主義に害をもたらしている。

だから私は何が起きたのかを声を大きくして語っているのだ。これまでの内部告発の旅を振り返れば未来に楽観的になれる。ガーディアン紙が特報を放ったとき、シリコンバレーの重鎮は「規制当局の調査が入るなんてあり得ない」と笑い飛ばし、ワシントンとロンドンの政治家は特報を読んで「ニッチな話」と一蹴した。そんななか、ガーディアン文化部と日曜版オブザーバーに所属する女性記者チームは圧力に負けずに、丹念に取材を重ねた。

特報を受けてＩＣＯと選挙委員会では女性チームによる調査が始まった。そろって移民でクィアでもある内部告発者の２人——サニと私——は確固たる信念を持つ女性弁護士のサポートを得た。シリコンバレーは圧倒的なデジタルテクノロジーをつくり出し、知らぬうちに植民地主義的な力を獲得している。だからこそ献身的な女性、移民、クィアが力を合わせて、世の中に警鐘を鳴らしたのだ。われわれが見たことを世界にきちんと伝えるまでは決して諦めない！

「クローゼット」から飛び出そう

クィアとして生まれると、人生の早い段階で「自分は普通とは違う存在」と認識する。自分の性的指向や性自認を隠す「クローゼット」の中で育ち、それが耐えられなくなるまで真実について口を閉ざす。クローゼットの中で生きるのは非常につらい。他人を不快にさせないために、自分自身に「感情的暴力」を振るうようなものだ。権力構造についても身をもってよく理解している。

カミングアウトは真実を語るという行為であり、人生の大転換点になる。カミングアウトとなると、真実を聞きたくない人に向かっても語り掛けなければならない。もちろん誰かを不快にさせてしまう。それでもあえて真実を語るのだ。プライド・パレードでゲイが笛を吹く《ブロウ・ホイッスル》のはなぜなのか？　人々の関心を引くため、もう隠し事はしないと宣言するため、権力の支配に異を唱えるためである。過去にカミングアウトした無数のクィアと同様に、私は自分自身の真実を受け入れなければならなかった。社会が求める「完璧な男」には決してなれないという運命と折り合いを付けたのだ。

私はクィアの内部告発者《ホイッスルブロワー》であり、カミングアウトを2度経験している。CAと秘密保持契約を交わしたことで、再びクローゼットの中に閉じこもったのだ。不愉快な事実と不都合な真実を心の奥底にしまい込んだままで、2年間にわたって「聞かざる・言わざる政策（don’t ask, don’t tell policy）」に縛り付けられた。重大な事態を招きたくないのならば、自分自身が何者なのかを明かしてはならない、と命じられて。CAにとっては「小さな秘密」だったのだろう。しかし、多くのクィアと同様に、私は真実を語るのを信条にしている。だから不愉快な事実を直視し、隠れるのをやめ、「小さな秘密」になるのを拒み、重大な事態に向き合う覚悟を固め、世界に向けて大声ですべてを語る決心をした。

クローゼットは文字通りクローゼットではない。クィアが内在化している社会的空間である。人為的に境界線が定められた容《い》れ物ともいえる。目に見えないし、デフォルト（初期設定）で最初から存在している。その中にいる限り、人は一定の行動規範に従わなければならず、自由に振る舞ったり自由に表現したりできない。他人にとって「心地良いバージョン」の自分を見せなければならない。

クィアとして育つと、小さいころからデフォルトの世界に少しずつ適応していく。自分の行動を抑制して新たな習慣を身に付け、ついには第二の天性を得る。「心地良いバージョン」を完成させてテストに合格したようなものだ。物心が付いたころから少しずつ変わっていたから、自分が本来の姿からどれだけかけ離れてしまったのか気付かないこともある。

クローゼットの中から飛び出して初めて自分の変化を知る。カミングアウトとは、「知らぬ間に自分の一部がクローゼット用につくり変えられていた」「本人の同意なしに本来とは違う自分を押し付けられていた」という現実を受け入れることである。とてもつらいことだ。テスト合格を目指して社会に適合する場所がクローゼットだ。同時にクローゼットは怒りが蓄積していく場所でもある。クローゼットの住民は常に境界線と行動規範を気にしながら生きている。最後には窒息しそうになり、「こんな牢獄に閉じ込められるのはもう我慢の限界だ」と叫ぶのである。

　カミングアウトとは、他人が作った規範を拒否して本来の自分を取り戻すということ。他人の支配から脱して自分で自分のアイデンティティーを確立するということでもある。

　クローゼットと同様にアルゴリズムもアイデンティティーに対する脅威だ。シリコンバレーはユーザーごとにカスタム仕様の空間を用意し、アイデンティティー覇権を築き上げようとしている。このような空間は表現や行動に影響を与えてアイデンティティーを操作する「新型クローゼット」だ。個人データの収集・活用によってアルゴリズムはあなた（ユーザー）に忍び寄る。あなたはどのようにコントロールされるべきか、どのようにカテゴリー化されるべきか、何を見るべきか、どんな通知を受けるべきか――。すべてアルゴリズムが決める。ただし注意点が一つある。微妙な差異だけれどもアルゴリズムには二つあるのだ。一つは「あなた本来の姿」を見いだそうとしてあなたをコントロールするアルゴリズム、もう一つは「あなたがなるべき姿」を実現しようとしてあなたをコントロールするアルゴリズムだ（後者は自己達成的予言を使っている）。

　アルゴリズムが考える「あるべき姿」に従って一部のユーザーはすでに自分のアイデンティティーを変えつつある。ソーシャルメディア上で自分自身のキュレーションを行い、フォロワーとのエンゲージメントを高めようとして一生懸命なのだ。あまりに頑張り過ぎてオンラインアイデンティティーが自分本来のアイデンティティーと乖離し、混乱してしまう。完璧にキュレーションされたオンラインアイデンティティーを見たフォロワーはどう反応するのだろうか？　完璧ではない自分を嫌うようになり、痩せようとして極端なダイエットに走る。新しい環境に適応するためだ。

アルゴリズムのレコメンド（推薦）に従ってリンク先をクリックし、コンテンツのとりこになるユーザーもいる。童話『不思議の国のアリス』のアリスがウサギを追い掛けて穴に落ちるように、アルゴリズムの誘いに釣られて際限なく吸い込まれていく。最後には無自覚のまま自分の世界観を一変させている。

オンライン上の買い物も同じだ。買い物かごに入っているのは、第三者が操作するユーザープロファイルに基づいてキュレーションされた商品ばかり。就職試験を受けたり、保険やクレジットカード、住宅ローンを申請したりするときも同じ。第三者が操作するユーザープロファイルに基づいて選考・審査が行われる。映画や音楽鑑賞も同じ。第三者が操作するユーザープロファイルに基づいて作品が選ばれる。

いずれリアル空間とサイバー空間は融合するだろう。そうなると、われわれのアイデンティティーはますます第三者によって操作されるようになる。そのような未来を回避するにはどうしたらいいのか。われわれ全員が手遅れにならないうちに、クローゼットの中から飛び出すことだ。

IDも電子機器も不要の投票所

19年5月23日、朝6時に目覚めた。私にしては非常に早い。部屋はすでに明るく、室温も上がり始めている。それでもまだ起きたくない。朝日がカーテンの間から注ぐなか、しばらく天井を見つめていた。通りに活気が出てくるのを見て、音を立てないようにベッドからそっと出た。付き合っている男が横で寝ていたからだ。この日は投票日。イギリスにとってはおそらく最後の欧州議会選挙だ。投票カードには「投票所は朝7時に開く」と書いてある。早めに近所の地域センターに行って投票しよう、と思った。
少しよろよろしながらクローゼットまで静かに歩き、床の上で山になっている衣類の中からジーンズとTシャツをひろい上げた。Tシャツはイギリス人デザイナーのキャサリン・ハムネットからの贈り物だ。柔らかいコットン製で、白い太字でプリントしてある。「2回目の国民投票！」。きょう何か着るならば、これしかない。引き出しからスマホを取り出し、電波をキャッチするのを確認した。次々とメッセージが入ってきた。受信音を発しながら。

しまった！　彼を起こしてしまったのではないかと思い、後ろを振り返った。「うーん」となっている。目覚めたようだ。

「何でこんなに早いの？」

「これから投票に行くんだ」

彼は起き上がった。にたにた笑いながらあきれた表情で言った。「君のような人間にとってきょうはわくわくする日なんだね。クリスマスと同じだ」

「それは違う」と私は否定した。「早めに投票所へ行かないと、政党スタッフが現れて投票数の集計を始めるから」

イギリス独立党（UKIP）関係者やブレグジット推進派に遭遇してけんかに巻き込まれるのはまっぴらごめんだった。これまでに「裏切り者」などと呼ばれたこともあったし、道路へ押し出されたこともあった。投票権だけは奪われたくなかった。

実のところ、クリスマス気分は皆無で、まったくエキサイトしていなかった。それどころか悲しかった。心の中では「これは本物の選挙ではなくて最後のパフォーマンスにすぎない」と思っていた。イギリスはEUから離脱するのだから。選挙委員会はボートリーブの違法行為を認定、NCAは捜査継続、議会は公聴会開催、ガーディアンは首相官邸の隠蔽工作について何週間にもわたってキャンペーン——。不正と詐欺でブレグジット推進派が勝利したのは明らかだった。にもかかわらず政府はEU離脱に固執し続けた。

私の郵便受けは選挙のビラやパンフレットでいっぱいだった。アーロン・バンクスかリーブEUからの郵便物も入っているのではないかと少し期待もしていた。例えば、ブレグジットのビラ入りロシア製ウォッカボトルだ。ブレグジット陣営は私とガーディアン記者キャロル・キャドウォラダーに嫌がらせするのが大好きだったからだ。実際にはありふれた選挙ビラばかり。緑の党、リブデム、UKIP。なぜか保守党と労働党からは何も送られてこなかった。試しにリブデムのビラを見てみた。どんなデータを使っているのだろう？　私をターゲットにしたメッセージを入れているだろうか？　どちらも無かった。どうしようもない旧態依然としたビラだった。

ロビーに設置してあるセキュリティーカメラをちらっと見て、投票所へ向かった。古いジョージアン様式の長屋や共同住宅の一角を抜けた。見事な快晴に恵まれるなか、新鮮な空気を吸い込んだ。爽快な気分にさせてくれる。多くのショップが立ち並ぶ目抜き通りに入った。すでに営業開始していたカフェを見つけた。中に入り、豆乳入りコーヒーを注文した。待っている間、店内を見渡してみた。誰もがスマホ画面に見入り、スクロールしている（フォローしたり「いいね！」したりしているのだろう）。私がすぐ近くに立っているというのに、自分自身のデジタルワールドにどっぷり漬かっていて気付かないようだ。

正直に言おう。フェイスブックとインスタグラムを禁止される前、私も同じだった。たまに使うツイッターを除けば、今ではソーシャルメディアと無縁になった。結果としてスクロールも投稿もあまりしなくなった。写真もあまり撮らなくなった。画面を通じて友人・知人と一緒に何時間も一人で過ごすことはなくなった。デジタル世界とは一定の距離を置き、現実世界に軸足を移すようになったのかもしれない。

コーヒーを片手にカフェを出て、樹木に覆われた通りに入って地域センターに向かった。樹木に掛けられた大型掲示板を頼りに歩いていると、投票所が見えてきた（白い掲示板には黒い文字で「投票所」と書かれていた）。距離を置き、周囲に政党関係者が一人もいないのを確認した。そのうえで中に入った。案内に従って廊下を進むと、装飾なしの部屋に出た。そこでは段ボールの投票ブースが並び、それぞれに小さな鉛筆が置かれていた。

事務員は私を見て、名前を尋ねた。「クリストファー・ワイリー」と聞くと、手元の有権者リストをめくり「クリストファー・ワイリー」にバツ印を付けた。これだけである。ＩＤも電子機器も不要だった。私は長さ1メートルもある投票用紙を渡された。これを使ってロンドン選挙区から欧州議会の代表を選ぶのだ。

新聞用紙よりもわずかに厚い投票用紙を手にしながら、ふと思った。投票行為は何と物理的なのだろう。オンライン上はあれだけ高度化しているというのに、最後は薄い紙切れの上に鉛筆でバツ印を入れるだけなのか。投票用紙を投票箱に放り込んだ。これが最後になりませんように、と祈りながら。

エピローグ

法規制について立法府への提言

ケンブリッジ・アナリティカ（ＣＡ）のような事件が二度と起きないようにするためには、ＣＡを生み出した環境そのものを正さなければならない。長い間、世界各国の立法府は「法律はテクノロジーに追い付かない」と思い込んできた。テクノロジー業界が「そうですね。困ったものです」とうなずくのを見て、自らのテクノロジー音痴やパワー不足を恥じたものだ。しかし法律はテクノロジーに追い付ける。医学、土木工学、食品安全基準、エネルギー――。高度に技術的な分野であってもこれまで追い付いてきた。

議員は技術に精通している必要はない。新薬認可プロセスを改善するときに、がん治療薬中の異性体について知らなくてもいい。絶縁など安全性基準を策定するときに、高圧電線内の銅伝導について詳しくなくてもいい。なぜなら、技術上の監督責任を負っているのは規制当局であるからだ。規制当局は立法府から権限委譲を受け、国民の安全を守るために産業やイノベーションを監視・監督している。だから規制はうまく機能している。

「規制」という言葉を聞いて、多くの人は何をイメージするだろうか。典型的なイメージは、大事なマニュアルに従ってお役所仕事に励む地味な小役人ではないか。セクシーさを基準にすれば「規制」は最低ランクに位置する。しかも決して完璧ではなく、いつも批判の対象になる。とはいえ、安全性の分野に限ればそれなりに機能している。スーパーで食料品を買う、医院で診療を受ける、飛行機に乗って何千フィートも上空を飛ぶ――。このようなときに安心していられるだろうか？　おそらく大半の人はイエスと答えるだろう。では、このようなときに栄養学や医学、工学の知識を必要とするだろうか？　おそらく大半の人はノーと答えるだろう。

　テクノロジー企業は「素早く行動して破壊せよ」的なやり方を許されるべきではない。国は人の安全を守るために道路上にスピード制限を設けている。医薬品メーカーや航空機メーカーは安全性基準をクリアしなければ新商品を販売できない。ビッグテック（巨大テクノロジー企業）はどうか。安全性テストなしでデジタルシステムを販売している。人間を被験者にして大規模実験を行い、対処不能なほどの大問題を引き起こしている。過激派集団、銃乱射事件、民族浄化、摂食障害、睡眠障害、民主主義への大規模攻撃――。このような悲劇の原因はソーシャルメディアにある。ソーシャルメディアはサイバー空間であるものの、実際の悲劇は現実の世界で起きている。

　スケールが大きくなり過ぎると、手に負えなくなるものだ。実際、シリコンバレーの大企業はプラットフォームのスケールアップを理由にして責任逃れしている。例えば、プラットフォーム上で銃乱射の動画が流れたり、民族浄化をあおるヘイトスピーチが広がったりするときだ。あまりに巨大な空間であるからすべての動きを監視できない、と言い訳するのだ。事実上の責任放棄といえよう。プラットフォームが世界に与えている実害よりもプラットフォームがもたらす利益のほうが重要、と暗に言っているのと変わらない。プラットフォーム上でニュージーランドの銃乱射事件が生中継されたとき、フェイスブックは「対策強化を求める声は届いています」との声明を発表した。ならばわれわれは次のように聞いてみるべきではないだろうか。問題が大き過ぎてすぐに対処できないのならば、なぜ安全性テストを実施して、社会に悪影響が及ばないかどうか事前に調べなかったのか？

われわれは新しいルールを必要としている。道路上にスピード制限を設けているように、インターネット上にもスピードバンプ（減速を狙いにした道路上の隆起）を置かなければならない。健全なフリクション（摩擦）をつくり出すことで、新しいテクノロジーやエコシステムの安全性を確保するのだ。規制については私は専門家でないし、分からないこともある。私の言葉は絶対的な真実ではない。専門家を巻き込んで広範な議論をしていかなければならない。

議論を深めるためのきっかけとして、私としてはいくつかの提言をしたい。実現可能な提言もあるかもしれないし、実現不可能な提言もあるかもしれない。大事なのは、目の前にある大問題について真剣に議論を始めるということだ。テクノロジーは強大であり、いろいろな面で人類に貢献するポテンシャルを秘めている。強大であるからこそ、建設的なやり方でチェックされなければならない。

私の提言は大きく四つに分けられる。以下、順に説明する。

1　インターネット版建築基準法

建築基準法の歴史は古く、紀元64年までさかのぼらなければならない。この年、９日間にわたるローマ大火を受けて、皇帝ネロは住居の高さや道路の幅、水道事業に規制を設けた。１６３１年には、火災に見舞われたボストン市が木造煙突とわらぶき屋根の禁止に踏み切っている。

人類初の近代的建築基準法は１６６６年のロンドン大火後に登場した。ボストンと同様に当時のロンドン市内では木造家屋がほとんどであったため、炎は急ピッチで広がり、街全体が４日間にわたって燃え続けた。結局、住宅1万３２００戸、教会87棟、政府施設のほぼすべてが焼失した。当時のイングランド王チャールズ2世は「すべての建物は大小にかかわらず、れんが造りか石造りでなければならない」と宣言した。同時に、道路を越えて火の手が回るのを防ぐ狙いで道路の拡幅も命じた。

19世紀に入るとロンドン大火がお手本になり、多くの都市が大火災後に同様の建築基準を導入した。最終的には建築士による検査が導入され、住民の安全に配慮した建築が一般化した。新たな法規制が次々と生まれ、ついには「住民の安全」という概念は根本原則として定着した。所有者や住民の意向がどうであれ、安全性基準を満たしていない建物は一切禁止となったのだ。

フェイスブックのようなプラットフォームはどうだろうか。ＣＡ、ロシアの介入、ミャンマーの民族浄化、ニュージーランドの銃乱射——。すでに何年にもわたって大災害に見舞われ続けているようなものだ。ここでもロンドン大火をお手本にして改革を進めなければならない。社会的な一体性や市民のウェルビーイングを脅かすアーキテクチャー（基本構造）上の問題を明らかにし、新たな枠組みを考えるのである。

インターネット内には無数のアーキテクチャー様式が存在し、日常的にわれわれに影響を及ぼしている。デジタル世界が現実世界と融合するなかで、アーキテクチャーの影響力は増す一方だ。

注目すべきなのはプライバシーだ。人間の基本的権利であるというのに、デジタル世界では実質的に骨抜きにされている。ユーザーは利用条件など解読不能な文書を見せられ、機械的に「同意」をクリックしている。いわゆる「コンセントウォッシング」によって、実質的にプライバシーの権利を放棄しているのだ。巨大テクノロジー企業は「消費者の選択」という都合のいい言葉を使い、自らの搾取的行為を常に正当化している。

ユーザーはいったん「同意」をクリックすると、アーキテクチャーへの関心を失う。たとえアーキテクチャーが欠陥を抱えていても、デジタルプラットフォーム上を平気で動き回るようになる。現実世界にいるときは違う。われわれは配線が切れていて非常口がないと知っていたら、ビルの中へわざわざ入ろうとしない。危険な建物を設計した建築士もただでは済まされない。たとえ入り口に「立ち入り禁止」と張り紙をしたとしても、である。張り紙を見て中に入った人へ責任転嫁できないということだ。デジタルプラットフォームを設計するソフトウエアエンジニアやアーキテクトも、現実世界の建築士と同じように規制下に置かれ、安全性基準を守るべきだ。

本人同意だけではユーザーの基本的権利は守れない。その意味ではカナダとヨーロッパの手法「プライバシー・バイ・デザイン（ＰｂＤ）」を見習うべきだ。プライバシーに配慮してシステム構築するのがＰｂＤであり、いわば「インターネット版建築基準法」だ。ここにはユーザーのプライバシーを保護するだけでなく、ユーザーのエージェンシー（行為主体性）を尊重する原則も含まれる。「エージェンシー・バイ・デザイン（ＡｂＤ）」だ。これによって、プラットフォームはユーザーの自由意思を重んじるとともに、テクノロジー業界で一般的な「ダークパターン」を利用できなくなる。

ＡｂＤはもう一つ重要な要素を内包している。「効果の相応性」だ。「プラットフォームがユーザーに与える影響」と「ユーザーがプラットフォームから受ける便益」を比べたとき、両者の間に釣り合いが取れていなければならない、という意味である。中毒性があり、ユーザーの精神的健康を害しかねないような機能は、プラットフォームから取り除かれる必要があるということだ。

伝統的な建築基準法と同様に、インターネット版建築基準法の中核部分は「損害回避原則」である。この原則に従って、テクノロジー企業は新商品や新機能のリリース前に、「乱用度監査」と安全性テストを実施するよう義務付けられる。市民や消費者をモルモットのように使って、危険な大規模実験を行ったら、法に抵触するということだ。これによって「ロヒンギャの悲劇」のような事態は回避できるはずだ。フェイスブックは乱用度監査も安全性テストも実施せずにミャンマーに進出し、同国の民族紛争地域でロヒンギャ迫害を誘発してしまったのだ。

2　ソフトウエアエンジニアの倫理規範

もし自分の子どもが迷子になっているとしたら、誰に助けを求めてほしいと思うだろうか？　医者？　それとも教師？　仮想通貨トレーダーやゲームアプリ開発者はどうだろうか？

現代社会では、高度な専門職業人（プロフェッショナル）——医者、弁護士、看護師、教員、建築家——は社会的に高く評価されている。高度な専門性を備えているのはもちろん、職業倫理や安全性基準を順守し、規制当局からもチェックを受けているからだ。

社会が機能するためには、われわれは「医者や弁護士は常に患者・依頼者の利益を第一に考えて行動しているから信頼できる」と思えなければならないし、「橋やビルは建築基準法に準拠しているから安心して使える」と思えなければならない。だからこそ、倫理や法律に反する行為に走る専門職業人は厳しく罰せられる。罰金支払いを命じられたり、業務停止処分を受けたり、場合によっては免許を剥奪されて永久追放される。

ソフトウエアやＡＩ、デジタルエコシステムはわれわれの日常生活に深く入り込んでいる。それでありながら、デバイスを作ったりプログラムを書いたりする専門職業人——ソフトウエアエンジニア、アーキテクト、データサイエンティスト——は規制の対象になっていない。実際には大きな職業倫理上の問題を抱え込んでいるというのに、自らの行動が社会に及ぼす影響について考慮するよう義務付けられていないのだ。

危険で有害なデジタルプラットフォームは、どこからともなく魔法のようにふと湧き出てきたわけではない。テクノロジー企業で働くソフトウエアエンジニアら専門家集団によって作られている。問題なのは、このような専門家集団が安全性チェックを怠ったとしても、何のリスクも負わないということだ。例えば、倫理的な問題を含むシステムを構築するよう上司から命令されたら、エンジニアはどのように行動するだろうか？　上司の命令に忠実でも法違反にならない。逆に命令に背けば左遷や解雇といったリスクにさらされる。答えはおのずと出てくる。

　では、実際に問題含みのシステムを販売し、問題が発覚したらどうなるか。販売元のテクノロジー企業は損害賠償責任を負い、罰金の支払いを求められるかもしれない。ところが、システムを構築したエンジニアはおとがめを受けない。この点では医者や弁護士と決定的に違う。一般的な専門職業人とは異なるゆがんだインセンティブを持っているといえる。もし看護師が上司の命令に従って非倫理的に行動すれば、免許を剥奪される。専門職業人としてリスクを負っている。上司の命令よりも患者の命を優先するというインセンティブを持っているのだ。

　ソフトウエアエンジニアが名実共に「社会的に尊敬され、高給を約束されたプロフェッショナル」と認められるためにはどうしたらいいのか。一定の倫理規範に従う義務を負わせればいい。テクノロジー企業に対する規制をどんなに強化したところで、テクノロジー企業で働くエンジニアのインセンティブがゆがんでいる限り、状況はなかなか変わらない。簡単に言えば、エンジニアは自分で作った物については責任を持つべきだ。職業倫理をテーマにしたワークショップやセミナーを開いても焼け石に水。シリコンバレーは家父長主義的・閉鎖的仲間主義に染まり、危険なエンジニア集団を生み出している。このような構造にメスを入れなければ、悲劇は繰り返される。

　われわれはソフトウエアエンジニア版の倫理規範を導入するべきだ。法規制の順守に目を光らせる規制当局もセットで設置しなければならない。これによってソフトウエアエンジニアは土木工事の技師や建築士と同じ土俵に置かれる。専門職業人としてリスクを負う。自らの専門スキルを駆使して非倫理的で危険なテクノロジーを作ったら、それ相応の罰を受けるということだ。

倫理規範を策定するとき、抽象的な理想を唱えるだけでは無意味だ。「許されること」と「許されないこと」を個別具体的に列挙すると同時に、ユーザーの自立を尊重し、リスク要因を明確にし、第三者によるチェックを求める必要がある。さらには、ターゲットにされやすい弱者——人種やジェンダー、身体障害、性的指向でマイノリティーに分類されるユーザー——には特別に配慮するべきだ。

上司の命令が倫理規範に反すると考えられるとき、ソフトウエアエンジニアは拒否権を行使しつつ、当局へ通報する義務も負う（それを怠れば免許停止など厳しい処分を下される）。会社からの報復を恐れなくても済むように、法律でしっかりと身分を守られている必要もある。

規制にはいろいろなやり方があるものの、ソフトウエアエンジニア版の倫理規範は最も効果的だと考えられる。倫理規範にのっとって、エンジニアはユーザーに悪影響が及ばないかどうか自ら事前審査する。「上司の命令に従っているだけ」と主張しても責任逃れできない。テクノロジーは社会の価値観を具現化している。われわれがエンジニアの創造物にますます依存している状況を考えれば、職業倫理確立は必須条件である。倫理規範を順守するエンジニアは社会の信頼を獲得し、テクノロジーの乱用を防ぐ最強の防波堤になる。

3　インターネット公益事業

公益事業は歴史的に「公益に影響する物理的ネットワーク」と定義されてきた。社会にとって必要不可欠なインフラであるから、普通の企業とは違う形で事業展開するのを許されており、ユニークな存在である。必要に迫られて市場で独占的な地位を与えられてもいる。

通常、自由主義経済では競争が働き、消費者に対してイノベーションや品質向上、価格低下といった恩恵をもたらす。電力や水道、道路、地下鉄といった公益セクターは異なる。独占が許されて競争が制限されている。同じ地域に複数のライバル会社が存在すると、例えば同一区間に複数の地下鉄路線が敷かれるなど、多大な無駄を生み出して消費者の負担増を招きかねないという判断からだ。ただし1社独占の場合は、効率が向上するとはいえ、不当な影響力行使やひどいサービスの放置など弊害が出てくるリスクもある。そのようなリスクが表面化しても消費者には別のサービスに乗り換える選択肢がない。

インターネット上にも独占企業は存在する。グーグルは検索トラフィックの90%以上を支配している一方、フェイスブックはソーシャルメディアユーザー（成人のアクティブユーザー）のほぼ70%を取り込んでいる。だからといって、電力や水道などの公益事業と同じインフラになっているわけでもない。デジタルプラットフォームが一時ダウンしたとしよう。その場合、ユーザーは停電のときほど困らない。グーグルのユーザーであれば、サービス復旧まで別の検索サービスを使ってやり過ごせる。独占企業が入れ替わることもある。例えばマイスペース。ソーシャルメディアとしては一時期圧倒的なプラットフォームだったのに、フェイスブックとの競争に敗れて存在感を失った。電力や水道業界ではこのようなことはまず起きない。

とはいえ共通点も多い。巨大なデジタルプラットフォームは事実上社会インフラの一部に組み込まれ、消費者にとっても企業にとっても不可欠の存在になっている。企業を見てみよう。職場では社員が日常的にグーグルの検索エンジンに頼りながら仕事をしている。会社の方針としてグーグルを使うよう指示されているわけでもないのに、である。

　別に悪いことではない。検索エンジンもソーシャルメディアもいわゆる「ネットワーク効果」の恩恵を受ける。利用者が増えれば増えるほど、プラットフォームの価値が高まっていくのだ。スケール（大きさ）が消費者に利益をもたらす点では電力や水道などと同じである。この構図は重要だ。ただし独占企業体に付き物のリスク――独占企業が消費者を食い物にするリスク――を忘れてはならない。新たなルールを作って悲劇が起きるのを回避しておく必要がある。

　インターネットと物理的インフラには明確な違いがある。それを承知のうえで、私は「インターネット公益事業」という言葉を使いたい。ここには「伝統的公益事業と違うけれども似ている」という意味を込めている。インターネット公益事業はサービスの場合もあるし、アプリの場合もあるし、プラットフォームの場合もある。インターネット上でのプレゼンスがあまりにも大きくなり、公益に影響を及ぼしている。だから従来型の公益事業と同じように規制を受けなければならない。それ自身のスケールによって公益を左右する存在になったといえよう。

　インターネット公益事業を規制するときには、社会やビジネスでの影響力を考えて第一にユーザー保護に力点を置くべきだ。非倫理的行為にストップをかけるために罰則を設け、年間利益に連動して罰金額を決める。軽い違反の場合には交渉の余地を残し、行政指導などで対応する（事業継続のためのコストとして企業側に認識させる）。

　われわれはスケールを理由にして電力会社を罰することはない。インターネット公益事業も同様に扱うべきだ。繰り返しになるが、スケールを背景にしたネットワーク効果は社会全体にとってプラスに働く。言い換えると、巨大テクノロジー企業の分割・解体を目的にしてはならない。

　インターネット公益事業はスケールを維持する代わりに新たな義務を負う。未来の「デジタルコモンズ（デジタル共有資源）」を守る中心的役割を果たすのだ。スケールがあるからこそ必然的に公益を考えなければならず、場合によっては目先の利益を犠牲にして公益を優先しなければならない。従来型の公益事業と同様に、コストを掛けてでも安全性基準を満たさなければならないし、新たな「デジタル消費者権」も尊重しなければならない。テクノロジー企業がユーザーの権利をないがしろにしてきた歴史を踏まえ、「デジタル消費者権」は利用規約の土台になるべきだ。

4　デジタルコモンズの受託者責任（スチュワードシップ）

インターネット公益事業は規制を受けずに巨大化し、世論や社会を動かすばかりかユーザーの精神的健康も左右するなど、大きな影響を及ぼすようになっている。意図的なときもあるし、単に不注意なときもある。どちらにせよ、説明責任を負わなければならないという点では同じである。

そのためにも、業界全体を監視・監督する「デジタル監督庁」が必要だ。デジタル監督庁はテクノロジーに精通する専門家で構成され、ユーザーの利益を代弁して主体的にプラットフォームの監視・監査を行う。法的な裏付けのある制裁権も備えている。同時に保険制度も活用し、ユーザー保護を補完するべきだ。データ漏洩などで被害が出たときには、インターネット公益事業者は保険制度を使って市場レートでユーザーの損害を補償するのだ。保険金支払いを抑えようとして、これまで以上に安全性チェックなどを徹底するはずだ。

個人データはまったく新しいビジネスモデルを生み出し、ソーシャルメディア企業に莫大な利益をもたらしている。独占企業が荒稼ぎしている構図と変わらない。批判が渦巻くときにフェイスブックのようなプラットフォーマーが使う常套句は「われわれはサービスをタダで提供している。消費者から一銭も受け取っていないのだから競争制限的ではない」である。

　これは詭弁だ。プラットフォーム利用のためにユーザーが提供する個人データには価値があるのだ。事実、個人データを見積もったり、売ったり、ライセンス提供したりする市場が存在する。当局が巨大テクノロジー企業に独禁法を適用しようとしてもなかなかうまくいかないのは、個人データの価値をきちんと算定していないからだ。

　消費者がプラットフォームに提供する個人データの価値はずっと上昇してきた。それを踏まえれば、テクノロジー企業は消費者を搾取してきたと結論できる。理由は単純だ。個人データの価値上昇に見合う形で消費者にとってのプラットフォームの価値は上昇していないからだ。消費者はプラットフォームから得られる便益以上の対価をプラットフォームに対して払っている、という言い方もできる。独占企業の横行によって消費者にしわ寄せがいっているのだから、独禁法上の問題になってもおかしくないはずだ。

　実際には独禁法の適用は容易ではない。たとえ消費者が損害を被っているという見方が正しくても、である。巨大テクノロジー企業が公益事業とは見なされていないということが背景にある。

　仮に公益事業と位置付けられれば――つまりインターネット公益事業という新カテゴリーに分類されれば――巨大テクノロジー企業は広く公益性という観点からチェックを受けるようになる。成長戦略やＭ＆Ａ（企業の合併・買収）戦略を描くときも、これまでのように野放図なやり方は認められなくなる。電力や水道事業などと同じ制約を受けるわけだ。

　従来型の公益事業と違ってソーシャルメディアや検索エンジンは代替可能だ。新たな規制を掛けるにしても、業界全体の健全な進化を妨げないように注意しなければならない。既存の業界大手を守るような規制を導入すると、新規参入などの競争を妨げ、結果として新商品やサービス改善などを期待できなくなる。消費者にとってマイナスでしかない。

ただし、競争阻害を懸念して巨大テクノロジー企業に対する規制強化をためらってはいけない。石油セクターを見てみよう。安全性や環境規制を強化したからといって、太陽光など再生可能エネルギーの未来を妨げているわけではない。

業界の進化を後押ししつつ規制を強化するにはどうしたらいいのか。インターネット公益事業者（巨大テクノロジー企業）に対してインフラ開放を義務付けるのはどうだろうか。インフラ開放で中小プレーヤーによる新規参入を促し、消費者の選択肢を増やす。通信業界の独占企業がインフラを開放したのと同じである。

規制強化――安全性基準や倫理規範の導入――は業界全体のイノベーションと両立する。その意味では「技術基準」ではなく「原則基準」で法規制の整備を進めるべきだ。「技術基準」で規制強化すると、古いテクノロジーや古いビジネスモデルを温存する格好になり、イノベーションを妨害することになりかねないからだ。

以上が私の提言だ。

謝辞

内部告発はよく「ダビデとゴリアテの物語」に例えられる。一匹狼の内部告発者が巨大権力に立ち向かうという構図だ。

しかし私は決して一人ではなかった。常に多くの人たちに支えられていた。弁護士、ジャーナリスト、2人の妹、タクシー運転手——。支援者は枚挙にいとまがない。彼らの助言、力強さ、根気、執念に心から敬意を表したい。特に女性の支援者だ。内部告発の道中、ずっと支えになってくれた。私の物語は女性パワーなしには完結し得なかった。

弁護士

まずは素晴らしい主任弁護士タムシン・アレンに感謝したい。どんな逆境下でも私を弁護してくれた。こんなにカッコいい弁護士はほかにいない。私は無名の存在で、ケンブリッジ・アナリティカ（CA）を知る人も皆無だったとき、いち早く相談に乗ってくれた。権力者と大企業を相手にしていても、決して弱腰にならなかった。ワシントンへ飛び立ち、下院情報特別委員会で証言するとき、彼女について三つ学んだ。第1に、飛行機を怖がること。第2に、文字通り何事も恐れないこと。第3に、大西洋横断飛行で時差ボケになっているなかで、私の背後で5時間以上に及ぶ公聴会に耐えたというのに、その日の夜に米タイム誌主催の「タイム１００（最も影響力がある１００人）」パーティーでジェニファー・ロペスよりも生き生きとダンスしたこと。

ほかにも数多くの立派な弁護士が舞台裏で精力的に働き、私を守ってくれた。アメリカではルイス・バーク・カウフマン・ミドルミス法律事務所の法律チームが支えてくれた。同チームのアダム・カウフマン、エリック・ルイス、タラ・プロホスキーの3人は、司法権が複数国に及ぶ難解事件を物ともせずに、最後まで私の面倒を見てくれた。彼らのおかげで、世の中が大騒ぎするなかでも、私は落ち着きを失わないでいられた。

イギリスではタムシンのほか、彼女と同じバインドマンズ法律事務所のマイク・シュワルツとサリマ・ブダーニにお世話になった。ロンドンの法廷弁護士事務室「マトリックス事務室」を拠点にする勅選弁護士（QC）一団にも感謝したい。特に、ギャビン・ミラー、クレア・モンゴメリー、ヘレン・マウントフィールド、ベン・シルバーストーン、ジェシカ・シモーの5人だ。サイモンズ・ミューアヘッド＆バートン法律事務所のマーティン・ソームズとエリカ・ヘンシルウッドは、私が匿名でガーディアン紙に協力しているときに助言をしてくれた。ソームズとヘンシルウッドの助言によって内部告発の法的な枠組みが決まったと言ってもいい。

内部告発の旅に同行してくれた弁護士はみんなそろって飛び抜けて有能だ。私が今ここで安心して健康でいられるのも、彼らの支えがあったからである。

内部告発者

マーク・ゲトルソンとシャミール・サニの2人には深く感謝したい。自己犠牲をいとわずに、内部告発というとんでもない旅に付き合ってくれた。2人とも信じられないほど不当な報復に遭ったにもかかわらず、最後まであきらめずに笛を吹いてくれた（内部告発してくれた）。マークは別格だ。初対面のときにすぐに分かった。弁舌、ユーモア、思いやり、知性——。すべての面で抜きんでている。シャミールは内部告発の道中、いつも心強い味方だった。権力に立ち向かって真実を語る勇気を見せてくれた。大変な思いをしながら闘った2人は、私にとっては掛け替えのない親友だ。匿名で協力を申し出てくれた内部告発者も忘れてはならない。誰にも気付かれないところで世の中のために大きな貢献をしたのである。

ジャーナリスト

キャロル・キャドウォラダーは私を信じてくれた。いや、それ以上だった。この人ならば世界に向けて私の物語をきちんと伝えてくれる、と会った瞬間に思った。その通りだった。世界を目覚めさせ、巨人を揺るがせたのだ。私はピンクの頭髪を持っているが、彼女はペンを持っている。オルタナ右翼、民間諜報会社、シリコンバレー——。あちこちから嫌がらせや脅しを受けながらもペンを置かなかった。世の中のためにという一心で私を支え、第一級のジャーナリズムを実践した。本当にありがとう。

キャロルの同僚記者サラ・ドナルドソンとエマ・グラハムハリソンも、私の物語を上手にまとめてくれた。キャロル、サラ、エマという女性記者3人の活躍がなければ、私の運命はまったく違ったものになっていたはずだ。ガーディアンと日曜版オブザーバーは本当に幸運だ。このように素晴らしい女性ジャーナリストをスタッフに持てて。ポール・ウェブスター、ジョン・マルホランド、ギリアン・フィリップスの3記者にも感謝したい。億万長者や巨大テクノロジー企業、ホワイトハウスの圧力に屈しなかったし、日常的に直面する訴訟の脅しもはね返した。

アメリカではニューヨーク・タイムズ紙が報道を主導した。マシュー・ローゼンバーグ、ニコラス・コンフィソア、ガブリエル・ダンス、ダニー・ハキム、デービッド・カークパトリックの5人は、誰にもまねできないようなやり方で真実を報じた。特に、フェイスブックをはじめとするシリコンバレーの巨大企業に説明責任を負わせるうえで中核的役割を担った。チャンネル４のジョブ・ラブキンとベン・デピアはリスク覚悟で潜入取材を実行し、テレビの視聴者向けに衝撃的ビデオを見せた。これによって、世界がＣＡの恐ろしい実態について知ることになった。ＣＡトップが自ら語る身も凍るような言葉を聞きながら。

議員

イギリス下院議員のアリスター・カーマイケルは、何年にもわたって非常に頼りになる存在だった。深夜にオフィスを訪ねても喜んで相談相手になってくれたし、心身共に限界状態だった時期にスコッチウイスキーでストレスを癒してくれた。内部告発前で不安がいっぱいの私にとっては計り知れないほどの支えになった。何の見返りも求めずにリスクを取り、議員としての立場を生かして私をはじめ内部告発者たちを守ってくれたのだ。アリスターがいたからこそ決定的な証拠が破壊されずに残り、最後には公になったのである。

イギリス議会のデジタル・文化・メディア・スポーツ委員会（ＤＣＭＳ）委員長のダミアン・コリンズ――それにＤＣＭＳ委員会全体――にも感謝したい。ダミアンとＤＣＭＳはシリコンバレーの暗部に迫る大きな力になった。議会内で党派を超えた協力関係を築き、偽情報とフェイクニュースの問題に切り込んだ。公益が何よりも大事という姿勢を貫き、政治の理想的在り方を見せた。さらには、シリコンバレーの大企業に対して説明責任を負わせるため、世界中の立法府から支持を取り付けている。情に流されやすいリベラル派として一つ言わせてほしい。とてもクールになれる保守党員もいるのかもしれない、と思う。ダミアン、あなたがお手本を見せてくれたからである。

陰のヒーロー

私の両親ケビンとジョーンは無条件の愛、励まし、英知で私を支えてくれた。私の妹ジェイミーとローレンはストレスを抱える私をいつも気遣ってくれた。冷蔵庫の中に私の好物が必ず入っていたのも、ジェイミーとローレンのおかげだ。

ほかにもお礼を述べなければならない人たちは無数にいる。証拠を集め、世の中に向けて公表できたのも、彼らの協力があってこそだ。

以下、名前を列挙しておきたい。ストラスブルガー卿（水面下で精力的に協力してくれた）、ピーター・ジュークス（励ましと提案で支えてくれた）、マーク・シルバー（驚くべき映画を製作し、何時間にもわたって私を啓蒙してくれた）、ジェス・サーチ（セージ葉について教えてくれるとともに、私のクィアネスを伸ばしてくれた）、カイル・テイラー（情熱的に運動してくれた）、情報コミッショナー事務局（ＩＣＯ）のエリザベス・デナムとマイケル・マクエボイ（データ権を明確化してくれた）、アメリカ下院情報特別委員会の下院議員アダム・シフとスタッフ一同（目に見えないところで支えてくれた）、グレン・シンプソンとフュージョンＧＰＳ（見事な情報活動を展開してくれた）、ケン・ストラスマ（データの世界を見せてくれた）、枢密顧問のキース・マーティン博士（私の独立心を育んでくれた）、ジェフ・シルベスター（後のことはともかく、若いころの私のメンターになってくれた）、トム・ブルックス（ずっと支えてくれた）、デービッド・キャロルとポール・オリビエ・ドエイ（データ権を擁護してくれた）、エマ・ブライアント博士（重要な証拠を共有させてくれた）、ハリー・デイビース、アン・マーロウ、ウェンディ・シーゲルマンの３人（いち早く調査してくれた）、私の元指導教授のキャロリン・メイアー博士（本書をレビューし、心理学、データ、文化の世界へ導いてくれた）、ショシャナ・ズボフ教授（監視資本主義の大家として多くを教えてくれた）。

何よりも重要なのは、私の物語をシェアし、地元議員に連絡し、抗議デモに参加し、プラカードを掲げ、私に励ましのメッセージを送ってくれた人たちだ。何十万人にも上る。面識がないのに、内部告発中の私を熱烈に支えてくれた。

本書

最後になるが、本書の出版でお世話になった人たちにお礼を申し上げたい。執筆協力者リサ・ディッキーとガレス・クック、ランダムハウスの編集者マーク・ウォーレン、ウィリアム・モリス・エンデバー所属の著作権エージェントであるジェイ・マンデルとジェニファー・ルドルフ・ウォルシュ、本書ファクトチェッカーのケルシー・クーダック、エンターテインメント弁護士のジャレド・ブロックである。本書は私の処女作だ。彼らに背中を押されて私は筆を置かずに書き続け、彼らのアドバイスを受けて物語の本質を抜き出し、たわ言を思い切って削除し、散漫になりがちな文体を修正できたのである。

訳者あとがき

２０１６年、ポピュリズム旋風が吹き荒れるなかで、大きな話題を集めていたのがブレグジット国民投票とアメリカ大統領選挙だった。イギリスは欧州連合（ＥＵ）から離脱するのか、不動産王ドナルド・トランプ氏は大統領選挙で勝利するのか――。

多くの識者は「まさか」と思っていた。私もそう思っていた。だが、ふたを開けてみればブレグジット国民投票は可決され、トランプ氏は次期大統領に選ばれた。にわかには信じられなかった。

本書を読んで、「まさか」と思っていた自分の無知を思い知らされた。ロシアとオルタナ右翼勢力がソーシャルメディアを駆使して大規模な情報戦を展開し、何百万人もの有権者を「洗脳」したのだ。ここで中心的役割を果たしたのがケンブリッジ・アナリティカ（ＣＡ）と名乗る英系軍事下請け業者だった。

「洗脳」の手段が単なるフェイクニュースだと思ったら大間違いだ。確かにトランプ政権誕生に絡んでフェイクニュースは大きな話題になった。だが、フェイスブックから８７００万人分ものユーザーデータが流出していた事実を忘れてはならない。結果として、フェイクニュースよりもはるかに強力な「心理戦版大量破壊兵器」が完成し、史上初めて使用されたのである。

だからこそ、原書は放送禁止用語をあえてタイトルに使ったのだ（そのままではなく1字伏せて「Mindf*ck」としてある）。そうしなければ「大量破壊兵器」のようなニュアンスを出せないとの判断があったのだろう。邦訳のタイトル「マインドハッキング」は原書のタイトルに引っ掛けてある。

本書の筆者は、ＣＡを飛び出して内部告発者に転じたクリストファー・ワイリー氏。本人の言葉を借りれば、「リベラル派の同性愛者で24歳のカナダ人が、どのようにしてＣＡに加わり、オルタナ右翼向けに心理戦用兵器を開発する羽目になったのか」について詳述している。

渦中の当事者が自らの体験を赤裸々に振り返っているだけに、真に迫る内容であり読み応えがある。処女作でありながら文章力が光っており、飽きさせない。小説のようにすらすら読める。

ＣＡがフェイスブックデータを使い、ロンドン本社内の役員室で実験する様子は生々しい。例えば、発表者がリクエストに応えて、同じ名前のネブラスカ市民の一覧をスクリーン上に映し出す。顔写真、勤務先、子どもの学校、自家用車、投票行動、好きなミュージシャン——。どの名前をクリックしてもあらゆる個人情報が即座に出てくる。

もっと驚きなのは、ＣＡ幹部がスクリーン上に表示されているネブラスカ市民に直接電話をかけ、個人情報が正しいかどうか確認する場面だ。もちろん、キッチンで電話を取って話をしているネブラスカ市民は、ロンドンとつながって監視されているとはつゆほども思っていない。

秘密裏に個人データが大規模に収集され、その実態を内部告発者が暴いたという点では、ＣＡ事件は13年のスノーデン事件と同じだ。しかし、世界を揺るがせたブレグジットとトランプ政権誕生に決定的影響を与えたのだとすれば、衝撃度ではスノーデン事件を上回っているといえよう（スノーデン事件を描いた『暴露』も臨場感あふれる良書）。

しかも、ＣＡによって高度化した情報戦はブレグジットとトランプ政権誕生で終わったわけではない。むしろ、ますます先鋭化している。

20年に入って舞台は米中に移り、両国間の情報戦が激化の一途をたどっているのだ。象徴的なのが中国発アプリとして初めて世界を席巻した「ＴｉｋＴｏｋ《ティックトック》」だ。若者の間でブームになっている動画共有アプリだというのに、フェイスブックと同じソーシャルメディアであることから脅威論が広がり、米国でやり玉に挙げられている。

同年7月末には米共和党の有力上院議員グループが書簡をまとめ、トランプ政権に対して強い対応を求めた。ティックトックは中国共産党の影響を排除できず、数カ月後の米大統領選挙に介入する可能性がある、と警戒しているのだ。ティックトックの大量破壊兵器化を懸念しているともいえる。

実際に、選挙介入の予兆を感じさせるニュースも飛び出した。上院議員グループが書簡をまとめる1カ月ほど前のことだ。トランプ大統領が久しぶりの選挙集会をオクラホマ州で開いたところ、当初予想とは裏腹に空席が目立った。韓国のＫポップファンに加えて、ティックトック利用者が運動した結果との見方が出た（ソーシャルメディアの力を借りて4年前の大統領選挙に勝利したことを考えると、皮肉なものだ）。

19年暮れに新潮社から本書の翻訳について打診されたとき、私は二つ返事で引き受けた。17年夏に発足した非営利団体「ファクトチェック・イニシアティブ（ＦＩＪ）」の発起人の一人になり、一時期ファクトチェック活動に深く関わっていたからだ。

言うまでもなく、ファクトチェックはフェイクニュースと表裏一体の関係にある。フェイクニュースを見抜くためにファクトチェックが存在するのだ。

繰り返しになるが、ソーシャルメディアが事実上の社会インフラになった現在、フェイクニュースよりも格段に複雑で巧妙な情報戦が展開されるようになっている。本書を読んでいて分かったのだが、

「ファクトチェック対フェイクニュース」という構図はすでに古い。

攻撃側は最先端の心理学や社会学、人類学で武装して利用者のアイデンティティーを操作し、社会に分断を引き起こした。実際、ＣＡは超一流の心理学者を動員して心理戦版大量破壊兵器を開発したのだ。第2次大戦中にアメリカが超一流の物理学者を動員して原子爆弾の開発に取り組んだように。本書はワイリー氏の懺悔の記録でもある。

その意味では日本は心もとない。一部の大学では今も心理学科が文学部に置かれている状況が象徴しているように、社会科学分野で出遅れており無防備だ。高度な情報戦を仕掛けられたらひとたまりもない。ファクトチェックを進化させたり、新たなルールを設けたりして、社会インフラとしてのソーシャルメディアの安全性を高めなければならない。

日本は情報戦とは縁がないなどとのんきに構えていてはいけない。例えば、中国はいわゆる「戦狼（ウルフウォリアー）外交」と称して、世界各地で攻撃的なプロパガンダを展開中だ。自国内で禁止されているフェイスブックやツイッターも含めて、ソーシャルメディアを積極活用している。「第二のＣＡ」と組んだらどうなるだろうか……。

本書に書いてある通り、現状ではソーシャルメディアは悪用されやすい。ソーシャルメディアを利用していると、悪意ある第三者によって知らぬ間に自分のアイデンティティーが操られていてもおかしくないということだ。誰もが「マインドハッキング」のリスクにさらされているのだ。

２０２０年８月　広島にて

牧野　洋

クリストファー・ワイリー　Christopher Wylie

ケンブリッジ・アナリティカ（CA）とフェイスブックによるデータの悪用を暴露したことで、「ミレニアル世代最初の内部告発者」「未来から送られたピンク髪で鼻ピアスの神託」と称される。暴露はシリコンバレーを揺るがし、データ犯罪に対する史上最大の多国籍調査につながった。CAは解散。ワイリーはCAの設立と崩壊に関与することになった。1989年にカナダのブリティッシュコロンビア州に生まれ、英ロンドン・スクール・オブ・エコノミクスで法律を学ぶ。その後、文化をテーマにしたデータサイエンスとファッショントレンドの予測に研究を移す。現在はロンドン在住。

Twitter : @chrisinsilico／Facebook : BANNED／Instagram : BANNED

訳／牧野 洋　まきの・よう

ジャーナリスト兼翻訳家。慶應義塾大学経済学部卒、米コロンビア大学大学院ジャーナリズムスクール修士。日本経済新聞社でニューヨーク特派員や編集委員を歴任し2007年に独立。早稲田大学大学院ジャーナリズムスクール非常勤講師。著書に『福岡はすごい』（イースト新書）、『官報複合体』（講談社）、訳書に『NETFLIX コンテンツ帝国の野望』（ジーナ・キーティング著、新潮社）など。

マインドハッキング

あなたの感情《かんじょう》を支《し》配《はい》し行動《こうどう》を操《あやつ》るソーシャルメディア

発行　2020年9月20日

著者　クリストファー・ワイリー

訳者　牧《まき》野《の》 洋《よう》

発行者　佐藤隆信

発行所　株式会社新潮社

〒162-8711 東京都新宿区矢来町71
電話　編集部 03-3266-5611
　　　読者係 03-3266-5111
https://www.shinchosha.co.jp

印刷所　株式会社光邦

製本所　大口製本印刷株式会社

乱丁・落丁本は、ご面倒ですが小社読者係宛お送り下さい。
送料小社負担にてお取替えいたします。価格はカバーに表示してあります。

ISBN978-4-10-507191-2 C0030